CLAIRE MESSUD

LA FEMME
D'EN HAUT

roman

Traduit de l'anglais (États-Unis)
par France Camus-Pichon

nrf

GALLIMARD

Titre original :

THE WOMAN UPSTAIRS
Alfred A. Knopf, New York.

À Georges et Anne Borchardt,
et, comme toujours, à J. W.

« Ognuno vede quello che tu pari, pochi sentono quello che tu se'. »

MACHIAVEL
Le Prince

« Sans doute peu de personnes comprennent le caractère purement subjectif du phénomène qu'est l'amour, et la sorte de création que c'est d'une personne supplémentaire, distincte de celle qui porte le même nom dans le monde, et dont la plupart des éléments sont tirés de nous-mêmes. »

MARCEL PROUST
À la recherche du temps perdu

« Rien à foutre de ces idéologies bien-pensantes. »

PHILIP ROTH
Le théâtre de Sabbath

PREMIÈRE PARTIE

1

Jusqu'où va ma colère ? Mieux vaut ne pas le savoir. Personne n'a envie de le savoir.

Je suis une fille dévouée, une fille sympa, une fille modèle après avoir été une élève modèle, bien sous tous rapports, pleine de conscience professionnelle, et je n'ai jamais piqué le copain d'une autre, jamais laissé tomber une copine, j'ai encaissé les conneries de mes parents et celles de mon frère, et puis d'abord je ne suis plus une fille, j'ai quarante ans passés, putain, je suis une bonne institutrice, les élèves m'adorent, et je tenais la main de ma mère quand elle est morte, je la lui ai tenue pendant les quatre ans qu'elle a mis à mourir, et tous les jours je téléphone à mon père — tous les jours, vous m'entendez, et quel temps as-tu, de ton côté de la rivière, parce que ici il fait plutôt gris et un peu lourd ? Sur ma tombe, on aurait dû lire : «À une grande artiste», mais si je mourais maintenant, c'est : «À une si merveilleuse institutrice / fille / amie» qu'on lirait ; et moi, ce que j'ai vraiment envie de crier et de voir gravé en lettres majuscules dans le marbre, c'est : ALLEZ VOUS FAIRE FOUTRE !

Est-ce que toutes les femmes ne ressentent pas ça ? La seule différence, c'est notre degré de lucidité, notre capacité à assumer cette fureur. Nous sommes toutes des furies, sauf les plus bêtes d'entre nous, et ce qui m'inquiète aujourd'hui, c'est ce lavage de cerveau qu'on nous fait subir dès le berceau, au point que même les plus intelligentes d'entre nous finiront bêtes comme leurs pieds, elles aussi. De quoi je parle ? Des filles du cours élémentaire de l'école Appleton, voire de celles du cours préparatoire, et du fait que lorsqu'elles arrivent dans ma classe, elles sont définitivement perdues — elles ne pensent plus qu'à Lady Gaga, à Katy Perry, à se faire des French manucure, à leurs vêtements adorables, et même à leur coiffure ! Au cours élémentaire ! Elles s'intéressent plus à leurs cheveux et à leurs chaussures qu'aux galaxies, aux chenilles ou aux hiéroglyphes. Comment tous les discours féministes des années soixante-dix ont-ils pu nous conduire là, au stade où être de sexe féminin signifie : Sois belle et tais-toi ? Pire encore que l'épitaphe «À une fille dévouée», il y a «À une fille ravissante», tout le monde le savait, autrefois. Mais aujourd'hui nous sommes perdus dans le monde des apparences.

Voilà pourquoi je suis tellement en colère, au fond : pas à cause des corvées, de la nécessité de se faire belle et de tout ce qu'implique le fait d'être une femme — ou, plus exactement, d'être *moi* —, sans doute parce qu'il s'agit de notre lot commun, à nous autres humains. Non, je suis en colère à cause du mal que je me suis donné pour sortir du Palais des Glaces, de cette vision illusoire et déformée du monde, de mon microcosme de la côte Est des États-Unis durant la première décennie du XXIe siècle. Derrière chaque putain de miroir s'en cache un autre, derrière chaque couloir se cache un autre couloir, et fini de rire, cela n'a plus rien de drôle, mais apparemment il n'y a aucune porte indiquant la sortie.

Chaque été pendant la fête foraine, quand j'étais enfant, nous allions au Palais des Glaces avec son visage en carton-pâte au sourire grimaçant, sur deux étages. Nous entrions dans sa bouche, entre ses dents gigantesques, nous longions sa langue rose vif. Rien qu'à le voir, nous aurions dû nous méfier de ce visage. Il était là pour nous faire rire, or il nous terrifiait. Le sol ondulait ou tanguait, les murs étaient de travers, les salles peintes pour créer une perspective trompeuse. Des lumières se déclenchaient brutalement, des coups de corne retentissaient dans d'étroits corridors vacillants, bordés de miroirs grossissants, amincissants, déformants, vous renvoyant votre reflet inversé. Parfois le plafond s'écroulait ou le sol se soulevait, ou bien les deux à la fois, et je redoutais d'être écrasée comme un insecte. Le Palais des Glaces m'effrayait encore plus que le train fantôme, d'autant que j'étais censée m'y amuser. Or je n'aspirais qu'à en sortir. Mais les portes avec l'inscription SORTIE n'ouvraient que sur d'autres salles en folie, d'autres interminables couloirs mouvants. Il n'existait qu'un seul itinéraire pour traverser le Palais des Glaces de part en part, un itinéraire implacable.

J'ai fini par comprendre que la vie même est ce Palais des Glaces. Tout ce qu'on cherche, c'est la porte avec l'inscription SORTIE, l'échappatoire vers un lieu où se trouvera la Vie réelle; et on ne la découvre jamais. Non : permettez-moi de rectifier. Ces dernières années il y a eu une porte, plusieurs portes, je les ai ouvertes et j'ai cru en elles, j'ai cru un temps avoir pu accéder au Réel — quelle extase et quelle terreur, mon Dieu, quelle intensité : tout semblait si *différent*! —, jusqu'au jour où j'ai soudain pris conscience que depuis le début j'étais prisonnière du Palais des Glaces. J'avais été flouée. La porte avec l'inscription SORTIE n'indiquait pas du tout la sortie.

*

Je ne suis pas folle. En colère, oui ; folle, non. Je m'appelle Nora Marie Eldridge et j'ai quarante-deux ans — ce qui est un âge beaucoup plus avancé que quarante ans, ou même quarante et un ans. Je ne suis ni jeune ni vieille, ni grosse ni maigre, ni grande ni petite, ni blonde ni brune, ni belle ni laide. Parfois plutôt jolie, voilà sans doute l'opinion générale, un peu comme les héroïnes des romans Harlequin que j'ai lus en abondance dans ma jeunesse. Je ne suis ni mariée ni divorcée mais célibataire. Ce qu'on nommait une vieille fille autrefois, mais plus maintenant, car cela sous-entend qu'on est fanée, ce qu'aucune de nous n'a envie d'être. Jusqu'à l'été dernier, j'étais institutrice de cours élémentaire à l'école Appleton de Cambridge, Massachusetts, et je retournerai peut-être enseigner là-bas, je n'en sais trop rien. À moins que je ne mette le feu à la terre entière. J'en serais capable.

Notez que même si je suis mal embouchée, je ne jure pas devant les élèves — sauf les rares fois où un «Merde !» espiègle m'échappe, mais toujours à voix basse, toujours in extremis. Si vous vous demandez comment quelqu'un de si coléreux peut faire la classe à de jeunes enfants, laissez-moi vous rassurer : chacun de nous peut s'emporter, et certains de nous sont plus susceptibles de le faire, mais pour être un bon enseignant il faut un minimum de sang-froid, dont je dispose. J'en ai même plus que le minimum. À cause de mon éducation.

Deuxièmement, je ne suis pas une Femme du Souterrain

qui en veut de ses malheurs à la terre entière. Encore qu'*en un sens* je sois quand même une Femme du Souterrain — n'est-ce pas notre lot à toutes, obligées que nous sommes de céder du terrain, de faire un pas de côté, de rester en retrait, sans gloire ni admiration ni reconnaissance ? Nombreuses à vingt ou trente ans, nous sommes carrément légion vers la quarantaine ou la cinquantaine. Mais le monde devrait comprendre, s'il en avait quelque chose à faire, que les femmes comme nous ne vivent pas sous terre. Pour nous, pas de cave pleine d'ampoules électriques, à la Ralph Ellison ; pas de souterrain métaphorique à la Dostoïevski. Nous sommes toujours en haut. Pas comme ces folles dans leur grenier — on parle assez d'elles, d'une façon ou d'une autre. Nous sommes la voisine sans histoires du deuxième étage au fond du couloir, celle dont la poubelle est toujours rentrée, qui vous sourit chaleureusement dans l'escalier et que l'on n'entend jamais derrière sa porte close. Dans nos vies muettes de désespoir, nous sommes cette Femme d'En Haut, avec ou sans foutu chat tigré ou fichu labrador qui court partout, et personne ne s'aperçoit que nous sommes furieuses. Nous sommes complètement invisibles. Je ne voulais pas le croire, ou je croyais que ça ne s'appliquait pas à moi, mais j'ai découvert que je n'étais pas différente des autres. L'enjeu est maintenant de savoir quelle stratégie adopter, que faire de cette invisibilité, comment la rendre incandescente.

*

La vie consiste à choisir ses priorités. À comprendre comment l'imaginaire détermine le réel. Vous êtes-vous déjà demandé si vous préféreriez voler dans les airs ou être invisible ? J'ai posé la question autour de moi pendant des années, me disant toujours que la réponse me révélait à qui j'avais affaire. Je suis entourée de gens qui préféreraient voler. Les enfants en rêvent presque tous. La Femme d'En Haut aussi. Les plus insatiables demandent s'ils ne pourraient pas faire les deux ; et certains — que j'ai toujours considérés comme des salauds, des assoiffés de pouvoir, des manipulateurs — choisissent l'invisibilité. Mais la plupart d'entre nous rêvent de pouvoir voler.

Vous souvenez-vous de ces rêves ? Je n'en fais plus, mais ils ont été l'une des joies de ma jeunesse. Se retrouver en situation désespérée — une meute de chiens sur les talons, ou bien face à un fou furieux brandissant le poing ou une massue — et pouvoir s'élever lentement d'un simple battement d'ailes, à la verticale tels un hélicoptère ou une apothéose, puis prendre son envol, enfin libre. J'effleurais les toits, me gorgeant de vent, je chevauchais les courants ascensionnels comme des vagues, au-dessus des prés et des clôtures, je longeais la grève, survolais l'indigo agité de la mer. Et l'éclat du ciel, lorsqu'on vole — vous en souvenez-vous ? Ces nuages pareils à des oreillers illuminés, compacts et moites dès qu'on y pénétrait, et ah, quelle révélation en sortant à l'autre bout ! Voler me comblait, à une époque.

Mais je suis arrivée à la conclusion que ce n'est pas le bon choix. Vous vous croyez maître du monde, alors qu'au fond vous ne vous envolez que pour fuir quelque chose ; ces chiens sur vos talons ou cet homme armé d'une massue, ils ne disparaissent pas sous prétexte que vous ne les voyez plus. Ils sont le réel.

L'invisibilité, elle, vous offre un surcroît de réel. Vous pénétrez dans une pièce sans y être vraiment, vous entendez ce que les gens disent sans méfiance ; vous observez leurs gestes en votre absence. Vous les découvrez sans masque — ou sous leurs différents masques, car vous pouvez soudain les voir n'importe où. Il est parfois douloureux de découvrir l'envers du décor ; mais Dieu soit loué, au moins vous savez.

Durant toutes ces années, j'étais dans l'erreur, voyez-vous. La plupart des gens autour de moi aussi. Et surtout maintenant que je me sais réellement invisible, il faut que je cesse de vouloir m'envoler. Je ne veux plus en avoir besoin. Je veux tout recommencer depuis le début ; et en même temps, non. Je veux faire en sorte que mon néant compte pour quelque chose. N'allez pas croire que c'est impossible.

2

Tout a commencé avec cet enfant. Reza. Même la dernière fois que je l'ai rencontré — la toute dernière fois —, cet été, alors que depuis quelque temps il n'était plus le même, presque un jeune homme désormais, avec ses membres disproportionnés, son long nez, son acné et sa voix éraillée d'adulte naissant, je voyais encore en lui sa perfection passée. Il rayonne dans ma mémoire, à huit ans, un enfant canonique, tout droit sorti d'un conte de fées.

Il était arrivé en retard dans ma classe le jour de la rentrée, l'air grave et hésitant, ses yeux gris écarquillés, leurs myriades de cils tressaillant malgré ses efforts visibles pour se contrôler, ne pas battre des paupières, et surtout ne pas pleurer. Les autres élèves — que je connaissais presque tous pour les avoir vus dans la cour de récréation l'année précédente, je pouvais même les appeler par leur nom — étaient venus en avance et bien rodés, avec un cartable, un pique-nique et un parent qui leur avait dit au revoir de la main à la porte, les joues encore rosies par les traces du rouge à lèvres de leur mère pour certains ; ils avaient trouvé leur table, nous nous étions présentés et avions raconté un fait marquant de notre été — un seul fait par enfant (Chastity et Ebullience, les jumelles, avaient passé deux mois chez leur grand-mère en Jamaïque, et celle-ci élevait des poulets ; Mark T. s'était construit un kart et l'avait essayé au jardin public ; la famille de Shi-Shi avait adopté dans un refuge pour animaux un beagle de huit ans baptisé Superior [« il a le même âge que moi », expliqua-t-elle fièrement] ; et ainsi de suite) —, et nous commencions à établir nos règles de vie de classe (« Interdit de péter ! » s'écria Noah de sa table près de la fenêtre, provoquant l'hilarité générale) quand la porte s'ouvrit et Reza fit son entrée.

Je savais qui il pouvait être : les autres élèves figurant sur ma liste d'appel étaient déjà là. Il hésitait. Chaussé d'austères sandales fermées, il mettait un pied devant l'autre aussi prudemment que s'il marchait sur une poutre de gymnaste. Il ne ressemblait pas à ses semblables — non pas à cause de sa peau olivâtre, de ses petits sourcils implacables, de sa moue, mais parce qu'il portait des vêtements impeccables, étrangers et sévères. Une chemise à manches courtes et à carreaux bleus et blancs, un long bermuda de toile bleu marine, repassé par une main invisible. Et des chaussettes dans ses sandales. Il n'avait pas de cartable.

« Reza Shahid, non ?

— Comment le savez-vous ?

— Écoutez-moi tous — je le pris par les épaules et le fis pivoter pour qu'il soit face à ses camarades —, je vous présente notre nouvel élève. Reza Shahid. Bienvenue. »

Tout le monde répéta très fort : « Bienvenue, Reza », et même de dos, je vis qu'il essayait de se maîtriser : son cuir chevelu se contracta et le haut de ses oreilles frissonna. À cet instant j'aimais déjà sa nuque, l'écume noire de ses boucles démêlées avec soin, qui venait lécher le promontoire lisse et frêle de son cou.

*

Parce que je le connaissais, voyez-vous. J'ignorais qu'il s'appelait Reza, ne m'étais jamais doutée que ce serait l'un de mes élèves; mais la semaine précédente, je l'avais vu au supermarché, nous nous étions dévisagés, nous avions même ri ensemble. Je me débattais avec mes sacs à la caisse — la poignée de l'un d'eux avait lâché et je tentais de le soulever, tout en prenant le reste de mes provisions de l'autre main; je ne réussis qu'à faire tomber mes pommes. Rouge vif, elles roulèrent entre les pieds des clients jusqu'à la petite cafétéria près de la baie vitrée. Je m'élançai pour les récupérer, courbée vers le sol, laissant mes deux sacs plastique et mon sac à main affalés dans le passage. À genoux, je m'efforçais d'attraper la dernière pomme égarée sous une table, plaquant maladroitement du bras gauche quatre fruits meurtris contre ma poitrine, lorsqu'un éclat de rire lumineux me fit lever la tête. Penché par-dessus la banquette la plus proche, un bel enfant aux boucles en bataille, au tee-shirt sale après une journée de jeux et taché de la sauce couleur sang accompagnant ce qu'il venait de manger.

«Qu'est-ce qu'il y a de si drôle, nom d'un chien?» Le «nom d'un chien» m'avait échappé.

«Vous», répondit-il après un silence, les lèvres pincées, mais les yeux rieurs. Il avait un accent très marqué. «Vous êtes très drôle, au milieu de vos pommes.»

Quelque chose de son visage, ces joues lisses et mates vaguement rosées, ces cheveux, cils et sourcils noirs en désordre, l'amusement intense dans ces yeux d'un gris moucheté, me fit sourire malgré moi. Je me retournai vers

24

mes provisions entassées près de la caisse, me représentai ma danse digne de Baba Yaga, me vis comme il avait dû me voir. «Tu as sûrement raison.» Je me relevai. «Tu en veux une?» Je lui offris la dernière pomme, ramassée dans la poussière. Il fit une moue dégoûtée, partit d'un nouvel et bref éclat de rire.

« Plus bonne.

— Non, dis-je. Sans doute pas.»

Me dirigeant vers la sortie, je jetai un coup d'œil à sa table. Il n'était ni avec sa mère ni avec son père. Sa jeune baby-sitter aux seins énormes avait posé son bras tatoué — motif d'inspiration celtique — sur le dossier de la banquette. Elle avait les cheveux pourpres, et ce qui ressemblait à une épingle de nourrice étincelait sur la chair de sa lèvre inférieure. Elle mangeait paresseusement sa salade, une feuille après l'autre, et contemplait le magasin comme s'il s'agissait d'un écran de télévision. Le jeune garçon cessa de s'agiter et me lança un regard insistant mais impénétrable, et quand je lui souris, il détourna les yeux. C'était donc Reza.

Il apparut vite que son anglais était d'une grande pauvreté, mais je ne m'inquiétais pas pour lui. Ce premier soir, après la classe, je vérifiai son dossier et découvris qu'il vivait à l'adresse d'une des résidences les plus prisées de l'université, dans une petite impasse près de la rivière. Cela signifiait que ses parents n'étaient pas de simples doctorants, mais des professeurs invités ou des chercheurs importants. Ils — l'un d'eux au moins — parlaient sûrement anglais, pourraient l'aider; et, en tant qu'universitaires, ils prendraient le problème au sérieux, la partie était donc gagnée ou presque. De plus, il avait lui-même envie d'apprendre. Je m'en aperçus dès le premier jour : avec les autres enfants, lorsqu'il ne comprenait pas un mot, il le désignait, demandait : « Ça veut dire quoi ? », et répétait plusieurs fois leur réponse de sa drôle de voix étrangère, légèrement rauque. S'il s'agissait d'une abstraction, il essayait de la jouer, ce qui faisait rire les autres, mais lui restait parfaitement sérieux et imperturbable. Grâce à Noah, à l'heure du déjeuner il connaissait déjà « péter » et « fesses ». J'intervins seulement pour préciser que le mot « postérieur » était considéré comme plus poli, mais il eut du mal à le prononcer. Dans sa bouche, cela donnait « poteilleur », et je me laissais attendrir par ces sonorités, à cause de la sincérité de ses efforts.

C'était la troisième raison pour laquelle j'avais la certitude qu'il réussirait : son charme. Je n'étais pas la seule à y succomber : je voyais les filles le dévorer des yeux et chuchoter, sentais fondre la méfiance des garçons à mesure que Reza se révélait bon joueur, intrépide lors des matchs et mû par un sain esprit d'émulation, exactement le genre d'élève que chacun voulait dans son équipe. Même les institutrices : Estelle Garcia, qui enseigne les sciences, fit observer à son sujet, lors de notre première réunion commune : « Parfois, la maîtrise de l'anglais en soi n'a pas tant d'importance, tu sais. Si un gosse est suffisamment passionné, on peut passer là-dessus. »

Je réfutai cet argument, lui rappelai Ilya, le petit Russe, et Duong, originaire du Vietnam, ainsi qu'une demi-douzaine d'autres que nous avions vus se débattre et quasiment sombrer à l'école élémentaire faute de maîtriser l'anglais, si bien qu'on laissait partir ces élèves au collège non sans appréhension, redoutant qu'ils n'en sortent voyous, décrocheurs, ou pire. Ce qui arrivait fatalement à certains.

« Tu ne vas pas t'inquiéter à ce point dès la première semaine ? Ce garçon absorbe tout comme une éponge.

— Je n'ai aucune inquiétude pour lui, répondis-je. Mais c'est l'exception qui confirme la règle. »

Exceptionnel. Adaptable. Compatissant. Généreux. Tellement intelligent. Tellement vif. Tellement gentil. Avec un tel sens de l'humour. Que signifiaient nos éloges, sinon le fait que nous étions toutes plus ou moins tombées sous le charme, et qu'il nous éblouissait ? Il avait huit ans, ce n'était qu'un gosse comme un autre, mais nous voulions toutes nous l'approprier. Nous ne tenions pas ce genre de propos sur Eric P. ni sur Darren, ni sur Miles au visage lunaire, dont les cernes exprimaient une mélancolie qui le faisait paraître perpétuellement endeuillé. Chaque enfant possède ses propres atouts, leur répétions-nous. Nous avons chacun des dons différents. Nous avons tous un avenir, si nous nous en donnons la peine. Mais Reza faisait mentir ces affirmations, prisonnier de son charme et de sa beauté comme des mailles d'un filet.

Durant la première semaine, lorsqu'il fit par inadvertance tomber Françoise dans la cour de récréation, tout à l'exubérance d'un match de foot impromptu, il prit la fillette tremblante par l'épaule et resta assis près d'elle sur les marches jusqu'à ce qu'elle soit prête à s'élancer de nouveau. Il était au bord des larmes : je les ai vues. Quand il découvrit qu'Aristide, dont les parents venaient de Haïti, parlait français, son visage s'illumina et tous deux passèrent l'heure du déjeuner à bavarder, jusqu'à ce qu'Eli et Mark T. se plaignent de se sentir exclus ; aussitôt Reza acquiesça docilement, ferma quelques instants les yeux et revint à son mauvais anglais, à son langage imparfait, sans que j'aie eu à le lui demander. À partir de ce moment-là, Aristide et lui ne parlèrent français qu'après la classe, en quittant l'école. Une autre fois, au tout début, alors que l'après-midi avait été particulièrement turbulent — il pleuvait à torrents, les enfants étaient restés enfermés toute la journée, le ciel si plombé au-dehors que nous baignions depuis des heures dans une exaspérante lumière fluorescente — et que pendant l'heure de dessin — ma préférée en théorie, puisque je suis une artiste, ou censée l'être — les garçons avaient eu la brillante idée de presser des tubes de peinture pour en faire jaillir la gouache diluée, d'abord sur leur feuille, puis, avant que je ne m'en aperçoive, sur les meubles, sur le sol et sur eux — malgré tout le sang-froid dont je m'enorgueillis, j'avais haussé le ton et m'étais déclarée cruellement déçue d'une voix tonitruante —, ce jour-là, donc, à la fin des cours, une bonne heure après l'incident, Reza s'arrêta devant mon bureau et posa sur mon avant-bras sa petite main, aussi légère qu'une feuille.

«Pardon, Miss Eldridge, dit-il. Pardon d'avoir tout sali. Pardon de vous avoir mise en colère.»

Sa baby-sitter attendait dans le couloir, épingle de nourrice étincelante à la lèvre. Sinon je l'aurais peut-être serré dans mes bras tellement, pendant quelques instants, il me fit l'effet d'être mon propre enfant.

*

Les enfants. Moi et les enfants. Les enfants et moi. Comment m'y suis-je prise, moi surtout, pour devenir l'institutrice préférée des élèves de cours élémentaire d'Appleton? April Watts, chargée de l'autre classe, semble sortir d'un roman victorien : elle a des cheveux pareils à de la barbe à papa marron qui lui entourerait le crâne d'une spirale vaporeuse, des lunettes à double foyer derrière lesquelles elle vous scrute vaguement de ses yeux bleus, agrandis et déformés par les verres comme des poissons dans un bocal. Bien qu'elle ait tout juste la cinquantaine, elle porte un collant de contention et n'a, pauvre chose effroyable, absolument aucun sens de l'humour. Si l'on me préfère à elle, c'est non pas à cause de ses cheveux, de ses lunettes ou de ses varices, mais de ce dernier travers. J'ai la réputation — sans vouloir me vanter — de rire si fort qu'il m'arrive de tomber de ma chaise, ce qui semble faire oublier mes éclats de voix tonitruants. Toute la gamme de mes émotions est reconnaissable par les enfants, dirons-nous, ce qui me paraît pédagogiquement sain.

Ce fut à la fois un immense compliment et un rude coup de m'entendre dire par un père d'élève, il y a deux ou trois ans, que je correspondais parfaitement à l'idée qu'il se faisait d'une enseignante. «Vous êtes le bébé Cadum des institutrices.» Tels furent ses mots exacts. «Vous êtes un modèle.

— Qu'entendez-vous par là au juste, Ross?» Je me forçai à sourire jusqu'aux oreilles. Cela se passait lors du pique-nique de fin d'année, et trois ou quatre parents s'agglutinaient autour de moi sous le soleil de plomb de la cour de récréation, serrant dans leur main leur minuscule bouteille de limonade, essuyant leur menton ou celui de leur enfant avec des serviettes en papier tachées de ketchup. Les saucisses au tofu et les hot dogs avaient fait leur œuvre.

«Oh, je sais à quoi il pense, intervint Jackie, la maman de Brianna. Il veut dire que dans notre enfance, on aurait tous voulu avoir une institutrice comme vous. Enthousiaste et sévère à la fois. Pleine d'idées. Une institutrice vraiment *proche* des gosses.

— C'est ce que vous vouliez dire, Ross?

— Pas exactement. » Je découvris à ma grande surprise qu'il flirtait avec moi. À Appleton, les parents flirtent rarement. « Mais presque. C'était censé être un compliment.

— Eh bien dans ce cas, merci. »

Je cherche toujours à savoir ce que veulent vraiment dire les gens. Quand ils m'assurent que je suis « vraiment proche » des gosses, j'ai peur qu'ils ne me trouvent pas assez adulte. Le mari enseignant d'une amie a comparé les enfants à des aliénés. J'y pense souvent. Selon lui ils vivent au bord de la folie, leur spontanéité apparente obéit à la même logique délirante que celle des fous. Je vois ce qu'il a en tête, et parce que j'ai appris à être patiente avec les enfants, à tirer au clair cette logique toujours présente quelque part et irréfutable une fois expliquée, j'ai fini par comprendre qu'en fait on doit le même respect aux adultes, qu'ils soient malades ou sains d'esprit. À cet égard, personne n'est réellement fou, seulement incompris. Quand la maman de Brianna dit que je suis très proche des gosses, une partie de moi est fière comme un paon, mais une autre croit qu'on me traite de folle. Ou bien qu'au minimum on m'exclut de la tribu des vrais adultes. Cela expliquerait alors — sinon pour moi, du moins pour quelqu'un chargé de tout expliquer, à la manière d'un prophète — que je sois restée sans enfants.

*

Si vous m'aviez demandé, à la remise de mon diplôme de fin d'études secondaires, où je serais à quarante ans — et l'on m'a sûrement posé la question ; il doit bien y avoir, enfouie dans l'album souvenir perdu depuis longtemps, une rubrique exposant nos projets d'avenir —, j'aurais peint un tableau idyllique de l'artiste en blouse, au travail dans un vaste atelier, pendant que les enfants — plusieurs, âgés de cinq, sept et neuf ans peut-être — s'ébattaient dans le jardin tacheté de soleil, sans doute avec un ou deux chiens, de bonne taille. J'aurais été incapable de vous décrire la source de revenus permettant à cette vision de devenir réalité, ou le père dont seraient issus ces enfants : je considérais à l'époque les hommes comme quantité négligeable dans l'existence. Les enfants n'avaient pas davantage besoin d'une nounou : ils jouaient miraculeusement bien, sans se chamailler, sans jamais éprouver le désir d'interrompre l'artiste avant qu'elle ne soit prête ; s'ensuivait obligatoirement un délicieux pique-nique sous les arbres. Pas d'argent, pas d'homme, pas d'aide — mais dans le tableau figuraient ces choses indispensables : la lumière, le travail, le jardin, et surtout les enfants. Si vous m'aviez alors demandé d'épurer cette vision, d'en retrancher tous les éléments superflus, j'aurais sacrifié le pique-nique, les chiens, le jardin et, en dernier recours, l'atelier. La table de la cuisine pouvait suffire pour la peinture, si besoin était, ou un grenier, ou un garage. Mais l'art et les enfants n'étaient pas négociables.

Je n'ai pas exactement renoncé à mon art et je ne suis pas exactement sans enfants. J'ai juste réussi à très mal m'organiser, ou très bien, tout dépend du point de vue adopté. J'abandonne les élèves quand l'école ferme ses portes ; je pratique mon art le soir et pendant le week-end — sans avoir besoin de la table de la cuisine, car je dispose d'une chambre d'amis avec deux fenêtres, pas moins, réservée à cet usage. C'est peu, mais c'est mieux que rien. Et durant l'année Sirena, où j'ai bel et bien partagé un vaste atelier que je rejoignais dès que je le pouvais, avec un fourmillement d'impatience dans les veines, ce fut parfait.

*

J'ai toujours cru que j'irais plus loin. J'aimerais en vouloir à la terre entière de ce que j'ai échoué à faire, mais cet échec — qui prend parfois la forme d'accès de colère, qui me met tellement hors de moi que je pourrais cracher ma rage —, j'en suis au fond seule responsable. Ce qui a rendu les obstacles insurmontables, m'a cantonnée à la médiocrité, c'est moi, et moi seule. Je me suis si longtemps, pendant une éternité, crue assez forte — à moins que je ne me sois trompée sur ce qu'est la force. J'ai cru pouvoir accéder à la grandeur, la mienne, en m'acharnant, en encaissant les coups l'un après l'autre, de même qu'on vous apprend à manger vos légumes verts pour avoir droit au dessert. Mais cette règle ne s'applique apparemment qu'aux filles et aux mauviettes, car la montagne de légumes verts fait la taille de l'Everest, et la coupe de crème glacée à l'autre extrémité de la table fond un peu plus à chaque seconde qui passe. Elle sera bientôt couverte de fourmis. Et puis on viendra carrément débarrasser la table. Quelle ambition démesurée, d'avoir cru pouvoir devenir un être humain digne de ce nom, une femme utile à sa famille et à la société, tout en continuant à créer! Absurde. Pour qui je me prenais?

Non, à l'évidence, la force a toujours été la capacité à dire à tout et à tous : «Rien à foutre!», à tourner le dos à toutes les souffrances pour ne s'occuper, imperturbable, que de ses propres désirs. Les hommes s'y entraînent depuis des générations. Ils ont trouvé le moyen d'engendrer des enfants en laissant à d'autres le soin de les élever, d'amadouer leur mère grâce à un simple coup de fil d'un pays lointain, d'affirmer aussi tranquillement que s'ils parlaient de la course du soleil, comme si toute autre possibilité était farfelue, que leur travail est la priorité — absolue — des priorités. Cette force-là ne s'encombre, dans sa vision de l'avenir, ni de chiens ni de jardin, ni de pique-niques ni d'enfants, ni de ciel : elle se concentre sur un seul objectif, que ce soit l'argent, le pouvoir, ou un pinceau et un châssis. Elle repose en fait sur une *anomalie* de la vision, le premier imbécile venu peut s'en rendre compte. Sur une forme de myopie. Mais c'est la condition nécessaire. Il faut voir tout le reste — tout le monde — comme autant d'éléments superflus, moins importants que soi-même.

Je ressemble aux enfants : mes motifs et mes justifications ne sont pas toujours clairs. Mais si je réussis à m'expliquer, tout sera élucidé ; et peut-être cette élucidation suffira-t-elle à prouver ma grandeur, si modeste soit-elle. Dire ce que je sais et ce que je ressens, si je le peux. Sans doute vous reconnaîtrez-vous, si j'y arrive.

3

Reprenons donc au début, mais brièvement. Je suis née au sein d'une famille ordinaire dans une petite ville du nom de Manchester-by-the-Sea, à une heure au nord de Boston, sur la côte. Les années soixante ont fait très peu de bruit, dans ce terminus des trains de banlieue en provenance de Boston. Sans doute est-ce notre plage parfaite — baptisée Singing Beach à cause de son sable fin, pâle et musical, et peut-être aussi parce qu'on chante depuis si longtemps ses louanges dans la région — qui a nourri mes rêves de grandeur. Logique, lorsqu'on se retrouve presque quoti-diennement au milieu d'une grève en forme de croissant de lune, avec vue sur l'éternité, d'envisager l'avenir diffé-remment de quelqu'un élevé au creux d'une vallée boisée ou dans les canyons d'une grande ville.

À moins que ces rêves ne soient venus de ma mère, féroce, bizarre et condamnée. J'avais une mère, un père, un grand frère de huit ans mon aîné — si bien que nous avions à peine l'air d'appartenir à la même famille ; quand j'ai eu neuf ans, il était déjà parti —, un chat roux, Zipper, et Spoutnik, clébard efflanqué et pelé du refuge pour animaux, qui ressemblait à une perruque en chiffon montée sur quatre baguettes; il avait les pattes si décharnées que nous nous étonnions qu'elles ne cassent pas net. Mon père travaillait dans les assurances à Boston — il prenait le train de 7 h 52 chaque matin — et faisait une carrière respectable, mais apparemment sans éclat, car mes parents semblaient toujours compter sou à sou.

Ma mère restait à la maison, à fumer et à chercher des moyens de s'enrichir. Pendant un temps, elle testa des recettes de cuisine pour un éditeur. Elle fut payée pour nous servir, plusieurs mois durant, des repas sophistiqués à trois ou quatre plats avec des sauces à base d'œufs, et souvent, si je me souviens bien, de marsala. Un temps, et à ma grande humiliation, elle s'imagina avoir des talents de styliste et passa des mois devant la machine à coudre de la chambre d'amis dans un nuage de fumée (elle gardait sa cigarette aux lèvres pour piquer un ourlet; je redoutais toujours que la cendre ne tombe sur le tissu). Ses créations étaient ou trop originales ou pas assez : elle confectionna pour des filles de mon âge des minirobes en jersey à motif cachemire, pas si dissemblables, à première vue, de celles vendues dans les magasins («Viens ici, ma puce», criait-elle, avant d'appliquer un patron sur ma poitrine préadolescente, taillant négligemment dans le papier avec ses énormes ciseaux, au ras de ma taille ou de mon cou) ; il apparaissait ensuite qu'elle avait découpé et bordé de dentelle des hublots à mi-hauteur, pour laisser voir le ventre blanc d'une gamine; ou bien qu'au lieu de coudre les manches elle les avait fixées à l'aide d'un flot de rubans ou d'un cercle de petits nœuds multicolores qui ne résisteraient pas au premier lavage. Aussi pleine d'entrain qu'elle était dépourvue de sens pratique, elle réalisa une bonne vingtaine de robes de différents modèles l'été de mes neuf ans, puis loua un stand pour les vendre au marché de la ville voisine.

Je refusai de m'y asseoir avec elle, à la vue de tous par un samedi radieux de juillet, et allai avec mon père faire une série de courses ennuyeuses — pressing, magasin de vins et spiritueux, quincaillerie —, étouffant dans la voiture, mais immensément soulagée de ne pas risquer d'être reconnue par mes camarades de classe sous l'horrible enseigne que ma mère avait bricolée. Ma mère me faisait honte, et pourtant je l'adorais.

Elle vendit quelques robes, mais ne trouva visiblement pas l'expérience concluante, et la valise fut montée au grenier, sans même être vidée. La machine à coudre l'y rejoignit peu après, et ma mère entra dans l'une de ses périodes sombres, jusqu'à ce qu'elle ait une nouvelle révélation.

Sans doute est-ce elle qui, contrairement à mon père, m'a inculqué le goût de l'originalité — «Ne rien faire comme le voisin, voilà l'essentiel», disait-elle —, et à cause de cela, de cette flamme qui brûlait en elle, il m'a fallu du temps pour m'apercevoir qu'elle aussi était prudente et bourgeoise, avait peur de l'inconnu et manquait tellement d'assurance qu'elle supportait mal de se faire remarquer. Sinon, comment aurait-elle pu épouser résolument son existence ordinaire, mon père, la routine méticuleuse et immuable de Manchester-by-the-Sea?

Cela en dit également long sur moi, sur les limites de mon expérience, le fait que la femme que je suis intérieurement soit si éloignée de celle que je suis au-dehors. *Personne ne me reconnaîtrait à partir de la description que je fais de moi*; raison pour laquelle, lorsqu'on me demande (rarement, je vous l'accorde) de me présenter, j'ajuste, j'adapte, j'esquisse un profil correspondant, en quelque sorte, à celui que les gens croient être le mien — et qui est réellement le mien alors, je suppose. Mais celle que je suis à l'intérieur, très peu réussissent à la voir. Personne ou presque. La sortir de sa cachette est le cadeau le plus précieux que j'aie à offrir. Et je viens sans doute d'apprendre que c'est une erreur de la montrer au grand jour.

Partant donc de notre famille ordinaire dans sa maison ordinaire, une demeure de style colonial américain à la porte bien centrée, avec ses pots de géraniums sur la terrasse en pierre et le charme de ses haies d'ifs mal taillés montant jusqu'aux fenêtres, je fis mes premiers pas dans le monde, à l'école élémentaire de la ville, au collège de la ville, au lycée de la ville. J'étais assez populaire, unanimement appréciée par les filles, et même, quand ils s'apercevaient de mon existence, par les garçons, quoique de manière platonique. J'étais drôle, mais pas bizarre. C'était un talent modeste : prosaïque, un peu laborieux, mais un talent malgré tout. Je faisais rire les autres, à mes dépens la plupart du temps.

Le système scolaire était différent, à l'époque, mais j'étais bonne élève, et je pus sauter la troisième, passer directement de quatrième en seconde, ce qui fut un peu difficile au début sur le plan relationnel et scella mon destin de cancre en mathématiques — je n'abordai jamais les équations du second degré ni les autres points importants du programme de troisième ; tout comme je ratai les premières tentatives de rendez-vous amoureux et les cours de danse permettant d'affronter les bals de fin d'année. À l'époque, pourtant, rien de tout cela ne me gênait : je ne me formalisais pas d'être plongée directement dans une classe de lycée, à moi de me débrouiller, sans plan pour trouver la cafétéria ni présentation des clans existants, sans même une liste avec le nom de mes nouveaux camarades, qui se connaissaient tous et dont certains ne voyaient en moi que la copine de leur petite sœur. Non, j'étais fière de moi, parce que je savais que mes parents l'étaient aussi, et que c'était une promotion, la preuve que je sortais du lot. Je m'en doutais depuis longtemps, mais là, j'en avais la certitude : j'étais promise à un grand avenir.

Quand vous êtes une fille, vous ne montrez jamais que vous êtes fière de vous, ni que vous êtes meilleure en histoire, en biologie ou en français que la camarade assise à côté de vous, de dix-huit mois votre aînée. Au contraire, vous la félicitez de si bien savoir se vernir les ongles ou parler aux garçons, et levez les yeux au ciel en vous lamentant sur la difficulté annoncée du devoir d'histoire / de biologie / de français : «Oh mon Dieu, ça va être un vrai désastre ! J'en suis *malade* ! » Et vous vous rabaissez à la première occasion pour que les autres ne se sentent pas menacés, pour qu'ils vous aiment, car vous ne voudriez surtout pas qu'ils sachent qu'en votre for intérieur vous êtes fière, voire méprisante, et traversée par des pensées dont la révélation montrerait à tout le monde que vous êtes quelqu'un de foncièrement Pas Gentil. Vous apprenez comment parler très poliment à ceux qui ne doivent pas vous percer à jour, vous savez — par d'autres — qu'ils vous trouvent vraiment adorable, et un frisson de triomphe vous parcourt : «Oui, je réussis en histoire / biologie / français, et je réussis *ça* aussi. » Il ne vous vient pas à l'esprit, occupée que vous êtes à façonner votre masque, qu'il finira par se greffer sur votre peau, par sembler impossible à enlever.

Lorsque vous regardez Josh, qui a sauté une classe en même temps que vous, que vous le voyez se moucher dans sa manche et remarquez sa maigreur, son menton couvert d'acné, à côté des garçons de seconde au torse musclé et à la mâchoire carrée sans l'ombre d'un bouton, lorsque vous découvrez qu'il déjeune encore avec ses anciens copains restés en troisième — tous en tee-shirt noir avec le nom de groupes comme KISS ou AC/DC en lettres étincelantes, tous avec le menton boutonneux, les lèvres moites et les cheveux mous comme du goémon —, vous ne percevez pas le moindre frisson de triomphe chez lui. De toute évidence, il a perdu, il est perdu, c'est un loser ; car chacun sait que dans le défi qu'il vous a fallu relever en sautant une classe, la popularité — modeste, certes, mais tout de même — représentait la moitié de l'enjeu. Quand Frederica Beattie vous invite à sa fête d'anniversaire — une sortie en mer sur le voilier de son père avec six autres filles, dont deux appartiennent au clan le plus en vue —, vous plaignez Josh, qui ne goûtera jamais à ce nectar.

Mais attendez : personne n'a fait valoir que Josh, dans son inconscience, était parfaitement heureux. Il avait déjà appris tout seul à résoudre les équations du second degré ; il ne laisserait aucun obstacle lui barrer la route de la réussite universitaire. D'ailleurs, il irait ensuite au MIT et deviendrait neurobiologiste, à la tête d'un laboratoire généreusement subventionné par le National Institute of Health et doté d'un budget considérable. Il épouserait une femme tout à fait séduisante en dépit de ses genoux osseux et engendrerait plusieurs crânes d'œuf binoclards à genoux osseux, des copies de lui-même. Tout se terminera plus que bien pour lui, et pas une seconde il n'imaginera qu'il ait pu en être autrement. Jamais il ne saura qu'il y avait un test de popularité ; jamais il ne saura qu'il l'a raté. Non, une sortie en mer sur le voilier du père de Frederica Beattie n'était pas le genre d'honneur dont il rêvait ; et ses désirs de vie sociale, à l'époque, étaient parfaitement satisfaits par ses anciens copains, qui avaient désormais un an de retard sur lui. Il n'aurait pas davantage pu se façonner un masque que s'envoler pour la lune ; ainsi est-il resté définitivement fidèle à lui-même. La féminité est bien une mascarade.

*

Ce fut au lycée que je décidai — ou que je pris conscience, comme je l'aurais dit alors — que je voulais devenir artiste. M'étant déniché un groupe d'amis sympathiques qui se délectaient précisément de notre manque de maturité, une poignée de filles et de garçons qui aimaient sauter dans les flaques d'eau pendant une averse, ou se rassembler dans la cour de récréation au crépuscule, autant pour se balancer sur les balançoires que pour fumer des joints derrière la rotonde, je m'aperçus que notre petite bande traînait de plus en plus souvent dans la salle de dessin après les cours, avec la bénédiction tacite du professeur. Gaillard trapu en bottes de chasse et pourpoint de cuir, avec une abondante chevelure bouclée qui lui arrivait aux épaules et une barbiche rousse, il semblait tout droit sorti d'une pièce de Shakespeare mise en scène par la troupe locale et s'appelait, par le plus merveilleux des hasards, Dominic Crace.

Même si la salle était officiellement fermée, il laissait du matériel, les placards ouverts, de la peinture et des pinceaux près de l'évier, et parfois, sur la grande table, la clé de la chambre noire. Ce fut dans la pénombre rouge de celle-ci que, jeune lycéenne timide, je reçus mon premier vrai baiser, avec la langue, d'un élève de terminale prénommé Alf, dont le blouson de cuir aux multiples zips était ce qu'il avait de plus séduisant. Je l'avais toujours trouvé cool, mais il se révéla aussi maladroit que moi — contre toute attente, c'était possible —, raison pour laquelle l'expérience ne se répéta pas et ne fut jamais mentionnée. Notre amitié ou ce qui en tenait lieu — quelque chose sur le mode du cousinage — demeura inchangée ; c'était tout bonnement comme si ce baiser n'avait jamais existé ; et par la suite, il m'arriva de douter de sa réalité.

Nous prenant pour des esprits subversifs, aspirant aux décennies d'aventure dont notre naissance tardive nous avait privés de justesse, nous restions dans cette salle jusqu'à la tombée de la nuit, à peindre des posters et des slogans sur d'immenses feuilles de papier kraft que nous affichions dans les couloirs. RÉVOLTEZ-VOUS, proclamaient-ils dans une explosion de couleurs primaires, FUYEZ LA COMPLAISANCE, ou bien : QU'AVEZ-VOUS FAIT DE VOTRE ÂME ? Ou encore : REFUSEZ LE POUVOIR DE L'ARGENT ! EMBRASSEZ UN ANARCHISTE !

Si Dominic Crace était de notre côté, les gardiens, ironie de l'histoire et utile leçon en matière de révolution, représentaient l'ennemi : ils parcouraient les couloirs la nuit, avec pour mission d'arracher avant la prière du lendemain matin nos affiches interdites. Le jeu consistait à accrocher les meilleures dans des recoins où ils ne les trouveraient pas, du moins pas avant qu'elles n'aient pu être largement appréciées. Nous éprouvions la même jubilation à les peindre, à les placarder, et, le lendemain, à partir en reconnaissance pour voir celles qui avaient survécu : AIME TON PROCHAIN COMME TOI-MÊME, avec la silhouette bleu céruléen d'un couple en train de s'embrasser, résista trois jours sur la porte à l'intérieur du laboratoire de biologie ; CE SONT TES PARENTS QUI TE METTENT DANS LA M..., citation due à ma mère, tint une semaine entière à l'intérieur d'un placard du gymnase contenant les ballons de basket. Mais la plus franche — TESTS D'ÉVALUATION, DISSERTATIONS, À QUOI BON ? — fut brandie pendant l'assemblée du matin par Mr. Evers, notre proviseur, qui déclara, le front soucieux, que même si tout le monde défendait la liberté d'expression, de tels slogans n'apportaient rien à notre communauté et sapaient le moral de tous. En outre, expliqua-t-il, ils donnaient aux visiteurs une mauvaise image de l'établissement. Ils ne reflétaient pas l'esprit du lycée de Manchester. Il rappela qu'il existait bien d'autres moyens d'expression, et incita ceux d'entre nous éprouvant le besoin de partager leurs interrogations ou leur mécontentement à soumettre des articles à la rédaction du journal du lycée. Il espérait qu'on en resterait là.

Dominic Crace, qui savait parfaitement que nous étions les coupables, ne dénonça personne, pas plus qu'il ne mit ses fournitures sous clé ; et nous qui avions écouté en ricanant les discours pompeux de Mr. Evers restâmes, telles des mouches prises au piège, irrésistiblement attirés par les plaisirs de la salle de dessin. L'année suivante, ma dernière au lycée, les survivants de notre groupe — Alf avait décroché avec quelques autres son diplôme de fin d'études secondaires, et nous n'étions que six élèves de terminale, plus trois de première et un de seconde — s'inscrivirent à l'option Arts plastiques.

Le premier travail demandé fut de dessiner une abeille à l'intérieur d'un violon, lui-même contenu dans une poire. Tout le monde, sauf moi, prit Crace au mot et dessina laborieusement ces éléments au crayon, du plus grand au plus petit, telles des boîtes gigognes. Personne n'était très doué pour la perspective, mais certains s'en tirèrent mieux que d'autres. Je n'essayai même pas de faire un dessin. Je rentrai chez moi, réalisai une grande poire creuse en papier mâché sur une armature métallique fabriquée avec un cintre — en deux moitiés d'abord, que je refermai à la fin — et recouvris l'intérieur de papier alu doré. Je confectionnai un violon à partir d'une boîte d'allumettes et d'une photo de l'instrument découpée dans les pages d'un magazine, puis je capturai une abeille dans les lavandes de ma mère, me servant d'un vieux piège à insectes trouvé au grenier. J'anesthésiai l'abeille dans le bocal.

Après l'avoir peinte avec de la laque pour qu'elle brille, je la déposai dans la boîte d'allumettes entrouverte et transformée en violon, collai celle-ci sur le sol de la poire, puis, avec l'aide de mon frère aîné (il devait déjà vivre à Tucson et être de passage à la maison avec Tweety, qui deviendrait sa femme), j'installai une minuscule ampoule, un peu comme une veilleuse, à l'intérieur de la poire avant de refermer celle-ci, et je fis ressortir le fil électrique discrètement par-dessous. Détail capital, je perçai à travers la peau de la poire, à travers sa chair en papier mâché, un trou permettant d'en voir l'intérieur ; et je dois l'avouer aujourd'hui encore, une fois la prise branchée et l'intérieur de la poire illuminé par le papier alu doré, l'abeille étincelante endormie dans sa boîte d'allumettes transformée en violon offrait un spectacle d'une étrange beauté. J'avais décrété qu'il s'agissait d'une poire guyot et peint l'extérieur dans de magnifiques tons pourpres, superposant plusieurs couches de peinture pour ajouter de l'épaisseur et de l'éclat. Je m'étais donné beaucoup de mal — j'*adorais* la gratuité de cette entreprise ; elle me procurait une immense satisfaction, faisait écho à mes premières affiches. Voilà, Mr. Evers, me disais-je, voilà le résultat ! — et quand j'apportai la poire dans la salle et la posai à côté de tous les dessins au crayon, j'eus la joie de voir Mr. Crace, mains jointes sous le menton (mais tirant tout de même discrètement sur sa barbiche démoniaque), glousser de plaisir.

« Eh bien voilà, annonça-t-il en nous regardant l'un après l'autre avec une lueur d'allégresse dans le regard qui me rappela soudain Willy Wonka plutôt que Petruchio. Voilà ce que j'appelle une œuvre d'art. » Il s'interrompit, se pencha pour contempler mon abeille dans son logis, puis se redressa et pivota sur lui-même. « À qui est-ce ? De qui est-ce ? De vous ? Je le savais. Bravo, Nora Eldridge. Bravo à vous. »

4

Sirena était une artiste — est une artiste. Une véritable artiste, quoi que cela signifie. Aujourd'hui elle est même connue dans certains cercles qui comptent. Bien qu'elle vive à Paris, elle n'est pas française ; elle est italienne. Cela n'a rien d'évident, car son nom de famille est Shahid, son mari a pour prénom Skandar, et son fils porte celui du dernier shah d'Iran — encore qu'aucun d'entre eux ne soit perse, de près ou de loin. Ce prénom leur a tout simplement plu. Skandar est originaire du Liban, de Beyrouth. D'accord, il a eu un ancêtre palestinien, mais c'était il y a longtemps ; et au moins une partie de sa famille, du côté de son père, je crois, a toujours vécu à Beyrouth. Une partie de lui est chrétienne et l'autre musulmane, ce qui explique sûrement beaucoup de choses, mais pas spécialement à moi. D'ailleurs ce n'est pas de Skandar que je parlais, il n'apparaît que beaucoup plus tard dans l'histoire, mais de Sirena, à qui il était marié — il l'est encore —, de Sirena italienne et artiste.

Vous auriez des excuses de la croire originaire du Moyen-Orient elle aussi, à cause de sa peau, cette peau si fine au teint olivâtre qui, sur son fils, donnait l'impression d'être poudrée, presque glauque, mais qui sur son ossature élégante semblait vieille et jeune à la fois, jeune à cause de ses joues aussi lisses et rondes que des fruits. Sirena n'avait aucune ride sauf, à droite de chaque œil, ces pattes d'oie spectaculaires, comme si elle avait passé sa vie à sourire ou à cligner des paupières au soleil. Deux sillons s'étaient également creusés des ailes de son nez à la commissure de ses lèvres, mais il ne s'agissait pas de vraies rides, seulement de rides d'expression. Elle avait un nez aquilin très marqué, italien j'imagine, sur lequel était tendue sa peau fine, parfois un peu brillante. L'arête était semée de taches de rousseur pareilles à des grains de sable épars. Elle avait les mêmes yeux que Reza, les mêmes sourcils noirs et implacables, et des cheveux raides et soyeux, noirs eux aussi, avec quelques fils argentés. Elle n'était plus si jeune — même quand je fis sa connaissance, alors que Reza avait huit ans, elle devait en avoir quarante-cinq environ, mais on ne lui aurait pas donné cet âge. Cela venait de ses yeux — de leur vivacité —, et de ses pattes d'oie. Ironie du sort, celles-ci la faisaient paraître plus jeune.

J'aurais dû la croiser lors de la Rentrée des parents fin septembre — soirée où les parents d'élèves viennent dans la salle de classe à l'heure du dîner, mystérieusement débarrassés de leur progéniture, et se glissent à la minuscule table de leur enfant pour écouter l'institutrice exposer les joies des tables de multiplication et l'importance de l'apprentissage de l'écriture cursive. Cette présentation est suivie d'un discours de Shauna McPhee, la directrice, dans l'auditorium, puis de l'incontournable pizza tiède et gélatineuse accompagnée d'une boisson gazeuse tout aussi tiède, que nous, les enseignantes assiégées et désormais épuisées, devons ensuite débarrasser.

Si j'avais alors croisé Sirena, je me serais certainement

efforcée de lui parler; or je l'avais déjà rencontrée, car Reza s'était fait casser la figure. Enfin, pas exactement : j'ai une tendance à l'exagération. Mais il avait bel et bien été agressé, et blessé.

Trois semaines après la rentrée, dans la cour de récréation un mercredi après la classe, par la première journée vraiment fraîche et automnale de la saison, trois garçons de cours moyen s'en étaient pris à Reza alors qu'il jouait sur la cage à écureuil tout seul — «avec lui-même», selon l'expression charmante de certains enfants. Ils lui jetèrent d'abord des ballons — de gros ballons, des ballons de basket, et pas pour s'amuser, avec violence, dans l'intention de nuire. «J'ai cru qu'ils jouaient à la balle au prisonnier», expliqua un autre élève qui se trouvait à proximité; malheureusement, personne n'avait proposé ce jeu à Reza, qui n'aurait de toute façon pas su en quoi il consistait — et puis pour une raison mystérieuse les choses dégénérèrent, et Owen, l'un des trois garçons, aussi grand que bête, je dois le dire, après l'avoir eu un an dans ma classe et avoir bataillé pour le faire passer dans la classe supérieure, Owen, donc, empoigna Reza par le col, le plaqua contre un pilier métallique et lui donna un coup de poing dans l'oreille. Il traita Reza de «terroriste», déclara que la cour était réservée aux Américains. Il fallut quelque temps pour éclaircir l'affaire, dans laquelle intervenait l'oncle d'Owen, atteint de stress posttraumatique après avoir servi en Irak; mais franchement, rien ne pouvait excuser ni expliquer ce fiasco navrant.

Je corrigeais les rédactions de mes élèves — un bien grand mot pour trois paragraphes sur : «Ce que j'ai préféré de notre sortie cueillette de pommes», mais je travaillais à mon bureau dans ma classe —, quand Bethany, l'une des trois étudiantes qui, leur licence en poche, font office d'animatrices après les cours, m'amena Reza. Elle avait eu la présence d'esprit d'appliquer une poche de glace sur son oreille toute rouge qui enflait déjà, mais il était blême et tremblant, les cils noyés de larmes. Bethany était trop jeune ou trop timide pour prendre les initiatives qui s'imposaient, c'est-à-dire le faire asseoir et, la main sur son épaule, respirer profondément avec lui, le calmer, puis, sans le quitter des yeux, prendre le téléphone portable et son dossier, et appeler sa mère pour lui demander de venir.

J'en voulus dans un premier temps à Sirena de laisser entendre, d'une petite voix posée à l'accent étranger, que Maria la baby-sitter passerait de toute façon le chercher dans trois quarts d'heure. Je pris — intentionnellement — une profonde inspiration avant de répondre : « Étant donné les circonstances, Mrs. Shahid, je pense que vous feriez mieux de vous déplacer en personne, et au plus vite.

— J'arrive dans dix minutes. Un quart d'heure au plus.

— Nous serons là, dans la classe. Venez dès que possible. »

Je retournai m'asseoir près de Reza, posai le bras sur le dossier de sa chaise pour le rassurer et lui demandai : « Tu veux une cannette de limonade ? J'en ai une dans mon sac. Et un Oreo ? » Je le gavai d'eau sucrée et de gâteaux secs, l'assaillis de questions sur l'incident, si bien que j'en connaissais au moins les grandes lignes, inexcusables, avant l'arrivée de Sirena. Malgré les larmes prisonnières de ses cils telles des gouttelettes de pluie sur une toile d'araignée, Reza ne pleura pas, même s'il eut quelques hoquets, sa respiration haletante secouant ses frêles épaules.

J'étais furieuse — contre les trois petites brutes, contre Bethany, Margot et Sarah qui avaient réussi le prodige de ne rien voir, et curieusement, avant même de la rencontrer, furieuse contre la mère de Reza, qui le laissait sans protection dans un pays inconnu, le confiait à un système scolaire et à des gens dont elle ignorait tout. S'il avait été mon fils, jamais je n'aurais fait une chose pareille : je l'aurais choyé, entouré, pas même par principe (encore que cela entrait en ligne de compte), mais parce qu'il s'agissait de Reza, ce jeune garçon lumineux, et tellement précieux.

Aussi, lorsqu'elle jeta un coup d'œil par la vitre en frappant timidement, puis entrouvrit la porte, je m'élançai, prête pour le plus sévère des entretiens, mais me trouvai désarmée. L'angoisse dans ses yeux — après tout, c'étaient aussi ceux de Reza — et ses quelques pas précipités à travers la salle pour le prendre dans ses bras, sa seule présence, en bref, suffit à m'adoucir. Je ne peux que deviner ce qu'ils se dirent. Ils parlèrent français ; serré contre elle, il tournait la tête contre sa poitrine, comme si le fait de humer le parfum maternel lui mettait du baume au cœur. Il était un peu trop grand pour ce genre d'étreinte — la plupart de mes élèves n'auraient pas voulu que leur institutrice voie leurs émotions ainsi mises à nu, et je les admirai, la mère et le fils, pour leur indifférence à mon égard. Il fallut une bonne minute, voire deux, pour qu'elle relève la tête, extraie une main et me la tende. « Miss Eldridge, j'étais impatiente de faire votre connaissance.

— Désolée que ce ne soit pas en d'autres circonstances. » Elle haussa vaguement les épaules. « Je me félicite que vous m'ayez appelée.

— Il y a eu un incident dans la cour de récréation.

— C'est ce que j'ai compris.

— Je n'étais pas présente, mais à en croire Reza, ce n'était absolument pas sa faute. »

Elle eut une expression qui signifiait : Comment pourrait-il en être autrement ?

49

«Notre école ne tolère aucune violence, Mrs. Shahid...

— J'en suis persuadée.

— Nous allons mener une enquête sur ce qui s'est passé, et les coupables seront sanctionnés.

— Naturellement.

— Je suis particulièrement navrée, parce que tout semble indiquer que ces garçons ont eu — ont tenu — des propos blessants et déplacés. Je tiens à ce que vous sachiez qu'à Appleton nous n'avons pas... Nous n'avons pas eu... Cela est tout à fait inhabituel. Et nous veillerons à ce que...

— Je comprends. » Elle se leva et Reza avec elle, comme des frères siamois. Elle sourit alors — et fut-ce parce que c'était aussi son sourire *à lui*? Peut-être, encore que sur le moment, cela ne m'effleura pas. Voilà en tout cas ce qui me traversa l'esprit, aussi nettement que si j'avais parlé à voix haute : «Oh, c'est donc *vous*. Bien sûr. J'aurais dû m'en douter. » Et plus tard, en y réfléchissant, les mots suivants me vinrent : «Je vous reconnais.» C'était le plus étrange des sentiments, soulagement et appréhension mêlés. Comme voir un fantôme, ou être témoin d'une épiphanie — qui donc marche toujours à ton côté? —, le sentiment que vous n'avez d'autre solution que de faire entièrement confiance.

«... tellement reconnaissante, disait-elle. Ce déménagement, tous ces changements pour Reza, cela aurait pu être... difficile. Mais il adore venir dans votre classe.

— Nous adorons l'avoir avec nous. » J'adressai un grand sourire à Reza, et il soutint mon regard avec la même expression grave et impénétrable que ce premier jour au supermarché. «Et j'espère vraiment que ce qui s'est passé aujourd'hui, si horrible que cela ait pu être, ne te fera pas détester cette école. »

Il hocha discrètement la tête : difficile de savoir si cela signifiait « oui » ou « non ».

« Mon petit prince est très courageux, déclara sa mère. Il s'en remettra. » Elle me sourit à nouveau, me regarda, me dévisagea longuement — j'eus le sentiment qu'elle *lisait* en moi. « Vous aussi me reconnaissez donc ? » eus-je envie de dire, pour m'assurer que ce n'était pas seulement un effet de mon imagination. Mais qui pouvait poser une question pareille ?

« Enchantée d'avoir fait votre connaissance, Mrs. Shahid… » Nous échangeâmes une nouvelle poignée de main, à son initiative, et sa main était menue, mais ferme, chaude et sèche. « … et je veillerai à vous informer dès que nous en saurons plus sur cet incident. Je vous appellerai. Voici mon numéro personnel en cas de besoin. Et je me réjouis de vous revoir, vous et votre mari, lors de notre Rentrée des parents la semaine prochaine.

— La semaine prochaine. Entendu, dit-elle avec un mélange d'humilité, d'amusement et de réserve. Entendu. Au revoir. »

Entendu. Entendu. Elle semblait inévitable, cette rencontre, un heureux hasard, une porte qui s'ouvrait. J'ignorais encore que Sirena était artiste, réalisait des installations, se sentait perdue sans son atelier parisien. Après leur départ, je me rassis à mon bureau, fixant des yeux non pas les paragraphes relatifs à la cueillette des pommes, mais les branches et leur feuillage automnal par la fenêtre, l'érable norvégien dans sa robe de bal aux tons pourpres, échevelé sur le même ciel immaculé que celui du 11 Septembre. Comment les feuilles pouvaient-elles ressortir si distinctement ? Pourquoi le ciel était-il d'un bleu impeccable ? Comment cet après-midi ordinaire pouvait-il soudain m'emplir non pas d'indignation comme plus tôt, mais d'euphorie — oui, d'euphorie. Assise à mon bureau, crayon à la main dans le jour déclinant, dans la lumière rasante du soleil, j'avais le trac, telle une enfant. Rien ne bougeait dans la salle, sauf l'intérieur de mon estomac.

5

Shauna McPhee fit asseoir devant elle les trois petites brutes le lendemain matin, pour discuter du partage, de la tolérance et du poids des mots. Elle leur parla sûrement de la nécessité de faire les bons choix, de leur propre sécurité, puis elle fit entrer Reza et demanda aux trois garçons de lui présenter des excuses, l'un après l'autre, de lui serrer la main devant elle, et seulement lorsqu'il fut ressorti, elle leur apprit qu'ils n'auraient pas le droit d'aller dans la cour pendant une semaine, ni à la récréation ni après la classe. Leurs parents furent également informés, et Shauna appela Sirena pour lui assurer que l'affaire était, dit-elle, « réglée ».

Comprenez-moi bien : j'admire Shauna, qui a cinq ans de moins que moi, est elle aussi célibataire et sans enfants, mais qui, contrairement à moi, est l'étoile montante des écoles publiques de la ville. À l'époque, elle dirigeait déjà Appleton depuis trois ans — nommée à ce poste avant trente ans. Je pense pourtant que l'on ne réussit dans l'administration qu'à condition de mieux comprendre les adultes que les enfants. On fait semblant de comprendre ces derniers, mais c'est une mise en scène à l'intention des adultes. Si Shauna avait eu la charge d'une classe, elle aurait perçu que les trois coupables n'étaient pas assez intelligents pour apprécier le bien-fondé des règles de tolérance et d'hospitalité, qu'ils pouvaient seulement saisir qu'elles faisaient, semblait-il, partie du règlement. Or chacun sait que l'intérêt du règlement — pour un mauvais sujet pas très doué, avec cette dose de sournoiserie animale qui représente sa plus grande fierté — n'est pas qu'on lui obéisse, mais qu'on l'enfreigne en évitant de se faire prendre. Si Shauna l'avait perçu, elle aurait vu que les trois garçons considéraient ces poignées de main rituelles dans son bureau comme une humiliation, ce qui accroissait d'autant leur ressentiment envers Reza. En «réglant» ostensiblement l'affaire, Shauna encourageait la guérilla, et je savais que je devais rester sur mes gardes.

Sirena, qui n'était pas née d'hier, le savait aussi, et me téléphona à mon domicile le soir même. J'éprouvai cet étrange frisson de jubilation en reconnaissant sa voix.

«Désolée, Miss Eldridge...

— Appelez-moi Nora, je vous en prie.»

Elle se tut. Merveilleuse et mystérieuse chose qu'un silence à l'autre bout du fil. Qui savait ce qu'il pouvait signifier? «Nora. Oui. Désolée de vous déranger chez vous, mais je souhaitais avoir votre avis.

— Au sujet des trois garçons?

— Oui, des trois garçons.» Elle répétait systématiquement vos dernières paroles avant de poursuivre, comme si une conversation était une course de relais. Je n'ai jamais pu déterminer si cela venait de sa culture — d'un particularisme italien — ou du fait de vivre en traduisant, en s'assurant d'avoir compris, ou bien simplement d'un trait de caractère sirénien. «Je voulais savoir si vous pensiez que tout irait bien avec eux, maintenant, dit-elle avec son adorable, et légèrement comique, accent italien.

— Parce que vous-même en doutez ?

— Si j'en doute ? Je ne sais pas. Parfois, tout a l'air d'aller bien, mais les enfants ont de la colère en eux. Ils n'aiment pas avoir des ennuis, ça les met encore plus en colère.

— Absolument, Mrs. Shahid.

— Sirena. Je vous en prie. Sinon je ne peux pas vous appeler Nora.

— Sirena. » Je m'efforçai de prononcer son prénom comme elle, mais le résultat n'était pas le même. « Tout ce que nous pouvons faire à ce stade, c'est rester vigilantes. À moins qu'il n'y ait un autre incident, ce que je ne souhaite pas...

— Peut-être pourrions-nous prendre un café ensemble ? »

Nouveau frisson de jubilation. Extraordinaire, ce dont le corps humain est capable, presque sans raison. Sauf si elle m'avait reconnue, elle aussi. J'eus alors le sentiment que son fils n'était qu'un prétexte — enfin, pas seulement, mais quand même.

« Un café ? Certainement.

— Pour s'expliquer. Si je peux vous parler de Reza : il vient d'un univers si différent. Il est important pour moi que cette année aux États-Unis soit positive pour lui. Il n'avait pas trop envie de ce séjour, alors... »

Pas un prétexte, donc. Une véritable raison. L'occasion pour moi d'être une meilleure enseignante. « Bien sûr. Quelle date vous conviendrait ? »

Nous nous donnâmes rendez-vous deux jours après la Rentrée des parents. Nous devions nous retrouver au café Burdick's sur Harvard Square, ce qui est bizarre, car je n'aime pas tellement l'endroit, mais cela m'étonnerait que la suggestion soit venue d'elle. J'avais dû proposer ce café en tant que haut lieu de la vie locale ; mais on y étouffe, les fenêtres sont embuées, on a du mal à dénicher une place pour s'asseoir, les pâtisseries sont trop grasses et trop chères, et pourtant il semble dommage, lorsqu'on a pris la peine d'aller au café Burdick's, de ne pas s'en offrir une. Je préfère Starbucks, où la nourriture est franchement mauvaise et où l'on s'en passe sans états d'âme. Difficile, toutefois, de donner rendez-vous chez Starbucks à quelqu'un venant de Paris.

Je me suis souvent demandé jusqu'à quel point l'attrait des Shahid tenait au fait qu'ils étaient étrangers. J'ai toujours été attirée par les étrangers. Durant mon avant-dernière année de lycée, nous avons reçu dans le cadre d'un programme d'échange une élève londonienne prénommée Hattie, et avant même son arrivée, j'avais décidé de m'en faire une amie. D'une pâleur éthérée, avec des joues rebondies et d'immenses yeux bleus, elle avait une frange décolorée et aguicheuse qui lui retombait sur le visage, et un imper noir rétro décoré d'une cible sur le dos. Robuste, mais pas obèse, plutôt costaude, elle portait des Doc Martens noires, écoutait Joy Division et le groupe Clash. Et puis elle venait de Londres, de l'Angleterre. Personne au lycée ne lui arrivait à la cheville, et je lui servis à la fois de guide et de secrétaire particulière toute l'année. Cela me rendait beaucoup plus intéressante aux yeux de mes camarades. Elle ne me révéla qu'au milieu de son séjour qu'elle était aussi jeune que moi ou presque, ce qui m'impressionna et me consterna à la fois, consternation due au fait que mon unique signe distinctif semblait soudain réduit à néant, une malheureuse corde parmi toutes celles que Hattie avait à son arc.

Pour en revenir aux étrangers : il n'y avait rien d'étranger chez mon père, qui s'habillait comme tout le monde chez

Brooks Brothers et avait grandi à Wenham, Massachusetts. Rien d'étranger chez ma mère, sauf une grand-mère italienne dont elle ne possédait qu'une photo, cette aïeule étant décédée quand ma mère avait deux ans ; et sauf une sœur très catholique qui avait envisagé d'entrer dans les ordres, ce qui la rendait passablement étrangère à nos yeux. Enfant, mon frère Matt était si américain qu'il détestait les légumes et toute nourriture exotique — indienne, chinoise, thaï, il les dédaignait en bloc, affirmant que c'était de la viande de cheval noyée dans une sauce marron. Il n'a sans doute pas beaucoup changé. Non, cette fascination pour les étrangers m'était propre.

« Il y a presque toujours eu des Eldridge par ici, répétait mon père avec suffisance, en ouvrant une bouteille de vin ou en servant la purée de pommes de terre. Nous sommes une vieille famille. » Et à Manchester-by-the-Sea, à quelques minutes à vélo des somptueuses villas de l'aristocratie, je mesurais combien le « presque » de mon père était révélateur, combien il conduisait implacablement à notre humble porte.

J'avais toujours pensé vivre un jour à Paris, à Rome ou à Madrid — au moins quelque temps. Je m'étonne à présent de n'avoir pas rêvé de Zanzibar, de Papeete ou de Tachkent : même mon imaginaire était prudent, un imaginaire de fille bien, aussi blanc qu'une amande mondée. Aujourd'hui, à ce simple souvenir, mes poings se serrent et mes orteils se recroquevillent.

Ces dernières années, j'ai souvent pensé à « The Ballad of Lucy Jordan », la chanson de Marianne Faithfull — *At the age of thirty-seven, she realized she'd never ride through Paris in a sports car, with the warm wind in her hair...* —, chaque fois avec des picotements dans les yeux. Non pas à l'idée que je ne traverserais jamais Paris en voiture de sport — à trente-sept ou trente-huit ans, et même à trente-neuf, j'avais dans ma folie la certitude erronée que cette expérience était imminente —, mais parce que Marianne a raison de dire que la trente-septième année — la première de mes années Reza — est l'heure du bilan, celle où vous devez admettre une fois pour toutes que votre vie a une forme et un horizon, que vous ne deviendrez sans doute jamais présidente ni millionnaire, et que si vous êtes sans enfants, fort probablement vous le resterez. S'ensuit une période de transition vers la vieillesse définitive et officielle, à ceci près que je n'opérai pas cette transition. Ces années me servirent à autre chose, du moins le pensais-je. Je crus pouvoir donner de la réalité à mon existence — ne parlait-on pas, dans les années soixante, de « se réaliser » ? —, mais il semble, aujourd'hui encore, que je ne sois toujours pas sortie du Palais des Glaces.

6

Lorsque Sirena brilla par son absence à la Rentrée des parents, j'hésitai à téléphoner pour lui rappeler notre rendez-vous au café Burdick's deux jours plus tard. Je décidai de patienter. J'eus conscience de manquer de professionnalisme, mais aussi, tout bêtement, de réagir de manière un peu puérile. Je mettais son amitié à l'épreuve.

Elle réussit le test. Elle vint, quoique avec près d'un quart d'heure de retard, et apparemment chargée d'une demi-douzaine de sacs et de paquets avec lesquels, hors d'haleine, elle bouscula maladroitement les autres clients : elle heurta même à l'arrière du crâne une vieille dame qui buvait un chocolat chaud.

Comme j'attendais depuis quelque temps, j'avais pu nous trouver une place assise. Les tables et tabourets de l'établissement étaient petits, très rapprochés et inconfortables, mais nous nous installâmes tant bien que mal, entassant les achats de Sirena à nos pieds. Nous gardâmes nos manteaux malgré la chaleur, faute de savoir où les poser.

« Quelques courses ?

— Oui, quelques courses. C'est l'anniversaire de mon mari, demain. » Elle eut un joli rire. « Nous offrons beaucoup de cadeaux. Rien d'extraordinaire, mais toutes sortes de petites choses. C'est toujours un défi, de trouver ce qui convient. Il est un peu... maniaquerie.

— Un peu maniaque.

— Exactement.

— Et c'est à cause de son travail que vous êtes là ?

— Pour un an seulement. Il a une bourse de l'université, pour écrire son livre.

— Un livre sur quoi ?

— Il faudra lui demander de vous l'expliquer, parce que moi j'aurai du mal. Sur l'éthique. L'éthique et l'histoire. Il s'intéresse à l'impossibilité de raconter une histoire objectivement — l'objectivité n'existe pas, après tout —, et on doit donc essayer de la raconter d'un point de vue éthique, mais qu'est-ce que cela signifie ?

— Pourquoi l'objectivité est-elle impossible ?

— Parce qu'on ne connaît jamais qu'une partie de l'histoire. On ne peut pas prendre une photo à trois cent soixante degrés ; on ne peut pas, même pendant une seconde, montrer tout ce qu'on vit. Alors comment pourrait-on le faire pour l'histoire de quelqu'un ou d'un peuple ? Pour l'histoire d'une nation ? C'est impossible. » Elle leva joyeusement les bras en signe d'impuissance.

« Et vous, que faites-vous ? Vous êtes historienne, ou spécialiste de l'éthique, vous aussi ?

— Oh non ! Je ne pourrais jamais. Les mots ne sont pas mon domaine. » Elle me dévisagea, le marbre noir de ses yeux soudain illuminé. « Je suis une artiste. Je crée. Des installations. Parfois des vidéos. » Elle parlait aussi calmement que si elle déclarait faire de la pâtisserie ou collectionner les timbres, et je sus qu'elle disait vrai.

« Vous plaisantez.

— Non. Pourquoi ?

— Moi aussi je suis une artiste. »

À son aveu, mon cœur avait bondi dans ma poitrine — Oui ! Bien sûr ! Nous avions cela en commun ! —, mais je redoutai, à cause de son sourire, qu'elle ne se montre condescendante. Elle devait penser que l'art ne représentait pour moi qu'un passe-temps. Que j'étais une simple institutrice. Mais elle était trop polie pour le dire. « Ah bon, répondit-elle. Il faut que vous me parliez de votre travail.

— Non, non. Je préfère que vous me parliez du vôtre. On pourra revenir sur le mien une autre fois… » Je m'avançais, car cela supposait qu'il y aurait une autre fois. « Je suis là pour en savoir plus sur la vie de Reza ; c'est-à-dire sur la vôtre et celle de votre mari.

— Sur la nôtre, il n'y a pas grand-chose à dire. Mais sur Reza : nous le chérissons parce que nous n'avons pas pu — je n'ai pas pu — avoir d'autres enfants. Avez-vous des frères et des sœurs, Nora ?

— Un frère aîné.

— Alors vous savez combien c'est important. Je viens d'une famille de cinq enfants. Chez Skandar, ils étaient trois, bien qu'il ait perdu un de ses frères. Mais nous voulions tous deux plusieurs enfants, dans l'intérêt de Reza, en fait.

— En tant qu'enseignante, je dois dire que les enfants uniques réussissent souvent mieux leur scolarité…

— Oui, parce que nous, leurs parents, les choyons et leur consacrons tellement de temps. Les enfants uniques, vous savez, ils deviennent comme une troisième personne au sein d'un couple. Ils n'ont pas trop l'occasion d'être des enfants, plutôt de petits adultes.

— C'est ce qui vous inquiète, pour Reza ?

— C'est ce qui nous inquiète. À Paris, nous le faisions

vivre dans un monde d'enfants. Il a des cousins — pas des vrais, ceux-là sont en Italie —, mais des amis aussi proches que des cousins. Rien que dans notre immeuble, il en a trois, dont une petite fille qui a trois semaines de plus que lui et qu'il connaît depuis toujours. Ils se voient presque chaque jour.

— Donc c'est une transition difficile pour lui, de venir ici.

— Pour nous tous, oui, bien sûr.

— C'est bon à savoir. Je vous en remercie. » J'avais espéré une révélation plus intime. Je ne sais pas trop laquelle.

« Mais avec cette agression, voyez-vous…

— Oui, c'était certainement horrible. Je surveillerai les choses de près. Il s'agissait toutefois d'élèves plus âgés, qui ne le connaissaient pas. Dans notre classe, il est extrêmement populaire. Très apprécié. Des garçons comme des filles. C'est un enfant très gentil.

— Oui, très gentil.

— Et il fait de gros progrès en anglais.

— Oui. On ne parle plus qu'anglais au dîner, désormais, pour s'entraîner. Tous les trois, avec des fautes. "S'il te plaît, passe-moi…", disons-nous, et puis : "… cette chose", si on ne connaît pas le mot. Parfois nous sommes trop fatigués. Mais maintenant, c'est Reza qui nous apprend des mots.

— Pas les plus grossiers, j'espère.

— Ceux-là aussi. » Elle sourit.

Nous avions fini notre café. Ce moment de reconnaissance, ce signe révélateur — il fallait qu'ils aient un sens.

« Mais votre pratique artistique, repris-je. Vous deviez m'en dire plus. »

Au cours de cette première conversation, elle me décrivit ses installations, qui consistaient — comme je le verrais finalement de mes propres yeux — en des jungles et des jardins luxuriants faits d'objets domestiques ou au rebut : des primevères sculptées avec sophistication dans des savonnettes, des tulipes et des lys épanouis, fabriqués à l'aide de torchons à vaisselle teints, et des plantes grimpantes argentées, empesées, confectionnées à partir de fils à linge et de papier alu, avec une précision et un soin impeccables. J'eus du mal à me les représenter lorsqu'elle les évoqua, mais l'idée même me parlait : des visions du paradis, d'un autre monde, celui du beau, et puis une fois dedans, de près, on s'aperçoit que les fleurs sont mouchetées de crasse, que les plantes grimpantes s'effritent, que les scarabées étincelants qui rampent sur les feuilles d'un blanc cireux ne sont que des capsules moisies ou de vieux boutons de cuir auxquels on a ajouté des pattes. Les installations de Sirena portaient des noms inspirés par les contes de fées et les mythes — La Forêt d'Arden, Avalon, Oz, Elseneur —, mais il s'agissait en réalité de la cuisine ou de la buanderie, et le spectateur s'apercevait tôt ou tard qu'un évier vétuste se cachait derrière la cascade, ou que les rochers entre les arbres étaient un lave-linge et un sèche-linge noircis au chalumeau et recouverts de feutrine sombre.

Elle me confia avoir récemment réalisé des vidéos de ses installations, vidéos montrant justement que le monde du beau n'était qu'un faux-semblant fait de détritus, mais elle devait d'abord le filmer de façon à ce qu'il paraisse d'une beauté absolue, et cela pouvait se révéler difficile. La narration surtout, ajouta-t-elle : lorsqu'on réalisait une vidéo, il fallait que celle-ci raconte une histoire, or une histoire évoluait à son rythme, à son gré, et pas toujours dans la direction souhaitée.

Elle m'expliqua tout cela et je me rendais compte qu'elle

en parlait avec fierté, voire avec passion, mais aussi qu'elle gardait une expression vaguement désabusée. Cela piqua ma curiosité.

«Je pourrais voir à quoi vous travaillez en ce moment?» demandai-je.

Elle secoua la tête en signe de dénégation, m'observa à travers les cheveux qui voilaient son regard. «Je suis censée construire le Pays des Merveilles — c'est mon prochain projet. Mais je n'ai rien apporté ici. Je pourrai peut-être vous montrer une vidéo des premières versions, encore que ce ne soit pas vraiment la même chose.

— Pourquoi?

— À cause du décor, de mes outils, de tout mon univers que j'ai laissé là-bas.

— Mais vous n'allez pas pouvoir rester un an sans travailler!

— Non. Je deviendrais un monstre dont ni Reza ni Skandar ne voudraient plus. Mon travail est ce qui m'empêche de perdre la tête. Trop d'idées noires, sinon.

— C'est pareil pour moi. Il faut que je travaille, sinon je deviens folle. »

Elle sourit avec sincérité, comme si elle avait réellement envie d'en savoir plus sur moi, à présent. Alors je lui racontai que je peignais autrefois d'immenses tableaux désordonnés, mais qu'après la maladie de ma mère, pendant toutes les années où elle se mourait, perdant ses capacités une à une, il m'était devenu impossible de peindre, de faire de grands gestes, et je m'étais alors tournée vers de petites choses, des œuvres de la taille d'une boîte à chaussures, des dioramas à l'échelle des constructions vitrines de Joseph Cornell, comme si cela au moins, on ne pourrait pas me l'enlever — autant de fragments accumulés pour étayer mes ruines.

Cette fois-là, je ne lui expliquai pas que je n'essayais même plus de montrer mon travail, et encore moins de le vendre, que j'avais abandonné toute idée de lui trouver une place dans le monde — car curieusement, au cours de cette longue et lente agonie, j'avais eu l'impression que le seul moyen dont je disposais pour tenter de garder ma mère en vie était de ramasser mes forces et de me cramponner, me cramponner à ce que je faisais comme elle-même m'avait faite. Je redoutais que ce soit incompréhensible, raison pour laquelle je n'abordai pas le sujet cette fois-là. Mais je parlai de mes boîtes illuminées, des scènes et des mondes en miniature que je créais, et du fait que toujours, cachée quelque part, là où on la voyait à peine ou pas du tout, se trouvait une petite silhouette dorée qui incarnait la Joie.

« Il m'est difficile de croire en elle, dis-je, mais c'est la chose la plus importante en laquelle je doive croire. Alors je lui fais une place, quoi qu'il arrive. Même dans les scènes représentant la mort, je lui fais une place.

— Comme je vous comprends. » Je sentis que c'était vrai, et soudain l'après-midi valut la peine, le signe révélateur avait bien un sens, nous pouvions nous lever et quitter notre petite table bancale du café Burdick's, nous séparer dans la lumière devenue crépusculaire.

Rassemblant ses paquets à tâtons, avec une maladresse que je trouvai adorable, elle déclara, sans lever les yeux : « J'envisage de louer un atelier, mais celui qui me plaît le plus est trop grand pour moi seule. Ce serait mieux de le partager. Vous seriez intéressée ?

— Oui », répondis-je avant d'avoir vraiment compris ce qu'elle me proposait. Ce fut un « oui » très rapide.

Dehors, sur le trottoir, elle posa la main sur mon bras, tout comme son fils avait posé sa petite main sur mon avant-bras.

Je savais désormais d'où venait ce geste. «Je vous appelle, dit-elle. Ce week-end, vous pourrez venir visiter l'atelier avec moi. Samedi après-midi, peut-être? Skandar et Reza pourront faire quelque chose ensemble.

— Oui», répondis-je à nouveau, négligeant le fait que j'avais promis à mon père d'aller le voir ce jour-là, que j'allais devoir lui téléphoner, décevoir ce vieil homme grisonnant et maigre, seul dans son appartement de Brookline, qui comptait les heures jusqu'à ma venue. Et quand je m'aperçus de mon étourderie, je n'eus pas l'ombre d'une hésitation; sans attendre la confirmation de Sirena, je l'appelai, l'imaginant dans son salon surchauffé aux murs jaune citron, avec cette étrange moquette cossue couleur vieux rose, choisie par ma mère quand ils avaient emménagé après leur départ de Manchester, lorsque les dés étaient déjà jetés, mais qu'elle pouvait encore faire ce genre de choix — troublant, pour moi, que ma mère ait délibérément transformé cet appartement en celui d'une personne âgée, dont les couleurs, et le mobilier récupéré dans leur ancienne demeure, contribuaient le plus à créer une atmosphère feutrée de maison de retraite, comme si, ce faisant, elle avait voulu se projeter dans la vieillesse (elle n'était pas vieille, à l'époque, ni même à sa mort), comme si elle avait pu prolonger son existence simplement en plantant le décor adéquat —, et chaque fois que je parlais à mon père au téléphone, je me le représentais désolé dans cet océan de rose et de jaune, malgré son indifférence apparente. Je l'informai que j'avais un engagement imprévu; je laissai entendre que c'était en rapport avec l'école. Il s'efforça de s'en réjouir pour moi, y voyant sans doute l'annonce d'une promotion quelconque, tandis que de mon côté je m'irritais ostensiblement de cette obligation, comme si je n'avais aucune envie de m'en acquitter. Nous nous jouions mutuellement une comédie bon enfant qui durait depuis si longtemps que nous en avions à peine conscience ; mais il savait sûrement que je n'étais pas vraiment contrariée, de même que je le savais déçu, et j'avoue à ma grande honte que j'étais trop surexcitée pour m'en préoccuper suffisamment.

*

Arrive un moment, comme dans la ballade de Lucy Jordan, où votre existence vous paraît étriquée, où tout se répète à l'infini autour de vous, où vous pensez que rien ne changera jamais, qu'il n'y a plus d'espoir pour vous — et si vous êtes comme moi, à l'aube de cette prise de conscience, vous ne cédez même pas à la colère. À la consternation, peut-être ; à la stupéfaction ; mais ainsi va la vie, semble-t-il, dans ce monde où l'arrivée du catalogue de vente par correspondance Garnet Hill, que vous feuilletterez dans les toilettes, constitue le grand événement de la journée, où l'unique triomphe est de faire une longue promenade dans le magnifique cimetière enneigé après la première tempête de l'hiver sans vous perdre parmi les morts, en réussissant à retrouver la pierre tombale de votre mère et à les embrasser, le marbre et elle : oui, un triomphe. La pierre vous glace les lèvres et le nez ; et le ciel, avec ses crêtes de nuages, a des reflets mauves. On est loin des vernissages chics dans les galeries du Meatpacking District de New York, auxquels vous vous croyiez naguère destinée ; et si beau soit-il — le chagrin a sa beauté, lui aussi —, ce modeste triomphe n'a rien d'un commencement. Disons que les grilles ouvertes d'un cimetière ne sont pas nécessairement celles que vous avez envie de franchir.

Mais il semble — dirait-on — que ce soit tout ce qu'il y a, la Mort ou le catalogue Garnet Hill, ce divertissement joyeux et bon marché pour faire oublier la Mort ; ou à la rigueur *New York, police judiciaire*, car sur une chaîne ou sur une autre, à toute heure du jour ou de la nuit, vous pouvez trouver un épisode — Inspecteur Benson ! Inspecteur Stabler ! Ces chers disparus ! — et ne plus vous sentir seule.

Et puis soudain il y a autre chose. Au moment où vous vous y attendiez le moins. Soudain une occasion se présente, une porte s'ouvre, une personne ou plusieurs dont vous n'auriez jamais soupçonné l'existence surgit, et — ô joie ! — vous avez l'impression de découvrir un trésor, alors même que le monde paraissait avoir définitivement perdu son éclat. Cela suffit à vous faire oublier un temps — voire très longtemps — que vous ayez pu céder à la colère, savoir ce que c'était que la colère.

7

Lorsque je suis allée à l'université — à Middlebury, un petit établissement du Vermont spécialisé en lettres et sciences humaines, et réputé pour sa faculté des langues —, ce ne fut pas pour étudier les arts plastiques. Il ne servait pas à grand-chose d'aller à Middlebury pour cela. C'était un conflit, ou plutôt une discussion, que j'avais eu avec mes parents avant de choisir mon université. J'avais posé ma candidature à l'école de design de Rhode Island, à Providence, et à l'institut Pratt à New York, ainsi que dans plusieurs facultés de lettres, et mes parents m'avaient un jour fait asseoir pour m'expliquer qu'à leur avis je gâcherais mes chances en me lançant dans des études artistiques. Que mon père défende ce point de vue ne me surprenait pas, mais je faisais confiance à ma mère et j'écoutai ses conseils.

« Tu pratiqueras ton art d'une manière ou d'une autre, dit-elle. Tu n'as pas besoin d'un diplôme pour ça. Honnêtement, l'art existe dans un royaume où les diplômes sont sans valeur.

— Pourquoi aller à l'université dans ce cas ? Pourquoi ne pas me consacrer à l'art ?

— Écoute, ma Souris. » Ma mère me surnommait Souris ;

personne d'autre ne m'appelait ainsi, pas même mon père, et quand elle ne put plus parler, j'eus la sensation qu'elle prononçait ce mot avec ses yeux en me regardant. « Tu n'as que seize ans. Tu n'as pas l'âge de voter ni de boire de l'alcool, ni de signer un bail de location. Tu as à peine l'âge de conduire une voiture. Tu peux partir à l'université, ou bien rester faire de l'art dans le garage et vendre des cornets de glace toute la journée à l'autre bout de la rue. À toi de choisir, mais moi je n'hésiterais pas : je quitterais ce trou où il ne se passe rien ! Pour voir le monde.

— Et pourquoi tu ne le fais pas ?

— Faire quoi ?

— Partir voir le monde.

— Oh, ma Souris... » Elle me caressa les cheveux, et ils étaient si longs, à l'époque, que cela signifiait me caresser également le dos sur presque toute sa longueur. Comme un chat plus que comme une souris. J'adorais cela. J'adorais être son enfant. Je me rappelle l'avoir contemplée en songeant qu'elle était la plus belle chose au monde. « J'ai eu mon heure, ma chérie. Peut-être reviendra-t-elle. Dans l'immédiat, on a besoin de moi ici.

— Pourquoi ?

— Tu ne l'as donc pas remarqué ? Je tiens la maison. Les mères sont là pour ça.

— Mais je vais partir, et alors...

— J'aime ton papa. Il a besoin d'une maison bien tenue, lui aussi. »

Nous revînmes à la question de l'université, et des études artistiques ne semblaient pas envisageables, car nous n'avions pas d'argent — à peine de quoi, même en empruntant, m'envoyer où que ce soit — et ma mère tenait à ce que je puisse ensuite trouver un emploi.

« Tu n'es encore qu'un bébé, tu auras tout le temps de faire des études artistiques plus tard. Avec un master d'arts plastiques en plus de ta licence, toutes les portes te seront ouvertes. Je veux que tu mettes toutes les chances de ton côté. Ce n'est plus comme quand j'avais ton âge, avec ces diplômes qui servaient surtout à trouver un mari. Pas question que tu vives d'argent de poche, que tu dépendes d'un homme, si amoureuse sois-tu. Tu n'auras de comptes à rendre qu'à toi-même. On était pourtant d'accord, non ? » Il y avait dans sa voix cette tension que j'attribuai alors à la tristesse, mais que je vois aujourd'hui comme de la fureur, celle qui surgissait durant ses phases intermittentes de désespoir. Ainsi partis-je pour Middlebury.

J'ai toujours considéré que le grand dilemme dans la vie de ma mère avait été d'entrevoir la liberté trop tard, à un coût trop élevé. Elle appartenait à cette génération pour qui les règles avaient changé à mi-parcours, qui était née dans ce monde de linge bien repassé, de dîners avec entrée, plat et dessert, de chignons sophistiqués avec beaucoup de laque, où l'on donnait aux femmes une éducation avant de les cantonner aux tâches ménagères — un peu comme on choisirait une nappe brodée avec art pour servir le petit déjeuner à des enfants turbulents. Son diplôme de l'université du Michigan était purement décoratif, et j'avais toujours trouvé significatif qu'il dorme au grenier dans son cadre festonné de poussière, parmi une dizaine de tableaux sans intérêt qu'elle avait reniés, derrière des caisses de jouets au rebut. Première femme de sa famille à aller à l'université, elle avait pris la peine de l'encadrer, pour finir par en avoir honte, parce qu'elle n'en avait rien fait, qu'elle avait gâché ses chances.

Le passage de la fierté à la honte eut lieu peu après ma

naissance, selon moi : je vins au monde en 1967, et en 1970, ses deux meilleures amies à Manchester divorcèrent et déménagèrent pour se convertir à la vie tumultueuse, mais pas nécessairement plus heureuse, des femmes libérées. Mon frère était né en 1959, alors que Bella Eldridge avait tout juste vingt-trois ans : voilà ce qu'elle avait fait de ses précieuses études.

Pour autant que je pouvais en juger, elle ne s'était pas laissé dévorer par les exigences d'une première maternité. En ce temps-là, toutes les jeunes femmes de son entourage se trouvaient dans le même cas et parlaient de Jane Austen en prenant un café, pendant que leurs rejetons dans leurs couches en tissu rampaient à même le sol — certaines d'entre elles, encore plus ou moins étudiantes, se réjouissaient d'échapper aux soucis d'argent et croyaient naïvement que la vie était longue, qu'elle leur apporterait autre chose qu'un intérieur moquetté et une nouvelle mijoteuse électrique, en plus du dîner occasionnel chez Locke-Ober ou au Copley Plaza à Boston pour fêter leur anniversaire. Elle était encore assez jeune pour avoir foi en l'avenir.

Il y a une profusion de films en super-huit et de diapositives jaunies de Matthew bébé, avec sa tête vaguement carrée à la Frankenstein et ses yeux bleu vif — il ressemble de manière troublante à un nourrisson de son époque, a cet air typiquement américain que les bébés d'aujourd'hui semblent dédaigner —, et ma mère sourit à l'arrière-plan, le visage anguleux, cigarette à la main. Elle sourit devant la balançoire, sourit près du sapin de Noël, sourit derrière la table du pique-nique avec sa nappe de vichy bleu et blanc, le jour de la fête nationale.

Sur les photos plus tardives, les rares qui restent de ma petite enfance, même la lumière du jour paraît s'être assombrie. Peut-être la maison Kodak avait-elle modifié ses pellicules; à moins que le monde n'ait changé. J'étais une enfant plus petite, plus maussade, née avec trois semaines d'avance, pesant moins de trois kilos («une impatiente, ma fille», répétait mon père), avec des cheveux noirs et drus qui tombèrent peu après, me laissant quasiment chauve pendant des mois. Je ressemble à une grenouille ahurie parée de jolies robes, un pied potelé pointant sous l'ourlet, et mon frère, solide garçon de huit ans avec des dents de lapin, m'observe du coin de l'œil à l'écart. Ma mère figure à peine sur ces clichés. Elle devait en être l'auteur. Il n'existe qu'une photo de Noël de nous trois, prise par mon père; d'après ma mère, c'était l'année où Matthew et moi avions attrapé la grippe en même temps, et nous avons tous des couleurs, les joues roses comme celles des poupées, y compris celles de ma mère aux longs cheveux décoiffés, et dont le tablier à pois glisse de son épaule. Sans doute à cause de la fièvre, nous avons l'air tristes — même les yeux de Matthew paraissent noirs, et ma mère esquisse un demi-sourire sarcastique, comme si elle s'apprêtait à dire à mon père d'arrêter les frais et de ranger ce maudit appareil.

Je ne me souviens pas d'avoir eu une enfance malheureuse — au contraire; ma seule crainte, c'était mon frère qui me pinçait de toutes ses forces à la première occasion —, mais d'après les rares témoignages, ma mère n'allait pas bien. Elle n'avait que trente et un ans à ma naissance, mais elle était déjà passée par là et savait ce qu'elle allait devoir donner, savait aussi que, telle la Belle au bois dormant, elle s'éveillait du rêve de la maternité pour découvrir que les années avaient filé et que la quarantaine se profilait à l'horizon. Rien d'étonnant à ce qu'elle se soit ensuite lancée dans ses projets insensés — la cuisine, la couture, l'écriture de livres pour enfants que personne ne voulait publier, et qu'elle ne chercha d'ailleurs pas vraiment à faire publier —, tous censés la catapulter dans un monde plus vaste, hors des limites de Manchester, dans ses rêves d'adolescente qui éclairaient encore vaguement son regard. Et lorsqu'elle s'inscrivit à des cours — «Initiation à la poterie au tour» ou «Converser en français» —, même là il était difficile de la prendre au sérieux. Le seul emploi rémunéré qu'elle ait occupé quand j'étais jeune, ce fut à la librairie locale qui embauchait pendant les fêtes — deux ou trois étudiants et ma mère — pour faire face à l'afflux de clients avant Noël. Elle y travailla plusieurs années de suite et devint experte dans la confection de jolis paquets cadeaux parfaitement emballés, avec des rosettes de ruban doré.

Elle n'était pas ambitieuse au sens propre. Celles de ses amies qui l'étaient mettaient en place une stratégie, suivaient des cours du soir en droit ou préparaient l'examen pour devenir agent immobilier, et alors seulement elles s'éloignaient de leur foyer, s'aventuraient dans le vaste monde. Elle les admirait et leur en voulait à la fois, de même que les femmes rondelettes admirent leurs amies qui réussissent un régime, tout en leur en voulant, et en leur servant avec un large sourire une énorme part de gâteau au chocolat. Elle ne restait pas en contact avec celles qui retournaient travailler, ou qui divorçaient et allaient vivre à Boston : elle organisait un déjeuner d'adieu pour fêter leur départ, comme si elles s'embarquaient pour une mission périlleuse dont nul ne pouvait revenir indemne — ce qui était vrai.

Vous souvenez-vous des déjeuners entre amies de cette époque ? Le couvert mis dès le début de la matinée. Le saumon poché servi froid et la salade Waldorf, les pichets de thé glacé, les bouteilles de vin blanc couvertes de condensation, le plus beau service de porcelaine sorti pour l'occasion, et toutes ces dames encore dans leur nuage bleuté de fumée de cigarettes à mon retour de l'école, comme si rien, absolument rien ne les appelait ailleurs. Et ma certitude, déjà, que dès qu'elles quitteraient ce cercle enchanté, elles disparaîtraient à jamais.

Quand j'avais environ sept ans, durant la semaine précédant Noël — avant l'emploi à la librairie, précisons-le ; et je m'aperçois aujourd'hui seulement qu'il fut la conséquence directe de cet incident —, ma mère fondit en larmes au supermarché A&P, le visage soudain couvert de marbrures rouges à la lumière jaunâtre du magasin. J'avais réclamé une gâterie — un pot de chocolat Koogle, peut-être, dont les mamans les plus compréhensives autorisaient leurs enfants à tartiner leurs sandwichs pour l'école, sur du pain blanc beurré : le dessert comme plat principal ! Le monde à l'envers ! — et elle s'était décomposée.

« Je suis tellement désolée », répétait-elle bêtement, les joues ruisselantes, avec une impudeur gênante, tandis que je tentais de les pousser, elle et le chariot, sans quitter le sol des yeux. « Mais il n'y a rien pour ton frère et toi. Rien du tout. Je n'ai rien pour vous à Noël. Il ne nous reste plus d'argent. » Elle laissa échapper une plainte étouffée ; j'aurais voulu rentrer sous terre. « J'ai dû faire réparer le lave-linge, et puis on a reçu ce caillou dans le pare-brise, et pour le remplacer — tout est si cher, vois-tu, alors il n'y a plus rien. Et je ne peux pas demander à ton père. Je ne peux pas lui réclamer davantage d'argent. Donc il ne reste rien pour vous. Je suis tellement désolée. » Ma mère, vous l'aurez compris, vivait d'une allocation que lui versait mon père — un salaire, si vous préférez ; il avait son compte en banque, elle avait le sien, et chaque mois il lui virait une somme fixe avec laquelle elle tenait la maison. Cet argent était passé dans les dépenses domestiques, et il ne restait rien pour les cadeaux. Malgré mon jeune âge, je comprenais les principes de base de cet arrangement.

«Ce n'est pas grave, dis-je, essayant de la consoler sans nous couvrir de honte à nouveau. Je me moque des cadeaux.» Or je ne m'en moquais pas, j'étais déçue, d'autant que j'étais encore censée croire au Père Noël, et ce débordement, tel le magicien d'Oz surgissant de derrière son rideau, m'apparaissait comme une violation inqualifiable des convenances et de nos nécessaires hypocrisies. «Vraiment, ce n'est pas grave.»

Soudain — de manière inexplicable pour moi à l'époque, mais tellement évidente à présent — elle se mit à vitupérer, furieuse, un éclat aussi gênant dans ce supermarché que ses larmes l'avaient été. «Ne te retrouve jamais acculée ainsi, siffla-t-elle entre ses dents. Tu me le promets? Promets-le-moi.

— Je te le promets.

— Il faut que tu sois indépendante, que tu gagnes ta vie, afin de ne pas avoir à mendier, à tenter d'économiser dix dollars pour les cadeaux de Noël de tes gosses. Ni à vivre aux crochets d'un père — ou d'un mari — au salaire dérisoire. Jamais. Au grand jamais. Tu me le promets?

— Je te l'ai déjà promis.

— Parce que c'est très important.

— Je sais.»

Et l'incident fut clos. Lorsque nous atteignîmes la caisse, elle avait séché ses larmes et affichait un sourire radieux, seul son mascara qui coulait un peu trahissait sa détresse. Notre caissière était Sadie, la fille de ma vieille institutrice de cours préparatoire, une jeune femme qui parlait très fort et très lentement, comme si elle ou nous étions sourdes. Ses cheveux bruns, attachés en queue-de-cheval sur un côté du crâne, rappelaient la poignée d'une ancienne pompe à eau.

« Mrs. Eldridge ! s'écria-t-elle. Quel plaisir de vous voir ! Comme toujours !

— Tout le plaisir est pour moi, chère Sadie.

— Vivement les fêtes, n'est-ce pas ?

— Oh que oui ! C'est le meilleur moment de l'année, non ?

— Le meilleur. J'adore cette période. Pas toi, Nora ? »

J'étais trop occupée à observer ma mère pour répondre. Elle entassait les provisions sur le tapis roulant avec une expression de nostalgie si intense sur le visage qu'elle ressemblait à un portrait de Norman Rockwell. Je me rendis compte qu'elle croyait sincèrement ce qu'elle venait de dire à Sadie, que c'était le meilleur moment de l'année. Quelqu'un d'autre qu'elle avait pleuré et vitupéré un instant plus tôt, une femme que Bella Eldridge n'aurait jamais reconnue.

*

Ma mère n'avait pas la larme facile et je la voyais rarement pleurer, mais une autre crise m'est restée en mémoire. C'était juste avant que Matt ne parte à l'université — en plein été, car je me souviens que nous grelottions dans la salle climatisée du restaurant chinois Hunan Gourmet. Mon frère, de mauvaise humeur, aurait sans doute voulu être déjà parti. Mon père, avec la douceur qui le caractérisait, ne sentait pas la tension monter autour de la table, ne remarquait pas la jovialité forcée de ma mère ni sa façon, durant tout le repas, de tendre la main vers la manche de Matt, puis de la retirer juste avant de lui toucher le bras, sorte de tic fantôme. Apparemment, j'étais la seule à y prêter attention, la seule à nous voir tous les quatre dans nos fauteuils de similicuir, penchés sur la nappe en synthétique (elle se plissait à chacun de nos mouvements, puis se remettait docilement en place), le père et le fils évoquant vaguement la saison de football américain toute proche et le fait que mon frère allait devoir soutenir l'équipe de Notre-Dame, à présent qu'il partait là-bas, dans l'Indiana. Ma mère, qui détestait le sport, tentait désespérément de changer de sujet, tirant sur tous les fils possibles (le campus? Le voyage? La décision de Busby, l'ami de Matt, d'aller à Bowdoin?), telle une pie à l'œil vitreux : agacée, persévérante, rapide. Je n'ouvris pas la bouche de la soirée — c'était souvent le cas dans notre famille, à cause du manque d'échanges entre Matthew et moi, hormis ses quelques insultes ou l'hostilité muette avec laquelle il m'ébouriffait les cheveux. Même quand nous étions tous réunis, nos parents se comportaient soit comme les siens soit comme les miens, passant d'un mode à l'autre, seulement capables de s'occuper correctement d'un seul d'entre nous, ces deux enfants qui se trouvaient partager les mêmes progéniteurs maudits. Or le dîner au Hunan Gourmet était une soirée en l'honneur de Matthew Eldridge.

Ce fut un biscuit chinois contenant une prédiction qui terrassa ma mère. La mienne tenait en un mot : «Alléluia!» et celle de Matt promettait : «Bientôt quelques vacances pour vous.» Celle de notre père affirmait : «Ce n'est pas l'état des choses, mais notre état d'esprit qui nous rend heureux» — et ma mère fût-elle tombée sur celle-là, tout se serait sans doute bien passé. Mais la sienne rappelait : « On est tourmenté par ce que l'on n'a pas fait » — je ne le découvris qu'en ramassant le bout de papier avant de quitter le restaurant. À la lecture de cette phrase, elle laissa échapper un petit cri, comme si elle s'était blessée, roula le papier en boule et le jeta par terre, puis se tut, et durant les dix dernières minutes du repas, je regardai les larmes se former au coin de ses paupières et rouler sans bruit sur ses joues, regardai sa lèvre inférieure trembler, regardai mon frère et mon père se lancer avec une ardeur redoublée dans leur conversation footballistique (tout à ses efforts, Matt en oublia même son humeur grincheuse), comme si de rien n'était. Personne n'adressa la parole à ma mère, personne ne la questionna même sur le contenu de sa prédiction. Ce fut seulement en sortant du restaurant que mon père posa la main sur l'épaule de Matt et murmura, du ton franc et direct des hommes de l'époque : « Sois gentil avec ta mère pendant les jours qui restent. C'est dur pour elle de te voir partir. » Et moi, du haut de mes huit ans, je me demandai brièvement si Notre-Dame était un endroit aussi dangereux que le Vietnam (le cousin de mon amie Sheila s'y était fait tuer deux ans plus tôt, et le frère aîné d'un garçon de ma classe en était revenu à demi fou), mais je ne posai pas la question.

Au fil des ans, j'ai tenté de comprendre les émotions de ma mère à ce moment-là — du regret à cause d'une histoire d'amour inaboutie ? L'heure du bilan, comme pour Lucy Jordan ? Simple tristesse à la pensée du départ de mon frère et de toutes les choses qui resteraient non dites ? —, mais je sais seulement que je n'en saurai jamais rien. Longtemps, j'ai considéré que cela avait à voir avec la fin du rôle maternel, la prise de conscience douloureuse de tout ce qu'elle avait sacrifié pour élever mon frère, alors même qu'elle le lâchait dans le vaste monde. Mais, plus récemment, je me suis demandé s'il ne s'agissait pas bel et bien d'une histoire d'amour jamais consommée, d'un flirt avec un inconnu dans une gare, peut-être, ou d'une lettre d'un amour de jeunesse demeurée sans réponse, l'un de ces moments secrets où l'on pense que notre vie va forcément basculer, et pourtant non. Un événement à la fois minuscule et important qu'elle regrettait et qui la tourmentait chaque jour. Avec mes élèves, j'ai découvert, année après année, que l'explication la plus simple est presque toujours la meilleure ; et que sous une forme ou sous une autre, le manque — c'est-à-dire le désir — est la source de presque tous les maux.

Alors qu'il en était encore temps, je ne l'ai jamais questionnée. Peut-être même aurait-elle oublié avoir pleuré au Hunan Gourmet, tout comme elle aurait sûrement oublié ses larmes au supermarché A&P. Quand sa maladie fut diagnostiquée — promesse de tortures infinies, de tant de choses qu'elle ne ferait plus, jamais plus —, elle ne versa pas une larme. Ce fut une douleur sans voix. Depuis des mois, elle souffrait d'un tressaillement de la main gauche, qu'elle attribuait à sa nervosité. Elle me l'avait montré à la table de la cuisine, un soir où j'étais venue dîner — la maison était si calme désormais, calme au point d'en paraître immense, plus de Matthew ni de moi, plus de Zipper ni de Spoutnik, des couloirs sombres en dehors du cercle de lumière dans la cuisine, seulement éclairés par la lueur lointaine de la lampe de mon père trouant la pénombre du salon (comment quelqu'un pouvait-il passer autant de temps à lire le *New York Times*?) —, et elle m'avait dit, avec son rire acide : « Tiens, regarde ! Ça va, ça vient. Ma main qui n'en fait qu'à sa tête. Elle se croit plus maligne que moi. C'est dégoûtant de vieillir.

— Tu devrais en parler au docteur Selby», avais-je répondu, mais distraitement, car bien que j'aie vu ce tressaillement, cette contraction des muscles de ses doigts, il me semblait qu'à partir du moment où cela émanait de son corps, du corps maternel, et où c'était visible, il s'agissait forcément d'une facette de la normalité. En outre, j'étais occupée à me servir un second verre de *pinot grigio* en guise d'apéritif, faute de quoi, m'étais-je aperçue à l'époque, l'obscurité ambiante s'infiltrait au plus profond de moi comme l'humidité et me glaçait des jours durant. J'avais alors la trentaine, ma mère soixante et un ans, mon père soixante-cinq — il était à la retraite depuis quelques mois —, et maintenant que je ne suis plus si loin de leur âge, je m'étonne de tout ce à quoi ils avaient déjà renoncé. Mais c'était cet isolement, cet ennui paralysant qui m'atteignaient le plus. Le *pinot grigio* m'aidait, le pinot noir aussi. Même une bière, s'ils n'avaient rien d'autre à m'offrir. Je n'avais donc pas prêté l'attention nécessaire. Elle avait dû également montrer sa main à mon père, et il avait selon toute vraisemblance levé les yeux de son journal en répondant plus ou moins la même chose que moi, du même ton distrait, et à cause de cela elle n'avait rien fait, n'avait pas consulté le docteur Selby, ne lui avait parlé de rien avant près d'un an, époque à laquelle les fasciculations, pour citer le terme exact, avaient également gagné ses pieds, mais pas encore sa main droite — elle était droitière —, sinon elle aurait aussitôt consulté. Et quand on lui fit subir les premiers examens — électrodiagnostics, ponction lombaire, biopsie musculaire et ainsi de suite —, elle prit peur, surtout parce qu'elle voyait que le docteur Selby avait peur. Malgré ses sourires hypocrites, ma mère était quelqu'un de très honnête : «Je voulais qu'il me rassure, me dit-elle, mais quand j'ai compris qu'il ne pourrait pas, j'ai pensé : Ça va être la merde.»

Lorsque le diagnostic fut enfin établi — il fallut un certain temps, l'élimination de plusieurs hypothèses —, sans doute savait-elle déjà. Et ce diagnostic — la SLA, autrement dit la maladie de Charcot, ou celle de Stephen Hawking — ne fit au fond que confirmer qu'elle était en train de mourir, ce qui est bien sûr notre lot à tous, à ceci près que, désormais, elle mourrait plus rapidement, plus efficacement et plus atrocement que la plupart d'entre nous, quoique sans souffrir, par bonheur, son corps étant non plus un temple, mais une prison, les portes se fermant l'une après l'autre, jusqu'à ce qu'elle soit recluse dans son esprit — pièce sans murs, certes, mais au bout du compte sans portes non plus.

Ce que je trouvai à la fois fascinant et instructif, car j'apprenais encore, comme aujourd'hui, à vivre, ce fut qu'à l'annonce de son diagnostic elle n'ait pas sursauté en s'écriant : «Partons visiter la Birmanie ! Le Taj Mahal ! Les pyramides ! La pampa !» — tous ces lieux où elle avait toujours rêvé de se rendre. Elle n'entreprit pas non plus d'aller faire ses adieux aux lacs du Maine, à la plage de Wellfleet en hiver, où mon père et elle aimaient fêter leur anniversaire de mariage en marchant dans les embruns et le brouillard, ni à la chambre du Pierre Hotel à New York, où ils avaient passé un week-end l'année de leurs cinquante ans et — luxe suprême ! — pris leur petit déjeuner au lit. Elle ne se désintéressa pas davantage des tâches ménagères, ne laissa pas la vaisselle s'accumuler dans l'évier, les vêtements s'entasser dans le panier à linge sale, la pelouse se transformer en friche. Non, elle continua de vivre comme si rien n'avait changé. Ou plutôt : elle continua simplement à vivre. Or elle savait que tout avait changé : elle s'occupa de nettoyer, de vider et de vendre la maison de Manchester, tâche pour laquelle mon père (témoignant jusqu'au bout de son piètre sens des affaires) se révéla incompétent ; elle prit les choses en main jusqu'à ce qu'ils aient trouvé l'appartement de Brookline, et le décora, je l'ai déjà dit, comme si elle devait y fêter un jour son quatre-vingt-seizième anniversaire. Aussi longtemps qu'elle en fut capable, elle continua de lire des romans policiers, d'acheter les mêmes viennoiseries à la boulangerie suisse, et encaissa chaque coup dur — la canne, le fauteuil roulant, le respirateur qui la faisait ressembler à Dark Vador — comme si c'étaient autant de moustiques qu'il fallait chasser d'un geste, puis ignorer.

De tout cela, je ne pouvais que conclure qu'elle aimait sa vie. Elle l'aimait telle quelle. Pareille à un maître zen, elle se recentra sur l'essentiel : je peux me passer de faire le tour du musée des Beaux-Arts à pied ; je peux me passer de visiter le musée des Beaux-Arts en fauteuil roulant ; je peux même me passer du musée des Beaux-Arts, car ses trésors, tels que je les aime, sont gravés dans ma mémoire ; et si ma mémoire me trahit — un lys à la place des tulipes, le chapeau déchiré du petit garçon incliné du mauvais côté —, eh bien, cela me donne encore plus le sentiment que ces tableaux m'appartiennent. On a beau ne nous avoir offert que le temps d'un prêt le portrait de cette jeune femme de l'Égypte ancienne, dont les yeux noirs en amande sont une merveille, je le verrai toujours accroché dans la galerie derrière les momies, entouré de tessons de poteries et de bijoux de l'Antiquité, mon secret à moi.

Mais puis-je dire, maintenant qu'elle est morte et enterrée depuis longtemps, que je ne la croyais qu'à moitié ?

Je voulais — j'en avais besoin — qu'elle se révolte. Je le sais, les révolutions réclament beaucoup d'énergie, autant qu'une éruption volcanique, oui, je le sais. Or une malade comme ma mère devait se ménager (ne fût-ce que pour tenir son ménage le plus longtemps possible). Je ne pouvais toutefois m'empêcher d'en vouloir plus pour elle, d'avoir l'impression qu'elle capitulait, qu'elle avait mesuré (avec une petite cuiller?) ce qu'elle pouvait attendre de l'existence et, découvrant le vide de la sienne — un vide tragique, béant —, qu'elle avait néanmoins décidé d'accepter cette modeste part. Je voulais qu'elle soit indigne, irresponsable, déraisonnable, mesquine, avide, qu'elle en demande toujours plus, putain, qu'elle se batte bec et ongles pour le moindre grain de vie. Jamais je ne l'ai autant aimée qu'un jour où j'étais allée la voir, elle clouée au lit, le teint cireux, n'en imposant que par sa respiration sifflante, et moi parée des senteurs de l'automne et — je le sentais — de l'éclat d'avoir couru pendant des kilomètres depuis mon appartement par une fin d'après-midi d'octobre glaciale; elle m'avait foudroyée du regard, avait serré les dents : «Sors d'ici, avait-elle dit. Je ne peux pas. Sors d'ici. Mais ne crois pas une seconde que j'ai oublié ce que tu ressens. Ne crois pas davantage que je puisse m'empêcher de t'en vouloir. Pas dans l'immédiat.»

J'étais ressortie — le dos presque ruisselant de sueur à cause du chauffage poussé au maximum — et j'avais couru jusqu'à chez moi dans le crépuscule, sur le trottoir qui me faisait mal aux pieds, gelée, épuisée, les yeux et le nez dégoulinants à cause du vent et de la méchanceté de ma mère — comment pouvait-elle se montrer si méchante, elle surtout? —, mais une fois arrivée à destination, tout en m'apitoyant sur mon sort, je m'étais réjouie : parce que pour une fois, elle avait menacé de ne pas partir sans bruit. Pour une fois, elle avait menacé.

Le soir même, elle m'appela pour s'excuser. C'était mon père qui avait dû composer le numéro; elle en était incapable, à l'époque. J'eus envie de la punir, de laisser le répondeur, mais sa voix était si faible que je décrochai au milieu du message.

« Il ne faut jamais aller se coucher sans se réconcilier, dit-elle.

— Parce qu'on peut mourir pendant la nuit », répondis-je, comme je le faisais depuis que j'étais petite. Cette fois, elle eut un rire sec, un rire triste. « Oui, il y en a une de nous deux à qui ça pourrait arriver, ma Souris. »

8

Ma mère mit des années à mourir. C'est un art difficile à maîtriser. Pendant qu'elle mourait, j'essayais de comprendre comment vivre. Enfin, comment vivre ma vie. Il n'était pas normal, je le savais, que lorsqu'on me demandait comment j'allais, je réponde invariablement en parlant de ma mère. Ou de mon père. Il fallait que j'essaie, et je l'ai fait, de dépasser ce stade, d'avoir une vie à moi, ou deux, ou trois. J'étais déjà revenue de New York à Boston pour suivre les cours de l'école du musée ; j'avais déjà expérimenté et presque abandonné l'idée de vivre de mon art. Il y avait quelque chose, à l'approche de la trentaine, qui rendait la colocation à Jamaica Plain, le coursier à vélo luisant de sueur qui me tenait lieu de colocataire, ami de l'ex-petit ami d'une amie et dont l'équipement encombrait le couloir, ou encore les soirées épisodiques de baby-sitting, quasiment insupportables. Je m'étais inscrite en licence de sciences de l'éducation avant le diagnostic de la maladie de ma mère. J'avais déjà — au soulagement visible de mes parents — emprunté le chemin conduisant à un emploi rémunérateur.

En même temps que je m'occupais de mes parents, j'acquis durant ces années-là un grand sens pratique, telle une excellente secrétaire. Je menais plusieurs vies à la fois : dans la première, j'avais toutes les apparences d'une jeune trentenaire modeste, mais accomplie, débrouillarde à défaut d'être intéressante, facile à vivre, rapide, efficace, aux vêtements discrets, à la coiffure indémodable et à la voix un peu plus haut perchée, un peu plus sonore, me disait-on, que ma stature ne l'aurait laissé croire. Une femme plus ou moins sans surprise.

Mais cette première vie était une mascarade à la Clark Kent, alias Superman, encore que la deuxième n'ait rien eu de celle d'une héroïne. J'espérais parfois que quelqu'un, quelque part, m'imaginait une existence pleine de glamour et de drames, mais je n'étais pas le genre de femme à qui l'on prêterait une double vie ; dans cette deuxième vie, je n'étais ni amante ni chasseresse ni martyre, seulement la fille de mes parents, une fille dévouée.

Et puis il y avait ma troisième vie, minuscule et secrète : celle de mes dioramas, des vestiges de mon moi d'artiste.

Vous pourriez m'objecter que ma mère et mon père, malgré leur gratitude manifeste, ne m'avaient pas demandé de faire une croix sur cette vie-là. S'il ne tenait qu'à moi, et bien que la logique de ce choix m'échappe, j'aimerais croire qu'il a été délibéré, et non pas le résultat d'une mauvaise gestion du temps. Nombre de mes élèves gèrent mal leur temps. C'est fréquent. Or on ne peut pas réussir dans l'existence sans apprendre à gérer son temps : inutile de rédiger la meilleure réponse du monde à la première question d'un examen, si l'on est pris de court pour répondre aux autres. On ratera quand même l'examen. Et dans mes moments les plus sombres, c'est ce que je redoute d'avoir fait. J'ai parfaitement répondu à la question de la fille dévouée ; j'ai délibérément bâclé celles relatives à la carrière et à l'âge adulte, mais je m'en moquais un peu, à cause des deux que je voulais être sûre de traiter à fond : celle de l'art et celle de l'amour.

*

D'où le caractère miraculeux de ma première année Shahid. Jamais encore je n'avais pensé ce que je pensai alors : *Enfin la réponse.* Non pas une seule fois, mais plusieurs, et sous différentes formes, la réponse à toutes les questions sembla cette année-là résonner comme une musique à mes oreilles. « Sur moi déferle ta voix, ainsi que devrait le faire l'amour — tel un énorme "oui". » Philip Larkin, à propos de Sidney Bechet : un poème d'amour qui ne dit pas son nom. Et ma vie amoureuse ne disait pas davantage le sien, mais elle était tout aussi dévorante, formidable, cohérente.

Cet automne-là, ma mère n'était morte que depuis deux ans. À l'époque, cela me paraissait faire une éternité, mais aujourd'hui, dans les replis en accordéon du temps, ces deux événements — ma mère ne pouvant même plus bouger la tête, soufflant bruyamment dans son respirateur éléphantesque, tournant les yeux vers la lumière, avant de les fermer pour la dernière fois ; et Reza au supermarché, penché par-dessus la banquette, hilare à la vue de mes pommes roulant sur le sol (qui a flanqué cette pagaille ? C'est moi, c'est moi !) — paraissent presque contigus. Comme mon amie Didi, dans son immense sagesse, me l'a plus d'une fois fait observer à propos de l'existence, tout départ suppose une arrivée dans un ailleurs, toute arrivée implique un départ d'un endroit éloigné. Ma mère avait quitté l'ici et maintenant pour un ailleurs inconnu ; et c'est alors que Reza et Sirena vinrent jusqu'à moi.

L'atelier déniché par Sirena se trouvait au cœur de Somerville, dans un ancien entrepôt tout en brique et en fenêtres, près d'une voie de chemin de fer plus ou moins désaffectée, dont il était séparé par un noir ruban de bitume jonché de détritus, et par un haut grillage dans les mailles duquel des lambeaux de sacs plastique claquaient au vent, tels les drapeaux de l'Apocalypse. L'usine voisine produisait des millions de billes de polystyrène, une activité particulièrement nuisible qui semblait destinée à provoquer d'horribles cancers chez ceux qui travaillaient là. Ses cheminées rejetaient des nuages d'émanations chimiques dans l'air du quartier, cause de l'odeur persistante de plastique fondu qui flottait à l'intérieur des ateliers d'artistes.

L'entrepôt abritait sur quatre étages labyrinthiques ces ateliers, certains minuscules, édifiés à l'aide de contre-plaqué et de clous, et d'autres immenses, intacts. Le palier de chaque étage était fermé par une imposante porte coulissante rouillée, pareille à celle d'un géant, et munie d'un gros verrou métallique. Ces portes me donnaient la chair de poule, et avec elles les planchers grinçants et les boxes cadenassés, ces espaces clos dissimulant on ne savait quoi — peut-être des peintures, des puzzles ou des machines à coudre, mais pourquoi pas des bains d'acide ou un meurtrier armé d'une hache? Qui pouvait dire quelles violences se déroulaient dans l'impasse près des voies de chemin de fer le dimanche soir? Même en plein jour, le bâtiment avait l'air abandonné.

En suivant jusqu'au deuxième étage Sirena et l'agent immobilier édenté — jamais je n'avais vu un représentant de cette profession aussi marqué par l'existence qu'Eddie Roy, un presque septuagénaire dégingandé aux cheveux gras, quasiment digne d'un foyer pour SDF —, je me sentis assaillie par le doute : ces relents de plastique brûlé auxquels se mêlait une vague odeur de crottes de souris, ou de rats ; la traîtrise de ces escaliers aux marches usées par plusieurs décennies de pieds fatigués ; ces ampoules faiblardes au plafond, d'où tombait une lumière poussiéreuse dans les couloirs ; le cliquètement de la pluie sur ces vitres et ces fenêtres aux huisseries vétustes, sûrement similaire à celui des dents de l'agent immobilier avant leur chute — tout était d'une désolation sans nom. Je n'en revenais pas de voir que Sirena ne remarquait rien, qu'elle paraissait même emballée, les yeux brillants entre ses pattes d'oie.

«J'espère qu'il vous plaira à vous aussi.» De nouveau, elle posa délicatement la main sur mon bras, n'ayant à l'évidence aucune conscience de mon sentiment de malaise. « Il est parfait. »

Et une fois qu'Eddie Roy eut maladroitement ouvert le cadenas au fond du couloir humide et froid, je m'aperçus qu'elle avait raison. L'atelier était — même pour deux ; surtout pour deux — parfait. Spacieux, en forme de L, avec au moins quatre mètres de hauteur de plafond. Et des fenêtres, d'immenses fenêtres aux vitres sales et ruisselantes de part et d'autre, des fenêtres aux rebords profonds et aux châssis branlants — mais pour une raison mystérieuse, dans cette pièce emplie de lumière blanche malgré la pénombre d'un samedi d'automne, et contrairement à l'effrayante cage d'escalier, le crépitement de la pluie semblait vivant, excitant, comme si le bâtiment respirait. Les sols au parquet usé, éraflé, étaient magnifiques, assez vastes pour y patiner. Un évier crasseux fixé au mur occupait l'angle du L, à côté d'une longue table constellée d'éclaboussures de peinture. Pour le reste, telle une énorme couveuse parfaite, la pièce était déserte.

« Oui. » Ce fut tout ce que je trouvai à dire, et Eddie Roy sourit jusqu'aux oreilles, découvrant ses gencives brunâtres.

Le loyer était au-dessus de mes moyens, mais je ne m'en souciai pas sur le moment. Je ne pris pas le temps de me demander pourquoi Sirena souhaitait ma présence — si son invitation n'était pas purement mercenaire, un moyen de diviser le coût par deux ; si elle n'avait pas même imaginé que nous nous croiserions à peine. À la vue de cette lumière et de cet espace, j'eus le sentiment que tout concourait à me ramener à la vie, à mon art. Je ne cherchai pas à savoir si j'avais besoin de cet atelier, si je l'utiliserais ; je chassai de mes pensées l'impasse crasseuse, la cage d'escalier pleine d'échos, les odeurs. Tout ce qui me vint à l'esprit, ce fut : « Oui, oui, oui. »

À 17 heures, le bail était signé dans l'agence en parpaings d'Eddie Roy, juste à côté du Chicken Shop de Highland Avenue. Il faisait déjà nuit et une petite pluie fine tombait encore, mais nous restâmes tête nue sur le trottoir, chacune avec sa clé toute neuve à la main, et soudain Sirena me serra dans ses bras, étreinte au cours de laquelle je me retrouvai avec une mèche de ses cheveux dans la bouche, dont je dus me débarrasser tant bien que mal.

« Pour ma part, dit-elle, je sais que cet atelier va tout changer. Qui sait ? Peut-être même est-ce là que je réaliserai le Pays des Merveilles.

— Pourquoi pas ?

— C'est ma prochaine installation. Conçue avant de savoir qu'on allait venir ici. J'y pensais depuis des mois. Alice de l'autre côté du miroir, vous connaissez ?

— L'autre côté du miroir... un peu comme le Palais des Glaces. Je connais.

— Et vous, que comptez-vous faire ?

— Je ne le sais pas encore. Mais je vais faire quelque chose. »

*

Ce soir-là, j'allai dîner chez Didi et Esther à Jamaica Plain. Didi et moi étions inscrites au même cours d'arts plastiques à l'université, mais nous ne sommes devenues amies que plus tard, quand je suis revenue vivre à Boston. Elle mesurait — et mesure encore — plus d'un mètre quatre-vingts, une vraie Amazone, version douce. Une peau sans boutons ni pores dilatés et une chevelure pareille à un nuage ambré. Un rouge à lèvres cramoisi. Du temps où je suivais les cours de l'école du musée, nous faisions ensemble le tour de l'étang, nous jouions au billard tard le soir au Milky Way et nous nous lamentions sur notre sort. Après avoir divorcé d'un mari qu'elle avait rencontré pendant ses études, elle travaillait à la station de radio de l'université de Boston, mais laissa tout tomber à trente et un ans pour ouvrir une boutique de vêtements vintage dans Centre Street, près de la clinique vétérinaire. Elle fit la connaissance d'Esther — toute petite et très impulsive, avec des cheveux noirs et bouclés, et des yeux de bouledogue — un jour que celle-ci essayait des robes du soir des années cinquante pour le mariage de son frère dans le Colorado. La première fois que Didi m'a parlé d'Esther, elle m'a dit qu'elle ressemblait à Betty Boop. Esther est oncologue au Massachusetts General Hospital, spécialiste du cancer du sein, et je m'étonne toujours qu'elles soient si heureuses ensemble, tant elles sont différentes. Didi est mieux dans sa peau que n'importe laquelle de mes connaissances, et j'ai depuis toujours l'impression qu'en étant son amie je me rapproche de la femme que je m'imagine être : quelqu'un qui ne se trompe pas de priorités, se moque de l'argent, de la mode et du statut social, mais poursuit ce qui est réellement digne d'intérêt. Et bien que je me sois attachée à Esther, dont l'humeur brusque et ombrageuse a quelque chose de vivifiant, je suis convaincue que toutes ces choses superficielles ont de l'importance pour elle, et même beaucoup, alors que je me demande si Didi en soupçonne seulement l'existence.

Lorsque Didi vivait seule, son appartement était décoré d'affiches de films de Godard, une guirlande lumineuse de Noël ornait le manteau de la cheminée, et tous les meubles avaient été récupérés et restaurés par ses soins. Sa table basse était une bobine de bois géante pour câbles téléphoniques, trouvée à la décharge et peinte en orange fluo. Mais depuis qu'Esther et elle vivaient ensemble, tout cela avait disparu. Il n'était plus question que de Saarinen par-ci et d'Eames par-là, d'acier brossé et de granit, et leur immeuble avait beau être superbe, il ressemblait à un hôtel branché, comme si personne ne l'habitait vraiment.

Une fois qu'elles eurent Lili, au moins celle-ci mit-elle un peu de désordre. Lili est leur fille adoptive, née en Chine. Elle est toute menue comme Esther, avec un visage rond, des membres bruns et graciles — à la fois calme et maligne, au bon sens du terme. Alors âgée de quatre ans, encore assez jeune pour aimer les amis de ses deux mères comme si c'étaient les siens, elle me prit par la main dès que j'apparus à la porte, en me disant : «Viens voir mon monde, Nora! J'ai construit un monde!»

Je passai les vingt premières minutes de la soirée assise en tailleur sous la table de leur véranda, aidant Lili à servir du pain d'épices et du thé froid dans des tasses de porcelaine en miniature, à toute une ménagerie d'animaux en peluche : un éléphant déguisé en Batman, un lapin, un canard, et même un tatou aux reflets irisés. Avec l'aide de Didi, elle avait tendu sur la table une couverture de cachemire en guise de tente, à travers laquelle filtraient des taches de lumière pourpre. Elle avait dépouillé canapés et lits de leurs coussins et de leurs oreillers pour en recouvrir le sol, avait adossé deux photos dans leur cadre — Didi et Esther à une fête; Esther poussant Lili sur une balançoire en hiver — aux pieds de la table. Elle avait paré ses peluches de foulards colorés et disposé ses poupées de façon à ce qu'elles paraissent en grande conversation.

Je me dis, une fois encore, que le monde de Lili n'était pas si différent de mes dioramas, ni même des installations de Sirena : on s'emparait d'une minuscule portion de la Terre et on se l'appropriait, mais ce qu'on voulait, au fond, c'était que quelqu'un d'autre — une grande personne, dans l'idéal, parce qu'une grande personne a de l'importance, de l'autorité, et elle n'est pas comme vous — vienne voir, comprenne et, ce faisant, d'une manière ou d'une autre, vous comprenne, vous aussi; tout cela, sûrement, pour qu'en fin de compte vous vous sentiez moins seule sur la planète. Et certes, j'étais heureuse de me trouver dans le repaire caché de Lili — plus qu'heureuse, flattée —, mais au bout de quelques minutes j'eus envie de sortir. J'aurais voulu soulever la couverture, regagner la pièce, m'étirer, laisser derrière moi les poupées, leurs miettes de pain d'épices et leurs dés à coudre de thé froid (avec du lait, s'il vous plaît), pour aller retrouver mes amies adultes et leur conversation. Durant quinze de mes vingt minutes sous la table, je ne restai là que pour faire plaisir à Lili.

Voilà pourquoi je refusais de montrer mes œuvres, me dis-je, même si, depuis le début, les montrer avait toujours représenté une bonne partie de l'enjeu : je refusais de les montrer, car je refusais que l'on me fasse plaisir. Je refusais que quiconque se sente obligé de me dire des choses agréables, ou même de dire quoi que ce soit, car si un compliment sonnait faux, je m'en apercevais toujours, et j'avais horreur de ça. Je refusais qu'on me dise que mon travail était nul — de même que Lili aurait été choquée si je lui avais tenu ce genre de propos : ils n'avaient pas cours dans son monde —, et je ne souhaitais pas spécialement que l'on me dise au contraire qu'il était réussi. Je souhaitais juste être *comprise*, et je ne m'attendais pas à l'être.

À présent, seulement — et je cherchai ma clé neuve dans la poche de mon pantalon —, à présent j'allais m'exposer à être comprise ou incomprise quoi qu'il arrive. Parfois Sirena se retrouverait dans l'atelier sans moi. Elle pourrait regarder mes dioramas, les toucher, fouiner dans mes affaires. Vaudrait-il mieux qu'elle choisisse de ne pas le faire ? Il me semblait que j'allais laisser mon corps — voire mon esprit? — sur une table dans une pièce, à la vue de tous, comme s'il s'agissait d'un objet.

«Sors de là-dessous, Nora.» Esther souleva la couverture à franges, et tout ce que je vis d'elle à contre-jour, ce furent ses yeux de bouledogue. «L'heure est venue de rejoindre le monde des vivants. Le dîner est prêt.»

Lili protesta.

«Le tien aussi, petite demoiselle. Il est l'heure de sortir. Tu as jusqu'à trois pour te laver les mains.»

Lili s'élança. Grâce à sa petite taille, c'était facile pour elle. Esther m'aida à me relever et me donna une tape sur l'épaule lorsque je fus debout, comme si j'avais accompli un exploit.

*

«Tu as l'air de très bonne humeur.» Didi servait la matelote de poisson dans des bols. Il y avait des macaronis au gratin et des bâtonnets de carottes pour Lili, qui balançait ses jambes contre les pieds de sa chaise et mastiquait la bouche ouverte avant même que les adultes ne soient servis. L'enseignante en moi se retint de la rappeler à l'ordre.

«Oui, je suis de bonne humeur, répondis-je. Je viens de louer un atelier.

— Waouh.» Didi posa sa louche, se cala contre le dossier de sa chaise. «Voilà une excellente nouvelle.

— Et il va te servir à quoi?» À peine Esther avait-elle posé la question qu'elle comprit que je pouvais me vexer, ce qui fut le cas. «Car enfin, tu n'as pas un atelier chez toi?

— J'ai une chambre inoccupée. Là, il s'agit d'un véritable atelier.

— C'est formidable.» Didi se pencha de nouveau et fit passer les bols. «Je trouve ça formidable.» Elle me dévisagea. «Alors, raconte-nous comment c'est arrivé. Ça paraît… rapide, non? D'où la surprise d'Esther, peut-être.»

Je leur parlai donc de Sirena — de Reza d'abord, et ensuite seulement de Sirena. Je ne mentionnai pas le trac que j'avais en sa présence, l'importance qu'avait semblé prendre notre rencontre, ma jubilation de découvrir que Sirena était artiste elle aussi — je n'en dis pas un mot, mais j'eus l'étrange impression de m'entendre raconter toute l'histoire et de ne pas réussir à poser ma voix, le volume et les intonations n'allaient pas, trop sonores, trop précipités, trop de détails. On aurait dit ces moments où, après avoir bu quelques verres de vin, vous avez conscience de bafouiller et vous vous demandez si quelqu'un est suffisamment attentif pour l'avoir remarqué.

Cette fois, cependant, je n'eus pas à me le demander. Quand Esther alla coucher Lili, Didi m'entraîna sur le balcon et alluma un joint. La pluie avait finalement cessé, mais toutes les gouttières ruisselaient. Les arbres du jardin étincelaient dans l'obscurité.

«Dis-moi, commença-t-elle, inspirant profondément la fumée et me passant le joint. Cet atelier représente quoi au juste, pour toi?

— Comment ça?»

Elle laissa échapper la fumée. «Toute cette histoire, elle ne se résume pas à un atelier. Bon, c'est fabuleux, c'est merveilleux que tu en aies un. C'est ta meilleure décision depuis des années. Mais tu l'avais prise avant même de le visiter, non?»

Je réfléchis quelques instants. «Sans doute que oui.

— Donc il ne s'agit pas seulement de louer un atelier.

— Alors il s'agit de quoi?

— C'est la question que je te pose. »

Je haussai les épaules, éclatai de rire. Il n'y avait pas de mots pour décrire ce dont il s'agissait; et aucun moyen, en admettant que les mots existent, de ne pas trop parler. Or même avec Didi, je ne voulais pas trop parler. «Je suis enthousiaste. C'est un problème? »

Elle tira une nouvelle bouffée, plissa les yeux. «L'avenir le dira, j'imagine. »

10

Rappelez-vous cette saison. Ce dîner, cette journée, la signature du bail eurent lieu le samedi précédant l'élection présidentielle : John Kerry contre George W., le deuxième round pour George W. C'était l'automne 2004. Le vaste monde se trouvait profondément dans la merde, et le pays aussi. Deux guerres américaines faisaient rage — deux carnages, un carnage majeur et un carnage mineur, affreuses guerres mercenaires qui ne disaient pas leur nom, marquées par la trahison, l'incompétence et la corruption. Ne me lancez pas sur le sujet.

L'année d'avant, nous avions reçu à l'école une jeune femme, presque une jeune fille, en fait, vingt-cinq ans seulement, pour qu'elle nous présente son ONG — elle l'avait montée toute seule, cette frêle créature sophistiquée avec sa minijupe en jean et son ombre à paupières d'un bleu nacré, elle avait fait du lobbying au Congrès et reçu des millions de dollars, Dieu sait comment, au sortir de l'université, et son objectif de comptabiliser toutes les victimes civiles paraissait tellement louable et légitime. Elle avait exposé son projet à nos élèves avec beaucoup de douceur, de sa voix haut perchée et un peu essoufflée, avait expliqué sa volonté d'aider tous les blessés, les Irakiens comme les Américains, et le fait que si l'on ne gardait pas leur trace, certaines personnes pouvaient tomber dans l'oubli. Nous avions néanmoins décidé de n'envoyer que les élèves de cours moyen l'écouter, parce que sa tâche consistait à compter les cadavres, somme toute, et que même en enjolivant la réalité, on ne pouvait prendre le risque d'effrayer les plus jeunes et de leur faire faire des cauchemars. J'avais trouvé Shauna assez courageuse d'inviter cette jeune femme, mais je crois qu'elle était la nièce d'un membre du conseil d'administration des écoles, et cet automne-là elle se rendit dans trois autres établissements avant son départ.

Je voyais mal quel poids pouvait avoir quelqu'un d'aussi jeune, mais deux mois plus tard elle passa au journal télévisé sur CNN, coiffée d'un foulard, un bloc-notes à la main et plus d'ombre à paupières du tout, elle était sur le terrain, sévère et impressionnante, et racontait, sans aucun des tics de langage de sa génération, des histoires horribles sur le nombre d'Irakiens — des enfants, des familles, des grands-mères — dont les blessures ou le décès n'étaient pas officiellement comptabilisés, mais elle faisait du porte-à-porte, avec son bloc-notes et une dizaine de bénévoles qu'elle avait recrutés, et ils étaient sacrément efficaces.

Environ quatre mois plus tard seulement, elle refit parler d'elle, dans le *New York Times* cette fois, un titre en petits caractères en première page et une photo en cinquième page, mais les yeux de nouveau maquillés, un cliché visiblement pris avant son départ; elle était là, car elle et son traducteur suivaient en voiture un convoi de blindés sur la route tristement célèbre de l'aéroport, lorsqu'un salaud les avait fait sauter avec une roquette. Et d'après l'article (je n'oublierai jamais ce détail), la dernière chose qu'elle ait dite, quand les soldats se précipitèrent pour secourir son corps frêle, carbonisé et suintant, qui gisait dans la poussière d'un bas-côté à la sortie de Bagdad, la dernière chose qu'elle ait dite avant de mourir fut : « Je suis vivante. » Elle avait vingt-six ans.

Bien sûr qu'elle était vivante, plus vivante pendant ce court laps de temps que beaucoup d'entre nous durant toute une vie ; et puis elle était morte. J'allai montrer l'article à Shauna, qui ne reçoit que le *Boston Globe*, mais le *Globe* avait également donné la nouvelle. Nous n'en parlâmes pas aux élèves, si bien que quelques-uns continuent sans doute à l'imaginer là-bas, comptant les blessés et les morts toujours plus nombreux, ce qu'elle serait d'ailleurs en train de faire si elle était encore vivante.

Voilà à quoi ressemblait cette époque. Et pourtant je saluais chaque matin de ce mois de novembre comme s'il s'agissait de l'arrivée du printemps, comme si, au lieu de cet assombrissement quotidien, saisonnier autant que sociétal, nous nous embarquions pour une nouvelle aventure exaltante, trouvant chaque journée plus parfaitement radieuse que la précédente. Et radieuse, je l'étais.

Radieuse comme à onze ans, lorsque vous ne pouvez vous passer de votre meilleure amie. Si je m'éveillais tous les matins en proie à une telle ferveur, la moindre feuille, la moindre tasse, la moindre main d'enfant aussi minutieusement dessinée à mes yeux qu'un chef-d'œuvre de la nature, baignant dans une lumière surnaturelle, c'était parce qu'en mon for intérieur je savais que chaque jour recelait la possibilité d'une conversation, d'une nouvelle expérience avec Sirena. Cette possibilité — qui devenait souvent réalité — était indissociablement liée à l'attrait de l'atelier, de cet espace pur, lumineux, plein de courants d'air et un peu miteux où nous nous retrouvions.

Sirena y travaillait des journées entières, contrairement à moi qui n'arrivais qu'au crépuscule ou presque, vers 15 h 30, alors que le soleil déclinait et que l'air était comme poudré, déjà paré de teintes nocturnes, une austère et splendide lumière hivernale. Nous prenions un café ; en plus des soieries indiennes aux couleurs de pierres précieuses dont elle avait recouvert les murs de son extrémité de l'atelier, d'un tapis crasseux, de trois petits poufs tendus de velours ras et d'une minuscule table marocaine à plateau de cuivre, Sirena avait installé un réchaud sur la grande table et fourni une de ces lourdes cafetières italiennes de forme octogonale, ainsi qu'une série de tasses ébréchées provenant de la boutique d'une œuvre de bienfaisance. Elle avait le don de tout embellir et de tout rendre confortable sans effort, don qu'en grandissant j'avais reconnu à ma mère. J'adorais l'idée que notre atelier, malgré son apparence encore spartiate, s'oriente avec ses quelques meubles vers le souk oriental. J'adorais même, lorsque je le trouvais désert, m'apercevoir que Sirena avait laissé un peu partout des tasses sales, cerclées de café goudronneux et empourprées par son rouge à lèvres ; et souvent une écharpe ou un pull-over oubliés sur le sol, comme pour me dire : « Ne t'inquiète pas, je reviens tout de suite. »

Je pris l'habitude d'apporter de quoi grignoter — des scones de la Hi-Rise Bread Company ou des cupcakes du magasin qui venait d'ouvrir sur Davis Square, un bref arrêt dans Highland Avenue sur le chemin de l'atelier — et Sirena s'interrompait dans son travail pour faire du café, puis nous passions environ trois quarts d'heure à discuter jusqu'à ce qu'elle se lève assez brusquement, chasse de la

main quelques miettes invisibles et dise : « *Au travail!*[1] »
— ce que je comprenais malgré mon français pitoyable, et
finis par attendre. Je lavais alors les tasses et elle donnait un
rapide coup de balai, avant de tourner les talons et de se
retirer à son extrémité du L. Je regagnais la mienne moi
aussi, me sentant vaguement comme un chien envoyé à la
niche, j'allumais les spots au-dessus de la table que je m'étais
installée, et, nourrie de gâteaux et de notre conversation, je
travaillais tandis que la nuit tombait autour de nous, jusqu'à
ce qu'il ne reste plus que mon cercle de lumière et celui
de Sirena, et la musique du lecteur de CD qui flottait doucement dans l'immense espace sombre autour de nous.

Vers 17h30, 17h45, Sirena rassemblait ses affaires et
rentrait retrouver Maria la baby-sitter, Reza et, en théorie,
Skandar, bien que celui-ci soit resté des mois durant une
énigme pour moi, un simple murmure dans le téléphone
portable de Sirena lorsqu'elle lui parlait calmement,
brièvement et, me disais-je avec une pointe d'agacement,
toujours en français.

J'aimais travailler avec quelqu'un à proximité. Cela me
rappelait la salle de dessin de Mr. Crace. Ce que je détestais,
c'était le moment qui suivait le départ de Sirena — mais pas
aussitôt.

Dans un premier temps, la scène à laquelle je travaillais
m'occupait tellement que je ne m'apercevais même pas
de ce départ. Cet automne-là, je réalisais une réplique en
miniature de la chambre d'Emily Dickinson à Amherst, de
la taille d'une grande boîte à chaussures, à laquelle il ne
manquait pas une latte de parquet, pas un meuble reproduit

1. Les termes en italiques et suivis d'un astérisque sont en français dans
le texte.

à l'identique et à l'échelle. Une fois que j'eus confectionné la chambre, puis sa précieuse occupante, aussi parfaitement que possible, vêtue d'une chemise de nuit en lin blanc à plis, mon objectif fut d'ajouter un circuit électrique, afin que mon Emily Dickinson puisse être visitée, assise dans son lit, par ses illuminations fugitives — sa Muse angélique, sa Mort bien-aimée, et, bien sûr, ma minuscule mascotte dorée, la Joie en personne.

Ce serait le début d'une série, m'imaginais-je : je voulais représenter Virginia Woolf à Rodmell, mettant des pierres dans ses poches et rédigeant son ultime lettre : il y aurait des diapositives de la rivière aux eaux tumultueuses, ainsi que des bruitages ; et aussi une copie de la lettre originale, projetée non pas sur un mur du diorama, mais sur ceux de l'atelier par la fenêtre de la chambre de Virginia, si bien qu'au lieu d'être tout petits, les mots seraient énormes. Dans mon esprit, ils devaient vaciller : ce vacillement était très important, selon moi.

Ensuite, il y en aurait une avec Alice Neel, l'artiste peintre, dans le sanatorium où on l'envoya après sa dépression nerveuse, vers l'âge de trente ans. Je voulais qu'il y ait un écho, voyez-vous, entre la chambre blanche et nue d'Emily Dickinson et la chambre d'hôpital d'Alice Neel, entre la réclusion monastique et l'asile : deux retraites, mais d'un genre si différent. Et toutes deux exclusivement féminines. J'avais même réfléchi au titre de cette série inexistante : *Une chambre à soi ?* Pour moi, tout tenait à ce point d'interrogation.

L'histoire d'Alice Neel me plaisait beaucoup, en partie parce que son existence, si difficile et ingrate, avait finalement connu un dénouement heureux, en partie parce que son œuvre, comme la mienne, était restée résolument à l'écart des modes tout au long de sa vie, et qu'elle devait donc avoir de bonnes raisons de persévérer et de peindre jusqu'à son dernier souffle. Elle était l'APG : l'Anti-Palais des Glaces. Voilà pourquoi j'étais forcée de l'aimer.

Le dernier diorama que j'avais prévu devait être aux antipodes des précédents. Il reproduirait la chambre d'Edie Sedgwick à la Factory d'Andy Warhol. Au lieu de tenter de se retirer du monde, Edie lui avait tout sacrifié. Elle n'existait que dans le regard du public. Imaginez un peu : une surface tellement belle, dont toute profondeur a été gommée. Mais il y a ces photos, leur intensité, leur vitalité — on a vraiment l'impression de voir une âme prisonnière derrière ces deux yeux.

Edie était incontournable. Je lui avais voué un culte presque toute mon adolescence, adorant ses fines jambes d'insecte dans leurs bas noirs, ses yeux gigantesques et ses regards, bien qu'à l'époque elle fût déjà morte depuis longtemps. C'était la Marilyn Monroe des branchés — plus petite, plus nerveuse, plus brillante, mettant plus d'ardeur à vivre et plus d'efficacité à mourir, une frêle créature anorexique à qui l'on ne prêtait pas plus de profondeur qu'à un teckel. Et pourtant, lorsque j'eus seize ans et que je m'apprêtai à partir à l'université, si vous m'aviez demandé de choisir entre devenir Georgia O'Keeffe ou Edie Sedgwick, j'aurais vraiment hésité. Et peut-être aurais-je opté pour Sedgwick. Elle représentait quelque chose, comme on disait alors.

Il n'empêche que je me laissais dévorer — au point de m'égarer, de m'oublier — par ma série hypothétique, et en premier lieu par mon diorama dédié à Emily Dickinson, par la minutie qu'il réclamait. J'avais des pinceaux à un seul poil et une loupe semblable à celle d'un horloger, que je fixais à mon front, et je pouvais consacrer trois jours à la réplique en miniature d'une gravure sur bois représentant un paysage, suspendue entre deux fenêtres de la chambre d'Emily, pour décréter à la fin qu'elle n'était pas assez ressemblante, et que je devais tout recommencer.

Des heures et des heures de travail digne d'une maison de poupée, et j'adorais cela, aussi absorbée qu'un de mes élèves. Mais quand Sirena me quittait, tôt ou tard je levais les yeux de ma table et me rendais compte que j'étais seule au centre d'un minuscule cercle de lumière dans une pièce immense, comme si je figurais moi-même dans le diorama de quelqu'un d'autre, manipulée au sein de mon propre décor par un géant invisible. Une fois consciente de mon isolement, j'avais peur, non pas d'être seule, mais que quelqu'un surgisse : j'allais à la fenêtre et je scrutais les ténèbres pour vérifier que personne ne m'observait ; je restais à la porte de l'atelier, à l'affût du moindre mouvement dans les couloirs ou dans les pièces voisines. Si j'entendais des pas ou des bruits, je me sentais rassurée lorsqu'ils étaient sonores, comme si des visiteurs anonymes s'annonçaient ; je me réjouissais s'il y avait des voix ou, de temps à autre, une radio au loin ; mais si les sons étaient sourds, étouffés, intermittents, mon cœur se serrait, et je redoutais que le prédateur cagoulé de mes cauchemars ne rôde dans la cage d'escalier, guettant mon départ.

Parfois je me maîtrisais, m'obligeais à regagner ma table, mon monde lilliputien pour m'y absorber de nouveau ; d'autres soirs — surtout par temps calme, sans bourrasques, sans pluie, sans autres sons que ceux autour de moi —, je succombais à mes terreurs, rangeais mes affaires en toute hâte et, le plus bruyamment possible, je traversais le bâtiment, longeais le couloir, descendais l'escalier et sortais, surprise par la douceur de l'éclairage public, le calme anodin de la route devant l'entrepôt.

11

Je découvris que j'avais envie de travailler, bien plus que je ne l'aurais imaginé, mais pas de travailler seule. Le paradoxe parfait : je ne voulais pas travailler seule, or je ne pouvais accomplir mon travail que seule. Quelle était l'unique réponse possible face à ce dilemme ? Sirena. La réponse, c'était elle.

J'essayai donc, le mardi, où les enfants avaient cours de sciences naturelles avec Estelle en fin de journée, et le jeudi, où ils avaient éducation physique en dernière heure, de m'échapper pour rejoindre l'atelier quarante minutes plus tôt. Un jour j'oubliai un conseil d'école, et une Shauna perplexe me rappela à l'ordre : « Tout va bien ? Parce que ça ne te ressemble pas.

— Ah bon ? Je finis par me le demander.

— Ne m'oblige pas à m'inquiéter pour toi, Nora. » Et tandis qu'elle prenait l'air soucieux, je sentis à ses intonations qu'elle était sincère. Les gens n'ont pas envie de s'inquiéter pour la Femme d'En Haut. Elle est fiable, organisée, sans histoires.

« Je ne me suis jamais sentie mieux », répondis-je, et j'étais aussi sincère qu'elle. Ces mardis et ces jeudis, je gagnais presque une heure de compagnie à l'atelier ; et Sirena appréciait ma présence, elle aussi, je le voyais à sa façon de s'envelopper dans ses écharpes et de s'approcher de moi, même si je me contentais de lui dire bonsoir. Elle me questionnait au sujet de Reza, ou des autres enfants dont elle finissait par connaître la personnalité grâce à mes anecdotes, ou encore sur la possibilité de trouver un bon cordonnier ou n'importe quoi d'autre ; et nous voilà en train de bavarder, mais aussi de travailler ou de nous y préparer, et nous prenions un café avec l'après-midi devant nous — il n'était que 14 h 30, ces jours-là —, et j'avais le plus grand mal à ne pas sourire sans cesse. Qui se souciait de Shauna McPhee ?

De temps à autre, Sirena venait de mon côté de l'atelier et se penchait sur la chambre d'Emily Dickinson. Elle réagissait toujours comme si elle la découvrait, comme si elle s'interdisait d'y jeter un coup d'œil en mon absence.

« Ça avance vraiment », disait-elle après avoir pris une profonde inspiration, promenant timidement l'index sur le haut d'un mur. À moins qu'elle n'ait désigné les photos et cartes postales de la chambre réelle étalées sur ma table, et déclaré : « Génial, vous l'avez parfaitement rendue », ou bien : « Et pour cette partie-là, comment allez-vous faire ? »

J'avais eu peur de me sentir jugée, mais ce ne fut jamais le cas. Il me semblait plutôt qu'elle était curieuse et sans détour, qu'elle s'intéressait à moi. Parce qu'elle m'aimait bien. Un après-midi, en me tendant mon café, elle posa la main non pas sur mon bras, mais sur mon poignet. « Mon Dieu, c'est formidable de vous avoir ici, vous savez. Je deviendrais folle, sans vous.

— À l'amitié ! » Je levai ma tasse ébréchée.

« Oui, à l'amitié.

— On a de la chance, toutes les deux, dis-je. Pour moi, c'est un don du ciel. Même si ça me vaut quelques ennuis.

— Comment ça?»

Je lui parlai du conseil d'école que j'avais raté, de l'agacement de Shauna. «Mais ce n'est pas grave, parce que je suis là avec vous.»

Aussitôt, j'eus la sensation de m'être montrée trop empressée, trop avide de compagnie. Je me sentis rougir.

«Ah, pour vous ce n'est pas pareil, voyez-vous. C'est agréable, mais ce n'est qu'un bonus dans votre vraie vie, celle de tous les jours», répondit Sirena, regardant non pas vers moi, mais vers la fenêtre, tenant sa tasse sous son menton comme si elle avait froid. «Pour moi qui n'ai pas de vraie vie à Boston, ça s'arrête là. C'est tout ce que j'ai. En dehors de Reza et de Skandar, bien sûr. Raison pour laquelle je suis si contente que vous soyez là.»

J'aurais eu beaucoup de choses à lui dire. Que je trouvais ma vraie vie moins remplie que sa fausse vie bostonienne, que le mystère était que ma vie à moi ressemble autant à une route traversant les Grandes Plaines, des kilomètres et des kilomètres en ligne droite et en terrain plat, avec à peine un arbre en vue. Et soudain apparaissait non pas un arbre mais une oasis. Je gardai cela pour moi, évidemment.

Je me contentai d'acquiescer de la tête, de contempler son profil qui se détachait dans la lumière, l'éclat de ses yeux sombres, si tristes, et j'aurais voulu m'approcher et lui toucher le bras comme elle avait touché le mien, mais ne voyais aucun moyen de le faire sans maladresse. Sans doute suis-je inhibée ou coincée, mais je m'inquiétais entre autres parce que je ne savais pas trop ce que je ressentais — une émotion d'une intensité impossible à exprimer —, que je n'avais pas la moindre idée de ce qu'elle-même pouvait ressentir, et que je ne voulais pas être mal comprise ni me ridiculiser. Malgré mon envie d'effleurer son bras, je n'en fis rien : j'acquiesçai à nouveau de la tête, je souris, finis d'un trait ma tasse de café, la posai bruyamment dans l'évier et m'exclamai : « Eh bien, *au travail !** », reprenant les mots de Sirena, sinon ses gestes, pour la première fois.

*

Je sais ce que vous pensez. Que j'étais amoureuse d'elle — ce qui était vrai —, mais au sens romantique du terme — ce qui était faux. Comment pouvais-je savoir s'il s'agissait d'un amour romantique, vous demandez-vous, moi dont la vie amoureuse apparemment inexistante évoquait un vide pudibond, un utérus sec comme l'enveloppe du maïs, et des mamelles flétries en guise de seins ? Vous vous dites que quoi qu'elle fasse d'autre, la Femme d'En Haut avec ses chats, ses théières, ses rediffusions de *Sex and the City* et son satané catalogue Garnet Hill, cette institutrice au sourire d'une blancheur méticuleuse — quoi qu'elle réussisse d'autre, elle n'a aucune vie amoureuse digne de ce nom.

Ce n'est pas parce qu'une chose est invisible qu'elle n'existe pas. À chaque instant, une foule de créatures invisibles flottent parmi nous. Certains extralucides voient les fantômes, mais qui voit les émotions invisibles, les événements imperceptibles ? Qui voit l'amour, plus évanescent que n'importe quel fantôme, et qui peut a fortiori le capturer ? De quel droit me dites-vous que j'ignore ce que c'est ?

Mon indifférence à la tentative maladroite d'Alf pour m'embrasser sur la bouche dans la chambre noire du lycée de Manchester, mon incapacité à voir l'utilité d'un mari quand j'avais seize ans n'auguraient sans doute rien de bon. Mais en mon temps, lecteur, j'ai failli me marier. Je peine moi-même à y croire, rétrospectivement.

À l'université, j'avais certes des petits amis, comme en ont les filles qui sont surtout populaires auprès de leurs consœurs. Pendant de longues périodes, je jetais religieusement, voire avec une ferveur monastique, mon dévolu sur quelqu'un qui n'était à l'évidence pas pour moi. Et puis parmi ceux qui n'aimaient personne et n'étaient aimés de personne se glissaient des nomades et des électrons libres devant lesquels je me trouvais sans défense. Ils furent mes premiers amants, ces oiseaux de passage : l'Anglais qui n'était là que pour un semestre, avec ses discours sur Wittgenstein et ses cheveux noirs coiffés en une banane spectaculaire ; Nate, le copain du frère de ma colocataire, venu de Harvard le temps d'un week-end prolongé, qui clignait des yeux derrière ses lunettes et buvait du bourbon au goulot de sa flasque pour lutter contre le froid ; ou encore Avi, le petit ami israélien de Joanne Goldstein, tout juste libéré des obligations militaires dans son pays, brun de peau, velu et musclé, qui traîna presque une saison entière dans les rues de Middlebury, fumant des joints et couchant avec toutes celles qui lui plaisaient pendant que Joanne était en cours, à la salle de sport ou ailleurs, et ne remarquait visiblement rien.

L'été qui suivit mon année de licence, alors que je pensais ne jamais connaître l'amour, Ben entra dans ma vie. On était en août, il faisait une chaleur caniculaire. Je le rencontrai à Martha's Vineyard où je séjournais chez les parents de mon amie Susie, lors d'un pique-nique à Aquinnah Beach, en jouant au volley sur le sable qui nous brûlait la plante des pieds, et il m'impressionna non seulement par sa grande taille et sa minceur, mais aussi à cause de cet air patient et gentil qu'il ne perdrait jamais, une expression presque enfantine. Il m'invita à dîner à Edgartown, vint me chercher sur une mobylette qu'il avait empruntée, et après le repas, en slalomant avec lui sur South Road pour retourner chez Susie au clair de lune, sous la voûte formée par les arbres de contes de fées aux troncs noueux, je me sentis à la fois en sécurité et prête à partir à l'aventure. Lorsque nous atteignîmes la prairie au bout de laquelle on découvre la mer, éclairée par la lune couleur d'étain et des centaines de lucioles pareilles à des guirlandes lumineuses, il arrêta la mobylette et, assis sur le mur de pierre branlant, nous contemplâmes ce spectacle en silence — le souffle vérita-blement coupé — avant de nous embrasser. Je me rappelle avoir soupiré de plaisir, mais avec une sorte de résignation, et pensé : « Eh bien, voilà. »

Ben venait lui aussi de décrocher sa licence. Il était origi-naire de Californie du Nord, mais il comptait s'installer à New York et je suivis le mouvement, partis à mon tour pour Manhattan où je louai un appartement avec Susie et Lola, une autre étudiante de mon université, dans un immeuble crasseux à l'angle de la 102e Rue et d'Amsterdam Avenue, où il ne faisait pas très bon vivre à l'époque.

Ben habitait Alphabet City, se produisait le soir avec son groupe. La première année, il travaillait dans la journée comme déménageur et devint très costaud ; moi j'étais serveuse, et pendant un temps ce fut amusant, à l'image de la vie quand elle est provisoire. Mais ce qui amuse de prime abord peut lasser rapidement, et j'eus bientôt mal à la tête, aux pieds, je trouvais mes clients exigeants et impolis, alors je m'achetai un tailleur avec l'argent envoyé par mes parents, passai quelques entretiens d'embauche pour des emplois de cadre, reçus à ma grande surprise une offre d'un cabinet de conseil, et comment refuser ce genre de proposition ?

Là, je changeai sans doute. En tout cas je ne peignais plus. À l'époque, au début des années quatre-vingt-dix, l'art semblait dans une impasse, et je jubilais de gagner de l'argent pour la première fois... Je ne m'explique pas totalement ce changement — comme si c'était arrivé à quelqu'un d'autre, et quand je revois celle que j'étais alors, elle ne ressemble à personne que j'aurais pu connaître. Mais parce que je devins cette femme-là, et parce que Ben était foncièrement accommodant et qu'il m'aimait, il éprouva le besoin de changer, lui aussi. Je disais des choses comme : « On n'est plus des gosses — il est temps de devenir adultes », et il avait fini par s'inscrire à la faculté de droit de New York, exactement le genre de décision que vous prenez lorsque vous sentez le moment venu de devenir adulte, sans avoir la moindre idée de ce que cela peut impliquer. Inutile de dire qu'il cessa également de jouer avec son groupe, qui ne lui était plus nécessaire, en fait, puisqu'il m'avait pour occuper ses loisirs. Nous vivions alors ensemble dans un minuscule studio bas de plafond datant de l'après-guerre, terne et respectable, situé à l'est de Gramercy Park, un no man's land sur le plan culturel, à quelques centaines de mètres de l'Arts Club, mais à des millions de kilomètres de toute pratique artistique digne de ce nom. L'art ne m'intéressait pratiquement plus ; je considérais mon projet de devenir artiste comme le fantasme d'une femme sans pouvoir, et à présent que j'avais de l'argent — et le pouvoir qui allait avec ! —, je n'avais plus besoin de l'art.

Mon bureau se trouvait au trente-troisième étage ; je ne me déplaçais plus qu'en taxi ; je prenais l'avion, fréquentais les salles d'attente des aéroports, pianotais tard le soir à l'hôtel sur mon clavier d'ordinateur. Je n'avais que vingt-cinq ans, mais je possédais quatre paires de chaussures Louboutin. Ainsi qu'un canapé blanc très chic et bien trop grand, et la couette la plus chère du marché, fabriquée en Suède (achat dont je me félicite aujourd'hui encore). Et quand Ben me demanda de l'épouser — lors d'un dîner si copieux dans un restaurant si cher que nous étions les clients les plus jeunes, de vingt ans au moins, et sans doute les seuls à ne pas avoir la goutte —, je pris conscience, pas aussitôt, mais durant les semaines qui suivirent, avec ce diamant lourd et étincelant à mon doigt (à quoi pouvait bien me servir un diamant?), que Ben l'avocat pénaliste en col blanc m'ennuyait, si gentil qu'il ait pu être, que je n'avais rien à faire du canapé blanc, des Louboutin ni de la couette suédoise, et que je n'aimais même pas la grande cuisine, qui me constipait ou me flanquait la diarrhée.

Vous ne vous attendiez pas à ça de la part de la Femme d'En Haut. J'avais un amoureux, je flirtais avec la réussite matérielle, et je plaquais tout. Si j'avais épousé Ben et que nous nous soyons installés à Westchester (vous savez bien que nous nous serions installés à Westchester, non?), alors des années plus tard, quand ma mère est tombée malade, je ne me serais pas dévouée pour elle comme je l'ai fait, car j'aurais déjà eu des enfants (vous savez bien que j'aurais eu des enfants, non? Tout comme vous savez qu'inévitablement tout se serait soldé par un divorce) et donné ainsi au moins une réponse correcte aux questions de l'examen de ma vie. Mais il n'y aurait pas eu d'art, pas d'oxygène; il y aurait eu ces emplois et tout ce qui allait avec, et il y aurait eu Ben que, malgré la gentillesse dont il fit preuve jusqu'au bout, j'avais justement fini par trouver trop malléable, presque trop semblable à moi, et par regarder de haut — bien à tort, je m'en aperçois maintenant.

J'ignore où est désormais Ben Souter (Souter mon Soupirant, blaguais-je au début) une bonne décennie plus tard, mais je lui souhaite d'avoir une femme charmante, de beaux enfants et une grande maison, et d'avoir gagné des millions de dollars sans perdre sa gentillesse.

Ce ne fut en aucune façon le dernier homme de ma vie. Inutile que je vous énumère les autres : l'homme marié, aventure sans lendemain ; beaucoup plus longtemps, le doctorant épuisé ; le jeune homme de dix ans mon cadet — seule personne à m'avoir jamais dit, je crois, que j'étais sexy. Je peux donner l'impression d'être sur la défensive en écrivant cela. Ce qui est sans doute vrai. Car avant les Shahid, je croyais comprendre l'amour, savoir ce que c'était et ce que j'en pensais ; or ils ont tout chamboulé. Le seul fait que j'en arrive à vous déclarer sans ciller que je pourrais les tuer — elle, surtout — résume tout ce qu'il y a à en dire. Oh, ne vous inquiétez pas, je ne passerai pas à l'acte. Je suis inoffensive. Nous autres Femmes d'En Haut avons également cette caractéristique. Mais j'en serais capable.

12

Au cours des deux semaines avant Noël, deux faits notoires se produisirent. Le premier fut ce que j'avais redouté, dans la solitude et la pénombre de l'atelier. Je m'étais efforcée de lutter contre ma terreur, de résister à ses accès, et de continuer à travailler tard le soir au diorama d'Emily. Je confectionnais le lit et il n'y avait aucun bruit, hormis les coups de bélier dans les radiateurs et le grondement de salle des machines de la chaudière qui se mettait en route, soupirait, puis se rendormait dans un frisson. J'avais laissé le lecteur de CD se taire, parce que je voulais être sûre d'entendre tout son d'origine humaine, et que je craignais que la musique ne les étouffe.

Et soudain, tandis que je taillais et ponçais dans mon cercle de lumière, il y eut bel et bien un bruit. Un piétinement au loin, dans la cage d'escalier, sourd et presque caverneux, puis des pas distincts, hésitants, des pas furtifs qui se rapprochaient, marquaient un temps d'arrêt dans le couloir — allais-je reconnaître le cliquetis d'un cadenas, le grincement d'une charnière mal huilée ? —, mais non, le marcheur s'avançait de nouveau, toujours plus près. Ces pas, comme dans mon cauchemar, venaient jusqu'à ma porte. Au fond du couloir : nulle part ailleurs où aller.

Je posai mon papier de verre, mes pieds de lit poncés. Mes mains restèrent en suspens au-dessus de la table et, dans le huis clos silencieux de la pièce, j'eus conscience de retenir mon souffle. Je ne voulais pas que ma chaise racle le sol. J'entendais battre mon cœur. Un rai de lumière filtrait-il sous le linteau de la porte ? Peut-être — mais attendez : on frappait. Pas au hasard, une série de petits coups discrets, rythmés, tel un code secret ou un message. *Dum-da-da-dum-dum.* Deux fois.

Devais-je ouvrir ? Savait-il que j'étais là ? Savait-il qui j'étais ? Ce rythme représentait-il un signal, ou bien n'avait-il aucune signification ? S'agissait-il de quelqu'un qui se trompait de porte, ou de quelque chose de bien plus menaçant ?

Trop agitée, je bougeai. La chaise laissa échapper un couinement furieux, perçant.

Nouveaux coups à la porte, plus forts, cette fois. Encore le même rythme ; encore répété. Une façon de s'annoncer. Puis le déclic de la poignée.

Que faire ? Que faire ? Surtout, me dit ma voix autoritaire d'enseignante, ne pas trembler comme un enfant ; je pris néanmoins mon cutter, vérifiai que la lame était sortie.

« Qui est là ? » Je traînai ma chaise le plus bruyamment possible, changement radical de stratégie, et me dirigeai vers l'intrus d'un pas lourd, masculin, espérais-je. « Qui est là ? »

La voix de l'autre côté — celle d'un homme — répondit quelque chose que je ne saisis pas. J'étais si près de la porte que j'imaginais entendre l'inconnu respirer. Il toussa, une toux de fumeur, dans laquelle je tentai de lire sa personnalité.

« Qui est là ? Parlez plus fort, s'il vous plaît. » L'institutrice enfin triomphante.

Je reconnus alors son prénom, prononcé non pas comme je le prononçais, mais comme elle-même le faisait. Si-rreh-na. À l'italienne.

Je glissai mon cutter dans ma poche arrière — me promettant de l'enlever avant de m'asseoir —, poussai tant bien que mal le verrou et ouvris tout grand la porte, presque rageusement, pour tenter de prendre le visiteur de court.

L'espace d'un instant, d'ailleurs, il parut étonné, tel l'acteur d'un film muet mimant la surprise, bouche bée et haussant les sourcils ; puis il se reprit pour m'adresser un sourire aimable, presque mielleux, et me tendit la main. « Vous devez être Nora Eldridge ? »

J'hésitai.

« Non seulement l'amie et la collègue de ma femme. » Il accentua lourdement la seconde syllabe — col-*lègue*—, avec l'emphase à la fois d'un étranger et de quelqu'un d'important. « Mais aussi l'*institutrice** de mon fils. Enchanté. »

C'était le père de Reza et le mari de Sirena. « Vous devez être…

— Skandar. Skandar Shahid. Enchanté. » Il me tendit à nouveau une main musclée, carrée, velue, et s'avança, m'obligeant à reculer dans l'atelier. « Sirena n'est pas là ?

— Elle est partie voilà plus d'une heure. »

Il scruta d'un œil sceptique la pénombre bien rangée du côté de l'atelier réservé à Sirena (donc il était déjà venu), puis revint dans mon cercle de lumière jaunâtre. « Et l'atelier des elfes est à vous, déclara-t-il en souriant.

— Pardon ?

— Vous êtes — enfin je voulais dire que, comme les elfes du cordonnier, vous vous activez pendant la nuit pour que le travail soit parfait. » Il sourit de nouveau, mais sans montrer ses dents : un gentleman. « Et puis ce que vous fabriquez est tout petit. » Ce qui signifiait qu'il avait également regardé mon diorama, voire mes croquis. Ce qui signifiait qu'ils s'étaient penchés ensemble sur ma table, ou qu'il avait du moins jeté à mes affaires, à mon travail, un coup d'œil distrait, lascif, pendant que Sirena enfilait son manteau ou mettait la bouilloire à chauffer. Curieusement, l'idée qu'il ait pu venir ici ne m'avait pas effleurée.

« Oui, répondis-je. C'est tout petit. Je vous le concède.

— Vous y voyez quelque chose ? » Il se mit à rire, et là une de ses dents étincela. « Tant mieux. » Il s'interrompit. Contrairement à celui de Sirena, son accent était saccadé, discret. « Je fais du thé ? » Il se dirigea vers l'évier, son manteau encore boutonné jusqu'en haut. Ses chaussures de cuir, trempées et déformées, laissaient des traces noirâtres sur le sol. Je trouvai son sans-gêne tout à fait surréaliste.

« Du thé ?

— Vous préféreriez du café ? Sirena prend toujours du café, et moi du thé.

— Mais Sirena n'est pas là — elle est rentrée chez vous. » Je dus paraître impolie, car il s'arrêta et se retourna pour me dévisager comme si je le surprenais de nouveau.

Ai-je dit que même si je trouvais son comportement indéchiffrable, Skandar Shahid se révélait, à première vue, plus ou moins mon homme idéal ? C'était le genre d'homme que, dans le métro ou un aéroport, j'aurais observé avec intérêt ; le genre d'homme devant lequel, assise à côté de lui lors d'un dîner, je serais restée muette de timidité ; le genre d'homme — un homme adulte — dont jamais je n'aurais pensé pouvoir faire la connaissance.

Ni grand ni petit, ni gros ni maigre, il avait une masse de cheveux noirs et souples, assez longs et grisonnants, comme s'il avait été pris quelque temps dans une tempête de neige. Ses yeux — je croyais pourtant que Reza avait les yeux de sa mère — étaient byzantins, ovoïdes, lourdement ourlés de cils et aussi ténébreux que l'intérieur d'un puits. Ils étaient agrandis par ses lunettes, mais celles-ci étaient plutôt discrètes, si bien que l'on ne voyait que ces yeux énormes. Il avait des joues bien modelées, un nez ni osseux ni massif, parfait pour un cours de dessin, et des lèvres sombres, légèrement boudeuses. J'eus envie de lui caresser le menton pour en sentir sous mes doigts, en cette fin de soirée, la rugosité de papier de verre. Je souris et dis : « Désolée. Du thé, ce serait parfait. »

Il emplit la bouilloire au robinet de l'évier et alluma le réchaud, le tout en me tournant tranquillement le dos. « Vous savez s'il y a des gâteaux secs ? demanda-t-il, fouillant parmi les paquets de thé et la boîte de café. Vous n'avez pas envie d'un gâteau ?

— On est provisoirement à court, j'en ai peur.

— À court de gâteaux ? » Il se retourna, amusé. « Ça me plaît. Si j'étais venu plus tôt, il vous en serait resté.

— Peut-être.

— Alors voilà ce que vous faites avec Sirena, vous mangez des "cookies" — il prononça ces deux syllabes tel un mot étranger, du bout des lèvres — et vous jacassez comme des écolières ?

— Vous avez sans doute raison. Toute cette histoire d'atelier, ce n'est qu'un prétexte pour échanger des potins. »

Sa tête pivota sur son cou à la manière de celle d'un oiseau, et il me regarda du coin de l'œil avec un sourire ironique. « Très bon. Oui, très bon. » Il semblait avoir mis la main sur un bout de gâteau quelconque et le grignotait. «Pourtant vous êtes quelqu'un de sérieux.

— Quelqu'un de sérieux?

— Sirena dit que vous prenez les choses très au sérieux. C'est ça l'essentiel. Pas de vendre pour plusieurs milliers de dollars ou de connaître des gens en vue. L'important, c'est d'y croire.

— Bien sûr.

— Et vous avez l'air d'y croire.» Il me fixa avec amusement en me tendant ma tasse de thé. «Du lait?

— Non merci.» Je réfléchis quelques instants. «Elle vend réellement pour des milliers de dollars, alors? Elle connaît des gens en vue?

— En vue? Qu'est-ce que ça veut dire? Quelque chose de différent pour chacun d'entre nous. Mais oui, elle l'est, elle connaît du monde, quoi que cela signifie. Elle commence à se faire un nom.» Il eut un large sourire impénétrable. «À Paris, bien entendu.»

Je sentis une sorte d'ascenseur intérieur tomber de toute sa hauteur : ce que l'on appelle communément un sentiment d'accablement. J'avais réussi le prodige d'ignorer la vie artistique de Sirena hors de notre monde privé, son avant ou son après.

«C'est l'une des raisons pour lesquelles il lui était difficile de venir ici cette année — sa carrière "décolle" vraiment depuis un an ou deux, chez nous. Enfin, quelques expositions, la meilleure galerie, de bonnes critiques. Ici, il n'y a pas les mêmes opportunités… mais je lui ai dit : Trouve un atelier, travaille, comme dans une retraite, sans distractions. Ce sera positif.

— Et ça l'est?»

Il termina son thé, déposa d'un geste ample sa tasse dans l'évier.

« Oui, c'est très positif. Elle a déniché ce lieu, et elle vous a.

— Elle m'a ?

— Pour les cookies et la conversation : une col-*lègue* qui y croit elle aussi.

— D'accord.

— Comme beaucoup d'artistes, Sirena, quand elle est triste, peut l'être très profondément. » Il eut un regard mélancolique, mais qui donnait l'étrange impression que lui-même n'y était pour rien. « Alors nous sommes toujours heureux de la voir heureuse. » Il jeta un coup d'œil à sa montre. « Elle est en retard. Pour une fois, c'est moi qui suis à l'heure et elle en retard.

— Elle n'a pas parlé de revenir.

— On va au cinéma, rien que nous deux, et on s'était mis d'accord... » Il s'interrompit, se donna ostensiblement une grande tape sur le front. « Mais non. On a changé d'idée. » Nouveau coup d'œil à sa montre ; puis quelques grognements d'exaspération gutturaux. « Elle doit déjà être là-bas. Pouvez-vous me dire comment rejoindre Kendall Square au plus vite ? »

Malgré mes efforts pour lui indiquer le chemin le plus simplement possible, j'eus le sentiment qu'il n'enregistrait pas. Son désarroi semblait sincère ; mais je doutai fort, tandis qu'il s'élançait dans le couloir, se répandant en formules de politesse, qu'il soit à l'heure au cinéma, voire qu'il arrive à bon port.

En rangeant mon matériel pour la soirée et en faisant la vaisselle, j'élaborai un scénario selon lequel il serait venu à dessein, dans l'espoir de faire ma connaissance. Non pas tant par désir de me rencontrer que pour voir avec qui sa femme passait tellement de temps, pour me jauger. Peut-être — n'était-ce pas du domaine du possible ? — parlait-elle de moi avec le même enthousiasme mal contenu, le même léger essoufflement que lorsque je parlais d'elle ?

Voilà bien ce qu'il y a de plus étrange dans le fait d'être humain : en savoir autant, communiquer autant, et cependant manquer si radicalement de lucidité, se retrouver en fin de compte si isolé et impuissant. Même quand les gens essaient de dire quelque chose, ils s'expriment maladroitement ou de manière oblique, lorsqu'ils ne mentent pas purement et simplement, parfois parce qu'ils vous mentent à vous, mais le plus souvent parce qu'ils se mentent à eux-mêmes.

Sirena évoquait rarement Skandar, après tout. Raison pour laquelle je m'imaginais qu'il était une constante de son existence, peut-être même objet de sentiments ambivalents. Elle discutait si ouvertement de son travail, des angoisses et des fantasmes qu'il lui inspirait, de ses réactions complexes face à la vidéo. Elle redoutait que l'engouement suscité par celle-ci n'influence l'intérêt qu'elle lui portait, son attirance comme sa répulsion, ce que je comprenais. Elle disait que c'était l'une des choses qu'elle admirait chez moi, mon indifférence aux modes, le calme avec lequel je suivais mes intuitions. Je ne lui avouai pas que j'étais incapable de faire autrement ; mais j'accueillis ce compliment avec un mélange de gratitude et de jubilation.

Ou alors elle parlait de Reza — elle adorait raconter ses frasques, ses mots d'enfant, ses lapsus en anglais (« *Maman,* c'est quoi une vie de chien-chien ? »), des anecdotes sur ses premières années. Elle parlait même de sa propre enfance, de ses nombreux frères et sœurs, de sa mère tyrannique, sourde d'une oreille depuis sa naissance et d'autant plus volubile, comme si elle se vengeait de cette absence de sons en assourdissant le monde autour d'elle ; et de son père, aussi coulant qu'un camembert en été, prétendait-elle. Elle parlait de sa proximité avec son plus jeune frère — au caractère tellement semblable à celui de Reza, selon elle — et de ses relations orageuses avec sa grande sœur, de dix-huit mois son aînée, qui rêvait de fonder une famille, mais ne s'était jamais mariée, et témoignait à son neveu une tendresse envahissante dès que l'occasion se présentait. Elle me raconta sa jeunesse, sa traversée de l'Asie du Sud-Est sac au dos, et la fois où elle s'était retrouvée si défoncée dans le nord de la Thaïlande qu'elle avait passé près d'une semaine complètement hébétée, dans une hutte d'un village proche de Chiang Mai, son copain de l'époque la forçant de temps en temps à manger ou à boire pour la maintenir en vie.

Elle parlait de tout cela, mais presque jamais de son mari. Que devais-je penser ?

Lorsqu'elle finissait par citer son nom, c'était à propos de Reza, des choses qu'ils faisaient tous les trois, comme converser en anglais au dîner ou observer les raies pastenagues de l'aquarium ; ou à cause de son sens approximatif des réalités. Skandar était arrivé avec deux heures de retard ; Skandar avait carrément oublié de venir ; Skandar ne réglait jamais l'addition ; Skandar avait perdu un reçu / les clés de la voiture / son numéro de téléphone. Elle affichait une lassitude mi-indulgente mi-désespérée en mentionnant ces travers, sa ravissante bouche soudain déformée par un rictus sardonique.

« Ça ne doit pourtant pas vous déplaire, au fond », dis-je, le jour où elle m'expliqua que si aucun Shahid n'avait participé à la Rentrée des parents, c'était parce que Skandar, chargé de s'y rendre, avait oublié ou prétendu avoir oublié, et qu'à la place il était allé écouter une conférence à la Kennedy School. « N'est-ce pas en partie pour ça que vous l'avez épousé ?

— À l'époque, j'adorais, répondit-elle. Il paraissait si libre. Mais on se fatigue, vous savez. » En effet, on pouvait éprouver des sentiments ambivalents à l'égard de Skandar.

Lorsque je rentrai chez moi ce vendredi soir, je tapai leurs deux noms sur Google. Avec le recul, je m'étonne de ne pas l'avoir fait plus tôt, mais je me rends compte que je ne voulais pas savoir ce que le reste du monde pensait d'eux, ou de Sirena. Je la voulais tout à moi, autant que mon diorama d'Emily Dickinson, sans avant, sans après, sans monde extérieur. Nous préférerions tous que la vie soit ainsi, sans vacarme ni bruit de fond ni miroirs déformants. Et ce fut sans nul doute une erreur de lancer cette recherche sur Internet.

Ils étaient là tous les deux, photographiés lors d'un cocktail aux côtés d'un inconnu à nez crochu et à cheveux longs, en veste de velours rouille ; il y avait Skandar pendant un débat sur Raymond Aron et la philosophie de l'histoire, derrière une longue table avec un carton à son nom devant lui, en train de discourir les yeux fermés, et les mains levées tels deux oiseaux en vol, floues. Il y avait une photo sous-exposée de Sirena au vernissage de son installation « Elseneur », tenant une flûte de champagne et foudroyant le photographe du regard, l'air grave et maussade dans un pantalon moulant et des escarpins, les cheveux relevés en chignon à l'aide de baguettes chinoises. Il y avait des liens renvoyant aux essais de Skandar, en français, incompréhensibles pour moi ; son nom dans la liste des professeurs de l'École normale supérieure ; et des coupures de journaux relatives aux expositions de Sirena — deux surtout, celle intitulée « Elseneur » et une autre datant de deux ans auparavant, le tout en français une fois encore. Quand je cliquai sur « traduire cette page », j'obtins un bouillon cocasse d'erreurs syntaxiques et grammaticales, avec quelques barbarismes en prime — à coup sûr un exemple de l'impossibilité fondamentale des échanges interculturels —, mais je compris qu'on louait le travail de Sirena en des termes excessifs, presque gênants. Dans un article, en particulier, on s'extasiait, moins sur les extraordinaires constructions d'« Elseneur » que sur la série de vidéos qui les accompagnait. Là, disait-on, résidait le véritable génie de Sirena, sa capacité à nous ravir, nous amuser, nous choquer et nous surprendre avec ses six petits films de trois minutes, chacun décrivant le rapport entre une créature — un observateur humain, filmé à son insu, de dos ; un escargot vivant ; ou un Hamlet en pâte à modeler, qui avait la préférence du critique — et un espace donné.

*

Peu après, je rêvai de Skandar, le genre de rêve lumineux, réaliste, qui vous accompagne une partie de la journée et vous transforme, comme s'il s'était vraiment passé quelque chose — mais quoi ? C'est tellement viscéral qu'on ne peut l'effacer de sa mémoire, au point que cela semble écrit sur le corps. Il s'agissait d'un rêve sexuel. Nous étions au lit ensemble, nus, dans un autre appartement que le mien, mais dont je savais que ce n'était pas le sien non plus, et à cause de la lumière céleste, blanche, opaque, qui tombait des fenêtres, je devinais que la scène se déroulait en Europe — peut-être à Amsterdam, pensais-je, sans y être jamais allée. Je me levais pour mettre la bouilloire à chauffer et je disais : «Elle sera bientôt là, tu sais», et il me répondait : «Ça ne la dérange pas. Ça lui plaît.» Je m'interrogeais. Qu'est-ce qui lui plaisait ? Je le rejoignais au lit, et là il glissait ses doigts en moi et me faisait jouir. Puis l'eau se mettait à bouillir, on sonnait à la porte (la sonnerie de mon réveil, de toute évidence : l'heure de se lever), et j'allais m'occuper de la bouilloire, puis ouvrir, mais je n'avais pas peur, il avait dit que ça lui plaisait, et lorsque je me retournais pour le regarder, mon corps encore tout émoustillé, il était adossé à la tête du lit et humait, tel un parfumeur, ses doigts poisseux, avec un vague sourire entendu qui laissait entrevoir une dent étincelante.

13

Le second fait notoire se produisit trois jours seulement après le premier, au début de la dernière semaine de classe avant les vacances. Je le redoutais depuis si longtemps que j'avais oublié de rester vigilante et, comme on pouvait s'y attendre, je fus choquée, voire effrayée. Cela prouve la longévité de la colère, du désir de vengeance : ils ont une demi-vie nucléaire et enseignent la patience aux gens de sinistre manière.

Reza fut de nouveau agressé. Plus subrepticement, cette fois, plus brutalement. Sous l'œil indifférent de Bethany, Margot et Sarah, les trois animatrices chargées de l'étude — adeptes des textos, elles étaient occupées à organiser leurs rencontres amoureuses sur leurs téléphones portables —, une bataille de boules de neige battait son plein entre les enfants. Il y avait une bonne vingtaine d'élèves, et tous, sauf les plus timides, étaient impliqués : ils avaient formé des équipes, construit un fort, et moi, retenue à l'école par un rendez-vous avec la mère de Chastity et d'Ebullience, et avec Lisa, notre spécialiste de l'apprentissage de la lecture, pour évoquer la condescendance d'Ebullience envers la dyslexie de Chastity, ou plutôt son propre bouillonnement langagier

— bref, je dirigeais l'entretien dans un joyeux tintamarre de cris et de rires qui traversait les vitres, et ressemblait à ce à quoi doit ressembler l'enfance.

Or telle une spore maléfique parmi les enfants rôdait Owen, l'élève agressif de cours moyen qui s'en était déjà pris à Reza, assez bête et méchant pour mettre une pierre dans sa boule de neige ; le malheur voulut d'abord qu'il ait choisi une pierre tranchante, ensuite qu'il fasse mouche (sans grand mérite : il fut établi après coup qu'il se trouvait seulement à un mètre ou deux de sa cible) et enfin que Reza ne se soit pas méfié.

Il était aussitôt tombé à genoux, dit l'une des animatrices, et ce fut seulement en voyant le sang couler entre ses doigts — il avait porté ses poings à ses yeux — qu'elle comprit. D'après elle, le gros Owen aurait marmonné : « Merde alors », avant de tourner les talons et de s'enfuir.

À l'intérieur, nous perçûmes l'impact sous la forme d'un brusque silence, comme si le monde extérieur retenait son souffle à l'unisson, comme si l'on baissait le rideau sur la scène. Puis Bethany donna de brefs coups de sifflet, trois en tout, signal que les élèves devaient se mettre en rang D'URGENCE, et je dus m'excuser auprès de la mère des jumelles pour aller à la fenêtre. Je me souviens que le ciel était de ce gris annonciateur de neige, à la fois plombé et lumineux, et quand je posai les doigts sur la vitre, elle était froide. En contrebas, je remarquai d'abord l'affolement de Bethany, ses moulinets quasi militaires pour diriger tout le monde vers la grande porte à deux battants. Alors, seulement, j'aperçus Margot qui poussait précipitamment quelqu'un vers l'entrée de service, une silhouette voûtée qui perdait son sang, laissant comme par magie une traînée rouge sur la neige piétinée — même dans cette lumière grise, ou peut-être à cause d'elle, le sang prenait des reflets écarlates —, et un simple regard me suffit pour reconnaître cette parka. Et ce bonnet — noir et blanc, surmonté d'un pompon —, lui aussi je le reconnaissais.

« Excusez-moi ! Il y a eu un accident », m'écriai-je plus fort que nécessaire, et je quittai la pièce sous le regard stupéfait de la mère des jumelles et de ma collègue Lisa.

J'atteignis le bureau de Shauna en même temps que Margot et Reza. Velma Snively, la secrétaire de Shauna (un pilier de l'établissement après trente-sept ans à Appleton — la patronne de Shauna, pour certains), s'était extirpée de derrière sa table de travail et réclamait des compresses : « Ne reste pas là les bras ballants », dit-elle sèchement à Margot en larmes, tout en attirant Reza contre sa poitrine imposante. « Va chercher la gaze dans l'armoire des premiers secours ! Et de l'eau stérilisée. Là-bas ! Oui, là-bas !

— C'est Miss Eldridge, Reza, annonçai-je au cas où il n'aurait pu me voir. Tout va bien se passer. » Je voulus m'approcher, mais le bras de Velma s'interposa. « C'était ton œil ? C'est vraiment ton œil ? » Je tentai de me faufiler jusqu'à Reza, mais impossible de contourner Velma. Son chemisier à impressions fleuries crissait comme une peau de serpent au moindre contact.

« Vous ne pensez pas qu'on devrait l'examiner, Velma ?

— Telle est mon intention, Nora, si toutefois vous cessez de bousculer ce pauvre garçon. » Elle saisit la compresse de gaze que Margot avait trouvée et la brandit. « De l'eau stérilisée ! Vite ! Il faut désinfecter cette plaie. »

La compresse fut déplacée, humectée, remise sur sa paume ; dans l'intervalle elle ne lâcha pas Reza, le garda contre elle de son bras libre. Hormis les sanglots qui le secouaient, il était presque immobile, tel un animal effaré.

Quand Velma eut nettoyé le sang — et il continuait à couler, bien qu'il ait commencé à coaguler et à noircir de part et d'autre de la plaie —, il apparut que le globe oculaire de Reza avait été épargné, mais que l'entaille, longue de plus de deux centimètres, était si proche du coin extérieur de l'œil qu'elle donnait l'impression, comme sur un fruit trop mûr, que la peau allait éclater et découvrir l'orbite.

« Un pansement ne suffira pas, fit sévèrement observer Velma. Ce garçon a besoin de plusieurs points de suture. »

À ce moment-là, Reza gémit doucement, le premier son qu'il émettait, et me jeta un regard terrifié.

« N'aie pas peur, mon chéri. Je vais t'accompagner.

— *Maman**, dit-il.

— Je sais. Je l'appelle tout de suite. Elle pourra nous retrouver à l'hôpital. » Je la voyais d'ici, insouciante dans notre atelier, sculptant minutieusement des fleurs dans des comprimés d'aspirine, avec ses cheveux qui retombaient sur son travail tel un filet ; je la voyais chercher son portable dans la poche de son manteau, avec ce petit bruit de déglutition qu'elle produisait, ou que je lui attribuais, lorsqu'elle croyait qu'il pouvait s'agir de Skandar.

« Tu as tes affaires ? demandai-je bêtement. Margot, allez me chercher son sac à dos. On part immédiatement dans ma voiture. »

Velma s'écarta, lâchant Reza, et toussota. « Je vais vérifier la fiche médicale, Nora. Vous ne pouvez pas l'emmener n'importe où.

— Au Children's Hospital. C'est là que je l'emmène : il n'y a pas mieux, s'il faut recoudre la plaie. Mettons-lui une compresse pour le trajet. Tu penses pouvoir la tenir, mon chéri ? La maintenir en place avec ta main ? »

Velma soupira, hocha la tête. « On devrait faire venir sa mère, dit-elle. C'est la règle, sauf en cas d'urgence.

— Vous croyez que ce n'en est pas une ? Et puis sa mère est une amie », répliquai-je (même dans ce moment de folie, savez-vous, je fus fière de prononcer cette phrase, comme si j'abattais une carte maîtresse, et fière de penser que je disais vrai). « Je sais qu'elle voudrait qu'on ne perde pas une minute. Je l'appellerai en route et elle nous retrouvera aux urgences. Allons, Velma, vous savez que c'est la seule chose à faire. »

Velma hocha de nouveau la tête, imperceptiblement. « Je sais en tout cas que c'est ce qui va se passer, Nora ; mais je veux que vous appeliez d'ici la mère de ce garçon, avant de partir. Je ne peux pas vous laisser l'emmener sans qu'elle ait donné son accord. »

J'appelai donc Sirena du bureau de Velma. Je ne peux pas restituer l'étrangeté de la situation. Je me sentais gênée à tant d'égards : d'être celle qui apprenait la nouvelle à Sirena, comme si Reza avait été blessé sous ma surveillance (Margot était encore dans la pièce, le visage déformé par l'angoisse) ; de savoir que tout le monde entendait ce que je disais à Sirena, puisque je me révélais tout aussi incapable de moduler ma voix lorsque je lui parlais que lorsque je parlais d'elle ; de risquer de lui paraître trop familière ou trop impersonnelle, trop brutale ou trop douce ; et de téléphoner devant Reza, qui ne mesurait sûrement pas à quel point sa vie scolaire et sa vie familiale s'entrelaçaient, presque derrière son dos. Il savait que sa mère et moi poursuivions nos pratiques artistiques dans le même atelier, mais n'avait aucune idée de ce que cela pouvait signifier dans les faits, et ne se doutait certainement pas que, lorsqu'il se trouvait à l'étude ou confié aux bons soins de Maria, sa mère était la plupart du temps en train de grignoter des gâteaux secs avec moi et, pour citer son père, de jacasser comme une écolière. Ou plutôt comme une artiste sans enfants, sans doute la plus grande trahison qui soit.

Je téléphonai pourtant, raide, grave, et j'eus beau prendre ma voix d'enseignante que Sirena n'avait pas entendue depuis le tout début, j'étais certaine que Velma me regardait bizarrement. J'expliquai à Sirena ce qui était arrivé, que l'œil de Reza n'avait rien, qu'il lui faudrait juste quelques points de suture — et là, j'entendis un son étouffé à l'autre bout du fil et je dis, d'un ton tout à fait déplacé dans le bureau de Velma, mais ce fut plus fort que moi : « Ne pleurez pas, Sirena, ne pleurez pas ; tout va bien », ce à quoi elle répondit : « Je ne pleure pas. J'enfile mon manteau » —, alors je l'informai que nous allions aux urgences du Children's Hospital et que nous la retrouverions sur place.

« Je ne connais pas le chemin, dit-elle.

— Prenez un taxi — appelez-en un. Je vous reconduirai chez vous. »

*

Ce que je finis par faire. Mais pas avant que nous n'ayons passé sept heures aux urgences. (« On attend toujours au Children's Hospital, m'expliqua ensuite Esther. Ils offrent la meilleure qualité de soins, mais ça signifie qu'ils ont une réputation à défendre. Ils ne peuvent pas se permettre la moindre erreur. ») Reza fut examiné par une infirmière ; puis par un interne ; puis par le médecin de garde, qui demanda l'avis de l'ophtalmologue pour plus de sûreté ; et enfin par une chirurgienne qui se trouvait à voir un autre patient du service, et fit à Reza quelques minuscules points de suture bien réguliers. Entre deux visiteurs dans la chaleur moite de notre box aux rideaux tirés — rappelant vaguement le stand d'une diseuse de bonne aventure à la fête foraine, mais avec des affiches à caractère médical et une lumière blafarde —, où nous nous sentions d'heure en heure plus affamés et hébétés, s'étiraient d'immenses laps de temps d'attente inutile. Je proposai d'abord de faire la lecture à Reza, puis d'aller nous chercher quelque chose à manger, mais je voyais bien que Sirena, angoissée, n'avait pas envie que je parte. Skandar était en déplacement et elle ne voulait pas se retrouver seule, si les choses se révélaient plus graves qu'il n'y paraissait. Je promis donc d'attendre que le médecin se prononce ; à ce moment-là, nous étions presque au bout de nos souffrances, car les points de suture, quatre en tout, au ras de l'œil, furent expédiés en quelques minutes, en quelques gestes précis avec du fil et une aiguille, un peu comme ma mère recousant l'ourlet de ma jupe entre le petit déjeuner et mon départ pour l'école, à ceci près que la chirurgienne à la chevelure blond-roux ne cassa pas son fil d'un coup de dent quand elle eut terminé, elle le coupa prestement à l'aide de petits ciseaux étincelants, puis ébouriffa les cheveux de Reza — il avait les paupières si lourdes qu'il dormait presque — et lui dit : « Ne t'inquiète pas. Rien n'a changé. Tu resteras un bourreau des cœurs, avec tes beaux yeux », et comme elle nous savions que c'était vrai ; après quoi elle nous autorisa enfin à rentrer chez nous.

Je m'engageai dans l'impasse en bordure de la rivière pour les déposer devant leur maison. Reza s'était assoupi dans la voiture.

«Vous avez besoin d'aide? Je peux le porter à l'intérieur.»

Les yeux de Sirena ressemblaient à deux trous sombres dans l'obscurité. «C'est tellement gentil à vous, Nora, dit-elle.

— Ce n'est pas de la gentillesse.» Je soulevai Reza tandis qu'elle ouvrait à tâtons la serrure, la suivis à l'intérieur dans la pénombre avec mon fardeau tiède (son souffle me chatouillait le cou), gravis derrière elle l'escalier et déposai Reza sur son lit. Puis lui enlevai ses chaussures, sa parka, son pantalon, remontai drap et couverture sans même qu'il tressaille, tant il était épuisé. Je restai à le contempler pendant que Sirena s'occupait de mettre la bouilloire en route et d'allumer. Il était étendu sur le dos, les bras sur la couverture, la tête sur l'oreiller, les joues rosées, et à chaque respiration ses lèvres formaient un discret petit «o». Mon Dieu qu'il était beau, quelle promesse de perfection! Avant de le quitter, je caressai ses cheveux et me penchai pour l'embrasser sur le front. Il gardait l'odeur de l'hôpital. Il frissonna légèrement dans son sommeil.

Skandar n'était pas là, et pourtant si, en un sens, et j'éprouvais encore de vagues remords au souvenir de mon rêve, comme si j'avais fait quelque chose de mal, tenté de voler à la fois l'enfant et le mari de Sirena, comme si elle pouvait le deviner rien qu'en me regardant.

Ainsi me retrouvai-je à près de minuit, attablée dans la salle à manger de Sirena, à boire du thé à la menthe et manger des toasts tartinés de beurre et de confiture de prune. La pièce semblait curieusement sans âme — rénovée dans les années quatre-vingt, louée meublée, avec d'horribles et lourdes chaises de bureau, et au plafond une boule en verre dépoli et teinté. Les murs étaient enduits de stuc, le sol recouvert d'une moquette beige. Les éléments de cuisine — visibles par l'ouverture d'époque entre les deux pièces — me rappelèrent la Cadillac d'un homme âgé : ancienne, mais soigneusement entretenue, touchante et hideuse à la fois. Je n'aurais pas dû m'étonner de ce que les Shahid habitent ce genre d'endroit — ils ne faisaient que passer, après tout —, et pourtant je n'en revenais pas. Ils étaient tellement à part, et cette maison paraissait tellement quelconque.

Durant un long moment, Sirena et moi échangeâmes à peine quelques mots. Je nous entendais, elle et moi, mastiquer nos toasts. Elle avait l'air éreintée.

« Il va s'en remettre, vous savez, finis-je par dire. La chirurgienne ne plaisantait pas. Rien n'a changé. »

Sirena avait les larmes aux yeux. « Rien n'a changé. Vous dites ça, mais vous et moi, on sait bien que ce n'est pas vrai. Pas à cause de son visage — il guérira. Mais où avions-nous la tête en l'amenant ici et en l'exposant à cela ? Où Skandar avait-il la tête ? Personne d'autre que lui n'avait envie de partir — mais comment être l'épouse qui dit : "Non, on ne s'en va pas" ? »

Il ne m'était pas venu à l'esprit qu'elle ne se plaisait pas du tout ici, qu'elle détestait l'idée même d'être là. « Je croyais pourtant que Reza aimait bien l'école et tout le reste ?

— À quoi bon ne pas aimer ? À l'heure du coucher, je lui parle de ses amis restés chez nous. Il sait qu'on retournera là-bas, donc il accepte la situation. Mais maintenant ?

— Cette fois le coupable sera sévèrement puni. Peut-être même renvoyé.

— Et ça changera quoi, pour Reza ? Rien du tout. Maintenant, il sait qu'il vit dans un monde où l'on peut vous jeter des pierres simplement à cause de ce que vous êtes, simplement parce qu'on n'aime pas votre nom ou la couleur de votre peau.

— Ce n'est pas la norme, vous le savez, non? Il s'agit juste d'un gosse dérangé, qui a de sérieux problèmes. Ça n'a rien à voir avec Reza personnellement; je pense qu'il peut le comprendre.

— Lorsque vous êtes arabe ou que vous portez un nom du Moyen-Orient, ce n'est jamais contre vous personnellement, mais c'est toujours *là*. J'appréhendais de venir aux États-Unis, et puis je me suis dit, dans une ville comme Cambridge, Massachusetts...» Elle laissa sa phrase en suspens, et reprit : «Vous savez ce qu'on ressent?» Une larme s'était formée au bord de sa paupière et roulait sur sa joue. «La plupart du temps, on n'y pense pas, du moins pas consciemment. Mais tôt ou tard, quelqu'un va faire une remarque qu'il faut expliquer. Vous savez, Skandar avait des cousins dans les camps de réfugiés. Son frère a été tué pendant un bombardement à Beyrouth — à vingt-trois ans. Réduit en poussière. Skandar a eu de la chance en grandissant, mais il ne sait que trop de quoi il retourne. Et moi je sais qu'il est important pour Reza d'en avoir conscience, d'être au courant — mais plus tard. Je veux — je voulais — qu'il ait une enfance comme la mienne, où l'on a juste à se soucier d'être un enfant. Pas de colère ni de haine, ni de cris de vengeance. Pas de jets de pierres. Plus tard il y aura bien assez de temps pour ça — pour l'histoire avec un grand «H»; et je croyais qu'avec un peu de chance et de patience nous pourrions faire de lui quelqu'un de solide, sans détour, qui ne serait pas déformé par cet héritage. Parmi tous mes soucis en venant ici... il n'y avait pas celui-là. Et maintenant, si. Vous voyez? Tout a changé, parce qu'il n'a plus la liberté de ne rien savoir. Parce que ce n'est que le début. » Elle ne pleurait pas vraiment, mais se prit la tête à deux mains, et sa chevelure lui recouvrit le visage. Quand elle leva les yeux, elle souriait. «Vous n'avez sans doute même pas idée de ce dont je parle.

— Je crois que si.

— Peu importe. Ce n'est pas grave. Comme vous dites, son œil n'a rien, c'est l'essentiel. » Elle se leva, desservit. «Il est tard. Trop tard pour continuer à dramatiser. Reza n'ira sans doute pas à l'école demain, mais vous, si, alors il faut rentrer vous coucher. »

À la porte, comme ma mère, elle afficha un sourire radieux. «Ma chère Nora, jamais je ne pourrai assez vous remercier pour ce soir. Que serions-nous devenus sans vous? Vous êtes une véritable amie. » Elle me tendit les bras et je m'aperçus que c'était pour me serrer contre son cœur. Je ne suis pas très portée sur les étreintes — elles me mettent mal à l'aise —, mais je me laissai faire et refermai les bras sur elle. Elle ne chercha pas à m'embrasser sur la joue, mais me serra encore plus fort, assez longuement pour que je me détende et l'étreigne à mon tour. Je sentais les agrafes de son soutien-gorge faire saillie sous son pull-over. Elle sentait le parfum et cette sueur aigrelette produite par la peur. J'ignore d'où cela venait, mais j'eus envie de pleurer. La journée avait été si longue.

«Je ne sais pas si j'irai à l'atelier demain, dis-je, me dégageant enfin.

— Moi je n'y serai sans doute pas.

— Quand Skandar revient-il?

— Peut-être plus tôt que prévu, maintenant. On verra. Il ne croit plus vraiment aux situations d'urgence — il en a trop vu, et il prétend qu'elles n'ont presque jamais de réalité.

— Facile à dire, vu de l'extérieur.

— Comme toujours. Bonne nuit.

— Appelez-moi, si vous avez besoin d'aide. »

À son hochement de tête et à son sourire mystérieux, je sus qu'elle n'appellerait pas. Et j'avais raison.

*

Alors commença l'attente. Reza ne vint pas à l'école le lendemain ni le surlendemain. Ni le jour suivant, un jeudi, et je compris alors que nous ne le reverrions pas avant les vacances. Le mercredi, et de nouveau le jeudi après la classe, j'allai à l'atelier et le trouvai désert — la tasse de café que Sirena était en train de boire quand je lui avais téléphoné de l'école attendait sur le plan de travail, à moitié pleine. Le vendredi, le samedi et le dimanche, je n'eus pas le courage d'y retourner seule.

Ils devaient rentrer passer deux semaines en France, mais j'ignorais la date exacte de leur départ. Je continuais d'attendre que Sirena m'appelle — pour me donner des nouvelles de Reza, de son état d'esprit, même seulement pour me demander s'il avait des devoirs à faire, bonté divine ! Le jeudi, j'envisageai d'appeler moi-même. Imaginez tout ce qui avait pu se passer : l'œil de Reza avait pu s'infecter, lui-même avait pu avoir une crise de nerfs ou un accès d'abattement, à moins que Sirena et Skandar ne se soient violemment disputés au sujet de cette histoire, de l'absence de Skandar, et d'abord de ce séjour à Cambridge, voire de l'initiative que j'avais prise de conduire leur fils à l'hôpital — autant d'hypothèses vraisemblables. Ils avaient également pu décider d'avancer leur départ pour la France. Et même de rentrer définitivement. La seule chose que je me refusais à imaginer était qu'ils puissent couler des jours parfaitement tranquilles et réconfortants dans cette petite maison minable sans m'accorder une seule pensée.

Ne croyez pas que, durant tout ce temps, je n'aie pas eu conscience du fait que mes motifs de mécontentement étaient minces : peut-être Sirena m'avait-elle qualifiée de véritable amie, mais n'étais-je pas surtout pour elle une simple institutrice et une colocataire occasionnelle ? Il y avait eu dans ma vie plusieurs personnes que j'avais traitées aussi cavalièrement : on ne perdait jamais de vue la hiérarchie sociale, même si on feignait d'y être indifférent.

Alors oui, en proie à ces réflexions, dans ce silence assourdissant, je commençai à me mettre en colère, un peu. De quel droit faisaient-ils comme si je n'existais pas ? Qu'est-ce que c'était que ces manières, non seulement sur le plan humain, au sens le plus large, mais aussi sur le plan professionnel, car même en l'absence de liens plus intimes — voire à cause de leur absence —, ne deviez-vous pas donner un coup de fil à l'institutrice de votre fils, qui avait conduit celui-ci d'urgence à l'hôpital, était restée sur place avec vous pendant des heures, ne fût-ce que pour la prévenir qu'il allait revenir à l'école et quel jour, ou bien qu'il ne reviendrait pas, mais qu'il allait mieux, ou pas vraiment mieux, bon sang, et même dans ce cas, pour remercier une fois encore, car on vous a appris que si les gens vous rendent service, vous devez exprimer votre gratitude.

Plus qu'en colère j'étais triste. N'est-ce pas toujours la même chose, au milieu des flammes ne reste-t-il pas un noyau de chagrin que celles-ci tentent — vaillamment, sans succès — d'éradiquer ? Et j'avais conscience, malgré toutes ces émotions, que dès qu'elle appellerait — si elle appelait —, tout serait pardonné. Chaque fois que mon téléphone sonnait, mon cœur faisait un bond, mû par un vain espoir. C'était un pur réflexe ; je n'y pouvais rien.

*

Avant midi le mardi matin, Owen avait été renvoyé par Shauna, efficacement, sans cérémonie. L'école bruissait de potins, du plus infime au plus énorme, et la scène où Reza tombait à genoux, perdant son sang écarlate dans la neige, devint un mythe presque homérique. On murmurait qu'il avait un traumatisme crânien, qu'il resterait aveugle, que les Shahid allaient porter plainte — toutes sortes d'absurdités circulaient de la cour de récréation à notre salle de réunion, et les collègues m'interpellaient sans cesse dans le couloir ou aux toilettes pour s'assurer de la véracité de telle ou telle rumeur. Curieusement, ce brouhaha résonnait autour de moi comme en rêve : je n'entendais que le vent dans ma tête.

Le vendredi matin eut lieu notre dernière assemblée avant les vacances de Noël, durant laquelle mes élèves jouèrent *Le sapin*, une pièce inspirée par le conte de Hans Christian Andersen — mon Dieu, comme elle me sembla pertinente cette semaine-là ! Heureusement, le rôle du bûcheron qui aurait dû revenir à Reza ne comportait que trois répliques, que le jeune Noah s'appropria et déclama avec enthousiasme. Puis tout le monde dansa au son de « Tourne, tourne toupie », après quoi une élève nigériane de cours moyen, prénommée Ethel, donna une interprétation éblouissante de « Douce nuit » : la voix remarquable qui émanait de sa frêle poitrine tourbillonnait autour de nous tous, limpide et veloutée, tel un extraordinaire nectar divin. Shauna prononça ensuite quelques paroles optimistes et assez ineptes sur les fêtes de fin d'année qui étaient source de lumière, et sur le nouveau départ que nous attendions tous avec impatience — aucune allusion à l'incident intervenu en début de semaine —, et soudain ce fut l'heure du déjeuner, puis les vacances.

Les enfants se dispersèrent à la fois rapidement et en douceur, leur adorable babil discordant s'élevant dans la salle tandis qu'ils remplissaient leurs cartables, enfilaient leurs anoraks, tombaient dans les bras les uns des autres et se donnaient des tapes sur l'épaule, déposaient cartes de Noël et cadeaux sur mon bureau comme autant d'offrandes, avec discrétion pour certains, afin que je ne m'aperçoive de rien, avec fierté pour d'autres, quelques fillettes ne voulant pas me lâcher, se cramponnant à mes hanches, à mon ventre, à mon bras ; les garçons moins démonstratifs, presque timides parfois, mais chacun se dirigeant vers la porte aux cris de : « Au revoir, Miss E ! Bonnes vacances, Miss E ! Joyeux Noël ! À l'année prochaine — d'accord ? Au revoir ! Au revoir ! »

Et je me retrouvai seule dans ma classe sous les tubes au néon, avec mes trophées aux couleurs vives empilés sur mon bureau, le bruit qui refluait dans le couloir et la cage d'escalier, les fenêtres éclairées par le soleil hivernal au zénith, ma vie subitement vide, envolée. Je rangeai les livres, essuyai les tableaux noirs, alignai mes stylos dans les tiroirs. Un déjeuner était prévu dans la salle de réunion, mais je n'avais aucune envie de m'y rendre — nous échangions toujours les mêmes plaisanteries, à ceci près que cette fois s'y ajouteraient sans doute les derniers potins concernant Reza, Owen, la décision de Shauna de ne pas aborder le sujet pendant l'assemblée. Je mis mon manteau, cherchai un sac de supermarché pouvant contenir mon butin. (Combien de cartes de Noël avais-je accumulées, au fil de mes années d'enseignement? Mais en l'absence de celle de Reza dans la pile, je n'en voulais aucune.)

Ç'aurait été la journée idéale pour aller à l'atelier, où la chambre solitaire d'Emily D attendait mes attentions solitaires. À la place, je m'éclipsai de l'école sans dire au revoir, déposai mes affaires chez moi, et allai voir en matinée *Closer, entre adultes consentants*, avec Jude Law, Natalie Portman, Julia Roberts et Clive Owen, film qui me donna l'impression d'être centenaire et totalement seule dans l'Univers.

*

Mon père ne se sentait pas très en forme, et cela m'aida. Il est simultanément stoïque et hypocondriaque, mon père : il se mouche ostensiblement avec un bruit de trompette dans son mouchoir en lin tout en assurant qu'il n'a rien — malgré sa voix rauque, ses paupières ourlées de rouge et ses yeux brillants —, et voilà qu'il brandit soudain sa fourchette vers vous et confie, sans cesser d'agiter la saucisse ou la feuille de laitue empalées, qu'il a lu dans la lettre d'information de la clinique Mayo un article sur une bronchite virale peu connue, mais aux effets dévastateurs, et dont il semble présenter tous les symptômes; ou bien sur les signes annonciateurs du cancer de la prostate qui l'amènent à s'inquiéter de la fréquence à laquelle il urine (jamais il ne dit «pisser»); ou encore sur le diabète de l'adulte, qui pourrait expliquer pourquoi il semble faire si souvent la sieste l'après-midi. Il ne veut pas vous inquiéter, mais aimerait que vous ayez conscience, comme lui-même, qu'à chaque instant, peut-être, il se rapproche un peu plus de la mort.

En ce début de vacances, je l'accompagnai au vieux musée Isabella Stewart Gardner. Nous étions censés assister à un concert dans l'auditorium monumental, un quatuor à cordes sur une estrade devant deux cents retraités mélomanes aux vêtements bruissant dans l'obscurité, en milieu de journée ; mais mon père avait décidé à la dernière minute que les symptômes de son rhume — un écoulement postnasal qui le faisait tousser constamment, un afflux de mucosités l'obligeant à se moucher sans arrêt — gâcheraient l'expérience, aussi bien pour lui que pour le reste de l'auditoire. Nous nous contentâmes donc de parcourir les salles au contenu familier, marchant à pas de loup entre les chefs-d'œuvre qui paraissaient marqués du sceau d'Isabella, allant jusqu'à la salle du dernier étage où elle-même, immortalisée par Sargent, orgueilleuse et myope, montait la garde sur son domaine. Puis nous nous dépêchâmes de descendre au salon de thé pour être sûrs d'avoir une table avant l'arrivée des spectateurs du concert. Mon père, qui avec l'âge apprécie les douceurs, commanda un chocolat chaud et une part de gâteau.

« Ta mère adorait cet endroit, fit-il observer une fois encore, comme si c'était une raison suffisante pour y venir.

— Le salon de thé ?

— L'ensemble. Cette cour intérieure. Toutes ces fougères. Elle adorait. Chaque fois qu'on venait, elle le disait.

— Toi aussi, tu aimes ce musée ?

— Un peu sombre à mon goût. De beaux tableaux, mais tout est mélangé. Comme s'il y avait besoin d'un grand nettoyage de printemps.

— Rien ne nous obligeait à venir là, tu sais. »

Il hocha la tête en se mouchant. J'aperçus une petite croûte sur la partie chauve de son crâne : encore un cancer de la peau qu'il allait falloir brûler. « Ça me fait du bien. J'en suis convaincu.

— Quoi, la culture?

— C'était ta mère qui aimait ce genre de choses. Mais il est important d'y sacrifier de temps à autre, même si on n'aime pas ça. Et puis c'est agréable de t'avoir avec moi.

— Je ne comprends pas. Pourquoi est-ce important? Si ça ne te plaît pas, alors pourquoi, surtout à ton âge…

— Alors pourquoi faire quoi que ce soit, Nora? Ne sois pas ridicule. On s'habille parce qu'il le faut. On ne se demande pas si ça nous *plaît*. La plupart du temps, on prend trois repas par jour parce qu'il faut se nourrir. C'est pareil avec les musées : une fois en passant, il faut s'y rendre.

— Par principe? Tu es en train de dire que c'est une question de principe? Je trouve ça bizarre.

— Cette conversation a vraiment un intérêt, Nora?

— Pour moi, oui. Tu es en train de dire qu'il faudrait faire certaines choses *comme si* on en avait envie, même si ce n'est pas le cas?

— Parfois on peut apprendre quelque chose. » Il récupéra laborieusement un morceau de gâteau tombé de sa fourchette. « La vie ne consiste pas à faire seulement ce qui te plaît, tu sais.

— Dieu m'est témoin que je le sais. Mais aller au musée, ce n'est pas comme, voyons, payer sa taxe foncière. C'est censé être un plaisir.

— Je n'ai pas dit que ça me déplaisait.

— Si. Tu l'as sous-entendu. Parce que, enfin, on pourrait aller au cinéma ou ailleurs, à la place.

— Pourquoi réagir ainsi, Nora? On ne peut pas boire un chocolat ou un thé en parlant de choses agréables? Comment s'est passée l'assemblée de Noël, avec tes élèves?

— L'assemblée des fêtes de fin d'année. Personne ne dit plus "assemblée de Noël", papa. C'était très bien. Je ne reviens pas sur le sujet, mais je tiens à dire qu'il me semble important, tu sais… »

Il leva les mains en signe d'apaisement. «Je t'en prie, Nora. Disons que nous sommes là pour ta mère. Cela me rappelle combien elle aimait ce lieu. Ça te va?

— Bien sûr, papa.» Je soupirai, bus une gorgée de thé. «Cette fois, en fait, la pièce de mes élèves était *Le sapin*. Tu connais? À partir d'un conte de Hans Christian Andersen… »

À l'image de mon père, je m'efforçai donc de m'inspirer des WASP et de faire *comme si*. Comme si le Palais des Glaces était la vraie vie. Comme si je prenais plaisir à faire des choses qui me déplaisaient. Comme si j'étais heureuse, et comme si les gens que j'aimais ne m'avaient pas abandonnée.

Didi ne fut pas dupe. Trois jours avant Noël, à la période la plus bousculée de l'année, elle confia pendant deux heures le magasin à Jamie, son employé, pour m'emmener faire le tour de Jamaica Pond dans la neige en fumant un joint et en buvant du vin chaud au goulot d'une thermos.

«Qu'est-ce qui ne va pas, ma puce?» Le froid lui rougissait les joues, sa chevelure ambrée s'échappait de son bonnet. Elle a de grands pieds et marchait à grandes enjambées, d'un pas résolu.

«C'est quoi, ce délire?

— Ça ne sortira pas d'ici. Je n'en parlerai même pas à Esther, c'est promis.» Elle disait toujours cela, sans que je sache vraiment si je devais la croire. «Tu n'as pas le moral, il y a quelque chose.

— Comment le sais-tu?

— Tu te maquilles. Un signe qui ne trompe pas. Allez, avoue.

— Je n'ai rien à avouer.

— Un flirt dans les couloirs ? Un nouveau prof de biologie séduisant ? Un pompier qui te fait signe quand tu passes devant la caserne chaque matin ?

— Ridicule.

— On t'a calomniée ? Encore une histoire de promotion ? Cette garce de Shauna ?

— Ce n'est pas une garce. On n'est pas toujours d'accord, elle et moi, mais ce n'est pas une garce.

— Tu as peur que le FBI nous écoute ? Qu'y a-t-il ?

— Absolument rien.

— C'est donc ça, le problème. » Elle s'immobilisa et me regarda droit dans les yeux, me perça à jour. « C'est cet atelier, non ?

— Quoi, cet atelier ?

— Cette femme, et cet atelier. C'est à cause de ton travail. De ces dioramas. Je le vois bien.

— Qu'est-ce que tu vois ? »

Nous fîmes quelques pas en silence. Elle savait quand elle devait se taire. C'était comme ouvrir les huîtres : tout un art.

« Je ne travaille pas, dis-je. Plus du tout.

— Mais c'est dingue — tu as une semaine de vacances. Plus de sales gosses, pas de voyage en vue. Que se passe-t-il ?

— Je ne réussis pas à retourner là-bas.

— Un problème d'inspiration ? Tu es en panne ?

— Non.

— Alors c'est un problème personnel. C'est la Sirène. Laisse-moi deviner : elle prend trop de place ? Elle parle sans arrêt ? Elle sent mauvais ? » Didi émit un gloussement de fumeuse de joint, puis se ressaisit. « Tu pleures ?

— Non. » J'étais pourtant au bord des larmes, et même en clignant des yeux, je voyais qu'elle s'en rendait compte. « Ce n'est rien. »

Je tentai quand même de lui expliquer. Je racontai ces semaines de travail et de conversation, l'automne dernier où j'avais plus ou moins fini par croire que Sirena et Reza m'appartenaient, qu'ils étaient presque ma famille, mon secret ; et aussi cette étrange rencontre avec Skandar, et ce rêve plus étrange encore, dont le simple souvenir me mettait mal à l'aise ; je racontai également l'agression, l'hôpital, la visite chez eux ; et depuis, ce silence.

Tout en parlant à Didi, je me disais qu'au fond ce que j'avais en tête — ce qui occupait ma mémoire, mes pensées — n'était pas totalement traduisible dans le monde extérieur. Comme si des individus et des événements en trois dimensions ne se retrouvaient qu'en deux dimensions dans mon récit, comme s'ils devenaient plus petits et plus plats, qu'ils avaient tout bonnement *moins* de réalité dès que je les évoquais. Ce qui manquait, c'était l'intensité de mes émotions, lesquelles, telles l'eau ou la jeunesse même, donnaient à ces échanges insignifiants toute la portée qu'ils prenaient pour moi. Là, ils rétrécissaient à vue d'œil, à chacun de mes mots. Ce qui se conçoit bien s'énonce clairement. Ce qui ne peut s'énoncer clairement ne peut se dire.

Lorsque j'eus terminé mon récit, la consternation me gagna. Le vent froid et le sentier enneigé, la glace blanchâtre, irrégulière, qui recouvrait l'étang : tout cela était intériorisé, et mon petit cœur rétréci exposé au-dehors.

« Tu ne te sens pas mieux, de m'avoir parlé ? demanda Didi, posant doucement sa main de géante sur mon épaule.

— Pas vraiment. Je crois que c'est pire.

— En bref, tu es amoureuse de Sirena, tu as envie de coucher avec son mari et de lui voler son fils. C'est bien ça?

— Absolument pas.

— Alors résume toi-même, vingt mots maximum. Quelle est ta lecture?

— C'est comme se réveiller, tu vois? À l'école, chaque année, je sors ce beau livre consacré aux merveilles du monde, celles de la nature et celles créées par la main de l'homme, et il contient les photos les plus incroyables : Ayers Rock, la Grande Muraille de Chine, Angkor Vat, Pétra, la tour Eiffel, les Pyramides...

— Je vois.

— Et le fait est qu'à chaque fois que mon existence me déçoit, je regarde ces photos et je me dis : Tu n'es pas allée là, ou bien : Tu n'as pas vu ça, et je suis soudain éblouie, comme si le ciel s'ouvrait, tu sais, à la pensée que tout cela existe, et je reprends espoir, parce qu'un jour, peut-être, je découvrirai moi aussi certains de ces lieux — les parfums, les sons, la qualité de la lumière.

— Et alors?

— Et alors l'automne dernier, c'était un peu pareil avec eux : le ciel qui s'ouvre, l'espoir. Le sentiment que tout est possible. Oui, l'espoir. L'idée que tout n'est sans doute pas perdu.

— Pourquoi tout serait perdu?

— Parce que j'ai trente-sept ans, que je suis célibataire, institutrice, et que je porte des sabots dans ma classe.

— Moi j'aurai trente-neuf ans le mois prochain. Bientôt quarante. Et j'aime voir la quarantaine comme le début d'une nouvelle décennie. Ça va être formidable. Je le sais — Esther a quarante-deux ans, après tout, et chaque minute qui passe la rend plus sexy.

— Chaque minute ?

— À mes yeux, oui. Mais ce n'est pas la question. Qu'est-ce qui te plombe le moral à ce point, au fond ? Ils t'ont redonné espoir, et là ils sont partis en vacances. Je ne vois pas ce que ça a de déprimant. Même s'ils étaient restés là, ils ne t'auraient pas invitée à réveillonner avec eux, que je sache ? À moins que tu ne les aies conviés à vous accompagner, ton père et toi, chez ta tante Baby à Rockport ? »

Je riais malgré moi. Nous avions fait le tour de l'étang, étions presque revenues à notre point de départ, près du Jamaicaway et du vrombissement de la circulation. Sur le sentier, une vieille dame promenait son vieux chien, un labrador noir au museau presque blanc, qui avançait prudemment dans la neige comme s'il avait mal aux pattes ; mais la vieille dame, elle, parlait toute seule, hochant la tête sous son bonnet et riant, comme moi.

« Allons, c'est sûrement un problème d'hormones. Tu n'as aucune raison objective de t'apitoyer sur ton sort.

— J'ai conduit Reza à l'hôpital. J'ai passé la moitié de la nuit avec eux. Et ils ne m'appellent même pas pour me dire qu'il va bien ?

— Donc ce sont des bouseux. Élevés dans une écurie. Pas de quoi en faire un drame. Cette description s'applique à la moitié de l'Amérique, et sans doute à plus de la moitié de la planète. Un mot manuscrit sur une carte de visite aurait été parfait, seulement on ne peut pas tout avoir, hein ?

— Mais peut-être qu'ils ne reviendront même pas.

— Pourquoi cela ?

— Elle ne se plaît pas ici, elle me l'a dit ; et maintenant que Reza s'est fait agresser deux fois… ils peuvent très bien rester à Paris.

— Eh bien tu auras l'atelier pour toi toute seule. Allons, Nora, tu es ridicule.

— Si tu me trouves ridicule, c'est que je t'ai mal expliqué ce que je ressens. »

Didi lança un bâton sur la glace où il glissa en tournoyant sur lui-même, ce qui fit aboyer le labrador noir, déjà loin. « Tu m'as très bien expliqué. J'ai compris. Mais il faut cesser de croire que tu n'as aucun pouvoir sur ce que tu ressens.

— C'est pourtant le cas. On n'y peut rien.

— Qui a dit ça ? »

Je haussai les épaules. « Il fait froid. On rentre ?

— D'accord. Mais tu sais que tu n'es même pas obligée de ressentir le froid, si tu en décides ainsi.

— Ben voyons.

— Tu te racontes des histoires. Elles n'ont aucune réalité. Tu n'as pas la moindre idée de ce que ces gens sont en train de faire ou de penser, ni des raisons pour lesquelles ta Sirène n'a pas appelé. Tout ça n'est que le produit de ton imagination.

— Je ne suis pas idiote, tu sais. »

Didi me prit par l'épaule. De la chaleur émanait d'elle, même dans l'air glacial. « Personne ne dit que tu es idiote. Juste pessimiste. Si tu sais seulement que tu ne sais rien, tu ne peux pas lâcher prise ? Ou du moins élaborer un scénario optimiste ?

— Mon imaginaire obsessionnel m'en empêche.

— Alors mets-le à ton service. Va dans cet atelier, assieds-toi et termine la chambre d'Emily. Pour que, quoi qu'il arrive à leur retour, et même s'ils ne reviennent pas — ce dont je doute fort —, tu puisses te féliciter d'avoir mis tout ce temps à profit. Ma mère m'a toujours dit qu'il était absurde de s'inquiéter pour des choses auxquelles on ne peut rien.

— Encore un cliché.

— Elle est comme ça, ma mère. Mais elle n'est pas idiote, elle non plus, tu sais. »

*

Je m'efforçai donc de suivre le conseil de Didi. Je passai la journée de Noël à Rockport, dans la résidence en bord de mer de ma tante Baby — la sœur de ma mère —, avec elle et mon père, deux septuagénaires aimables et solitaires même pas enclins à se complaire dans leurs souvenirs, prisonniers de leur présent, de leurs petits maux, de la météo, des informations télévisées pleines de riens — encore que vingt-quatre heures plus tard, lorsque le tsunami frapperait l'Asie, elles seraient pleines de morts. Nous vînmes joyeusement à bout d'un énorme repas — la dinde desséchée que j'avais contribué à faire trop cuire, l'immense gratin de patates douces confites, la farce à base de mie de pain, les pommes de terre au four et les haricots verts détrempés —, accompagnés en boucle par les voix cristallines des Petits Chanteurs viennois interprétant des cantiques de Noël, que tante Baby avait toujours adorés.

Joufflue et poudrée, physiquement si différente de sa sœur — ma mère — menue comme un oiseau, tante Baby, percluse de rhumatismes, boitait tellement qu'à chacun de ses pas je croyais entendre ses articulations rouillées grincer. Malgré son rouge à lèvres cramoisi appliqué avec minutie — ou à cause de lui —, elle ressemblait à une version travestie de feu mon grand-père, avait des cheveux blancs et clairsemés qu'elle crêpait en une masse volumineuse pour cacher son cuir chevelu, et une voix grave, éraillée. Elle sentait l'eau de toilette Yardley English Lavender, difficile à trouver sur le marché au XXIᵉ siècle.

Jamais mariée, elle était catholique pratiquante et ce que je redoutais le plus de devenir : vaillante, indépendante et totalement sans raison d'être. Assise sur son canapé immaculé de couleur bleu ciel, je m'efforçais de ne pas voir, sur la moindre surface plane, les rangées de cadres avec des photos de mon frère et de moi à différents âges, de mes parents et grands-parents, de mes cousins issus de germains habitant Atlanta, des trois enfants de sa cousine June, que l'on suivait pareillement de l'époque des barbo-teuses jusqu'à la cérémonie de remise des diplômes et au mariage, sans oublier les derniers ajouts à la famille, ma nièce et les enfants de mes cousins, eux aussi dans des cadres soigneusement époussetés et apparemment aussi anciens que les autres. J'avais toujours trouvé assez offen-sante la façon qu'avait tante Baby de s'approprier notre vie comme si c'était la sienne, comme si Matt et moi étions ses rejetons au lieu d'être ceux de sa sœur. « Vis donc ta vie à toi, ai-je souvent eu envie de lui dire, tu n'as pas le droit de vivre la mienne ! » Mais comment aurait-elle pu vivre sa vie, elle qui avait consacré la sienne à s'occuper d'autrui — de ses parents, de ses proches, des autres paroissiens ? Elle avait toujours eu le second rôle. Même dans la mort, ma mère lui avait volé la vedette. Aujourd'hui, je voudrais pouvoir lui demander où elle mettait sa rage et comment elle réussissait à paraître toujours si calme, si humblement ravie de la moindre attention (je lui offris une machine à café, ce Noël-là, et bien que j'aie ensuite découvert qu'elle ne s'en servait pas, elle ouvrit le paquet avec émotion et des trémolos dans la voix : que j'aie pu ainsi penser à elle! Que l'on puisse lui accorder tant de valeur!), mais elle compte parmi les victimes des cinq dernières années, ayant succombé par chance, comme elle-même l'aurait dit, à une rupture d'anévrisme dans la sacristie sans avoir repris connaissance, une mort douce en échange d'une vie de dévotion, ce qui lui épargna d'être une charge pour quiconque.

À présent, je peux imaginer ce qu'il lui en a coûté d'être notre tante Baby, enfant malgré l'âge jusqu'à son dernier souffle, au lieu de l'adulte du nom de Cecily Mallon qu'elle aurait pu devenir. Connaissant ma propre vie et le peu, dans ce qu'elle a de plus précieux, que l'on en voit au-dehors, le peu de similitudes entre l'idée que je m'en fais et mon reflet dans le miroir, je déplore que la vraie tante Baby soit perdue à jamais. Moi qui redoutais tant de lui ressembler, je n'ai pu lui poser la question, et comme je sais que personne d'autre n'y a pensé, la vaillante tante Baby a vécu « comme si » jusqu'à la fin. Encore qu'elle ait, peut-être, suivi les préceptes de mon père si scrupuleusement que son âme et son moi social ne faisaient qu'un.

*

Au moins ce Noël à Rockport fut-il vite passé. Arrivés avant midi, nous avions aidé à préparer le repas, étions sortis longer la plage en voiture pour voir les vagues blanches d'écume se briser sur les rochers à leur rythme éternel; nous avions déjeuné, débarrassé la table, pris congé. À 21 h 30, le soir de Noël, j'étais de retour dans mon appartement, après avoir déposé mon père à Brookline. J'avais fait toute la vaisselle pour tante Baby avant notre départ, pendant qu'assise dans son salon surchauffé, ses pieds enflés reposant sur l'ottomane, elle discutait paisiblement avec mon père des maux de leur génération.

« Vous êtes au courant, pour Ruby Howard ? La femme de Bernie ? Ce n'est pas Alzheimer — c'est pire, une sorte de Parkinson. Démence sénile de type Lewy. Vous connaissez ? Affreux. » Long silence, pendant lequel ils s'étaient sans doute assoupis tous les deux, puis tante Baby avait repris : « Il y a aussi Pete Runyon — vous vous souvenez de lui ? Il fréquentait votre église. Ils sont venus s'installer ici après sa retraite, et Beth, sa femme, s'est mise à faire de l'angine de poitrine — maintenant elle reste presque tout le temps chez elle, avec sa bonbonne d'oxygène à roulettes. Je suis allée la voir deux ou trois fois récemment, pour lui remonter le moral. Mais voilà qu'on a diagnostiqué un cancer chez Pete. La vessie, je crois. Ou la prostate, peut-être — pas un de ceux qui sont faciles à traiter, s'il y en a. Beth est très discrète, et c'est de toute évidence un problème de tuyauterie, quelque chose d'intime. Elle n'a pas voulu dire quoi au juste. En tout cas, ça se présente mal. » Elle avait soupiré. « Vous ne trouvez pas que c'est pire, quand les deux conjoints sont malades ? Moi si, toujours. C'est différent lorsqu'on vit seul — on représente une charge à la fois plus lourde et plus légère. Je veux dire qu'on est obligé d'aller dans une maison médicalisée, la question ne se pose même pas, c'est comme ça. Plus d'hésitations. Prenez Alice et Robin Meynell, par exemple — vous voyez de qui je parle ? Eh bien elle a eu un accident vasculaire cérébral le printemps dernier et... »

Et ainsi de suite. Je récurais les casseroles, tante Baby passait en revue le dossier médical de toutes ses connaissances, et mon père, flegmatique, digérait. À la porte, entre chaud et froid, j'avais embrassé la joue douce et poudrée de ma tante, tenu sa main recroquevillée dans la mienne, pris mon père par le bras pour lui faire traverser la zone verglacée — une plaque çà et là sur l'allée goudronnée de la résidence — et l'avais aidé à s'installer sur le siège du passager. À l'arrivée, j'avais garé la voiture sous la porte cochère — le concierge de son immeuble avait salé consciencieusement — et j'étais montée avec lui jusqu'à la porte de son appartement, lui portant son sac de supermarché Trader Joe's à moitié rempli de cadeaux modestes (un nouveau rasoir électrique ; une biographie de Hamilton ; une paire de gants doublés de cachemire), surmontés d'un tupperware contenant du gratin de patates douces désormais en bouillie.

À 21 h 30, je ne dormais pas, je bouillais. Qui ferait la même chose pour moi, quand je serais gâteuse ? Qui serait ma fille modèle ? La précieuse Charlotte de Matt et Tweety ? Je la voyais mal dans ce rôle. Non : j'éprouvais une sorte de jubilation amère à me dire que je me débrouillerais seule jusqu'au bout, une jubilation mêlant le déni et le rigorisme, pas si différente de celle d'une femme au régime dont l'estomac crie famine. Je vivrai dans la continence. Je tiendrai bon. Je n'envahirai pas la vie d'autrui, telle une sangsue avide, insatisfaite et nécessiteuse. Non. Je ne demanderai rien à personne ; je me consumerai seulement de l'intérieur, m'immolerai comme ces moines ruisselant d'essence. Une combustion presque spontanée. Presque. Joyeux Noël à Vous, Putain !

Dans ma fureur, je fis la chose la plus étrange, celle qui me ressemblait le moins : à 22 heures le soir de Noël, je roulai en voiture le long des rues glissantes et désertes, festonnées de lumières païennes, jusqu'à Somerville, jusqu'au silence de mort de l'entrepôt où je gravis à toute vitesse, sur la pointe des pieds, l'escalier fatigué, mes clés à la main en guise d'arme (même dans ma fureur, il restait encore un peu de place pour la peur), pénétrai dans l'atelier et fermai la porte à clé derrière moi.

Il faisait un froid glacial — le chauffage était à l'évidence coupé depuis plusieurs jours —, raison pour laquelle j'hésitai, me demandant si je ne commettais pas une erreur. Mais je me préparai un café, mis de la musique, fouillai dans les affaires de Sirena et trouvai une paire de mitaines en laine noire et douce. Lorsque je les enfilai, j'eus la sensation de me transformer en un personnage de la série *Masterpiece Theatre* (« Une petite pièce, monsieur, je vous en supplie »), mais elles firent l'affaire. Je pouvais agiter les doigts sans la moindre gêne. Je m'assis à ma table, non pas dans mon cercle lumineux, mais éclairée par tous les foutus plafonniers, lampes et lampadaires que comptait l'atelier, le plus de lumière possible, un océan de lumière à la Ralph Ellison, et je me mis au travail, enfin, avec Emily D.

Chaque fois que je croyais entendre un bruit, je me concentrais sur la musique, ou bien je chantais en même temps ou tapais des pieds en cadence. C'était le soir de Noël : il n'y avait personne dans le bâtiment. Personne dans la rue. J'étais toute seule avec moi-même, comme disent les enfants, et je le resterais jusqu'à la fin. Qu'ils aillent tous se faire foutre, et si quiconque tentait d'entrer par effraction, de m'effrayer ou de me violer, je lui montrerais de quel bois je me chauffais.

Après avoir travaillé sans bouger quatre heures durant, trop peureuse pour aller aux toilettes au fond du couloir, je pissai dans un seau à l'angle de la pièce, le lavai dans l'évier et me rassis avec l'intention de travailler à nouveau pendant quatre heures d'affilée, à ceci près que je me sentis très fatiguée, le genre de fatigue qui vous éblouit, où vos yeux n'y voient plus et où tout se brouille comme si vous aviez un accident vasculaire cérébral, au point que je ne savais plus ce que je faisais et dus m'interrompre. Je posai alors mes outils, m'enveloppai dans tous les châles et écharpes de Sirena — ils gardaient son parfum citronné —, ajoutai deux de ses coussins sur le petit tapis et la partie du plancher la moins poussiéreuse, près des chaises, m'allongeai avec mon manteau sur mes pieds, et là, dans cette débauche de lumière, toujours avec la musique en bruit de fond (la chaîne pouvait passer cinq CD en boucle : Annie Lennox, Joan Armatrading, Joni Mitchell — de vieux succès, des albums de fille, des consœurs musiciennes à qui je pouvais confier le soin de m'endormir), et avec la certitude qu'avant de devoir retrouver l'école je fêterais le Nouvel An avec Emily, que j'achèverais sa chambre — que j'installerais sans doute même le circuit électrique grâce auquel jailliraient les visions d'Emily —, avec la certitude, donc, que j'étais incandescente, à ma place, et assez en colère, cette fois, pour être moi-même, je fermai les yeux, passai ma langue sur mes dents en guise de brossage et m'assoupis aussitôt.

DEUXIÈME PARTIE

1

Lorsque la classe reprit, la chambre d'Emily était prête.
Il ne manquait plus que les projections, sa propre lanterne
magique illuminant ses paroles, la Mort en personne, la
Muse, la Joie. Entre Noël et le jour de l'An, j'avais passé la
semaine presque entièrement recluse avec Emily. J'avais
dîné une fois chez mon père et pris un verre avec quatre
amies — très proches pendant des années, elles me parurent
bruyantes et ridicules ce soir-là, à des millions de kilomètres
de mon univers —, mais ces escapades mises à part, il n'y
avait eu que de longues journées, de longues soirées passées
dans mon domaine inondé de lumière blanche, à poncer,
coller et tailler, à manger des sandwichs au fromage rance
enveloppés dans du papier sulfurisé, que je me préparais le
matin chez moi, à moitié endormie, quelques quartiers de
pommes ayant viré au brun, et des tablettes de chocolat
italien très cher et très noir, presque friable, dans du papier
argent, qui étaient ma récompense quand tout allait bien.
Je ne redormis pas sur place, car j'avais senti mon âge le
matin suivant Noël, mes os endoloris, mes articulations
rouillées ; mais j'avais vaincu l'un de mes démons et n'avais
plus peur du noir. Non : ce n'est pas tout à fait vrai. J'avais

encore peur — lorsque je quittais le bâtiment à près de minuit, je dévalais l'escalier quatre à quatre, telle Cendrillon avant que le douzième coup ne retentisse, courais vers ma Golf aussi vite que vers un carrosse argenté sur le point de redevenir citrouille —, mais cette semaine-là, mon amour pour Emily l'emporta sur ma peur. Je me sentais pure, calme et fière ; et seule avec mon art, comme Emily en son temps.

Quant aux autres — les Shahid —, j'avais cicatrisé, ou du moins le croyais-je. Si j'avais avoué à Didi qu'il s'agissait d'une blessure, elle se serait moquée de moi ; or c'en était une, et sur ses conseils, je l'avais forcée à se refermer. Ce dont je me trouvai très bien, jusqu'à leur retour.

*

Ce premier jour d'école, quand je le regardai entrer dans la classe d'un pas lourd, chaussé d'après-skis, son sac à dos et son bonnet noir et blanc à pompon à la main, son visage tendre figé en une expression sévère qui s'adoucit, dès qu'il me vit, en un sourire répondant au mien, avec une affection sincère et spontanée dans son regard bordé de cils soyeux — son cher œil blessé ! —, dans le pli de sa bouche, et quand je reçus ce sourire adressé à moi seule, mon cœur fit un saut périlleux, comme celui d'une adolescente à qui une rock star aurait envoyé un baiser.

Car enfin, je n'avais aucune assurance qu'il reviendrait. Aucun coup de fil, aucun e-mail, aucun mot ; je m'étais même demandé, caressant les écharpes de Sirena dans mon atelier — ce n'était plus le nôtre, cette semaine-là, mais le mien —, humant leurs senteurs résiduelles, si ses parents et lui n'étaient pas nés de mon imagination, si toutes mes conversations avec Sirena avaient plus de réalité que cette rencontre amoureuse avec son mari vue en rêve.

À l'université, une nouvelle de Tchekhov sur ce thème m'avait fascinée. Durant l'hiver sinistre de ma deuxième année, assaillie par le regret d'avoir renoncé à entreprendre des études artistiques, je l'avais lue et relue. «Le moine noir» : l'histoire d'un homme qui se croit visité par un moine fantôme, avec lequel il discute des sujets cruciaux de l'existence, la créativité, la grandeur, le sens de la vie. Le moine lui assure qu'il est quelqu'un d'important, doué d'un talent extraordinaire. L'homme prend alors conscience que ce moine n'existe pas ; que lui-même est sans doute fou. Mais il vaut tellement mieux être fou en compagnie du moine, que sain d'esprit, contrarié dans ses aspirations, solitaire. Et médiocre. Ce sera la pire révélation pour lui, lorsque sa famille l'obligera à entendre raison : le fait qu'au fond il n'a rien d'exceptionnel. Sirena avait été mon moine noir, et peut-être n'était-elle qu'une illusion, elle aussi.

Mais voilà que Reza faisait soudain son entrée dans notre salle de classe d'Appleton, et me tendait, rougissant presque, un porte-clés de mauvais goût orné d'une tour Eiffel en miniature, cadeau de Noël tardif. Donc il avait pensé à moi — et ses parents aussi. Je leur avais manqué. Ma première réaction fut de me dire que Sirena devait se trouver à l'atelier à cet instant précis, et j'eus presque envie de sécher la classe, d'abandonner tout le monde pour aller la rejoindre. Peu importait qu'en dix jours de solitude j'eusse autant avancé que pendant toutes les semaines de conversation qui avaient précédé — elle était ma Muse, mon bourbon sec d'alcoolique : irrésistible.

L'œil de Reza n'avait pas mauvaise allure. On lui avait enlevé ses points de suture ; la cicatrice — impeccable, j'avais vu la chirurgienne tirer l'aiguille, recoudre les chairs — restait rouge et à vif, mais elle n'inquiéta pas les enfants. Au pire, elle donnait à Reza l'air un peu voyou, celui d'un beau petit bandit. Il éluda toutes les questions relatives à l'incident avec des sourires entendus et des tapes sur l'épaule : il était passé maître dans l'art de ne rien trahir.

Il se montra cependant plus loquace sur Paris, les auto-tamponneuses à la Bastille, et sa boulangerie préférée où une vieille vendeuse couverte de verrues, prénommée Léonie, lui offrait un *palmier** chaque matin tant elle était heureuse de le voir. Il décrivit le sapin de Noël en plastique blanc qui penchait dangereusement dans le hall de leur immeuble, les chiens des occupants qui levaient la patte en passant devant son tronc synthétique, si bien que l'entrée avait des relents non pas d'aiguilles de pin et de neige, mais de pissotière. Pour un enfant, et malgré ses lacunes en anglais, Reza se révéla bon conteur et réussit à déclencher l'hilarité générale, ce qui nous donna l'impression à tous, après l'interruption des vacances, de former à nouveau une famille.

*

Je ne me rendis pas à l'atelier cet après-midi-là, pour ne pas me ridiculiser à mes propres yeux. Je ne voulais pas avoir autant besoin de la voir. C'était mon ascèse, la manifestation de mon indépendance. Je ne savais même pas si elle serait là. À la place, j'allai courir, achetai une truite chez le poissonnier et rentrai.

Je ne suis pas une bonne cuisinière. J'avais rapporté ce poisson, mais n'avais aucune envie de le préparer ; je ne le sortis du réfrigérateur que pour l'y remettre aussitôt, et je contemplais les boîtes de soupe en conserve dans mon placard quand j'entendis la sonnette en bas. Je faillis ne pas descendre : il faisait froid dans la cage d'escalier, et je m'attendais à tomber sur des gosses vendant des abonnements, ou sur un bénévole du MassPIRG en quête de dons. M'approchant de la porte, j'allumai l'éclairage extérieur, sourcils froncés à titre préventif.

Or c'était elle, dans une longue doudoune noire, un gros sac à la main : plus petite, l'air plus nonchalante, les cheveux plus en désordre que dans mes souvenirs, mais souriante, les bras tendus, sa lèvre supérieure retroussée sur des incisives légèrement proéminentes, ses pattes d'oie bien visibles.

« *Carissima*! s'exclama-t-elle. Ma chère, ma très chère Nora! Comment allez-vous? » Elle me prit fermement le bras, m'entraîna à l'intérieur et referma la porte derrière nous. « Quel travail — vous avez travaillé si dur! Je suis allée là-bas cet après-midi, à l'atelier. C'est la perfection même, cette petite chambre que vous avez réalisée... » Elle s'apprêtait à me devancer dans l'escalier, mais s'immobilisa, me tint à bout de bras et me dévisagea : « Quel travail extraordinaire vous avez accompli, Nora! Votre chambre d'Emily est sans équivalent.

— Oh, tout de même pas. » J'étais ravie et gênée à la fois. « Que faites-vous là?

— J'ai quelque chose pour vous. À manger. Je l'ai rapporté de Paris, et je me suis dit : Peut-être que Nora sera contente de l'avoir pour son dîner, et ça me donnera l'occasion de la saluer et de la remercier.

— Me remercier?

— Enfin, Nora! Vous savez bien de quoi. Je m'en suis vraiment voulu de ne vous avoir dit ni au revoir ni merci. Alors que sans vous, que serions-nous devenus ? J'ai horreur des e-mails et du téléphone — surtout en anglais, je bafouille —, mais au moins je suis là, avec un foie gras et une bouteille de sancerre, et un excellent *panettone*, pour vous souhaiter une bonne année.

— Un foie gras ?

— Vous n'aimez pas ? Je le craignais un peu. Ne vous sentez pas obligée de le manger. Je vous apporterai autre chose — une quiche ? Un ragoût ? Qu'est-ce qui vous ferait plaisir ?

— J'adore le foie gras. Vraiment. Merci. »

Elle semblait surexcitée. Heureuse de me voir. Elle se sentait coupable d'être partie sans me dire au revoir. Elle m'avait apporté du foie gras. Qu'aurais-je pu demander de plus ? Je lui servis un verre de son sancerre, même s'il n'était pas aussi froid qu'il l'aurait fallu. Je faillis lui proposer des glaçons, mais je me ravisai.

Dire qu'elle était là : Sirena dans ma cuisine. Elle n'était encore jamais venue chez moi. Elle me complimenta sur mon appartement. Admira mes œuvres. Jeta sa doudoune sur le canapé et s'assit à la table de la cuisine, comme en prévision d'un long tête-à-tête. Quant à moi, telle la graisse jaune autour du foie que je sortais de son bocal, je me liqué-fiais carrément.

« Quel effet ça vous a fait, de vous retrouver chez vous ?

— Chez moi ? Oh, Nora, si seulement c'était chez moi, au sens où Cambridge l'est pour vous — ce bel appartement, qui a votre odeur et reflète qui vous êtes, cet endroit que vous connaissez autant qu'il vous connaît. Mais ce que j'oublie toujours, et que je redécouvre dès que j'y retourne, c'est que je ne suis pas chez moi à Paris, pas vraiment — là-bas aussi, je suis une étrangère. D'ailleurs qui se sent chez lui à Paris, à part les concierges qui bavardent dans leur loge?

— Vous avez pourtant dû apprécier...

— Oui, je vois ce que vous voulez dire. Reza aime tellement ses petits amis. Et Skandar ses grands amis. Ç'a été un soulagement, en un sens — de me sentir un peu moins responsable d'eux.

— Et pour vous?

— J'ai une histoire, là-bas, des amis et des collègues; et je suis chez moi là où sont mes deux hommes, bien sûr. Mais la notion de patrie imaginaire, vous connaissez? Dès que vous prenez le large sur votre frêle esquif, que vous larguez les amarres, jamais plus vous ne serez vraiment chez vous nulle part. Ce que vous quittez n'existe que dans vos souvenirs, et votre lieu idéal devient une étrange mixture fictive de tout ce que vous avez laissé derrière vous à chaque escale.

— Donc vous n'en avez pas profité?

— Oui et non. Vous m'avez manqué, et l'atelier aussi, et mon travail — je ne vous ai pas imitée, voyez-vous —, pas de création pour moi, juste beaucoup de repas au restaurant et des journées de vacances bien remplies.» Je ne savais trop si je devais la croire : quelque chose sonnait faux à mes oreilles, comme si elle était en représentation.

«Quand êtes-vous rentrés?

— Il y a un jour ou deux. Il fallait que Skandar soit à New York hier soir — encore un colloque. Des rendez-vous. Vous savez comment il est.» Sourire attristé. Je pensai à tout le temps qu'elle passait seule, mais avec Reza. Pas comme moi. Pas toute seule.

«Maintenant je veux que vous me parliez de vous, dit-elle. Nouvelle année, nouveau départ. Qu'avez-vous fait, en notre absence?

— Les vacances ont été plutôt calmes, en fait. J'ai essayé d'avancer dans mon travail.

— Et Noël?

— Avec mon père et ma tante.

— Pas avec le frère compliqué?

— Matt? Il ne vient jamais à cette période. Quand on a sa propre famille, on en est dispensé, non?

— Dispensé? Pas d'où je viens. Ma mère nous a rejoints, ma sœur aînée aussi. C'était très bruyant, à la maison. Reza a été extrêmement gâté.

— Comme on doit l'être à Noël.

— Oui, sans doute. Mais chacun a un rôle à jouer, voyez-vous. Dans cette pièce-là, je suis la fille, la sœur et la mère — jamais l'artiste. Je pourrais être, je ne sais pas, Luc Tuymans, que ça ne les impressionnerait pas. Il n'y a pas de place pour autre chose que mon sens du devoir.

— À qui le dites-vous!

— Vous? Mais vous êtes si libre! Je vous envie cette liberté. Combien de fois j'ai pensé à l'atelier et à vous en train de travailler. Ou bien de réfléchir calmement, dans votre appartement ravissant — ce n'est pas exactement ainsi que je l'imaginais, mais pas loin. Pendant que je faisais des lits, des ragoûts et des paquets tout en parlant de la pluie et du beau temps...

— L'herbe est toujours plus verte chez le voisin...» Je jubilais d'apprendre qu'elle avait pensé à moi — avec envie. «Je me suis fait du souci pour Reza.

— Il s'est rétabli si vite. Vous avez vu son œil, non? La cicatrice sera très discrète... Vous vous êtes si bien occupée de lui, et de moi, cet horrible soir.

— Vous vous inquiétiez des retombées sur le plan affectif.

— Sur le plan affectif. Ah, oui. À cause de ces garçons qui

jettent des pierres. Mais les enfants ont de la ressource. C'est une bonne chose que nous soyons partis quelque temps — ça lui a permis d'oublier. Il a fait quelques cauchemars, mais il a été incapable de me les raconter. J'ignore s'ils avaient un rapport avec l'incident. Qui peut le dire? Shauna McPhee m'a prévenue que le coupable avait été exclu.

— Aussitôt.

— Donc, c'est bien cela : nouvelle année, nouveau départ. J'ai fait le serment de ne plus me plaindre. Je suis trop douée pour ça, j'ai besoin d'exercer d'autres talents. J'ai aussi fait le serment de travailler dur — il reste très peu de temps jusqu'au mois de mai. Ces quelques mois seront passés avant qu'on ait pu s'en rendre compte; et j'ai promis à ma galerie de rentrer fin prête pour mon exposition. Alors : «*Au travail !* *»* Elle se leva sur ces entrefaites : le moment était venu de partir. Et puis : «Que vous êtes-vous promis, pour la nouvelle année?»

J'hésitai. Je n'avais pris aucune bonne résolution. J'avais passé la nuit du Nouvel An à l'atelier, oubliant l'heure, m'apercevant trop tard que le compte à rebours avait eu lieu à Times Square, et c'était à Emily D que j'avais souhaité bonne année : je l'avais soulevée dans sa chemise de nuit en dentelle, sortie de son lit étroit et haut sur pieds, j'avais caressé sa tête soyeuse; puis je l'avais rendue, avec précaution, à sa vie digne d'une maison de poupée. Bonne année à toi. «J'ai pris la résolution d'être plus indépendante, dis-je.

— Vous? Mais personne n'est plus indépendant que vous !

— Plus solitaire, peut-être. » Pour une raison mystérieuse, je pensai à ma mère, chaque jour un peu plus prisonnière, jusqu'à finir enterrée dans sa solitude. «Ce n'est pas la même chose, vous savez. »

2

Parce que je m'étais plainte de ma solitude, je redoutai que l'invitation à dîner de Sirena la semaine suivante n'ait été lancée par charité. J'étais attendue à 19 h 30. J'arrivai à 19 h 40, inquiète à l'idée d'être en retard, avec une bouteille de vin rouge, italien et cher — du barolo, je crois —, recommandé par la vendeuse du rayon des fromages chez Formaggio. J'eus l'impression, quand Skandar ouvrit la porte, qu'il était surpris de me voir.

«Ah! C'est vous. Nora est là, Sirena. Venez.» L'entrée était très étroite, l'escalier juste derrière nous, et Skandar dut gravir quelques marches à reculons pour que je puisse franchir le seuil. Faute de savoir s'il convenait que nous nous serrions la main ou que nous nous embrassions, nous nous contentâmes de nous saluer avec un sourire gêné.

«Je ne me suis pas trompée de jour?»

Il secoua la tête en signe de dénégation, hilare, et prit mon manteau tout en continuant à monter à reculons.

«Ni d'heure?»

Sirena apparut sur la plus haute marche, Reza près d'elle, déjà dans son pyjama à carreaux. «Bienvenue! Ce n'est pas comme lors de votre précédente visite. Cette fois, nous avons mieux à vous offrir que des toasts et du thé. »

Le couvert était mis sur une table ornée de fleurs et de bougies, de sorte que l'horrible globe en verre teinté au plafond resta éteint, et qu'en allumant quelques lampes à des endroits stratégiques, ils avaient rendu la pièce presque accueillante.

« Venez, Miss E. Venez voir ma chambre. » Reza me prit aussitôt par la main et m'entraîna, pendant que son père servait le vin et que sa mère retournait aux fourneaux.

Je suivis Reza et découvris que sa chambre était transformée, elle aussi, par une lanterne magique qui tournait lentement sur elle-même en projetant sur le mur les ombres colorées de musiciens de jazz — un batteur vert avec ses percussions, un saxophoniste rose, une silhouette bleue aux épaules carrées qui brandissait une guitare basse. Au-dessus du lit de Reza, le mur était presque entièrement couvert par un poster, la photo d'un joueur de foot en pleine action — français, sans doute —, qui apparaissait et disparaissait à la lumière de la lanterne comme s'il était vivant.

« C'est Zidane, déclara Reza. Le meilleur. Avant, il jouait pour la Juventus — vous connaissez cette équipe ?

— Non.

— Je vais vous expliquer... » Il me fit asseoir près de lui sur son lit et entreprit de retracer, avec plus d'enthousiasme que de clarté, la trajectoire de Zidane au sein de l'équipe de France et des clubs professionnels.

« Reza... » Son père souriait dans l'embrasure de la porte, un verre de vin rouge dans une main, un whisky avec des glaçons dans l'autre. « Toi tu vois Miss Nora pendant la journée, à l'école. Cette soirée est réservée aux grandes personnes.

— Encore une minute. S'il te plaît... »

Skandar lui répondit en français. Il me tendit le verre de vin et disparut.

Reza eut un sourire complice. « J'ai droit à trois minutes, chuchota-t-il, mais si on en prend quatre, personne ne le saura. »

*

Reza avait déjà dîné, et bien qu'il se soit assis quelque temps avec nous, balançant ses jambes dans le vide et picorant distraitement quelques grains de raisin dans un compotier, il ne prit pas vraiment part à la conversation, ne parut même pas spécialement attentif, et avant que les hors-d'œuvre, des aubergines farcies et des crostinis, n'aient été desservis, il demanda la permission d'aller lire *Astérix* dans sa chambre.

Malgré le caractère étrangement superflu de sa présence, c'était dommage ; car de même que trois personnes consti-tuent à peine une famille, une famille réduite à sa plus simple expression, elles suffisent à peine à animer un dîner. Surtout lorsque deux convives sont intimement liés et le troisième un élément extérieur, une femme bien élevée et manquant de témérité. Quelque chose de laborieux s'attache à un tel scénario — du moins au début. Nous étions tous très polis, dégustant avec application nos excellentes aubergines et leurs toasts bien grillés. Nous parlâmes de l'école ; depuis combien de temps y enseignais-je, demanda Skandar, et comment se situait-elle par rapport aux autres établissements ? Plus généralement, quels étaient les mérites comparés des systèmes éducatifs français et américain ? Et puis oui, merci — ça aide —, j'aimerais beaucoup un deuxième verre de vin rouge... Peu à peu l'atmosphère se détendit. Sirena évoqua sa scolarité à Milan, Skandar ses études à Beyrouth, dans un collège universitaire où l'on parlait français, et l'internat parisien où ses parents l'avaient envoyé pendant deux ans (un établissement qui semblait tout droit sorti d'un vieux film français, dit-il, strict, austère, encourageant l'esprit de compétition, où les étudiants craquaient sous la pression et où l'on servait de la viande de cheval au dîner. « Les chats errants faisaient les poubelles et miaulaient dans l'impasse derrière les cuisines, et pour plaisanter on prétendait que c'étaient *eux* qui finissaient dans les gratins ») ; le cours de son existence en avait été définitivement modifié sans qu'il s'en soit rendu compte à l'époque. « La moitié de mes amis libanais — peut-être plus — sont allés à l'université américaine de Beyrouth ; puis ils se sont retrouvés ici, aux États-Unis, pour préparer leur doctorat. Ce qui signifie qu'ils ne parlent qu'anglais, quand ils ne sont pas totalement américanisés — parfois au point d'avoir changé de nationalité. » Il s'interrompit. « Deux d'entre eux vivent au Canada. À Montréal, on peut avoir le beurre et l'argent du beurre — parler français, anglais, et arabe en prime, à cause de tous les Libanais installés là-bas.

— En quoi vous distinguez-vous d'eux ? Vous êtes aux États-Unis, en ce moment — à Harvard. Difficile d'approcher le système universitaire américain de plus près. »

Il ouvrit non sans ironie des yeux ronds derrière ses lunettes, haussa ostensiblement les sourcils. « Sans doute, dit-il. Mais ce n'est pas vraiment la question. Il y a une forme d'exil, pour les diplômés de n'importe quelle nation non européenne, qui peut se révéler très confortable, grâce aux mondanités...

— Le pays des accents ridicules, lançai-je sans réfléchir.

— Comment ça ? » Sirena haussa les sourcils à son tour.

« C'est l'expression employée par une amie. Elle travaillait pour une station de radio et a été invitée par hasard à un dîner avec tous ces vieux professeurs de Princeton, la moitié avait le prix Nobel, d'après elle, mais pas un seul ne parlait anglais sans accent. Elle a eu l'impression d'atterrir au pays des génies à l'accent ridicule. »

Skandar sourit du bout des lèvres.

« Je ne dis pas que vous-mêmes ayez un accent ridicule.

— Mais c'est tout à fait vrai, votre amie a raison. Dans ce pays, il y a quelques poches d'exilés, un peu comme des nuages bas. Ici, par exemple. Ils sont en Amérique, ou du moins ils y ont atterri, mais ils ne sont pas vraiment intégrés, et nous — les basanés, les Noirs, les Jaunes, les juifs et les Arabes de toute la planète —, on se réunit, chacun dans sa diaspora, pour se fabriquer un monde de conversations familières, une petite vie dans nos tours d'ivoire. Et on se crie dessus avec nos accents ridicules, dans ce qui reste pour la plupart d'entre nous une langue étrangère. Je m'étonne toujours qu'on réussisse à communiquer. Mais on arrive peut-être à en dire plus qu'on ne croit — ou moins. Je ne sais pas trop.

— C'est la tyrannie de l'anglais, intervint Sirena avec mauvaise humeur, comme si tout était la faute de la langue elle-même.

— Mais est-ce que ce n'est pas pareil en France ? L'autre jour, vous disiez ne pas vous y sentir totalement chez vous.

— En France, les gens parlent plus français qu'anglais, me répondit-elle sèchement.

— De plus en plus souvent anglais, aujourd'hui. » Skandar avait l'air amusé. « Voire allemand. Il n'est pas rare de rencontrer des collègues avec qui on peut échanger dans les trois langues, selon les moments. Là-bas, on est *en Europe*, on ne flotte pas au-dessus comme un corps étranger.

— Je ne suis pas sûre de comprendre.»

Il se tut, but une gorgée de vin. À son regard, je voyais qu'il était à la fois ironique et sérieux. «En Europe, pour le meilleur et pour le pire, l'histoire est toujours présente, le contexte aussi. Quand je dis que je suis un Libanais d'origine palestinienne, natif de Beyrouth, mais avec un héritage essentiellement chrétien, que j'ai fait mes études à Paris et que j'enseigne à l'École normale supérieure, on en sait tout de suite beaucoup sur moi — sur ce que je suis et ne suis pas. On peut en déduire encore davantage de mes vêtements, de ma façon d'être — autant de détails grâce auxquels je serai identifié. Non seulement par mes collègues enseignants aux "accents ridicules", mais aussi par l'épicier ou le chauffeur de taxi.

— Qu'est-ce que ça a d'extraordinaire? Surtout s'ils se trompent.

— Je ne prétends pas que ce soit bon ou mauvais. Je me borne à expliquer en quoi c'est différent.»

Sirena me rappela à l'ordre. «Il ne faut pas être sur la défensive dès qu'il est question de votre pays.» Elle avait converti son irritation en affairement autour du plat principal. Elle servait dans des bols, sur du riz, un ragoût d'agneau à la sauce onctueuse, épicée, parfumée.

«Aux États-Unis, reprit Skandar, il y a des endroits comme Harvard où, la porte franchie, je fais le même genre d'expérience sans m'y arrêter. Moins au sujet de mes origines sociales, d'ailleurs, que de mes thèses philosophiques, des courants dont je me réclame. Je suis connu, en un sens. Mais pour l'essentiel...» Encore ce sourire ironique. Le cerveau embrumé par le barolo, je le trouvai sexy, presque complice. «Pour l'essentiel je suis une énigme, aux États-Unis. Si je dis à un passant que je suis originaire de Beyrouth, il me demandera sûrement où ça se trouve. Si j'ajoute que j'ai des cousins palestiniens et que j'ai été élevé dans la religion chrétienne, il se dira sans doute : Comment est-ce possible ? Et si j'explique que j'ai fait mes études à Paris, il s'étonnera de mon manque de suite dans les idées. Aux États-Unis, l'Europe et le Moyen-Orient paraissent vraiment très loin. Si on est un Libanais qui vient faire ses études ici, on devient aussitôt américain. On est accepté, ce qui est merveilleux, mais on reçoit une nouvelle garde-robe, un nouveau profil qui n'a pas d'histoire et auquel il faut s'adapter, se conformer. On débarque ici sans bagages.

— "Donnez-moi ces masses de misère, épuisées..." C'est la seule raison d'être de ce pays.

— Bien sûr. Je dis simplement que si j'y étais venu à dix-huit ans au lieu d'aller à Paris, j'en aurais été changé et ma vie aussi, à plus d'un titre.

— On est comme on est», déclara Sirena du ton vaguement sentencieux de l'épouse qui a déjà entendu cette tirade, ou trouve que son mari s'écoute un peu trop parler. «Et maintenant, étant ce que nous sommes, il faut manger. Allez, Nora!»

J'enfournai une bouchée de son fabuleux ragoût, songeant : «Voilà, de toute cette soirée, ce que je dois garder en mémoire : cette explosion de saveurs, ces pignons de pin, cet agneau, ce cumin, ces raisins secs» — mais je ne m'intéressais qu'à moitié à ma nourriture. J'observais Skandar qui chipotait avec la sienne en discourant, et ne s'adressait qu'à moi, comme si Sirena n'était pas là. Trois n'est pas un nombre facile, me répétai-je.

«Mais vous ne pensez pas que ça marche dans les deux

sens? Si je pars vivre en Europe ou à Beyrouth, par exemple, est-ce que je ne paraîtrai pas soudain… dénudée ? Ici, je suis dans mon cadre ; là-bas, je suis juste une Américaine. »

Skandar parut soudain me jauger. Comme pour mesurer la valeur de mon américanité. « *Juste* une Américaine ? Jamais de la vie. Une femme aussi belle que vous, en France ou au Liban, serait d'abord vue pour sa beauté. N'est-ce pas, Sirena ? »

Celle-ci acquiesça de la tête d'un air las. « Je vais dire bonne nuit à Reza. Il est temps qu'il éteigne. »

Quelques instants plus tard, elle réapparut et me fit signe du couloir, interrompant son mari : « Nora, vous pourriez venir un instant ? Ça ne vous ennuie pas ?

— Bien sûr que non. »

Reza était assis dans son lit et tendit les bras pour m'attirer à lui — encore une étreinte, comme si ces marques de tendresse étaient monnaie courante. « Bonne nuit, Miss E, me chuchota-t-il à l'oreille. Vous êtes la meilleure. » Puis il se dégagea et m'adressa un sourire radieux, plein d'affection. Comme s'il était mon propre fils, même si je sais que cela semble ridicule. Comme s'il m'aimait vraiment. Je jubilais, mais je sentis la colère me gagner à cause de tout ce que Sirena possédait et paraissait tenir pour acquis, attendant paisiblement dans l'embrasure de la porte, les bras croisés et les yeux dans le vague.

« *Bonne nuit, chéri* * », lui dit-elle, avant d'ajouter quelques mots en français tandis que nous nous retirions et le laissions dans la pénombre, avec ses musiciens de jazz scintillants qui dansaient sur le mur.

*

Parce que ce n'était pas loin — ou bien parce que..., je pouvais imaginer des raisons flatteuses, et d'autres qui n'avaient rien à voir avec moi —, Skandar proposa de me raccompagner à pied. Seulement cinq ou six cents mètres sur le versant prospère de Cambridge, le long de ces jardins sombres, immobiles, aux arbres imposants et poudrés de neige, de ces maisons monumentales avec une seule fenêtre éclairée à l'étage, dont la lumière jaune d'or illuminait une petite bande de pelouse couverte de gelée blanche ; ou encore de ces autres demeures ensevelies par la nuit, pareilles à des ogres endormis. Skandar fumait en marchant, abritant sa cigarette au creux de sa main, tel un marin dans la tempête. Mal à l'aise à cause de sa présence et du silence, même s'il ne semblait pas s'en rendre compte, je ne trouvais rien à dire, seulement que les rues étaient calmes, observation sans intérêt qu'il ne releva pas.

« Une jolie fille comme vous, lança-t-il sans me regarder, vous n'avez ni mari ni enfants ?

— Pas pour l'instant.

— Donc vous avez été mariée ?

— Presque, il y a longtemps.

— Pas de compagnon ?

— Skandar, je vous en prie...

— Je ne voulais pas vous importuner. Mais quand Sirena m'a appris que vous étiez célibataire, j'ai pensé qu'elle devait faire erreur, que vous étiez seulement très pudique.

— Non, il n'y a personne dans ma vie en ce moment. » Puis, après un silence : « Et je ne suis pas lesbienne.

— Je sais bien que vous n'êtes pas lesbienne. »

Croyait-il que je flirtais avec lui ? « Que pensez-vous de Reza ?

— Comment ça ?

— De ce qui s'est passé à l'école, avant les vacances. »

Il haussa les épaules et soupira, la fumée et son haleine mêlées blanchissant l'air. « Suis-je censé en penser quelque chose? Au fond, je ne le crois pas. Je préférerais que ça n'ait pas eu lieu; mais qu'est-ce que ça change? Je peux souhaiter que cela ne se reproduise pas — mais là encore, si je demande l'impossible, ça ne changera rien.

— Donc vous êtes un cynique. »

D'ordinaire si posé, il pivota brusquement sur lui-même pour me dévisager, presque avec indignation. « Un cynique? Absolument pas. Je suis un réaliste. Un pragmatique. Mais aussi un optimiste. Sinon je ne pourrais pas faire ce que je fais.

— C'est-à-dire?

— À quelle fin parle-t-on d'éthique et d'histoire, des questions morales inhérentes à l'histoire même de l'Histoire, si ce n'est pour regarder l'avenir et espérer — non, pas espérer, travailler à un monde meilleur?

— Peut-être vaudrait-il mieux…

— Non, c'est une question sérieuse. Je suis un homme qui étudie et réfléchit, mais je vais au bout d'une conversation, peu importe où elle a lieu, et avec qui. C'est important. »

J'eus l'impression qu'il était nimbé d'un halo doré, mais il ne s'agissait que de la lumière rosâtre d'un lampadaire. Là était le problème, dans un endroit comme Cambridge, Massachusetts : ces gens — ces hommes — qui se prenaient pour le Messie, mais autour desquels continuait à flotter une certaine aura, et l'éventualité, si mince soit-elle, qu'ils soient bel et bien le Messie — ce qui n'était pas à exclure.

*

S'ils avaient été un repas, j'aurais dégusté chaque plat avec une égale délectation : chacun si singulier, et d'une saveur n'appartenant qu'à lui. Il m'était impossible de les appréhender tous les trois à la fois — je dois mettre les choses au point, faute de quoi vous pourriez penser que c'était *une famille* que j'aimais, leur esprit de famille qui me plaisait ; vous pourriez en déduire qu'il y avait entre nous de la confiance (ce qui n'était vrai qu'avec Reza), une réciprocité dont je doutais qu'elle pût exister. J'étais amoureuse de Reza. J'étais amoureuse de Sirena. J'étais amoureuse de Skandar. Ces trois phrases étaient vraies ; elles ne s'excluaient pas mutuellement, mais plus important, et pour autant que j'aie pu en juger, elles n'avaient aucun rapport entre elles.

Le scénario de Didi — selon lequel j'étais amoureuse de Sirena, mais voulais coucher avec son mari et lui voler son fils — était erroné. Je voulais une relation à part entière avec chacun, indépendamment des autres. J'avais besoin d'eux en tant que famille — comment, sinon, chacun serait-il venu jusqu'à moi ? —, et pourtant je me méfiais de ce lien. Je ne voulais pas les voir ensemble (bien que ce fût préférable à ne pas les voir du tout) et j'avais horreur de les imaginer réunis le soir et pendant le week-end, sans moi et avec à peine une pensée pour moi.

Quant à la confiance, j'en avais si peu : «Pourquoi a-t-il seulement eu envie de me parler?» demandai-je à Didi lorsque je la revis. «Pourquoi a-t-il décidé de me raccompagner dans ce froid glacial, en pleine nuit?» Je n'osais pas m'avouer à moi-même ce que je voulais entendre, le réconfort que je cherchais, mais je percevais physiquement mon manque de sincérité, cette sensation que quelque chose se serrait dans ma poitrine — peut-on contracter son œsophage?

« Tu te le demandes vraiment? Les hommes sont tous les mêmes. »

Je secouai la tête à m'en faire mal. « Non. Ce n'est pas si simple. C'est impossible.

— Il peut quêter ton approbation sans vouloir autre chose.

— Oui mais…

— Comme dit la chanson : "J'ai envie que tu aies envie de moi, j'ai besoin que tu aies besoin de moi…"

— Je sais. Mais pourquoi quêterait-il mon approbation?

— Peut-être que c'est son mode opératoire.

— Ça ne me fait pas l'effet d'un "mode opératoire" — j'ai l'impression que ça m'est personnellement destiné. Il a une façon de parler — de dévisager —, c'est *moi* qu'il dévisage, tu vois ce que je veux dire?

— Qu'il te fait les yeux doux?

— Non, c'est bien plus transparent qu'une opération séduction. Il n'essaie pas de m'impressionner; il veut sincèrement me parler; il est… »

Didi me prit les épaules à deux mains et me regarda droit dans les yeux. « S'il est habile, dit-elle, tu ne t'apercevras de rien. C'est tout l'art du séducteur. » Elle retira ses mains. « Pour ce genre d'individu, chacun de nous est unique. Tu le sais bien. Chacun de nous est un individu à conquérir, tu n'as d'intérêt qu'en tant que dernière conquête. Et l'enjeu n'est pas nécessairement sexuel, encore qu'il puisse l'être. C'est ce que certains disaient de Bill Clinton — qu'il te donnait l'impression d'être la seule personne dans la pièce.

— Donc c'est un manipulateur, selon toi. Et tout ce qu'il veut, c'est qu'on lui taille une pipe vite fait sous le bureau? »

Elle haussa les épaules. «Je ne dis pas ça. Je ne l'ai jamais rencontré. Je dis que cette catégorie d'individus existe sur la planète. Si ça a la forme d'une feuille d'érable, la couleur et la texture d'une feuille d'érable, et que c'est sous un érable… je ne dis rien de plus.»

Malgré mes pires craintes, je n'étais pas convaincue. Avec Sirena comme avec Skandar, mes fantasmes oscillaient entre un désir d'intimité et la peur d'un rejet sans fard. Le doute, ce papillon mortel, voletait sans cesse dans mon sein. Que leur apportais-je? Que représentais-je pour eux, moi qui n'étais ni séduisante, ni brillante, ni célèbre? Et pourtant tous les trois attendaient quelque chose de moi, même si aucun de nous ne pouvait dire quoi. Chacun d'eux avait besoin de quelque chose, et ce besoin me donnait un sentiment de compétence. Non que j'aie été une femme extraordinaire, pas tout à fait, mais justement, il s'en fallait de peu. De très peu. Depuis l'enfance, je voulais y croire en secret — non : j'y croyais au plus profond de moi, sachant que cette croyance même était la condition nécessaire de toute action —, mais sans jamais me permettre d'en parler. Il est inexact de dire que les Shahid m'ont donné une plus haute opinion de moi-même ; peut-être m'ont-ils plutôt permis de croire en moi, à cause de ce besoin qu'ils avaient de moi. Ma certitude, secret de toute une vie, d'être quelqu'un de supérieur, ma précieuse supériorité cachée se réveilla et se nourrit à leur contact, elle devint insatiable, tout en ayant peur d'eux : peur de leur éventuel pouvoir sur moi, pouvoir dont, à cause de cette peur même, ils useraient très certainement.

3

Ainsi commença, ironie du sort, ma saison de baby-sitting. Pas le plus évident des passe-temps pour une Femme Pas Tout à Fait Extraordinaire ; même si, avec le recul, je m'aperçois que c'était une trajectoire parfaite — inévitable — pour la Femme d'En Haut. Même à l'époque, j'eus conscience de l'effet produit. Plusieurs institutrices d'Appleton, surtout les plus jeunes, faisaient du baby-sitting pour arrondir leurs fins de mois. J'avais toujours dédaigné cet expédient : cela me paraissait le meilleur moyen pour une enseignante de saper son autorité. Si bien que la première fois que Sirena me fit cette suggestion, un frisson me parcourut, comme si on m'avait frappée.

Nous étions affalées sur les coussins de l'atelier, moi hilare à l'écoute de son récit d'un dîner officiel à la Kennedy School, durant lequel le vieux ponte à cheveux blancs assis près d'elle avait disserté pendant vingt minutes sur l'incapacité du Parti démocrate à gagner les élections (il était lui-même démocrate, sans quoi ses propos auraient pu passer pour agressifs), avec une goutte de soupe rouge qui brillait sur son menton. Sirena avait eu l'impression qu'elle lui faisait un clin d'œil, tant la lumière s'y reflétait.

«Vous ne pensez pas qu'il a subi une intervention dentaire ratée et qu'il ne sent plus son menton, si bien que la nourriture s'accumule dans ce petit creux ? À moins que le fait d'être un homme politique en vue, après avoir tiré les ficelles en coulisses, ne vous donne le droit de péter en public ou de parler avec de la nourriture sur le visage ? Mais peut-être vient-il d'une autre planète, peut-être souffre-t-il d'une forme d'autisme ?

— En anglais, dis-je, on a un mot pour ça : "trou du cul".

— Voilà donc pourquoi il souffre de diarrhée verbale ! »

Nous nous tordîmes tellement de rire que le café tiède dans ma tasse m'éclaboussa les genoux ; cela suffit à nous rappeler la goutte de soupe et nous partîmes d'un nouvel éclat de rire. Ce fut seulement tandis que nous reprenions notre souffle, entre deux de ces étranges hoquets proches des sanglots qui accompagnent l'hilarité, que Sirena déclara soudain avec le plus grand sérieux : « Vous savez, je comptais vous demander votre aide. Au sujet de Reza.

— Qu'y a-t-il ? Un problème à l'école qui m'aurait échappé ?

— Non, non — il ne faut pas vous inquiéter comme ça. C'est plutôt en rapport avec la maison. À cause des engagements de Skandar, surtout ce semestre, on doit si souvent sortir le soir, vous comprenez. Trois fois par semaine, voire quatre, quand Skandar n'est pas en déplacement — c'est épouvantable. J'ai horreur de ça. » Elle soupira. « Et Reza encore plus. Il pleure beaucoup. Il se cramponne à moi — on se dispute — vous vous rendez compte ? Ou bien, pire encore, il boude. Il va s'enfermer dans sa chambre et refuse d'ouvrir pour me souhaiter bonne nuit ou me laisser entrer.

— Ça ne lui ressemble pas. » J'entendis s'élever ma voix

d'institutrice. «Vous avez essayé d'en parler avec lui ? Il est assez grand, au fond — il a huit ans.

— On dit même que sept ans est l'âge de raison. Je sais. Oui, j'en ai parlé avec lui ; voilà pourquoi je vous demande votre aide.

— Mon aide ?

— Parce qu'il dit que ces soirées, il peut seulement les supporter si *vous* venez.

— Si je viens ? Avec vous ?

— Non, pour rester avec lui, bien sûr ! Pas à chaque fois — ce serait ridicule… » Elle se mit à rire, mais pas du même rire qu'avant, et je sentis qu'elle avait conscience du caractère un peu déplacé de sa requête. Même présentée comme celle de Reza plutôt que la sienne, elle était insolite. Cela modifiait nos rapports, nos trajectoires respectives. Je dus avoir l'air offensée.

«Ce n'est pas une offre d'emploi, chère Nora.» Elle avait posé la main sur mon bras et semblait même le caresser, comme si j'étais un chat. «Seulement le genre de service qu'on demande à quelqu'un de sa famille… Oh mon Dieu, il n'y a pas de malentendu culturel entre nous ?» Plusieurs coups d'œil effarés. «En Italie, on ne peut demander cela qu'à ses proches, comme si vous étiez sa *zia*, sa tatie. Vous le voyez d'ici, non ? Si solennel et furieux, alors je lui ai dit : "Qu'est-ce qu'il faudrait pour que papa et maman puissent sortir en te laissant à la maison ? Qu'est-ce qu'il peut bien falloir ?" Et son visage s'est éclairé, tout à la joie d'évoquer un rêve impossible. "Ça irait si Miss E acceptait de venir", a-t-il répondu. Puis il a ajouté que non seulement ça irait, mais que ce serait encore mieux que de m'avoir *moi* à la maison. Et comme j'avais l'air triste, il a rectifié : "Enfin, ce serait aussi bien." Vous imaginez son expression — qui peut lui résister? Je lui ai promis de vous poser la question, pour lui faire plaisir... et il ne faut pas vous sentir obligée d'accepter — mais que vous soyez contrariée, cela m'est insupportable. Ma chère Nora? » Et comme si sa main sur mon bras n'avait été qu'un premier tentacule, elle se leva pour me serrer contre son cœur, l'une de ces étreintes enveloppantes qui me perturbaient tant.

« Bien sûr, poursuivit-elle en me libérant, nous vous paierons. Cela va sans dire. »

Ce fut encore pire. « Ne soyez pas ridicule. J'adore Reza. Et vous aussi. Il n'en est pas question.

— Mais Nora... j'insiste — réfléchissez, le nombre d'heures...

— Vous plaisantez? Je fais partie de la famille ou pas? Vous ne paieriez pas sa tatie !

— Ah, Nora. » Sirena hocha la tête. « Vous êtes une femme extraordinaire. Mais oui, bien sûr que vous faites partie de la famille. Venez que je vous prenne encore dans mes bras. »

À ce moment-là je me sentis ridicule, ridicule et coincée, à cause de mes principes et de mes règles de vie. Elle me faisait honnêtement comprendre que c'était un honneur d'être choisie, que dans ce rôle, j'étais irremplaçable.

*

Au cours des deux mois suivants, il se passa à la fois tout et rien. De l'extérieur, vous auriez pu dire que Miss Eldridge, institutrice proche de la quarantaine, avait enfreint l'un de ses grands principes et faisait du baby-sitting, non pas une fois en passant, mais souvent, pour l'un de ses élèves. Et alors? Vous auriez également pu dire qu'elle avait accompli des progrès inattendus dans sa pratique artistique, mettant en chantier non pas une seule chambre, mais deux en même temps, par désir d'élargir son horizon; et vous auriez pu ajouter, à juste titre, qu'elle s'était également impliquée activement dans la création de l'installation de son amie Sirena — par toutes sortes de petites contributions, d'un peu de couture à un coup de main pour une soudure, du branchement de spots minuscules à la mise en place de caméras vidéo. Enfin vous auriez pu mentionner le fait que, durant cette phase de suractivité maniaque — de décompensation tous azimuts —, la même Miss Eldridge fit l'expérience, dans ses conversations avec Skandar, le mari de son amie Sirena (devenu en fait, avec le temps, son ami Skandar), d'une sorte d'éveil, d'enthousiasme suscité par le monde extérieur qu'elle n'aurait pas cru, arrivée au milieu de son existence, encore possible.

Vous vous souvenez sûrement de ces moments, au lycée ou à l'université, où le cosmos semble soudain ne pas laisser place au hasard, avoir été si bien planifié que le roman que vous lisez le soir au lit fait écho à votre cours d'astronomie, à ce que vous avez entendu sur la National Public Radio, à ce dont vous parle votre amie à la cafétéria pendant le déjeuner — et l'espace d'un instant, c'est comme si le couvercle du monde se soulevait, comme si le monde lui-même était une maison de poupée, et que vous découvriez quel effet cela ferait de le voir tout entier, d'en haut : une magnificence vertigineuse. Puis le couvercle se rabat, vous redescendez sur terre et le quotidien reprend ses droits.

Si, dans notre jeunesse, ce phénomène est à peine plus fréquent que le passage d'une comète, avec l'âge il semble ne plus se produire du tout, du moins pas pour les gens ordinaires comme moi. De sorte que si je vous dis qu'entre février et mai de cette année-là, 2005, j'eus l'impression qu'une série de petites explosions se déclenchaient dans mon cerveau — si je vous dis que je fis l'expérience du couvercle laissant entrevoir le monde non pas une seule fois, mais un nombre incalculable de fois, en une sorte d'extraordinaire orgasme crânien, prolongé et à répétition, une ouverture et une titillation sans fin de mon âme —, peut-être comprendrez-vous alors pourquoi, ensuite, des années durant, j'ai considéré qu'accepter de jouer les baby-sitters avait sans l'ombre d'un doute été la bonne décision.

*

Cela devint un rituel. Et là encore, de même que mes moments avec Sirena restaient plus ou moins ignorés de Reza (au sens où jamais il ne lui fut explicitement dit que sa mère et moi travaillions ensemble, ces après-midi où je m'éclipsais d'Appleton pour filer à Somerville, à l'atelier dans sa version hivernale, tranchant par sa blancheur et ses fenêtres embuées sur le jour qui déclinait au-dehors, comme remis à neuf par cette lumière crue), mes soirées avec Reza étaient elles aussi un secret, et leur magie tenait en partie à ce caractère clandestin, comme s'il s'agissait d'une presque liaison d'un genre étrange, à condition de pouvoir imaginer cette analogie sans la corruption de la chair. Je veux dire que les soirs où je me rendais chez eux au bord de la rivière, Reza le savait, mais il savait également par ses parents qu'il ne devait pas y faire allusion en public. Nous nous livrions à un ballet de regards, de sourires subreptices, entendus, qui auraient perturbé toute personne témoin de ces échanges entre un garçon de huit ans et une femme qui avait l'âge d'être sa mère, mais ne l'était pas. Environ deux fois par semaine en moyenne, j'allais de l'école à l'atelier, puis de l'atelier à chez moi pour garer ma voiture, après quoi je rejoignais à pied — parfois je courais presque — la maison des Shahid ; ainsi, en l'espace d'une journée, pouvais-je goûter à chacune de ces saveurs que je désirais si ardemment : d'abord avec Sirena, ensuite avec Reza, et enfin — car il me raccompagnait toujours à ma porte — avec Skandar.

Mon métier, après avoir occupé tant de place dans mon existence pendant quelques années, avait fini par devenir l'ombre de lui-même dans mon esprit, à mesure que ces autres activités le supplantaient. Vous auriez pu croire, en parlant avec moi, que je n'enseignais pratiquement plus, juste un matin ou deux par semaine — mais à vrai dire, mes élèves m'autorisaient curieusement à lâcher prise : ils ne posèrent aucun problème ou presque, cet hiver et ce printemps-là. Les redoublants se donnaient du mal et ne faisaient jamais l'école buissonnière. Les familles, tels des volcans endormis, n'éclaboussaient pas de lave bouillante leur progéniture : pas de séparations ni de violences, pas de parents disparus ni de maladies catastrophiques. L'élève de l'autre cours élémentaire — pas de mon ressort, mais tout de même — à qui l'on avait diagnostiqué une tumeur au cerveau eut l'immense chance qu'elle se révèle bénigne. Les dieux étaient avec nous.

*

Vous vous dites : « Cette pauvre femme, cette vieille fille entre deux âges, où donc a-t-elle pris l'idée qu'elle avait *une famille* ; ou plutôt qu'elle avait une seconde famille, en dehors de son père se languissant dans son appartement moquetté de rose, de sa tante Baby encroûtée dans sa résidence de Rockport au milieu de ses bibelots, et, pareils à une galaxie lointaine, de Matt, Tweety et leur gamine dans l'Arizona?» Mais les familles ont toujours été des entités étrangement élastiques. Didi est bien plus proche de moi que Matt ne le sera jamais. Et j'avais la même certitude avec chacun des trois Shahid, intuitivement. J'avais besoin d'eux, à coup sûr, ensuite on peut discuter du moment où la situation s'inversait, où j'avais besoin d'eux jusqu'à *en souffrir*. Vous ne pouvez toutefois nier le fait qu'eux aussi avaient besoin de moi, chacun à sa façon. Ils ne l'auraient pas forcément reconnu — sauf Reza —, mais ne me dites pas qu'ils ne m'aimaient pas. Le cœur sait. Le corps aussi. Lorsque je me trouvais avec Sirena, avec Reza ou avec Skandar, l'air circulait différemment entre nous; le temps ne passait pas à la même vitesse; les paroles et les gestes prenaient davantage de sens. Si vous n'avez pas connu cette expérience — mais qui n'a jamais été visité par l'amour, dans l'allégresse? —, alors vous ne pouvez pas comprendre. Et si vous l'avez connue, alors je n'ai pas besoin d'en dire plus.

4

Fin janvier, ou peut-être début février, Sirena commença à construire son monde pour de bon : le Pays des Merveilles. Elle avait passé l'automne à fabriquer les plus petites pièces — les fleurs de toutes tailles et de toutes couleurs, sculptées dans des savonnettes et des comprimés d'aspirine ; la pluie d'éclats de miroirs brisés, qui serait suspendue au plafond par des fils quasi invisibles —, bien rangées dans des sacs et des cartons à son extrémité du L.

Ce que l'on aurait pu prendre pour un équivalent artistique du gribouillage se révéla avoir une finalité : Sirena déplia pour moi en début de soirée, un jour où nous nous étions attardées à l'atelier, le plan de son installation. Comme si elle me montrait l'intérieur de son crâne, de petits frissons, des tressaillements, parcoururent de haut en bas ma colonne vertébrale. C'était sûrement une expérience plus intime que celle de la nudité : voir cette feuille déployée sur la table de travail, avec ses coups de gomme, ses taches et, s'agissant de Sirena, un ou deux cercles laissés par une tasse de café, le tout recouvert de notes, de minuscules pattes de mouche d'une finesse seulement rendue possible par le mieux taillé des crayons, et seulement lisibles, pour d'autres yeux que les siens, à l'aide d'une loupe.

Elle construisait un Pays des Merveilles accessible à tous. Chacun de nous serait Alice. Et bien qu'il illustre en partie les mystères de l'imagination, c'était également une exploration spirituelle du monde réel : Sirena mêlait Lewis Carroll et la vision d'Ibn Tufail, un musulman du XIIᵉ siècle, auteur d'un conte dont le héros est un petit garçon qui a grandi sur une île déserte, et qui découvre tout — y compris lui-même et Dieu — pour la première fois.

Contrairement à moi, Sirena n'était pas prisonnière de la réalité, de ce qui *était* ou *avait été*. Elle s'appropriait l'univers des contes, pillait l'imagination de leurs auteurs, mais pas leurs histoires. Sans doute est-ce là ce qui faisait d'elle — ce qui fait d'elle — une véritable artiste aux yeux du monde, alors que je passe pour une vieille fille s'adonnant à un hobby, de celles que l'on affuble de qualificatifs aussi calamiteux que «farfelue». Or mon travail n'a rien de farfelu. Ma chambre d'Emily Dickinson est exactement ceci : la chambre d'Emily Dickinson, confectionnée de manière à reproduire aussi précisément que possible la pièce en question, telle que les historiens l'ont décrite, mais en miniature. Et la Mort est toujours au rendez-vous — car mes œuvres ne traitent pas, après tout, de ce qui est ni de ce qui pourrait être, mais de ce qui *a été*. On pourrait considérer chacune de mes boîtes comme un sanctuaire.

Sirena, en revanche, s'occupe de la force vitale. Nous avons tous envie de cela, au fond. C'est ce qui nous attire : quelqu'un qui nous ouvre les portes du possible, de ce que l'on imagine à peine. Quelqu'un qui prend à bras-le-corps les couleurs et les textures, les goûts et les transformations — qui prend tout à bras-le-corps, point final.

Tous, nous recherchons ce qui est vivant, ce qui respire. Si l'on est vraiment intelligent, comme Sirena, alors on crée un personnage — à moins que, plus troublant, on ne le devienne soi-même —, lequel, tout en refusant ostensiblement de recourir à la mystification, cherche en fait à offrir aux gens exactement ce qu'ils attendent. N'appelleriez-vous pas cette personne qui construit un Pays des Merveilles — pays que vous pouvez voir, toucher et sentir, qui tout à la fois est et n'est pas celui d'Alice, ou celui d'un Robinson Crusoé musulman du XIIᵉ siècle, qui allie l'Orient et l'Occident, le Passé et le Présent, le Réel et l'Imaginaire, et qui curieusement, en prenant la liberté de *ne pas* être d'un réalisme fastidieux, devient d'abord votre Pays des Merveilles à vous, ou bien le vôtre en même temps que celui de Sirena, comme si vous étiez en quelque sorte intimes —, n'appelleriez-vous pas cette personne une Fournisseuse de Rêves ? Certes, et d'ailleurs un critique français l'a fait plus tard, mais si vous vous demandez ce qu'il y a de mal à être une Fournisseuse de Rêves — car enfin, pourriez-vous dire, n'est-ce pas la fonction de l'Art ? —, n'oubliez pas que le désir de fournir des rêves, de les fabriquer — d'être le plus apte à survivre dans le monde de l'art — suppose que l'on soit sans scrupule. Peut-être s'agit-il de la meilleure définition de tout artiste : *une personne sans scrupule*. Ce qui expliquerait que je ne semble pas de taille.

Ce soir-là, alors que nous nous penchions sur le plan de l'installation et que je m'émerveillais, Sirena sollicita de nouveau mon aide. C'était deux semaines seulement après sa demande de baby-sitting, car depuis, je n'étais allée m'occuper de Reza que deux fois, et mon cœur débordait particulièrement de gratitude envers elle : ce qui s'ajoutait à mes autres passions compliquées, car je songeais qu'en un sens elle m'avait enfin donné un fils, un fils à moi. Je lui préparais son dîner ; je lui faisais la lecture ; je le sermonnais au sujet de ses devoirs, non pas à la manière d'une enseignante, mais d'un parent ; et après l'avoir embrassé sur le front, avoir lissé sa couette, je m'asseyais sur sa chaise tandis que les musiciens de jazz défilaient joyeusement sur le mur, et je regardais son petit corps bien bordé se soulever doucement au rythme de sa respiration, jusqu'à ce qu'il s'endorme.

Il était tout neuf, alors, ce lien avec Reza, et j'en aimais doublement Sirena, car j'y voyais presque un don de Dieu. J'avais réellement le sentiment qu'elle m'avait confié la chair de sa chair, et alors que je savourais ce plaisir encore intact, voilà que soudain un autre s'offrait spontanément à moi : le plan de l'installation, déplié sur la table.

« Qu'en pensez-vous ? » dit-elle. Elle posa la main sur la mienne, bien sûr. Leva vers moi ses fameux yeux en amande, grands ouverts. « Est-ce que cela ressemble... à votre avis ? Est-ce à la fois le pays de la raison et celui des merveilles ? »

Que répondre, alors que je sentais surtout sa main sur la mienne ? Et que je m'interrogeais, comme toujours, sur l'effet produit.

« C'est un planisphère. »

Elle eut un claquement de langue réprobateur. « Il ne faut pas me taquiner. Il y a ce plan, il y a de quoi meubler mon monde — elle désigna les sacs et les cartons —, mais maintenant il y a autre chose à construire, de plus important. L'île proprement dite, si vous préférez. » Elle soupira. « Ce n'est pas très parlant, parce que l'espace est différent à Paris, pas tout en longueur, plutôt un rectangle bizarrement divisé. Je veux que cette installation soit comme un sentier, un voyage. Mais je dois d'abord la réaliser ici, pour vérifier l'échelle, évidemment, mais aussi pour commencer à tourner la vidéo. »

C'était sa grande idée. Elle voulait construire une version de son Pays des Merveilles dans notre atelier, afin que les élèves d'Appleton — *mes* élèves — puissent venir la découvrir. Tel était son projet. Ensuite, elle espérait pouvoir tourner d'autres vidéos, mais celle qui comptait le plus pour elle était celle avec les enfants. « Et tout le problème est là, ma chère Nora, voyez-vous ; je ne peux pas réaliser le Pays des Merveilles ni cette vidéo sans votre aide. » Elle plissa les yeux, m'adressa son sourire le plus charmeur. « Vous le savez bien, non ? Après toutes nos conversations. » Nouveau soupir. « Jamais encore je n'ai demandé l'aide de quiconque. Mais avec vous, avec votre aide, nous allons réussir une merveille — un merveilleux Pays des Merveilles !

— Oui, bien sûr… » Je ressentais tant de choses à la fois. Surtout de l'enthousiasme, mais aussi de la peur. Une fois encore, une règle était transgressée. Je laisserais faire, parce que j'en avais envie ; mais qu'est-ce que cela signifierait, d'amener mes élèves — et son fils, notre fils — ici ?

Déjà, elle imaginait la scène : « Le Jabberwocky, qui… comment dit-on, en anglais ?

— Qui taille et cisaille.

— Oui, le Jabberwocky, ses yeux, ses yeux flamboyant dans le noir — suggérer la monstruosité, c'est mieux.

— Sans doute.

— Car alors on s'adresse au monstre en chacun de nous, non ? Vous comprenez ? Je ne vous dis pas ce qui est monstrueux, de même que je ne vous dis pas ce qu'il faut aimer. Je me contente de vous laisser imaginer. » Elle s'était repliée sur son moi physique, les bras croisés sur la poitrine, enveloppée dans son châle, mais toujours avec ce même sourire. «Car chacun de nous a ses propres fantasmes, ses propres cauchemars.

— C'est vrai.

— Ce qui pour moi représente la perfection, vous n'y prêtez même pas attention.

— On ne sait jamais…

— On ne sait jamais. Exactement. Donc il faut ouvrir les portes aussi largement que possible, laisser les fantasmes entrer aussi nombreux que possible dans le Pays des Merveilles. Afin que chacun puisse s'y reconnaître.

— Le Pays des Merveilles m'a toujours paru assez effrayant, quand j'étais petite.

— Effrayant, oui! Mais nous avons envie d'avoir peur.

— Possible.

— Ces miroirs, ces lumières — comme les enfants, nous voulons ressentir toutes les émotions, les bonnes, les mauvaises, et ensuite, pfft, nous voulons qu'elles s'en aillent. C'est ce qu'on réalisera pour vos élèves, pour la classe de Reza, quand vous les amènerez ici…

— Cela va sans doute dépendre…

— Car au fond, nous voulons surtout être rassurés, non? C'est ce que presque tout le monde demande, en fin de compte.»

*

Nous restions penchées sur sa carte du Pays des Merveilles et elle me répéta qu'elle ne pouvait le construire sans mon aide. Elle voulait mêler deux idées du merveilleux, l'une imaginaire, l'autre spirituelle. Elle partait de l'histoire de ce petit garçon devenu grand sur une île déserte, de sa découverte solitaire de la science et de la spiritualité, aboutissant à l'adoration d'un Dieu en lequel il avait fini par croire de toute son âme — adoration qui prenait la forme d'une transe soufie. Elle associerait cet ancien mysticisme oriental à une autre forme de merveilleux, moderne et occidental, celui d'Alice au Pays des Merveilles : un lieu où la raison — et le sol — n'était pas stable, où l'imagination confondait le bien et le mal, l'ami et l'ennemi. Le premier Pays des Merveilles représentait une tentative pour voir les choses comme elles sont, disait-elle, pour croire que l'objectivité est possible ; le second illustrait le relativisme, la nécessité de voir les choses sous différents angles, mais aussi le fait d'être vu, et la façon dont le fait d'être vu sous un jour différent peut vous changer. Ces deux visions étaient à la fois éblouissantes et effrayantes. Mais, toujours selon Sirena, seule l'une d'entre elles pouvait conduire à la sagesse. Or elle voulait que ses œuvres offrent au moins la possibilité d'accéder à la sagesse. Raison pour laquelle, conclut-elle, elle avait besoin de moi.

J'avais trop de retenue pour m'extasier ou voler servilement à son secours. Je savais trop bien masquer mes sentiments. Je lui expliquai — en toute franchise — que je n'avais pas collaboré à une œuvre d'art depuis le lycée — ces après-midi grisants dans le repaire de Dominic Crace. J'ajoutai que j'espérais, à présent que la chambre d'Emily était à tous égards terminée, continuer le cycle, mais peut-être pas dans l'ordre chronologique — et le temps était compté, après tout, juste quelques heures l'après-midi. Mais elle me regardait avec les yeux brillants, comme si j'étais en train de dire : «Oui, oui, bien sûr que OUI !», et je sus qu'elle avait deviné ma réponse, et que nous partagions le même enthousiasme.

Cela se passait en milieu de semaine, au début du mois

de février; et avant le week-end suivant, j'annulai de nouveau une visite à mon pauvre père à Brookline, pour conduire Sirena jusqu'à un immense entrepôt de vêtements d'occasion dans le sud de la ville, recommandé par Didi. J'avais promis d'emmener mon père chez un grossiste en matériel médical à Belmont, pour chercher un siège de toilettes surélevé qui soulagerait ses douleurs de hanches, et je décidai, non sans remords, qu'une semaine ou deux de plus avec l'ancien siège seraient sans doute vivables. Sirena et moi devions choisir une montagne de robes et de tabliers bleu pâle — les vêtements d'Alice — à partir desquels coudre la voûte de son nouveau ciel.

Cela me rappelait un peu la confection des costumes de scène à l'université, cette sorte de bonne humeur et d'improvisation aux antipodes de mes reconstitutions fidèles, et tellement précises; et l'expédition se révéla — comment aurais-je pu l'oublier? — une *partie de plaisir*. Oui, ce fut un pur plaisir de mettre l'autoradio et le chauffage à fond dans la voiture, et de chanter en chœur, en cabotinant, avec Macy Gray — « *Try to walk away and I stumble...* » — puis d'entonner «My Happy Ending», le tube d'Avril Lavigne à l'époque, que mes élèves adoraient sans avoir la moindre idée des émotions qu'il exprimait : « *You were everything, everything that I wanted... All this time you were pretending / So much for my happy ending...* » — nous hurlions ce refrain, telles des adolescentes, et la façon qu'avait Sirena d'accentuer à l'italienne la dernière syllabe de chaque mot (« *my happy-i endi-ing*») nous faisait rire encore plus fort.

Le vrai ciel était immense, bleu, immaculé, américain, la toile de tous les possibles, la route grise se déroulait devant nous, blanchie par le salage, et la baie à notre gauche, tandis que nous roulions vers le sud, étincelait sous le soleil hivernal. J'étais si heureuse que je me sentais comme rassasiée, farcie de foie gras, une oie repue ; assez heureuse pour avoir *pleinement* conscience de mon bonheur, et pour oser follement, l'espace d'un instant, penser : «Imagine — imagine que chaque samedi matin puisse être ainsi», et tout en chantant je rougis, sans même regarder Sirena, car je compris aussitôt que cette pensée avait quelque chose de malvenu. Encore une transgression — l'aveu à moi-même, si fugitif, mais si dangereux, du manque qui me dévorait.

*

Une ancienne amie étudiante, perdue de vue depuis longtemps, répétait qu'il ne faut jamais se dire qu'un voyage est long, sinon, quoi qu'il arrive, on le trouvera long. Il importe tout autant, lorsqu'on est la Femme d'En Haut, de ne jamais se considérer — *jamais*, vous m'entendez ? — comme solitaire, malheureuse ou, ce qu'à Dieu ne plaise, en manque de quoi que ce soit. Cela ne se fait pas. Cela ne se peut pas. C'est la fin de tout.

*

À l'entrepôt, nous fouillâmes parmi toutes sortes de présentoirs et de bacs — robes de grands-mères en nylon, gigantesques et informes, tuniques de laine feutrée, pantalons extensibles en polyester, draps et couvertures, rouleaux de velours dans d'extraordinaires tons lie-de-vin, brun rouge, jaune pâle. Sirena les palpait les yeux fermés, comme s'ils comportaient un message en braille — «C'est pour savoir si je peux m'en servir, m'expliqua-t-elle en réponse à mes taquineries. Certains tissus, ceux en synthétique, les faux, comme certaines personnes, me donnent le frisson » — et elle fit le geste de racler un tableau noir avec ses ongles.

« Il y a donc des gens que vous n'aimez pas ? » demandai-je. Cela ne m'avait pas effleuré l'esprit jusqu'alors.

« Nora ! » Elle hocha la tête, l'air incrédule. « Il n'y a donc pas de gens que vous-même n'aimez pas ?

— Si, énormément.

— Je ne peux pas travailler avec quelqu'un que je n'ai pas choisi, pas de cette façon. Selon moi, la vie est trop courte. Non ? *La vie est trop courte.* Si ces gens... — elle refit le geste des ongles sur le tableau noir — ... alors je m'en débarrasse. Comme ce tissu, je ne l'achète pas ; c'est pareil avec les gens. Je n'en veux pas !

— Il doit y avoir un mot pour ça. Comment dit-on, en italien ?

— *Respingere*, peut-être — rejeter, retourner quelque chose.

— "Respinger" ? Ça me plaît bien. Allez, respingeons les indésirables ! Retour à l'envoyeur ! »

Nous étions assez surexcitées pour rire même de cela, et le verbe passa dans notre vocabulaire, dans notre jargon, de sorte que si quelqu'un m'agaçait, je lui disais : « Respingez-le », et Sirena se plaignait parfois, en gloussant, de certaines fournitures qu'il faudrait « respinger ». Ce n'est plus très drôle à présent, mais à l'époque, cela devint une sorte de code entre nous.

Pendant le trajet de retour, nous nous aperçûmes que nous étions affamées, qu'il était tard. Le soleil de l'après-midi brillait encore, mais avec un éclat froid, très bas sur l'horizon, et dans la voiture il faisait une chaleur sèche, électrique, comme chaque fois qu'il gèle vraiment. Nous décidâmes de chercher quelque chose à manger.

J'ignore pourquoi j'eus l'idée de ce bar italien derrière Davis Square. C'était plutôt le genre d'endroit où l'on prenait un verre quand il était trop tard pour aller ailleurs, pas vraiment de ceux auxquels on pensait pour se restaurer. Mais des années plus tôt, avant même la maladie de ma mère, au tout début de ma période artiste, à l'époque où je croyais encore pouvoir devenir la personne que je voulais être — peu importe qui —, j'y avais passé un long après-midi avec deux amis : Louis, un gay magnifique et désopilant qui coupait merveilleusement bien les cheveux, m'a coiffée un temps, et s'est fait tuer à vélo deux ans plus tard sur le Massachusetts Avenue Bridge, un soir de pluie ; et une femme prénommée Erica dont j'avais fait la connaissance à New York, qui était à la fac de droit avec Ben, mon ancien compagnon, mais avait arrêté ses études pour s'occuper des SDF, ce qui donne l'image de quelqu'un d'irréprochable, alors qu'elle était aussi drôle que Louis, sans doute la raison pour laquelle ce bar m'était revenu en mémoire, parce que nous avions tellement ri durant ces sept heures, assis devant une soupière du délicieux potage servi lors des mariages en Italie — préparé, je m'en souviens, par la mère sicilienne du gérant, et accompagné d'un total de quatre bouteilles de délicieux nebbiolo, soit un peu plus d'une bouteille par personne, ce qui, sur plus de sept heures, était la quantité idéale. L'endroit, sans vitrine digne de ce nom, baignait perpétuellement dans la pénombre, hors du monde, si bien que nous étions entrés à une époque et sortis à une autre, comme si nous avions remonté le temps. J'avais adoré cet après-midi — expérience unique, à un âge où je croyais que c'était ça, la vie d'artiste, ou bien que ça devait l'être —, et voilà pourquoi, à moins que ce ne soit à cause de la soupe de noces, je suggérai ce bar et nous y entrâmes.

Le gérant, désormais plus gros et plus chauve, bien que déjà gros et chauve toutes ces années auparavant, trônait encore derrière le comptoir. Sirena et lui, par une sorte de télépathie ethnique, semblèrent décider au premier coup d'œil qu'ils devaient parler italien, et quelques instants plus tard, ils étaient en grande conversation, le gérant promettant de nous préparer en personne la célèbre recette de pâtes aux brocolis et aux anchois de sa mère — laquelle, dans l'intervalle, avait apparemment rejoint son Créateur. Il nous installa dans un coin banquette aux dossiers plus hauts que nos têtes, tendus de similicuir usé de couleur rouge sang, aux murs ornés des incontournables photos de Sophia Loren et d'Anna Magnani, avec trois bougies pour nous seules. À notre entrée, Frank Sinatra chantait en bruit de fond, mais le propriétaire dit quelques mots à Sirena, elle s'esclaffa, alors il mit un morceau plus ancien, une chanteuse italienne de night-club, et Sirena adora, elle ferma les yeux et se balança quelque temps en fredonnant au rythme de la mélodie.

Nous étions assises sur nos banquettes, devant nos bols de pâtes, notre vin rouge et nos bougies. Notre expédition nous avait fatiguées, et je percevais ce fourmillement sous la peau, à la fois revigorant et étrangement soporifique, qui survient quand on a eu froid. Tout cela me faisait l'effet d'un rêve, au milieu duquel j'eus une révélation. Sirena disait quelque chose que j'entendais mal, ou que j'avais du mal à suivre à cause de l'épuisement, aussi la regardais-je parler, avec son verre dans sa main aux doigts courts, élégante dans son inélégance, ses pattes d'oie, la folle noirceur de ses sourcils et de ses cils fournis, la lueur des bougies qui se reflétait dans ses iris sombres et sur quelques mèches de ses cheveux. Et soudain je pensai : «Je veux rester avec vous. Pour toujours, en fait. Oui, vraiment. »

Elle surprit mon regard ridiculement tendre, haussa le sourcil — pour dire quoi? «Je vous ai vue»? «Je comprends»? «Nous sommes là ensemble»? —, prit ma main dans la sienne et la garda un moment, posée sur la table. «Quelle journée formidable nous avons eue, non? Si seulement elles étaient toutes comme celle-ci, *cara mia!* » Et je l'entendis à peine, parce que je sentais sa main sur la mienne, dans tout mon corps. Je sentais sa peau. Je la sentais réellement.

Vous ne demandez pas à avoir ce genre de pensées. Vous ne pouvez pas davantage les effacer, une fois qu'elles vous sont venues. Jamais Sirena ne m'avait inspiré cela, depuis le temps que j'étais sous son charme. Mais cette pensée-là me vint spontanément, sans prévenir, dans le bar d'Amodeo, et j'eus tout d'abord envie de rire et d'en parler à Sirena. Je ne voyais qu'une personne capable de comprendre, et c'était elle. Puis j'eus l'horrible pressentiment qu'elle aurait un mouvement de répulsion. Et si elle n'éprouvait pas la même chose? Et si elle éprouvait la même chose? Comment se pouvait-il que ce torrent d'émotions que je ressentais toujours en sa présence se résume — se réduise — curieusement et subitement à cela?

5

Avec le recul, je me rends compte qu'il s'agissait d'une seule petite pensée parmi toutes celles qui traversent, tels des grains de poussière, un esprit en désordre. Mais j'en fis un objet auquel je me cramponnai, que je tournai et retournai au creux de ma main comme une amulette, comme si elle donnait un sens à ce qui avait précédé ; et là encore, le fait de m'y cramponner changea tout.

Si vous étiez à ma place, que vous ayez cette révélation — mais attention, je ne me contente pas d'aimer, je *désire* ! — et envie de l'avouer à Sirena sans que ce soit possible, que feriez-vous ? Vous en parleriez à Didi. En réalité, si vous étiez à ma place, vous vous retrouveriez à en parler, de manière fort imprudente, à Didi et à Esther réunies, sur les banquettes poisseuses de leur pub préféré à Jamaica Plain dès le lendemain soir, bien que vous ne vouliez pas de l'avis d'Esther. Mais votre révélation vous brûlait tellement les doigts que vous ne pouviez vous y cramponner une seconde de plus.

Si vous étiez à ma place, vous seriez surprise de leur réaction unanime ; puis surprise de votre propre surprise.

Elles ne rirent pas tout à fait, mais Didi émit un son, en

déglutissant sa bière, qui ressemblait de manière exaspérante à un rire.

« Vous êtes en train de vous moquer de moi ? Je vous fais cette énorme révélation — énorme pour moi —, vous êtes à peu près mes plus proches amies, et ça vous fait *rire* ? Je deviens folle ou quoi ?

— Hé là, Nora Adora…

— Non. Sérieusement. Je vais peut-être devoir…

— Respire un bon coup. Je ne riais pas. Esther non plus. Hein, ma chérie ? On t'aime. Du calme.

— On savait plus ou moins ce que tu allais nous dire, expliqua Esther. C'est notre prescience divine qui nous a fait rire.

— Oh, allez vous faire foutre, répliquai-je. Vous vous êtes moquées de cette hétéro imbécile qui opère une prise de conscience tardive, la malheureuse.

— Arrête, tu nous connais mieux que ça. Honnêtement. »

Esther me faisait ses yeux de bouledogue et Didi avait pris mes mains dans les siennes plutôt moites, comme si elles redoutaient toutes deux que je m'en aille.

« Parce qu'on s'y attendait — ce qui n'était pas difficile —, enfin, tu prétendais avoir eu une révélation hier, et on savait que tu n'étais pas avec ton père — alors on en a parlé. Discuté, même. »

Didi serra un peu plus fort ma main gauche. Elle portait une bague volumineuse qui me rentra dans l'index et je grimaçai, ce qu'elle remarqua. « On en a discuté, et on a conclu que tu te trompes.

— C'est-à-dire ? Comment puis-je me tromper sur ce que j'ai ressenti ? Sur ce que je ressens à cet instant ? Si moi je ne le sais pas, alors je me demande qui peut le savoir.

« — Fais-nous confiance, répondit Esther. On est expertes. On sait. » Elle plaisantait, mais à moitié seulement, et à ce moment précis je la détestai, une véritable bouffée de haine brûlante.

« J'ai conscience que ça paraît bizarre, reprit Didi, serrant toujours ma main. En fait, je ne veux pas mettre en cause ton jugement...

— Ni d'ailleurs porter un jugement sur ton expérience, ajouta Esther. Bon, elle a de toute évidence une *réalité*.

— Génial. Merci. Trop aimable à vous.

— Calme-toi, ma chérie...

— Lâche-moi la main. Je ne suis pas ta chérie.

— Écoute, déclara Didi de sa voix claire et directe, sa voix radiophonique depuis longtemps disparue, avant de me lâcher la main et de se redresser de toute sa hauteur, laquelle, même en position assise, était beaucoup plus imposante que la mienne. L'enseigne lumineuse Budweiser nimbait de rouge sa chevelure. Elle était devenue un mauvais génie géant. « Écoute bien, Miss Eldridge. Cesse de nous interrompre. Écoute ce qu'on a à te dire, et après on pourra en discuter, d'accord ? »

Elle avait tort d'employer ce « nous » et ce « on », tort d'associer Esther, mais j'acquiesçai de la tête en mettant mes mains à l'abri sur mes genoux.

« Personne ne nie l'existence de cette passade d'adolescente.

— Une passade ?

— Terme contestable, mais diagnostic correct.

— Une passade ?

— Je t'avais demandé de ne pas nous interrompre. Écoute-moi jusqu'au bout. D'accord ? »

Je plissai les yeux avec méfiance.

«Donc tu sais depuis une éternité ce que tu ressens pour cette femme — elle t'inspire en tant qu'artiste, elle te fait rire, elle te donne la sensation d'être vivante. Toutes ces choses sont vraies, merveilleuses et rares, mais il est non moins vrai qu'elles vont souvent de pair avec le désir physique. Jusqu'à maintenant, tu n'avais pas fait le lien… parce que…

— Parce que j'avais peur.

— Ce n'est pas ce que j'allais dire, en fait. Parce que ça ne t'apportait rien. Que ça ne t'aurait menée nulle part. Que tu n'en avais pas besoin. Parce que tu avais l'impression que tes émotions trouvaient plus ou moins un exutoire, que ton besoin de compagnie était comblé, et que… cette composante sexuelle… n'était pas nécessaire. Ce n'était pas l'enjeu.

— Entendu, et maintenant tout a changé.

— Attends. Ce que j'essaie d'expliquer, c'est que tout change en permanence, d'une minute à l'autre, et que, peut-être, cette envie soudaine de l'embrasser représente plus une hausse de tension temporaire qu'un changement de voltage permanent — tu vois ce que je veux dire?

— Ce que pense Didi, je crois… », commença Esther, mais Didi me connaissait suffisamment pour l'interrompre d'un geste.

«Ce que je veux dire, c'est que oui, il y a bien eu un moment où ta tendresse et ton ravissement bouillonnaient et cherchaient un moyen de s'exprimer, et tu as eu envie de quelque chose de plus. Bang! Là, l'envie était réelle. Je ne le nie pas. Mais je me demande s'il s'agit vraiment, chez toi, d'un séisme saphique. Tu sais que je serais la première à approuver, si c'était le cas — rien ne me fait plus plaisir que de voir une femme amoureuse d'une autre femme.

Mais dans ce cas précis, je crois qu'Esther et moi sommes d'accord, il faut vraiment s'interroger. Ça pourrait faire partie d'une tout autre histoire, tu sais ? Être une pièce d'un autre puzzle.

— Tu y gagnes quoi, à nier l'existence de ma révélation ? » J'étais plus irritée qu'en colère, à présent. « Pourquoi refuser l'idée que je sois amoureuse de Sirena ? Pourquoi ?

— La seule personne qui compte pour nous dans cette affaire, Nora, c'est toi. Je sais que tu es amoureuse, mais je n'ai rien à faire de cette poupée italienne. Et je ne veux pas que tu ailles te compliquer inutilement la vie. Je ne nie pas tes sentiments, je m'interroge juste sur l'interprétation que tu choisis d'en donner, c'est tout. »

Je levai les yeux au ciel. Le décalage entre l'exaspération que j'affichais et celle que j'éprouvais réellement devenait problématique. « De quel droit tu joues les foutus psys ? » J'avais déjà le bras levé pour faire signe à la serveuse d'apporter une nouvelle tournée. « Ne t'attends pas à être payée pour ce genre de services. » Je me forçai à rire, un peu trop fort, puis je les questionnai sur l'obscure équipe locale de foot féminin qu'elles adoraient et allaient souvent voir jouer, sur ses performances — pas brillantes, apparemment. Je noyai le poisson.

Le simple fait que l'on vous dise d'un ton posé que vous ne ressentez pas ce que vous prétendez ressentir ne fait pas disparaître ce sentiment pour autant. Dans ce cas précis, cela eut surtout pour effet de me convaincre encore davantage de la réalité de ce que j'avais éprouvé chez Amodeo, de ma certitude que j'avais connu une révélation, quelque chose comme une conversion. Mais aussi, à cause de la réaction de Didi et d'Esther, de la nécessité de cacher cette certitude, *à tout le monde.*

Vous vous demanderez peut-être en quoi c'était différent de tout ce qui avait précédé, de ces mois où j'avais été amoureuse de manière plus vague, moins spécifique. Peut-être penserez-vous que, pour l'essentiel, cela revenait au même. Mais moi j'avais l'impression que je m'éveillais enfin, que le monde s'éclaircissait, que sa forme avait un sens. Non seulement je reprenais espoir, mais j'avais quelque chose de précis à espérer. J'étais certaine de *comprendre*. Et tout aussi certaine que, si je tentais d'expliquer ce que j'avais compris, je serais — comme avec Didi et Esther — mal comprise.

Quand mon père me demanda aimablement si j'avais un homme dans ma vie — se tracassant à l'évidence, sans le dire, au sujet de mon célibat qui s'éternisait, incapable de voir, comme l'aurait vu ma mère, que je réalisais presque les rêves d'indépendance de celle-ci —, je répliquai que j'étais trop vieille pour ce genre de bêtises, une amertume feinte qui le fit protester d'une voix triste et sourde.

Mais ma révélation semblait avoir ouvert une porte dans ma tête, porte donnant accès à une pièce reculée où toute vie était soudain potentiellement émoustillante, où tout avait secrètement partie liée avec mon secret. Dès que je voyais un article, un livre ou un film sur un amour interdit ou non partagé, je croyais qu'ils avaient été placés à dessein sur ma route, afin que je ne me sente pas seule. Chaque fois que j'allais quelque part en voiture, que je parcourais les rayons des supermarchés, ou que, le soir au lit, je me brûlais les orteils contre la bouillotte doublée de fourrure synthétique que j'avais achetée en solde en janvier, je pensais à Sirena.

Non, pour être précise, je ne pensais pas vraiment à elle. Cela supposerait que j'aie pensé à des choses réelles. Or, plus que jamais auparavant, je ne pensais qu'aux pensées que m'inspirait Sirena. J'imaginais que je lui avouais mes sentiments, ou bien qu'elle-même confessait, de sa voix aux inflexions si mélodieuses, me trouver belle ou me considérer comme une grande artiste, ou encore qu'elle déclarait ne plus pouvoir vivre sans moi. Quelles conversations nous avions, dans ma tête! Quelle honnêteté, quelle pure transparence, quelle union parfaite de deux âmes!

Et la place de Reza dans ces visions? Eh bien, il m'arrivait de nous voir tous les trois installés dans une ferme du Vermont ou de la Toscane, ou bien dans une paillote sur une île des Caraïbes, où la vie serait si peu chère que nous pourrions nous consacrer à notre art, et nous nourrir des productions du jardin magnifique que nous cultiverions. Je me représentais le plan de ces différentes demeures, la distribution des pièces. Je les construisais mentalement, et nous habitions chacune d'elles tour à tour. Je savais que les rayons du soleil matinal tombaient à l'oblique sur les sols en terre cuite de la maison italienne, j'entendais le caquètement des poules au-dehors, audible dès que l'on entrouvrait les fenêtres à deux battants. Je voyais dans le miroir de la salle de bains les reflets blancs du pré enneigé derrière notre ferme du Vermont, la baignoire aux pieds griffus où l'eau bouillante sentait la sauge, et dans laquelle Sirena se plongeait après avoir laissé tomber une mule, puis l'autre — des babouches marocaines — sur le tapis de bain rond, rose et violet, au centre du plancher peint en blanc. Je connaissais la caresse du vent tiède des Caraïbes qui ébouriffait le duvet sur mes bras, si je restais à l'ombre devant la porte d'entrée, écarquillant les yeux au passage des écoliers en uniforme bleu marine et blanc dans un nuage de poussière, scrutant chaque groupe, à la recherche de Reza, de son visage rieur et hâlé parmi ceux, aux tons chocolat et café au lait, de ses camarades.

Dans ces rêveries, Reza m'appelait toujours maman, posant sa petite main toute chaude sur mon épaule, tandis que j'élaborais un projet artistique sur une table au soleil ou lavais une laitue dans l'évier en porcelaine d'une ferme, et même si ces produits de mon imagination paraissaient complètement irréels — des bulles qu'une membrane solide isolait des embouteillages, des rangées de paquets de céréales ou de la couette presque moite qui m'entouraient en réalité —, ils étaient plus présents et plus vivants pour moi que presque tout ce que je pouvais voir, sentir, toucher. Comme après ce premier rêve où figurait Skandar, il fallait que je me rappelle à l'ordre, me dise que ces scènes n'avaient pas eu lieu — ou plutôt, de mon point de vue, *pas encore* eu lieu.

Et Skandar, qu'en était-il justement? Eh bien, en cette fin d'hiver, il n'apparaissait pas encore dans ma vie rêvée. Il allait devoir attendre, au sens propre, le printemps.

Permettez-moi d'expliquer que, malgré moi, plusieurs mois durant — et, avec moins d'insistance, plusieurs années durant —, ces rêveries représentèrent, dans le sillage du «Week-end de la Confection», qui aurait davantage mérité de s'appeler «Week-end de la Fabrication de Toutes Pièces», le pays où je me réfugiais la plupart du temps et dans lequel je me plaisais le plus.

Je le savais plus virtuel que réel, mais je ne comprenais pas, à l'époque, qu'il n'était pas la Réalité. Je ne voyais pas que je l'avais inventé. Quand Sirena prenait ma main dans les siennes et disait : «Que deviendrais-je sans vous? Vous êtes mon ange gardien, mon amie de cœur», je la croyais. Quand Reza disait : «Je ne veux pas que tu t'en ailles, jamais », je le croyais. Je construisais des maisons, et des vies entières, basées sur cette croyance. Si vous m'aviez raconté ma propre histoire au sujet de quelqu'un d'autre, je vous aurais assuré que cette personne était totalement dérangée. Ou puérile. C'est toujours ce que l'on dit.

6

J'étais heureuse. Oui, Heureuse, avec un grand « H ». J'étais amoureuse de l'amour, et chaque place de parking qui se libérait par chance, chaque melon particulièrement savoureux, chaque conseil d'école plus bref que prévu ne me semblait pas un effet de la providence, mais une manifestation inévitable de la beauté de mon existence, beauté que j'avais été, à cause de mon ignorance, incapable de voir jusque-là.

J'étais folle. Folle comme parfois un enfant est fou, ou bien quelqu'un qui croit, avec une ferveur déraisonnable, que la vie peut se conformer à nos désirs — et qu'elle le fera très certainement. Comment avais-je pu être si bête ? Ma mère, la première, m'avait pourtant enseigné par l'exemple, par sa procrastination capricieuse et affolée durant mon enfance, et puis plus brutalement, par la mise en faillite prolongée, involontaire de son corps, qu'il s'agissait d'un rêve absurde, que le destin était un geôlier. Mais je préférais, à l'époque, ne pas retenir ces leçons. Nous ne serions pas des enfants dignes de ce nom, si nous tenions compte des recommandations capitales de nos parents.

Vers la fin, ma mère m'avait dit, mais avec un sourire

plein de tendresse : « C'est drôle, la vie. Tu dois trouver le moyen de tenir bon, de continuer à rire, même après avoir compris qu'aucun de tes rêves ne se réalisera. Une fois que tu l'as compris, il te reste encore tellement d'années à vivre. » Et je m'étais vexée, car je me considérais, moi, sa fille, comme l'un de ses rêves devenus réalité ; mais j'avais surtout eu pitié d'elle. Je croyais encore plus ou moins que je ne serais pas comme elle. Je n'étais pas entrée dans ma période Lucy Jordan, dont les Shahid m'avaient permis de m'évader, m'offrant un répit prolongé, mais temporaire.

Heureuse, folle — peu importe le qualificatif. C'était comme si le monde était inondé de lumière. Voilà le problème, avec les clichés : ils décrivent fidèlement quelque chose, raison pour laquelle nous en usons et en abusons, jusqu'à ce qu'ils se réduisent en poussière. Mais ils disent tous vrai : je me réveillais plus tôt, plus reposée. J'avais davantage d'énergie, les idées plus claires, l'esprit plus agile. Je ne m'enrhumais pas, je n'avais mal nulle part, la chance me souriait davantage, je m'entendais bien avec tout le monde, je riais plus, travaillais plus, dormais mieux. J'étais actrice de mon existence d'une manière totalement nouvelle pour moi, et je savais que tout — ah ! Mon art ! Tout ! — était possible.

Il est non moins vrai que je me mis à éprouver sans cesse un désir irrépressible, impossible à ignorer, un effet secondaire de la drogue amour. Il ne se calmait qu'en présence de l'un des Shahid, ou quand je travaillais. Dès que la dernière sonnerie retentissait à l'école, il était là, fidèle au poste. Je pouvais toujours faire le tour du lac artificiel avec Maggie, l'institutrice de cours moyen, ou conduire mon père chez le chirurgien orthopédiste pour sa douleur à la hanche, et feindre d'écouter, voire de participer à la conversation avec à-propos (« Oui, ce serait formidable si le père de Ling pouvait donner un cours de mandarin après la classe l'automne prochain — je crois qu'un grand nombre d'élèves, et de parents, seraient vraiment intéressés. » Ou bien : « En fait, je pense que la position du docteur Fuchs sur l'opération est qu'il vaut vraiment la peine de souffrir un peu, et que tu es en état de supporter la rééducation. Il n'aurait pas proposé d'opérer s'il pensait que tu n'étais pas en état »), mais dans ma tête je répondais à mon désir irrépressible, indicible, je revivais et réinterprétais le moindre échange (« Vous ne serez pas là avant 18 heures ? » — elle avait eu l'air déçue. Elle voulait faire croire qu'elle s'en moquait, mais je voyais bien qu'elle était déçue !), je me demandais ce qu'elle faisait au même moment et dans combien de temps je pourrais l'appeler pour le savoir, me demandais quand je pourrais retourner à l'atelier, et combien de temps je pourrais y rester. Comme souvent, je me demandais si elle ou n'importe qui d'autre remarquaient un changement chez moi, si ma révélation, mon éveil se voyaient de l'extérieur.

Ai-je dit quelque chose ? À quiconque ? Au risque de m'éveiller de mon incroyable éveil ? À votre avis ?

Tous les avantages grisants de cet état, ainsi que ses effets déplaisants, m'incitaient à passer le plus de temps possible à l'atelier. En février, en mars et en avril, chaque samedi et presque chaque dimanche, assise, debout, penchée en avant ou déplaçant des objets toute la matinée, je construisais le Pays des Merveilles, riant et blaguant, me contentant parfois d'observer, capable d'oublier l'existence de mon désir indicible parce qu'il était comblé. Et puis nous mangions un morceau. Après les deux premières semaines, nous apportions tour à tour le déjeuner, et je m'attardais dans les magasins le vendredi soir pour faire mon choix : gressins à divers parfums ou immenses crackers suédois, pareils à des hosties géantes, emballés dans du papier gaufré de couleur blanche ; olives, fromages, viandes séchées ; dolmas ; böreks ; poivrons farcis de fromage blanc. Pots de ratatouille, de piperade, d'anchoïade. Feuilles d'endive ; sticks de fenouil ; fleurs de brocolis violets. Tomates de pleine terre, qui coûtaient une fortune en ce début du printemps. Et les douceurs : je les rapportais — les célèbres cupcakes de Highland Avenue, les petits pains au sésame gorgés de miel, les cookies à l'avoine, au chocolat et au sel de mer, les loukoums, ou les invraisemblables tablettes de chocolat italien — de l'épicerie fine au bout de ma rue, toujours en quantité suffisante afin qu'il en reste pour Reza, et même pour Skandar, je les en couvrais tous les trois pour faire taire mes remords d'être si heureuse.

Durant ces mois-là apparut une nouvelle facette de Sirena, obsessionnelle et impérieuse, que je n'avais pas perçue l'automne précédent, et sans doute aurais-je pu y voir la preuve de son égoïsme. Mais j'étais d'autant plus esclave de sa détermination obstinée que je m'y sentais associée, en tant qu'assistante virtuelle. Telle une passion dévorante, le Pays des Merveilles était tout pour Sirena, et même si elle l'évoquait peu en général, avec moi elle en parlait. Sur le mode : « Je crois qu'il va nous falloir plus de feuilles de plastique transparent pour faire la pluie, non ?... Je n'arrive pas à savoir si les éclats de miroir doivent être réellement, dangereusement pointus — à votre avis, Nora ? Pas question que le sang coule, mais ne devrait-on pas se faire mal en les touchant ? »

Pour la semaine des vacances de février, elle inscrivit Reza à un stage de robotique au musée des Sciences, et nous passâmes chaque journée à l'atelier, du matin au soir. Sirena finissait par en être partie intégrante, au même titre que l'évier ou l'odeur de produits chimiques dans le couloir. À la mi-mars, elle changeait à peine de vêtements, se lavait rarement les cheveux, avait les ongles fendus et décolorés par la peinture et la colle, un jean un peu plus raide et maculé de taches à la fin de chaque nouvelle journée. Elle chipait les cigarettes de son mari et les fumait en buvant son café, tenant d'une main crasseuse une tasse ébréchée, secouant de l'autre ses cendres sur le sol. L'atelier commençait à empester et un froid glacial y régnait — elle ouvrait tout grand deux fenêtres pour chasser l'odeur de renfermé, avec un succès mitigé.

Elle se transformait sous mes yeux en mon idéal d'artiste — comme si je l'avais imaginée, et lui avais, ce faisant, donné corps. C'était bizarre : je ne me sentais ni gênée ni influencée par son existence de femme artiste idéale, je ne la regardais pas en me disant : «Pourquoi êtes-vous presque célèbre, et moi seulement votre assistante?» Je ne me souviens même pas d'avoir eu cette pensée une seule fois. Non, quand je la regardais, je me voyais, *moi*, je voyais *ce qui semblait soudain possible pour moi, puisque c'était possible pour elle.*

Et le plus étrange, c'est qu'à cette période, non contente d'assembler des robes, de semer des fleurs sur du gazon artificiel et de suspendre des éclats de miroir à des fils de nylon, non contente d'enregistrer des stridulations de criquets et des bruits d'animaux dans les fourrés, de confectionner les défenses du Jabberwocky, lesquelles seraient ensuite mises au rancart, et d'installer de minuscules ampoules aveuglantes qui deviendraient les yeux du Jabberwocky, non contente d'aider Sirena à choisir l'emplacement des caméras pour la vidéo des enfants — le plan Appleton, comme on l'appelait —, non contente d'assurer mes heures d'enseignement et la débauche d'activités dans ma classe en ce trimestre de printemps — les tables de multiplication! Les têtards! Une visite au musée des Beaux-Arts dans le car scolaire! —, et de passer des soirées de rêve en tant que tante adorée de Reza (qu'avais-je fait de mon temps jusqu'alors, j'étais bien obligée de me le demander, et je me le demande encore : le Fait d'être Heureux crée-t-il tout bonnement Plus de Temps, de même que la Tristesse, comme nous le savons tous, ralentit le temps et l'épaissit, tel l'amidon de maïs dans une sauce?), non contente, quoi qu'il en soit, d'accomplir toutes ces tâches, *je poursuivais ma propre œuvre*.

Cela paraît difficile à croire, mais c'était vrai.

Je travaillais non pas à une chambre de mon cycle, mais à deux à la fois. Même si j'aurais dû, techniquement, chronologiquement, entreprendre de réaliser celle où travaillait Virginia Woolf à Rodmell, avec son cahier ouvert, son châle posé sur le dossier de sa chaise et sa dernière lettre en évidence sur le manteau de la cheminée, curieusement je ne pouvais m'y résoudre — ce n'était pas la saison pour un suicide, du moins pas dans ma vie —, aussi m'attaquai-je aux chambres d'Alice Neel et d'Edie Sedgwick, qui n'étaient pas d'une folle gaieté elles non plus; mais, pour une raison mystérieuse, j'y puisais une certaine joie.

Celle d'Alice Neel devait être la salle commune des suicidaires dans le sanatorium d'une petite ville de Pennsylvanie, où elle avait été internée après sa dépression nerveuse. Elle avait perdu ses deux petites filles, la première emportée par la diphtérie, la seconde par son mari cubain et volage, qui avait promis à Alice de la faire venir, mais n'avait jamais tenu parole et, confiant la fillette à ses parents, était parti seul pour Paris. Je voulais glisser dans cette salle austère le souvenir des filles d'Alice, mais aussi, dans les recoins, les fantômes de ses fils à venir, ces deux garçons dévoués et adorés qui l'avaient soutenue envers et contre tout — contre vents et marées; et cela leur avait coûté cher —, tandis qu'elle vieillissait, grossissait, s'enlaidissait, tout en restant pauvre, si longtemps méconnue, obsédée par sa peinture, empilant les toiles qu'elle n'arrivait pas à vendre dans l'étroit couloir de son appartement crasseux en haut d'un immeuble sans ascenseur — mais du début à la fin elle avait eu ses fils, qui fuiraient tous deux la bohème pour exercer une profession libérale, devenir de bons bourgeois menant ostensiblement une vie sans histoires, portant en eux toutes les souffrances de son existence, de sa jeunesse perdue et de leurs sœurs disparues, inconnues, mais sans jamais, au grand jamais, l'abandonner; et il aurait semblé plus ou moins malvenu, dans la lumière toute neuve et dorée de l'amour qui illuminait le monde à mes yeux, que la chambre d'Alice reflète seulement le nadir, son isolement le plus noir, au moment où elle se sentait désertée par la vie, par l'art et par l'amour.

Je voulais pourtant mes rangées de lits aux draps blancs, les hautes fenêtres blanches sans rideaux, le linoléum blanc bien lessivé; je voulais sa chemise de nuit blanche, déchirée à l'épaule, et elle portant les mains à ses oreilles pour pousser un cri à la Edvard Munch. Mais je voulais aussi les couleurs de Cuba, de la maternité, de l'avenir, dans les interstices, à travers les vitres, en haut des murs, telles de jeunes pousses sortant de terre, la promesse du printemps.

Pour Edie, la belle Edie, l'anomalie était que la joie se trouvait déjà dans sa chambre, cette joie qui était en train de la tuer. Lorsque, en tant que femme, vous faites de *vous-même* une œuvre d'art et que tout le monde vous regarde, alors vous êtes tout sauf seule. Jamais Edie n'a été, vue de l'extérieur, seule. Emily, Virginia, Alice — des femmes artistes foncièrement isolées. Et puis Edie : jamais seule. Jamais invisible. Voire jamais vue ; et, en ce sens, plus que seule : annihilée.

Mais imaginer sa chambre était en soi étrangement agréable. Quel sentiment de liberté j'éprouvais, ce faisant, car cette chambre était la seule qui soit totalement *imaginaire*, la seule qui n'ait pas de photo, de tableau, ou de description d'un lieu réel pour point de départ. Je pouvais l'inventer de toutes pièces : des murs tapissés d'agrandissements de photos d'elle, entre eux des fenêtres, et au-dehors une foule de gens venus la contempler, voir le spectacle qu'elle offrait. Comme si elle était exposée dans une vitrine de Bloomingdale's à Noël.

*

Je me réservais la réalisation de mes chambres. Ce qui ne veut pas dire que je les cachais à Sirena. Simplement que je n'y travaillais qu'en son absence. Je patientais. Je me retenais. Je savais tout de son projet à elle, voyez-vous, alors qu'elle ne connaissait le mien qu'en partie, et je choisissais d'y voir mon triomphe, un modeste avantage sur elle. Ma dignité dans l'asservissement, si vous préférez.

Bien sûr, je n'avais plus peur dans l'atelier. Je croyais au mythe de ma propre invincibilité. Vous ne pouvez pas imaginer, si vous n'avez jamais connu cette forme de peur, quel sentiment de libération on éprouve quand elle disparaît. Vous pouvez dire que c'était ridicule, que je me laissais torturer depuis des années par une angoisse artificielle, et je ne le conteste pas ; mais d'une façon ou d'une autre, Sirena — ou Reza, ou même Skandar — m'avait libérée. Je ne restais plus dans mon coin. C'était encore un cadeau qu'elle m'avait fait.

Je me sentais assez libre et téméraire pour passer de la musique à fond — Fats Waller, Chubby Jackson, Joe Marsala & His Delta Four pour Alice Neel ; le Velvet Underground quand je travaillais à la chambre d'Edie —, ou pour allumer une cigarette, parfois même une à moitié fumée que Sirena avait laissée. Puis vint la semaine où j'eus l'idée — stupide, je le sais — d'essayer d'Être Edie, et où j'achetai des quantités de produits de maquillage et me grimai devant un éclat de miroir récupéré dans les réserves de Sirena — d'une forme appropriée, telle une relique de la Factory —, me poudrant le visage pour le blanchir et me noircissant les yeux jusqu'à les transformer en deux énormes trous sombres et luisants. Je ne me coupai pas les cheveux, mais les plaquai en arrière, et, dans un tee-shirt blanc et des leggings noirs, tout en me maudissant d'avoir de la poitrine, bientôt quarante ans, et de n'être ni maigre ni toute petite, j'entamai une danse de derviche tourneur et me photographiai avec le vieux polaroid de ma mère. Les clichés étaient flous et partiels — un œil et mon nez, l'implantation de mes cheveux enduits d'huile capillaire, un bras au premier plan —, mais cela semblait plus ou moins dans l'esprit du personnage. J'enlevai mon tee-shirt et refis quelques photos, impressionnée par le caractère rétro de mon torse mal cadré, de mes seins dans leur soutien-gorge blanc tout simple, saisis avec netteté par l'objectif.

Durant ces nuits solitaires à l'atelier, j'arpentais les minuscules allées du Pays des Merveilles inachevé de Sirena.

Je levais les yeux vers l'endroit où serait suspendu le ciel en robe d'Alice. Je humais les fleurs sculptées dans des comprimés d'aspirine, je parlais toute seule, à moi-même ou à Sirena, sur un ton un peu narquois. Je prenais des accents ridicules ou m'exprimais dans un espagnol de Cuba approximatif, comme si j'étais la belle-mère d'Alice Neel apprenant à celle-ci qu'elle n'aurait jamais la garde de sa fille. Je confectionnais les lits du sanatorium d'Alice à l'aide de fils électriques gainés de plastique blanc et je cousais leurs minuscules matelas en drap de laine irlandais à rayures, garnis de mousse, aussi affairée que les douze elfes du conte de fées, déplorant à voix haute, entre deux jurons, les premiers signes de baisse d'acuité visuelle de la quarantaine, et me piquant sans cesse l'index. Je posai le parquet de la chambre d'Edie à la Factory, des bâtonnets d'eskimos assemblés avec soin, que je teintai, puis recouvris de plusieurs couches de vernis pour parfaire leurs reflets mordorés. Je fixai les vitres de son espace hexagonal — tout en fenêtres, sans porte —, les consolidant minutieusement avec du mastic, à l'ancienne. J'entourai sa chambre d'un caillebotis, plate-forme d'observation que je projetais d'emplir de spectateurs. Mais je ne pus jamais ajouter ces derniers, ce qui me paraît logique, désormais.

Je me déchaînais. Pareille à une de mes élèves, j'étais *dans ma vie, dans mon monde*. J'étais vivante. Je pensais avoir été tirée, telle la Belle au bois dormant, d'un long sommeil. En fait, je ne semblais pas avoir besoin de beaucoup de sommeil, comme si tant d'années de somnolence m'avaient au moins préparée à pouvoir me passer, à présent, de repos. Il m'arrivait de quitter l'atelier à 1 ou 2 heures du matin, mais j'étais sous la douche à 6 h 30, les jours d'école, souriante et tirée à quatre épingles dans ma classe dès 7 h 55, avec un clin d'œil complice à l'adresse de Reza qui avait souvent un peu de retard et s'en inquiétait facilement. Moi qui mangeais depuis si longtemps mes légumes verts, voilà que j'avais droit — enfin ! — à ma coupe de crème glacée.

Cette tapisserie comportait un fil supplémentaire. Comment interpréter le fait que je sois si réticente, si lente à vous le révéler ? Je dirais bien que c'était un élément à part, d'un autre ordre. Mais ce serait mentir sciemment, et ne rien dire devient, pour parler comme ma pieuse tante Baby, un Péché par Omission.

Presque chaque fois que je gardais Reza, Skandar me raccompagnait chez moi à pied. Lorsqu'il neigeait, il mettait un chapeau, sorte de feutre gris foncé, démodé et cabossé, et ressemblait à un gangster malgré ses lunettes. Ou peut-être au comptable du gangster. Lorsqu'il pleuvait, il prenait un parapluie immense, de ceux que l'on trouve dans les hôtels ou sur les terrains de golf, et m'abritait galamment, comme s'il était mon domestique. Il ne semblait pas posséder de gants, mais ne se plaignait jamais du froid et fumait en marchant, tenant sa cigarette au creux de sa main à la manière d'un voyou. Il fallait moins d'un quart d'heure pour aller de leur maison au bord de la rivière jusqu'à mon immeuble à deux étages du mauvais côté de Huron Avenue. Ce n'était pas loin. Et au début, durant les mois d'hiver, nous empruntions le chemin le plus court. En février, quand il y eut beaucoup de neige, il me suivait le long des étroits sentiers déneigés et verglacés, et nous parlions peu. L'un derrière l'autre, il était difficile de s'entendre, et une fois arrivée à ma porte, je sentais que j'avais le nez rouge, je voyais que lui aussi, qu'il enfonçait les mains dans ses poches, et il m'adressait un vague sourire niais, l'air de se demander qui j'étais, avant de me lancer : «Eh bien, merci encore, et bonne nuit», se redressant de toute sa hauteur comme pour faire claquer ses talons. Il attendait paternellement que j'aie tourné la clé dans la serrure pour repartir en sens inverse, à pas comptés à cause de ses chaussures à semelles de cuir.

Le lendemain de la Saint-Valentin — à mon grand soulagement, ils ne m'avaient pas demandé de m'occuper de Reza ce soir-là —, ils étaient invités une fois de plus à un dîner, chez le doyen de la Kennedy School, et avant de quitter l'atelier, Sirena me confia que Skandar avait envie d'annuler.

«Il n'est pas en forme?» demandai-je. Je cousais quelque chose, je le sais, car je me revois parfaitement, penchée, sourcils froncés, et quand j'avais levé la tête vers Sirena, il avait fallu quelques instants à mes yeux pour accommoder.

«Vous n'avez donc pas lu les journaux? Ni écouté la radio?

— De quoi parlez-vous?

— De Hariri.»

Je haussai légèrement les épaules.

«Rafik Hariri. Vous n'êtes pas au courant?

— Je n'ai pas ouvert le journal, aujourd'hui.

— Le Premier ministre libanais — assassiné hier, avec vingt-deux autres personnes : ses gardes du corps, ses collègues. On a fait sauter le convoi officiel devant l'hôtel

St. Georges — le cratère au milieu de la chaussée était aussi grand qu'une petite maison. »

Je fixai le sol et hochai la tête. « Oh là, dis-je.

— C'est le problème, ici. On se sent si loin de tout que personne ne fait attention à rien.

— Qui sont les auteurs ?

— Comment le savoir ? Israël, la Syrie, le Hezbollah — beaucoup de gens voulaient la mort de Hariri.

— Skandar le connaissait ?

— Il l'avait rencontré, plus d'une fois. Il est bouleversé — vous pouvez comprendre pourquoi. Son pays est en deuil et en proie au chaos ; et ici, à l'université, même dans un dîner privé, on s'attendra à ce qu'il en parle comme d'une abstraction, pas comme de la mort d'un homme, de tant d'hommes.

— Donc Skandar le soutenait ? »

Elle serra les dents. « Les Américains voient tout de manière simpliste — bon ou méchant, a-t-il un chapeau blanc ou un chapeau noir ? Mais là n'est pas la question. Vous devriez demander la réponse à Skandar. Il vous donnera même un cours, si vous le laissez faire. »

Alors ce soir-là, tandis qu'il me raccompagnait après son dîner chez le doyen, où, je l'appris ensuite, il avait parlé pendant une demi-heure devant les convives assemblés, expliquant le contexte et les retombées potentielles de l'assassinat de Hariri — tandis qu'il me suivait encore sur le trottoir par endroits, mais pas tout le long du chemin, je le questionnai au sujet de l'attentat. La première fois, il ne m'entendit pas, je dus me retourner pour répéter ma question et il faillit me rentrer dedans, d'où un sentiment de gêne partagé.

«Ah, dit-il, quand il eut compris ce que je demandais. C'est un problème complexe.

— Mais vous êtes sous le choc.

— La violence est choquante, où qu'elle ait lieu, quelles qu'en soient les victimes. Mais mon pauvre Liban est un cas à part, avec une histoire à nulle autre pareille. Être en train de panser ses blessures, d'essayer de se reconstruire — et puis ça. Un jour je tenterai de vous expliquer. Mais par où commencer ? Par mes origines ? Par celles de la guerre ? Par le nouveau départ pris en ce début de siècle ? Par l'attentat contre Hariri ? Selon l'endroit où l'on commence, on fait un récit différent. Nous aurons tout le temps d'y revenir.» Ce soir-là, il n'alla pas plus loin.

De mon côté, je rentrai chez moi, allumai mon ordinateur et tapai «guerre du Liban» sur Google. Non pas que j'aie ignoré l'existence de la guerre civile — quand j'étais enfant, tout le monde savait qu'il y avait une guerre au Liban, et si vous m'aviez dit, par exemple : «Sabra et Shatila», mon cerveau aurait automatiquement ajouté le mot «massacre» — j'avais assimilé quelque chose, après tout, par osmose. Mais je n'aurais pu expliquer en quoi consistait ce massacre ni même qui avait été massacré, et je n'aurais certainement pas su que la guerre civile avait duré quinze ans. Au fil de ma lecture, je me reprochai mon ignorance — j'étais institutrice, pour l'amour du ciel, et Reza était l'un de mes élèves ! Sirena avait fait allusion au frère que Skandar avait perdu au cours de cette guerre — n'avait-elle pas parlé de bombardements ? — mais, là encore, je ne connaissais pas en détail l'épopée des boat people vietnamiens (certains de nos élèves étaient enfants ou petits-enfants de boat people), de même que j'aurais été incapable de vous résumer l'histoire de Haïti, bien que nous ayons des élèves haïtiens à

Appleton ; nous avions également eu un garçon du sultanat d'Oman, une fillette du Liberia se trouvait à présent en cours moyen, et j'aurais dû consulter Google pour ne pas me contenter de situer ce pays sur la carte, mais durant toute l'année qu'elle avait passée dans ma classe, je ne l'avais jamais fait. Je songeai alors que Sirena avait sans doute raison de comparer ma vie américaine à du coton dont on m'enveloppait pour me protéger du monde. C'était une sorte de Palais des Glaces, cet étrange endroit abrité dans lequel le 11 Septembre pouvait faire irruption, comme de nulle part, comme sans la moindre logique, à notre grande stupéfaction.

Déjà libérée dans ce qui semblait une réalité des émotions anti-Palais des Glaces — une connaissance de l'amour —, et me trouvant alors à l'apogée de ma liberté artistique, j'aspirais également à m'ouvrir l'esprit. Je regrettais de n'avoir pas été au courant d'événements aussi importants que l'assassinat de Hariri, d'être incapable d'en mesurer la portée. Cela me rappelait mon livre des Merveilles du Monde, en mieux, et en pire : le monde m'apparaissait soudain dans toute sa complexité, toute son énormité, un objet gigantesque rôdant à la périphérie de mon champ de vision. Presque trop gros, mais pas tout à fait. Il était là, et je voulais le découvrir.

*

Avec le printemps, mes trajets à pied en compagnie de Skandar se déployèrent dans l'espace. Depuis les vacances de février, nous marchions côte à côte, et ce retour en fin de soirée se transforma en intermède convivial, en moment propice à la conversation. La distance entre leur maison et mon immeuble devenant trop courte pour nos discussions, nous allongeâmes nos promenades. La première fois, nous restâmes dix minutes sur le pas de ma porte, et pendant que j'hésitais à faire entrer Skandar, le froid nous engourdissait tous les deux. «Si on marchait encore un peu pour terminer notre conversation, mais aussi pour se réchauffer?» finit-il par suggérer. Et nous fîmes quatre fois le tour du pâté de maisons avant qu'il ne se décide à rentrer chez lui. Ce n'était qu'un début. La fois suivante, nous allâmes jusqu'à la Hi-Rise Bread Company. Puis de plus en plus loin. Jusqu'à Harvard Square, décrivant au retour une boucle qui nous faisait pratiquement repasser devant leur porte. La promenade qui nous donna l'impression d'enfreindre une règle tacite n'eut lieu qu'à la fin du mois d'avril — une période de transgressions, la même semaine que mon imitation en solo d'Edie Sedgwick. On sentait le printemps dans l'air, cette douce caresse sur la joue et le bruissement des branches couvertes de bourgeons vert tendre. Nous poussâmes jusqu'à Watertown et pénétrâmes dans Belmont avant de rentrer. Nous marchâmes plus d'une heure et demie dans des rues désertes — c'était un soir en semaine, à près de minuit —, sous la lumière rosâtre des lampadaires et la respiration des branches, notre conversation ponctuée par le passage de rares voitures solitaires. Je trouvai significatif que nous n'ayons pas traversé la rivière. Qu'il ne m'ait jamais prise par le bras. Que nous ne nous soyons pas touchés.

Pour autant que je sache, il ne fit pas croire à Sirena qu'il se promenait seul. Pour autant que je sache, elle savait que nous étions tous les deux. Elle n'y faisait jamais allusion. Un jour où je mentionnai quelque chose dont Skandar m'avait parlé, elle agita les mains comme pour le tenir à distance :

« Tellement de paroles ! Je l'adore, mais il parle sans arrêt — bla-bla-bla. C'est si gentil à vous de l'écouter. Parfois je lui dis : "Quel dommage qu'il n'y ait pas de métier où l'on se contente de *parler*, Skandar ! Ce serait vraiment celui qu'il te faudrait." »

— Il pourrait animer un talk-show.

— Ça peut sembler drôle, mais il en serait incapable. Un animateur de talk-show *écoute*, non ? Il est attentif, alors que Skandar ne fait que parler. Non, il faudrait qu'il soit *invité professionnel* de talk-show. » Elle gloussa. « Mais ce n'est pas un métier.

— Des paroles, toujours des paroles », répondis-je, pour dire quelque chose. Jamais nous ne discutâmes plus avant de mes promenades avec son mari.

Elle avait pourtant raison : il parlait pour deux. Je confiai à Skandar qu'être raccompagnée par lui s'apparentait à écouter Schéhérazade, mais il se mit à rire et déclara que j'inversais les rôles, que ce serait plutôt à moi de lui conter des histoires : « D'où je viens, dit-il, c'est la femme la conteuse. L'homme est son prisonnier. »

Toujours prête à lire entre les lignes, à trouver un sens caché à toute chose, j'en déduisis qu'il se proposait, sur un ton badin, d'être mon prisonnier. Qu'il éprouvait une certaine attirance pour moi. Bon, d'accord, je voyais dans tous ces trajets la preuve que c'était le cas. Pas depuis le début, pas ouvertement, mais au fil du temps — tout ce temps, toute cette attention qu'il me consacrait (or qui étais-je ?), et le fait qu'il me les ait consacrés alors que sa femme et son fils étaient chez eux, que son lit l'attendait. Pour moi, tout cela avait un sens.

De quoi discutions-nous ? Sirena avait raison : il adorait parler, et il aurait pu passer pour un raseur s'il n'avait été un si bon orateur. Même quand il me racontait la même histoire deux ou trois fois, j'étais captivée.

Le soir de notre première vraie promenade, lorsque nous fîmes quatre fois le tour de mon quartier, il me parla de la maison de sa grand-mère maternelle dans un village de montagne, des séjours qu'il y avait faits enfant, âgé de cinq ou six ans, et de sa certitude d'avoir vu un jaguar ou une panthère dans le jardin la nuit, bien que son aïeule lui ait répété au petit déjeuner, puis au déjeuner, que l'on ne trouvait pas ce genre d'animaux au Liban.

Ses grands frères s'étaient moqués de lui, assurant qu'il avait dû rêver, ou voir le chat tigré du voisin, transformé en fauve par son cerveau d'enfant ; mais au cours des jours suivants, deux moutons furent tués la nuit dans la montagne, et toute la famille changea de ton.

En bon conteur, Skandar laissait une place aux fantômes et à la sorcellerie. « J'ai toujours supposé qu'il s'agissait de l'esprit maléfique de quelqu'un, de son avatar », précisa-t-il.

Il évoqua alors le fils du bey local, un adolescent de bientôt vingt ans à l'époque, beau comme un dieu, mais colérique, qui avait frappé un âne si violemment, cet été-là, qu'il avait fallu abattre l'animal. Tout le village était au courant de l'incident, pour lequel le jeune homme n'avait apparemment reçu aucune sanction, et Skandar s'était toujours demandé si le félin noir traversant furtivement le jardin n'était pas l'âme perdue de cet adolescent, ou le diable qui s'en était emparé. Puis, avec un sourire et en allumant encore une cigarette — la dernière de cette première longue promenade —, il ajouta : « Bien sûr, cette âme perdue allait connaître son heure de gloire et son châtiment une décennie plus tard, après le début de la guerre.

— Comment ça?» Telle une enfant, je mourais d'envie d'entendre la suite.

«Ahmad Akil Abbas. En 1975, il était comme nous tous, juste un peu plus âgé, l'âme juste un peu plus noire. Beaucoup d'alcool, de drogue, de soi-disant courage. En 1977, ou 1978, il a créé une milice locale — une bande de voyous — qui assassinait les chrétiens du coin dans leur lit. Dieu merci, ma grand-mère était déjà morte, à l'époque — elle avait fait un mariage mixte, par amour, et cette guerre sectaire l'aurait anéantie. Dans la maison voisine, les Khoury ont eu la gorge tranchée et les mains coupées. Leurs trois enfants, installés à Buffalo, dans l'État de New York, n'ont même pas osé revenir pour les enterrer ; ce sont les autres familles chrétiennes du village qui s'en sont occupées. Elles n'étaient déjà plus très nombreuses. Celles qui pouvaient partir le faisaient. Quant à Ahmad Abbas, on meurt par où l'on a péché, même si on est beau comme un dieu, et peu de temps après les Khoury, il fut assassiné à son tour et son cadavre, abandonné dans l'impasse derrière la maison de son père, près de sa précieuse moto. On lui avait mis ses testicules dans la bouche. Sans doute l'œuvre d'un félin noir, là encore. Sans doute l'esprit de Leyla Khoury en personne. C'était une femme robuste et placide, avec un rire en cascade qui jaillissait d'elle comme l'eau d'une pompe, lentement d'abord, puis de plus en plus vite, et une formidable cuisinière. Peut-être a-t-elle eu l'idée de servir à Ahmad ses propres testicules pour son dernier repas. Rira bien qui rira le dernier.»

Impossible de ne pas l'écouter. J'aurais pu faire l'aller-retour jusqu'à Provincetown à pied. Les expériences de jeunesse de Skandar semblaient si éloignées de Manchester-by-the-Sea. À quinze ans, je peignais de pseudo-slogans anarchistes dans la salle de dessin après les cours, et j'essayais de les afficher sur les murs des couloirs. Pour moi, une excursion d'une journée à Faneuil Hall représentait le comble du bonheur, le nec plus ultra. À quinze ans, Skandar voyait ses voisins et ses camarades disparaître dans les milices ou quitter le pays ; lui-même avait fini par prendre l'avion pour Paris et poursuivre ses études dans un internat. Alors qu'il avait à peine plus de vingt ans et qu'il étudiait encore à Paris, son frère aîné avait été tué dans un bombardement : il rendait visite à un ami, était resté passer la nuit, et l'immeuble avait été détruit. C'était un autre ami de la famille, travaillant pour la Croix-Rouge, qui avait sorti le cadavre des décombres.

« Quand on est jeune — mais aujourd'hui encore — comment comprendre ça ? lança-t-il, la première fois qu'il m'en parla dans les rues la nuit. On ne peut pas le comprendre. Ça n'a pas de sens. On peut se laisser dévorer par la colère, mais on y laisse sa peau. Et pourtant comment regarder la panthère, la regarder droit dans les yeux, si elle refuse de rester tranquille ? Si elle est à la fois partout et nulle part, à tout le monde et à personne ? Alors quelqu'un comme moi s'en tire en disant : je vais m'intéresser à la manière dont on parle de la panthère. Je vais étudier l'histoire de l'Histoire, comment on raconte certains événements et pas d'autres, et je m'efforcerai de comprendre ce que cela nous apprend sur nous-mêmes, de raconter un événement plutôt qu'un autre, d'une façon plutôt que d'une autre. Je poserai la question de savoir ce qui est moral, de qui décide de ce qui l'est ou pas ; je me demanderai s'il est possible, au fond, d'avoir une éthique lorsqu'on parle de l'Histoire.

— Je ne sais pas trop ce que cela signifie. » Je ne voulais pas sembler stupide, mais je trouvais plus important d'essayer de suivre. Il avait de très belles mains carrées et les agitait dans l'air froid, déplaçant la fumée, ou son haleine, ou les deux.

« Pourquoi ai-je commencé par la panthère ? Est-ce pour tenter de vous montrer le petit garçon de six ans que j'étais, de vous inspirer de la compassion pour lui ? À cause de moi, ce sera désormais la première chose à laquelle vous penserez à propos du Liban. Enfin, peut-être à Hariri d'abord — je vous aurais épargné cela si je l'avais pu. Donc la violence en premier, mais ensuite, le petit garçon avec des rêves plein la tête. J'aurais aussi pu commencer par les attentats de l'OLP en Israël à l'époque, au milieu des années soixante, ou par la guerre beaucoup plus tard, ou encore par le rôle des Israéliens à Sabra et Shatila, ou bien j'aurais pu vous décrire Beyrouth aujourd'hui, magnifiquement reconstruite, pareille à la ville de mon enfance, et pourtant différente. J'aurais pu vous conter l'histoire des Hariri, ce que je n'ai pas encore fait...

« Cela signifie quoi, en fait, que Hitler soit la première chose qu'un petit Américain sache sur l'Allemagne ? Et si on apprenait autre chose ? Peut-être certains diraient-ils qu'il est important aujourd'hui, après la Seconde Guerre mondiale, qu'il est moral et capital que Hitler soit la première chose qu'un enfant sache. Mais quelqu'un d'autre défendrait le point de vue inverse. Et quelles seraient les conséquences, qu'est-ce que ça changerait, si personne n'avait le droit de savoir *quoi que ce soit* sur Hitler, sur la guerre et le reste, avant d'avoir *d'abord* entendu parler de Brahms, de Beethoven et de Bach, de Hegel, de Lessing et de Fichte, de Schopenhauer, de Rilke — avant de les connaître, *eux tous* ? Ou bien une seule œuvre, le Quintette pour piano de Brahms en *fa* mineur, ou les *Variations Goldberg*, ou le *Laocoon*

— une de celles qu'il faudrait découvrir et apprécier avant d'apprendre l'existence des nazis.

— Mais le monde ne marche pas comme ça.

— Non, certes. » Il eut ce sourire vague, l'air amusé par une plaisanterie qu'il eût été seul à entendre. « Mais qu'est-ce que cela signifie ? Et s'il marchait comme ça, cela signifierait quoi ? »

*

Skandar ne faisait pas toujours — ni souvent — le récit de son enfance, même si, affirmait-il, il était significatif qu'il ait commencé par là. Il évoquait leur séjour aux États-Unis, la politique étrangère, et Paris, un peu ; mais surtout le Liban, son histoire — des bribes d'histoire couvrant des siècles, des millénaires : l'histoire phénicienne, l'histoire romaine, l'histoire ottomane. Il m'apprit que l'on pouvait encore visiter Héliopolis, la capitale de la Rome antique au Moyen-Orient, à une centaine de kilomètres de Beyrouth, de l'autre côté des montagnes, et il décrivit son gigantisme, ses colonnes dressées vers le ciel au milieu d'une plaine arable, les sommets enneigés à l'horizon. Il décrivit les blocs de pierre plus hauts qu'un homme, épars sur le site tel du gravier, et le superbe temple de Dionysos près duquel on se sentait tout petit, presque intact avec ses mosaïques parfaites et ses frises sophistiquées — produit de plusieurs siècles de labeur de la part des Romains juste après la naissance du Christ. Skandar vous donnait l'impression que Ponce Pilate avait pu s'y promener, ou à tout le moins son petit-fils.

Il me parla de la communauté des pêcheurs de Tyr, qui se considéraient comme les premiers chrétiens, parce qu'ils s'étaient convertis en entendant le Christ prêcher, bien avant la crucifixion de celui-ci — aussi prétendaient-ils avoir été chrétiens avant que Jésus-Christ ne le soit lui-même. Il me parla du mariage d'un jeune ami palestinien auquel il avait assisté récemment dans un club de plage au sud de Beyrouth, plus de quatre cents personnes de toutes les couches de la société, rassemblées sous le ciel étoilé, avec le murmure des vagues à l'arrière-plan, et qui dansaient, chantaient, buvaient du Fanta orange (pas d'alcool dans un mariage musulman — je n'en revenais pas : une fête avec quatre cents personnes parfaitement lucides) pour saluer l'arrivée de la mariée parée de ses plus beaux atours, traversant la piscine à bord d'un bateau gonflable tendu de satin blanc, poussé par des nageurs invisibles, tandis que des feux d'artifice illuminaient de part et d'autre sa trajectoire, que des cracheurs de feu et des avaleurs de sabres se produisaient à l'autre extrémité du bassin en son honneur.

« Typique, dit Skandar. Il est écrivain, mon ami, il n'a pas beaucoup d'argent. Son épouse est institutrice. Mais si on fait la fête, au Liban, on ne la fait pas à moitié. Alors Sirena et moi sommes venus de Paris pour la cérémonie, nous étions assis à la même table qu'un vieux couple habitant un camp de réfugiés, en costume traditionnel, et que leur fille ravissante, avec un hijab à paillettes.

« Après les politesses d'usage, plus un mot, la jeune femme reste assise à fumer son narguilé, la mère grille Gauloise sur Gauloise, emplissant son assiette de mégots blancs et fripés semblables à des larves, et le père presque édenté boit l'une après l'autre, à petites gorgées, toutes les bouteilles de Fanta sur la table. Ils ne sourient pas, ne dansent pas, mangent à peine. Difficile de savoir ce qu'ils pensent. » Skandar s'interrompit. « Je suis déjà allé dans les camps de réfugiés, je peux imaginer le genre d'endroit où ils vivent — les ampoules nues au plafond, la peinture écaillée, les chaises dépareillées. Son hijab à paillettes, la jeune femme a dû économiser des mois durant pour se l'offrir. Et son père édenté, aux rides aussi profondes que des canyons, il ne devait pas être plus vieux que moi, même si je le voyais comme un grand-père. Ils sont donc assis près de nous, et je me pose alors la question : qui a dû faire le plus long voyage pour venir, eux ou nous ? Dans nos vies, nous parcourons tant de mondes et de siècles, parfois sans faire un seul pas. »

Il avait dit cela en marchant, et je me mis à rire, désignai les rues de Cambridge alentour. « Parfois, aussi, nous faisons beaucoup de pas, mais nous restons dans le même monde.

— Oui, répondit-il. C'est également une possibilité. »

Encore que je n'aie pas perçu nos promenades ainsi. Si, à l'atelier, je me sentais libre de voyager dans des pays imaginaires, voire dans le pays imaginaire d'autrui — aventure tout à fait imprévue —, lorsque je parcourais les rues de la ville, la nuit, j'étais transportée dans un monde concret, un monde miraculeux dont l'existence m'émerveillait et me faisait rêver. Soudain, à l'âge de trente-sept ans, j'étais le contraire de Lucy Jordan : seule certitude, j'avais eu tort d'avoir des certitudes. Qui pouvait me dire, de manière crédible, que je ne traverserais jamais Paris en voiture de sport, cheveux au vent ? Je me promenais à Héliopolis, je flânais à Tyr, je construisais même le Pays des Merveilles, putain ! Je me sentais comme l'un de mes élèves, comme Chastity et Ebullience avec leur poule apprivoisée, ou comme José quand il avait fabriqué son volcan en éruption pour la fête des Sciences. Je n'avais rien à envier à Lili et à son monde caché sous la table de la véranda d'Esther et Didi. Ni même à Reza, dans sa petite chambre pleine de rêves, avec Zidane tapant dans un ballon sur le mur et ces musiciens de jazz défilant dans la pénombre — même ses mondes imaginaires à lui n'étaient que des villages, comparés aux voyages dans lesquels était embarquée mon âme ce printemps-là.

*

Rien d'étonnant à ce que j'aie fini par me déguiser en Edie, par danser dans l'atelier, à moitié soûle et en soutien-gorge. Soudain je prenais conscience, presque dans la panique — une panique joyeuse —, de l'abondance de possibles que recélait le monde, que je recélais moi-même. Ma vie quotidienne à Appleton, mes coups de fil à mon père, mes bières occasionnelles avec mes amies, mon jogging du samedi matin autour du lac artificiel — de quoi s'agissait-il, sinon de l'écorce opiacée d'une existence, du tapis roulant de la vie ordinaire, d'une cage faite de conventions, de consommation, d'obligations et de peurs, dans laquelle je m'étais prélassée pendant des décennies, aussi anesthésiée qu'une Lotophage, tandis que mon corps vieillissait et que j'avançais en âge? Je ressentais tout cela avec l'ardeur d'une nouvelle convertie — mon Dieu, avec quelle force je le *ressentais*.

Durant ces semaines grisantes, il m'apparut que je ne devais pas m'en prendre qu'à moi, mais aussi à ma mère, que ma peur (qui m'avait empêchée de pratiquer mon art plus sérieusement, m'avait fait rester à Boston, accepter un emploi stable, et sans doute le célibat en prime) était en fait sa peur *à elle*, que j'avais repris à mon compte toutes ses angoisses et ses déceptions, en même temps que son dévouement de bonne catholique, et une incapacité, ironie du sort, à avoir la foi — à croire vraiment en la valeur de mes propres efforts, en la singularité de mon âme. Oh, formidable aventure! La vie qui s'offrait à moi, ce festin infini qui m'attendait.

8

Les deux semaines précédant la mort de ma mère sont gravées en moi, chaque heure de chaque journée de son ultime hospitalisation. Je revois où était située sa chambre dans le service, à quoi elle ressemblait, ce qu'elle contenait, le poster sur le mur, et, à chaque fois, l'endroit où je me trouvais dans la pièce, la qualité de la lumière, les visites de mon père, puis l'arrivée de Matt — sans Tweety ni la gamine, qui n'apparurent qu'aux obsèques et semblaient surtout considérer celles-ci comme l'occasion de s'acheter des vêtements sombres. L'existence réserve ce genre de moments, où l'on a l'intuition que tout va basculer et que plus rien ne sera comme avant, raison pour laquelle le cerveau enregistre tout, note les détails les plus infimes : la démarche en canard de l'aide-soignant qui fredonnait des valses de Chopin en passant la serpillière, ou les sourcils broussailleux du jeune spécialiste de l'assistance respiratoire, qui vous expliquait sans pouvoir vous regarder en face que les poumons de votre mère, même avec l'aide du respirateur, étaient en train de lâcher — il posait le regard à une quinzaine de centimètres sur votre droite, comme si vous étiez l'ombre de quelqu'un d'autre, présent là, juste à côté de vous, ce que, durant cette étrange période, vous auriez presque cru possible. Votre esprit retenait tous ces détails de sa propre initiative, pour le cas où il faudrait les connaître — simplement parce que c'était Important. L'esprit fonctionne ainsi.

Parfois — comme pendant l'agonie de ma mère —, vous avez une vague idée de ce qui doit se produire, et un pressentiment, si erroné soit-il, de ce que cela entraînera. Alors qu'à d'autres moments — durant ces dernières semaines d'avril et ce début de mai 2005 où le temps se réchauffa et se refroidit une fois encore, où il plut beaucoup, comme si les dieux étaient inconsolables, comme si le printemps était un malheur, en dépit de la joie qui m'habitait — vous percevez l'importance de ce qui se déroule, mais rien de plus. La nature même des événements et leur signification, il vous faudra sans doute non pas des mois, mais des années pour les comprendre pleinement.

Je peux vous dire que c'est un mardi soir que je fis l'aller-retour à pied jusqu'à Belmont avec Skandar, qu'il avait plu en début de soirée, mais que la pluie avait cessé et que les nuages striaient le ciel nocturne dans leur course. Une odeur de terre, d'humus riche et sombre, flottait lorsque nous passâmes devant le cimetière où était enterrée ma mère, et de nouveau quand nous atteignîmes un quartier pavillonnaire avec de petits jardins carrés, disposés le long de cette rue modeste comme autant de boîtes de chocolats ouvertes. Les jeunes feuilles bruissaient dans le vent au-dessus de nous, quelques gouttes d'eau nous tombaient parfois sur la tête.

Ce soir-là, je m'en souviens, j'avais joué aux échecs avec Reza après le dîner, et il m'avait laissée gagner — c'était l'une des choses qu'il préférait, cet enfant magnanime, constater sa supériorité, puis y renoncer. Ensuite, à l'heure du coucher, je lui avais lu une version abrégée des *Trois Mousquetaires* qu'il aimait bien ; au moment d'éteindre la lumière, il avait demandé si, au lieu de m'asseoir sur sa chaise selon mon habitude, je ne pourrais pas m'allonger près de lui, comme l'aurait fait sa mère si elle avait été là. Je n'hésitai qu'un instant avant de m'étendre au bord de son lit étroit, le bras replié sous ma tête pour mieux le voir ; il posa sa belle main sur mon autre bras, juste pour me sentir là, si semblable à sa mère, puis il ferma ses yeux magnifiques et s'endormit presque aussitôt.

Voilà pourquoi je me souviens de ce mardi soir, parce que c'est là que je me rapprochai un peu plus du fils et du père : le même soir, sans qu'ils le sachent l'un et l'autre.

Pendant ma longue promenade avec Skandar, une fois qu'il fut rentré avec Sirena de leur dîner, il y eut également du nouveau, car je pris moi aussi la parole. Nous passions donc devant le cimetière et je lui demandai s'il y avait déjà fait un tour, parce que c'était un si bel endroit, mais non, il n'y était jamais entré, et je lui confiai que j'allais me recueillir sur la tombe de ma mère, puis je lui parlai d'elle, de Bella Eldridge, des années qu'avait duré sa maladie, de l'admirable mélange d'efficacité et de résignation de sa vie adulte, et de la fureur que cela provoquait chez moi, du fait qu'au souvenir de son existence je me sentais comme un loup affamé, j'aurais voulu qu'elle ait pu dévorer le monde à belles dents, avoir des appétits, les satisfaire. Il se mit à rire : « Pourquoi ne pas vous souhaiter ces choses à vous-même, plutôt, tant que vous êtes sur terre pour en profiter ? Vous ne pensez pas qu'elle voudrait que vous en ayez envie pour vous-même ?

— Mais j'en ai envie ! répondis-je avec une telle énergie

que je faillis le toucher. J'en ai envie pour moi-même. Énormément.

— Jamais je ne m'en serais douté, si vous ne me l'aviez pas dit. Vous semblez merveilleusement calme au quotidien, comme si votre vie était dans un ordre enviable. Comme s'il ne vous fallait rien de plus. Vous n'avez pas d'ennuis, vous ne les cherchez pas. Vous êtes si généreuse envers tout le monde — votre école, Reza, Sirena —, même envers moi. Vous n'avez pas l'air d'un loup affamé.

— Eh bien, j'en suis pourtant un. Je meurs de faim.»

Nous longions alors la vitrine d'un glacier et, pour plaisanter, Skandar dit que si le magasin était ouvert, je pourrais me satisfaire.

«Je pourrais manger jusqu'à leur dernière boule de glace sans calmer ma faim le moins du monde.

— Alors il vous faut trouver un moyen de vous nourrir.» Il était très sérieux, à présent. «Il faut demander ce dont vous avez besoin.

— Besoin?» J'éclatai de rire. «C'est un mot compliqué, non? Qui a vraiment besoin de quoi que ce soit, en fait, sauf de nourriture et d'eau? J'ai déjà beaucoup plus que ce dont j'ai réellement besoin.

— Mais si vous êtes un loup affamé...» Il regarda au loin, souriant comme toujours. «Je n'arrive pas à penser à vous en ces termes, vous savez. Pour moi, ça ne tient pas debout. Que voulez-vous donc?

— La vie, dis-je. Pleine et entière. Tout. Je ne veux pas passer à côté. Je ne veux pas que les portes de la prison se referment.

— Les portes de la prison? Mais enfin...

— Je sais. Ça ne tient pas debout, pour vous qui avez grandi avec la guerre et le malheur autour de vous, et je sais que votre famille a connu des épreuves terribles — votre frère —, je le sais. Mais il faut me croire. »

Et je lui racontai — ce que je trouve bizarre, aujourd'hui encore, car je n'en avais jamais vraiment parlé à Sirena, bien sûr; quelques bribes, peut-être, mais pas toute l'histoire —, je lui racontai que j'avais grandi avec les mêmes désirs insatisfaits que ma mère sans trouver le moyen d'y répondre, que j'avais toujours cru en l'existence de règles déterminant ce qui était possible et acceptable, même si je n'avais jamais véritablement su qui les avait édictées. Qu'au lycée, l'art m'avait paru être le moyen d'enfreindre ces règles, de les contourner; mais qu'ensuite cela ne m'avait pas semblé très adulte.

« Qui vous dit qu'il faut être adulte ?

— C'est à une institutrice que vous demandez ça ! Je n'en sais rien. Je pensais : pour qui je me prends, de croire que je peux devenir artiste, vous comprenez ? Et il me paraissait impossible de gagner ma vie…

— Vous avez essayé ?

— Je ne supportais pas l'idée d'échouer. Je trouvais pire de tenter ma chance et d'échouer que de ne pas essayer. Et puis avec ma mère, vous voyez…

— Oui, dit-il. Je vois, en effet. »

Nous marchâmes quelque temps côte à côte en silence.

« Se rendre utile, reprit-il, est l'une des grandes joies de l'existence. C'est un privilège d'être utile.

— Vous plaisantez, non ? Ça veut dire quoi, d'ailleurs ? »

J'avais toujours considéré mon dévouement comme un asservissement.

« C'est un grand réconfort, un cadeau, d'être face à une tâche dont on sait parfaitement qu'elle bénéficiera à autrui. Peu importe la raison : par amour, par sens du devoir ou autre. Du moment qu'on s'y consacre à fond. On n'a d'autre souci que celui de bien faire, et quand on y parvient, on en retire une immense satisfaction.

— Ce n'est pas du tout ce que je voulais dire.

— Je sais, mais cela n'en est pas moins vrai. »

*

D'où ma certitude que je devais parler à Sirena, voyez-vous. C'était une période où tout avait une signification et où tout semblait lié, et lorsque Skandar évoqua la joie de se rendre utile et le fait qu'il me fallait trouver un moyen de nourrir le loup, j'y vis un rapport avec Sirena, ou plutôt avec Sirena et moi.

À l'école, tout ce mercredi-là, j'eus les mains tremblantes comme si j'avais bu trop de café. C'était une journée anormalement douce, estivale, pareille à une bouffée de chaleur, au point que je transpirais. Mon estomac se tordait et se nouait autant qu'avant chacun de mes voyages en avion. Impossible de manger la salade que j'avais apportée pour le déjeuner. Impossible de rester assise. Je pensais à ce que j'allais dire à Sirena, et je n'arrivais pas à imaginer sa réaction.

Toute ma vie, j'avais évité de faire ce que je n'arrivais pas à m'imaginer. Je partais du principe que si je ne pouvais pas l'imaginer, ce n'était pas une bonne idée. Comme pour la maladie de ma mère : imaginez le pire, et vous pourrez vous en protéger. Si vous ne pouvez pas l'imaginer, alors il n'y a aucune protection. Rien de bon.

Cette conviction expliquait que j'aie renoncé à vivre de mon art avant même d'avoir essayé de le faire. Je n'arrivais pas à imaginer comment être artiste *dans ce monde*.

À observer les autres étudiants en arts plastiques autour de moi, ceux dont nous savions tous qu'ils allaient réussir, je voyais mal comment je pourrais plaire aux grands pontes des musées et des galeries, aux découvreurs de talents qui organisaient les biennales. Pas plus que je ne me voyais frimer à la manière des stars de notre promotion, flatter des peintres vieillissants et des critiques minables sur le retour pour m'ouvrir quelques portes. Je les observais, et je ne me voyais pas faire comme eux. J'aurais pu débiter toutes ces foutaises sur la fragmentation, sur l'identité et sur ces putain de figures du genre, quoi qu'elles puissent être, citer Roland Barthes, Judith Butler et Mieke Bal — je m'en sentais capable, on nous avait appris à le faire, les études artistiques semblaient surtout servir à ça, mais je ne pouvais pas le faire sans rire, ni même *m'imaginer* le faire sans rire, voilà pourquoi j'avais passé un master en sciences de l'éducation, pourquoi j'avais paru, à mes propres yeux et à ceux du monde, renoncer à mon unique rêve.

Or le rêve que j'avais dans ma tête d'être artiste et mon rêve d'être artiste dans ce monde, jamais — jusqu'à Sirena — je n'avais pu les concilier. Et j'avais délaissé le monde pour le rêve dans ma tête, parce que là, et dans ma chambre d'amis ouvrant sur Huron Avenue, et enfin, durant cette année idyllique à Somerville, je pouvais poursuivre ce rêve, il pouvait avoir une réalité, sans les foutaises qu'il faut débiter, en ce début de XXIᵉ siècle, afin de passer pour un artiste. Je pouvais être une artiste à la Emily Dickinson.

Et voici une autre chose qui me tracassait, tandis que je couvrais la faible distance entre la pâtisserie et l'ancien entrepôt, entre le trottoir et la porte de l'atelier : considérais-je Sirena comme une artiste merveilleuse parce que j'étais amoureuse d'elle, ou bien étais-je amoureuse d'elle parce que c'était une artiste merveilleuse, à moins que je n'aie été amoureuse de l'idée que je me faisais d'elle et qui était loin de la vérité, auquel cas ne devais-je pas me demander ce que, en toute sincérité, je pensais de son œuvre — oui, que pensais-je de son œuvre, *au fond*? Peut-être n'en savais-je rien. Mais dès que je pris conscience de cette question, je sus que, pour moi, elle comptait au plus haut point. Presque plus que tout : ma réponse déterminerait sûrement si je vivais enfin pour de bon ; ou bien si je rêvais encore, prisonnière de mon Palais des Glaces labyrinthique.

Après avoir tourné de manière obsessionnelle dans ma roue mentale de hamster, après toutes mes angoisses et tous mes scénarios, lorsque j'arrivai à l'atelier, que j'ouvris la porte et appelai joyeusement, d'une voix chantante, Sirena par son prénom — vous connaissez la suite, n'est-ce pas ? —, il n'y eut pas de réaction. Pas le moindre son. Tout était éteint, silencieux. Je posai mon café presque froid, le gâteau dans son sachet, mon sac à main, le cabas contenant le classeur avec les réductions en haute définition des photos d'Edie Sedgwick, et je parcourus le L d'une extrémité à l'autre, de plus en plus lentement, car je ne pouvais me faire à l'idée que Sirena n'était pas là. Durant ces quelques minutes, inspectant les lieux du regard (le soleil printanier de l'après-midi inondait l'atelier, je m'en souviens parfaitement, plusieurs faisceaux de lumière où dansait la poussière, et la pièce gardait une vague odeur de colle et de vieilles pommes, ainsi que celle des cigarettes de Sirena), je me demandai si je n'étais pas en train de devenir folle, de perdre les pédales. Car j'étais tellement *certaine* de la trouver là, penchée sur quelque détail minutieux, ou fumant près de la fenêtre ouverte, ou même allongée sur les

coussins, enveloppée dans ses écharpes, tel un papoose —,
j'étais tellement certaine de ma réalité que, dans un premier
temps, celle des faits me parut impossible à accepter.

*

Le lendemain, j'hésitai d'abord à me rendre à l'atelier.
J'enfreignis une autre de mes règles et demandai à Reza si
sa mère allait bien.

«Que voulez-vous dire?» Je fus impressionnée par ses
progrès en anglais : il avait les intonations d'un anglophone,
à présent.

«Hier elle n'était pas à l'atelier, et j'ai pensé que, peut-
être...»

Il eut un petit rire, une sorte de jappement. Je le revis tous
ces mois auparavant, dans le supermarché Whole Foods,
avec les pommes. «Ma mère ne tombe jamais malade. Papa
dit qu'elle est comme les superhéros. Non, elle est partie.

— Partie?»

Il était impatient de sortir de la classe. J'entendais ses
camarades s'agiter dans le couloir. «Mais elle est revenue.
Elle est rentrée cette nuit.» Il me lança cela par-dessus son
épaule, et disparut.

Lorsque je pris le chemin de l'atelier, cet après-midi-là,
ce fut en toute humilité : mon scénario, mon désir de me
confier, mon souhait de dramatiser les choses entre nous,
d'attirer l'attention de Sirena se heurtaient à une réalité
plus solide, de son côté. L'impératif qui l'avait éloignée si
soudainement, quel qu'il soit, passerait avant moi. Comme
c'était si souvent le cas — notre lot à nous, les Femmes d'En
Haut! —, la vie de Sirena se révélerait plus importante que
la mienne.

Elle était là, ses cheveux coiffés en un chignon approximatif, une traînée d'encre bleue en travers du front. À mon arrivée, penchée sur un grand livre d'images, elle resserrait son châle sur sa poitrine, et quand elle se retourna, elle m'ouvrit les bras, lâchant le châle, le visage spontanément éclairé par un immense sourire qui découvrit ses dents plantées de travers, et devant lequel j'étais sans défense.

«Nora!» Elle traversa la pièce à toute vitesse d'un pas léger. «J'ai une si bonne nouvelle!

— Donc tout va bien?

— Tout va bien? Tout va *formidablement* bien», dit-elle, accentuant l'adverbe à l'italienne. Elle tripota son chignon, laissa ses cheveux retomber et lui encadrer le visage. «Permettez-moi de faire un café — je vais vous raconter...»

Elle contempla mon sac. «Aujourd'hui je n'ai rien apporté», précisai-je, sans avouer que j'avais mangé un gâteau entier la veille parce qu'elle n'était pas là, et que je m'étais sentie si barbouillée que j'avais dû rentrer chez moi.

«Ça vaut mieux, répondit-elle, s'affairant avec le café, la cafetière, l'eau. Je m'habitue trop à vos pâtisseries.»

Je m'affalai sur les coussins. «Alors, quoi de neuf?

— Hier j'étais à New York, vous savez.

— Vous ne m'en aviez pas parlé.

— Ah, avec mon hyperactivité — j'ai dû oublier. Ou peut-être à cause de mon trac, pour ne pas compromettre mes chances.»

J'attendis quelques instants pour demander : «Et la chance était au rendez-vous?»

Elle haussa les épaules, sourit de nouveau. «On verra. Mais ça se présente bien. Cette semaine, quelque chose, dans deux semaines, autre chose; on verra.

— Allez, Sirena. Racontez-moi. Quelle est cette nouvelle ? »

Elle s'assit près de moi, se pencha d'un air complice : « Hier, j'ai déjeuné avec un ami artiste, un grand artiste, un homme d'une soixantaine d'années — un sculpteur —, sexy, avec une voix grave, et il voulait me présenter à une critique d'art réputée. Une universitaire. D'un certain âge, très connue, et au cours des deux ans à venir, elle sera commissaire d'une importante exposition d'œuvres réalisées par des femmes, des œuvres féministes. Cela ne ressemblera à rien de ce qui s'est fait jusqu'à présent — le musée de Brooklyn ouvre une nouvelle aile, consacrée au féminisme, et ce sera la première exposition, pour l'inauguration du bâtiment... Excitant, non ?

— Donc elle voulait vous rencontrer ? »

Sirena laissa échapper un petit rire, un rire «modeste». «Me rencontrer ? Ah, non, elle ne savait même pas que j'existais. Frank — mon ami — a fait comme s'il s'agissait d'une heureuse coïncidence, ou d'un déjeuner purement amical. Il lui a dit que je cherchais une galerie à New York — ce qui est vrai, bien sûr, d'ailleurs, non pas la semaine prochaine, mais la suivante, je retourne passer quarante-huit heures là-bas, pour prendre contact avec deux galeries qui pourraient accepter de me représenter. Donc la question à l'ordre du jour, s'il y en avait une, était de savoir quelle galerie serait la meilleure, et pourquoi, ou si je ne devrais pas me tourner vers une troisième. Mais en réalité, Frank espère secrètement que cette critique pensera à moi pour son exposition. Une quarantaine d'artistes y participeront, elle veut que ce soit international, et moi — Sirena prit une expression de star de cinéma, porta les mains à ses joues — je suis *très* internationale !

« — C'est stupéfiant. Enfin, ce serait…

— À un autre niveau, non ? En matière de visibilité, de reconnaissance, de statut — vous imaginez ?

— Oui. » J'imaginais. À quelle distance de mon monde elle serait catapultée, et à quelle vitesse. « C'est absolument stupéfiant.

— On n'en est pas encore là — ça ne se fera peut-être jamais, je le sais —, mais je crois lui avoir plu, on a beaucoup ri, on s'est très bien entendues, et quel rêve, non ? Un rêve qui deviendrait réalité, si tout cela se concrétise. »

D'où mon sentiment qu'il s'avérait, ou se confirmait, que les rêves qui nous tenaient à cœur, à l'une et à l'autre, étaient très différents ; et qu'en tout cas les conversations imaginaires qui avaient tourné en boucle dans ma tête ne seraient pas pour ce jour-là. Ce jour-là, il serait question de Sirena. Évidemment. « Je regrette de ne pas avoir apporté de gâteau, finalement, dis-je avec bonne humeur. Il faudrait fêter ça.

— Fêter ça ? Non, pas encore ! Il faut attendre, pas que cette critique se décide — ça peut prendre une éternité —, mais ces rencontres dans deux semaines, avec ces galeristes, elles pourraient tout changer.

— Vous ne m'en aviez jamais parlé.

— Je suis superstitieuse. Ce n'est pas très rationnel — j'ai peur de compromettre mes chances, de me porter malheur.

— Mais vous me raconterez, maintenant. » Je n'avais pas employé le mode interrogatif. Si ma lassitude s'entendit, Sirena ne releva pas.

« En fait je ne devrais pas — j'espère que les Parques me le pardonneront —, mais je vous raconterai, oui, sinon je risque d'exploser. » Elle entreprit de me décrire les deux galeristes qu'elle allait voir. D'abord une jeune femme d'une trentaine d'années, qui s'était récemment mise à son compte après avoir travaillé pendant dix ans pour une galerie renommée de SoHo, dont le nom me disait quelque chose; puis Elias, un quadragénaire né au Moyen-Orient, plus imprévisible, galeriste depuis un certain temps et qui avait attiré l'attention du monde de l'art par ses choix audacieux. C'était l'ami d'un ami de Skandar, m'expliqua-t-elle, un atout au sens où il s'agissait de quelqu'un de relativement connu, avec un parcours cohérent, qui avait fait ses preuves, et l'avait contactée en apprenant qu'elle passait un an aux États-Unis. Mais la jeune galeriste, elle, lui avait écrit à son domicile à Paris, sans même savoir qu'elle se trouvait à Boston, pour lui dire que l'installation « Elseneur » l'avait émue aux larmes, qu'elle n'arrivait pas à l'oublier, et que si aucun galeriste américain ne représentait Sirena, alors elle, Anna Z, se ferait un plaisir de prendre l'avion pour Paris afin d'en discuter avec elle — « Et *ça*, fit observer Sirena, c'est un engagement. Ça, c'est de la passion. »

À présent qu'elle s'autorisait à en parler, elle passait en revue tous les avantages et les inconvénients des deux possibilités, bafouillant dans son enthousiasme. Je n'étais pas jalouse — comment aurais-je pu l'être, moi qui, avec mes dioramas, avais si délibérément tourné le dos aux Elias et aux Anna de ce monde? Mais j'aurais souhaité pouvoir détecter s'il lui était venu à l'idée — si elle s'était inquiétée, si peu que ce fût — que je puisse l'être.

« Qu'en dit Skandar? » finis-je par demander. Je remarquai dans ses yeux la lueur d'exaspération familière.

« Skandar? À votre avis? Il peut avoir tel ou tel point de vue; mais d'après lui, la question n'est pas du tout de savoir quel est son point de vue. Si bavard soit-il, mon mari est parfois peu loquace. Dans ce cas précis, officiellement, il n'a pas d'opinion. Mais je sais qu'il aimerait bien que je choisisse Elias. Sa famille est libanaise. Skandar vous a-t-il fait son cours sur les pêcheurs de Tyr? Oui? Donc, de Tyr à Princeton, avec beaucoup de détours — voilà Elias. C'est lui que Skandar préférerait, au fond de son cœur.

— Ça, vous n'en savez rien, dis-je, vaguement vexée qu'elle ait présenté ma conversation captivante avec Skandar comme un "cours" qu'il m'aurait fait.

— Je le connais, croyez-moi. Donc je le sais. Et je dois veiller à ne pas choisir pour lui faire plaisir, ni pour le contrarier. Je dois choisir seule. » Elle soupira. «Je regrette que vous ne puissiez venir avec moi. J'aimerais avoir votre avis sur ces deux personnes. Vous êtes si perspicace.

— Eh bien, peut-être — ça dépend — quand serez-vous là-bas?

— Jeudi et vendredi, pas la semaine prochaine, la suivante. J'ai peur que ce soit impossible.

— Si c'était dans quelques semaines…

— Je ne peux pas déplacer ces entretiens. Quel dommage! Je vous raconterai à mon retour. Ce n'est pas pour tout de suite. Mais assez parlé de moi : où en est votre travail *à vous*, ma chère Nora?»

S'en souciait-elle vraiment? Ce que j'aurais voulu, c'était avoir l'impression d'une curiosité spontanée, ce sentiment que vous éprouvez avec vos plus proches amis — que j'éprouve avec Didi, par exemple, mais pas avec Esther —, la certitude qu'ils ne se sentent pas obligés de vous ménager, que leurs réactions sont à la fois bienveillantes et sincères. Tout en le disant, j'ai conscience que j'en demandais trop. Peut-être une intransigeance née de mes doutes : Sirena m'aimait-elle, et jusqu'à quel point? Le saurais-je un jour, et comment?

Vous pourriez croire que c'est une question facile à poser
— est-ce que tu m'aimes? —, mais seulement si vous n'avez
jamais eu envie de la poser vous-même. Cet après-midi-là,
au lieu de me confier ouvertement comme j'avais rêvé de le
faire, je soulevai la question de leur départ.

« C'est fou à quelle vitesse le temps passe, non? Je n'arrive
pas à croire que vous allez nous quitter bientôt, tous les
trois.

— C'est fou. Je sais.

— Quand partez-vous? Je devrais connaître la date,
mais...

— Le vernissage de mon installation a lieu le 16.

— Le 16 juillet?

— Le 16 juillet! » Elle éclata de rire. « À Paris? Autant ne
pas faire d'installation!

— Le 16 juin? À Paris? Comment puis-je ne pas le savoir?

— Je n'ai sans doute pas mentionné la date à voix haute,
pour éviter d'avoir trop le trac. J'ai fait comme s'il restait
plus de temps.

— Le 16? Mais Appleton ne ferme ses portes que le 23.
Vous ne pouvez pas partir avant cette date. Et les enfants?
Leur venue ici? Je croyais qu'on avait parlé de la fin du mois
de juin. » Nous avions déjà largement planté le décor — les
fleurs, les éclats de miroir représentant la pluie, l'ébauche
des yeux du Jabberwocky —, et deux semaines plus tôt, nous
avions consacré deux après-midi pluvieux à installer les
caméras vidéo : nous étions, matériellement parlant, prêtes
pour la visite de l'atelier. Mais pour y amener mes élèves, il
faudrait s'acquitter de diverses formalités administratives à
Appleton : une demande de sortie pédagogique à soumettre
à Shauna; les autorisations à faire signer par les parents.
Impossible de régler cela du jour au lendemain.

« Oubliez un peu que vous êtes institutrice, Nora. On trouvera bien une solution. Je ne peux absolument pas être ici au moment de ce vernissage à Paris. On n'en a pas encore discuté à la maison. Skandar a un planning compliqué, lui aussi — des colloques ici, à Montréal, à Washington —, eh bien, *basta*! On se débrouillera. » Puis, désignant d'un geste ample l'atelier autour de nous : « Il faut faire venir les enfants pendant qu'il en est encore temps. C'est indispensable ! Fixons la date dès aujourd'hui. Il y a tant à faire avant d'être prêtes — tant de montagnes à gravir !

— Tant de Pays des Merveilles à construire.

— *Au travail**, alors ! » Et elle se leva, le pied léger, me tournant le dos, déjà dans son univers, déjà ailleurs.

*

Elle était tellement désinvolte — plus que deux mois avant le vernissage de son installation à Paris, et c'était la première fois que j'entendais parler de la date. Quand je rentrai chez moi ce soir-là, je sortis le calendrier, le contemplai, l'année couchée sur le papier, toutes ces petites cases correspondant à des jours. Beaucoup de choses dépendraient de ce qu'elle réussirait à finir à Cambridge ; mais elle serait certainement obligée de partir avant le début du mois de juin. J'allais devoir m'armer de courage. Ils n'allaient quand même pas retirer Reza de l'école ? Skandar resterait là. À moins qu'ils ne me demandent de garder Reza, si Skandar devait se rendre à ses colloques. Je sentais encore le long de mon bras la chaleur émanant du corps de Reza lorsqu'il s'endormait — je pourrais faire cela, je pourrais m'occuper de lui.

C'était un jeudi. Ce vendredi-là, je savais que Sirena ne viendrait pas. Quand j'avais un préavis, cela ne posait pas de problème. Les enfants ne sont pas seuls à fonctionner ainsi. En bonne enseignante, je sais d'expérience que si l'on prévient, les choses se passent mieux. Sachant que je serais seule à l'atelier, je projetai d'y rester tard dans la soirée, pris ma barquette de salade du supermarché Alewife et une bouteille de vin rouge bon marché achetée chez le caviste du quartier, rassemblai dans un sac l'appareil Polaroid de ma mère — c'était avant que les pellicules ne deviennent introuvables, aussi en emportai-je plusieurs — et tout mon attirail pour me déguiser en Edie Sedgwick, plus complet que vous ne l'imagineriez chez une institutrice ordinaire, et je partis pour Somerville.

J'ai déjà fait allusion à cet épisode. Je bus un peu plus que de raison. Je mis la musique à fond. Je dansai, pris la pose et me photographiai. Je jouissais de ma liberté, et je suppose que cela représentait une forme d'exorcisme — sûrement pas le mot qui convient. En me laissant habiter par le fantôme d'Edie, je bannissais la douce et accommodante, la calme et responsable Miss Eldridge, amie modèle, fille modèle, enseignante modèle, Miss Eldridge la carpette, Miss Rien du Tout à qui tout le monde sourit si chaleureusement avant de l'oublier aussitôt. Je me débarrassais d'elle.

Je dansai, bus du vin, fumai et me pris en photo, des pellicules entières de polaroids flous, comme si j'étais à la fois Robert Mapplethorpe et Patti Smith. Et ainsi de suite jusqu'à ce que la bouteille soit vide — j'avais presque tout bu, sauf une énorme goutte rouge sang qui atterrit sur le devant de mon tee-shirt blanc à la Edie Sedgwick. Elle forma une tache sur mon sein gauche, puis dégoulina jusqu'à ressembler à un cœur sanguinolent. J'enlevai le tee-shirt et continuai à danser dans mon soutien-gorge blanc, rougi d'un côté par le vin.

Et savez-vous ce que je fis, dans cet état d'ébriété? Je m'aventurai sur la pointe des pieds dans la forêt du Pays des Merveilles de Sirena et m'allongeai sur le gazon artificiel, avec les fleurs qui oscillaient autour et au-dessus de moi, projetant leur ombre sur les murs dans le demi-jour, telles des danseuses; je fermai les yeux, glissai une main sous l'élastique de mes leggings, chatouillai mon ventre, suivis avec mes doigts aveugles la déclivité entre mes hanches; et, me fiant à ces explorateurs apparemment indépendants, je traçai une ligne de plaisir de chaque côté de mon bassin, sur mes hanches, dans ma toison, puis jusqu'à l'humidité entre mes cuisses; pendant un temps, je ne fus ni Edie ni Alice, ni Emily ni personne d'autre, mais *un corps*, à moins que je ne sois devenue une tout autre Nora, et avec le gazon qui me piquait le dos, avec mes deux mains contre moi à présent, à l'intérieur de moi et sur ma peau vibrante, il n'y eut plus qu'un *oui, oui, oui*, et j'étais au Pays des Merveilles, et durant ce bref moment sans honte ni dissimulation, je fus libre.

9

À mon réveil, le lendemain matin, je n'étais plus la même. Du moins le pensai-je. Repue, je contemplai le moi de la semaine écoulée — du mois écoulé, des mois écoulés — avec un certain désarroi, à la manière dont un ancien fumeur contemple son ancien moi dépendant, et n'en revient pas. Je me levai, appelai mon père, allai à Brookline en voiture, l'emmenai prendre un brunch chez Zaftigs, puis je le conduisis à l'arboretum et nous marchâmes longuement parmi les arbres parés de leur vert tendre et virginal, de leurs fleurs en train d'éclore comme dans un dessin animé de Walt Disney. Il boitait à cause de sa douleur à la hanche, mais chaque fois que je lui posais la question, il répondait qu'il voulait continuer, ce que nous fîmes. Il faisait froid, sans que nous y prêtions exagérément attention, et je voyais une couleur saine se répandre sur les joues flasques de mon cher père grisonnant, qui luttait noblement pour avancer. Je me sentais triste de l'avoir négligé.

Il parla du match des Red Sox qu'il allait regarder en fin de journée — contre Tampa, je crois — et nous évoquâmes l'amour de ma mère pour les fleurs, épanouies ou en boutons, son ardeur à jardiner, riant de ses accès de mauvaise humeur quand ses plantes mouraient, quand elles ne passaient pas l'hiver. Comme s'il s'agissait d'un affront. Je déclarai avoir toujours cru que cela venait de ce qu'elle ne contrôlait rien dans son existence et considérait que ses plantes, elles au moins, devaient l'écouter, et qu'elle perdait toute confiance en elle si celles-ci désobéissaient.

Mon père me regarda comme si j'étais folle. « Qu'est-ce que tu racontes ? Ta mère contrôlait tout dans son existence, dans *notre* existence. C'est elle qui a choisi où nous avons vécu, comment nous avons vécu, ce que nous mangions et quand, ce que nous portions, les gens que nous fréquentions, dans quel cadre et à quel moment. Elle, encore, qui a choisi combien d'enfants nous avons eus — ton frère et toi, c'est elle qui a choisi ; j'aurais voulu que vous soyez six — et quand nous les avons eus. Elle contrôlait toujours tout, voilà pourquoi le jardinage la faisait tourner en bourrique, car elle était confrontée à la seule chose sur terre qu'elle ne pouvait maîtriser complètement. C'était un personnage, ta mère. Une femme incroyable. Je n'ai jamais connu personne qui ait autant été aimé, mais Dieu qu'elle était autoritaire. »

Je fus en partie choquée d'entendre mon père dire tout cela — ainsi que de sa véhémence, de le voir amoureux, les yeux brillants entre ses paupières gonflées, un postillon luisant sur sa lèvre — et en partie étonnée, car pour la première fois je trouvais normal, évident, que chacun de nous ait une version différente de Bella Eldridge et de la vie avec elle. Cela allait de soi. Sirena et moi ferions, nous aussi, des récits différents de l'année que nous avions partagée, et le sien ne concorderait pas avec le mien — bon, cela ne rendrait pas le mien nul et non avenu, de même que le portrait de ma mère brossé par mon père ne disquali- fiait pas le mien. Un bref instant, au lendemain du jour où j'avais tenté d'Être Edie, tout cela me parut curieusement crédible.

Je reconduisis mon père chez lui à l'heure dite, m'arrêtant en chemin pour lui acheter un pack de bières et un sac géant de Doritos au fromage. Certes, ma mère n'aurait jamais permis ce genre de choses, mais mon père, dans son célibat retrouvé, prenait des libertés, et je le voyais jubiler comme un petit garçon qui aurait échappé à une punition.

J'avais décidé de ne pas mettre les pieds à l'atelier du week-end, ce qui me fit mesurer à quel point c'était devenu un réflexe. Après avoir déposé mon père, je rentrai chez moi par le Boston University Bridge comme pour me rendre à Somerville, et ne m'aperçus de mon erreur qu'à Central Square. J'étais quasiment sûre que Sirena devait travailler cet après-midi-là, mais je n'allai pas vérifier. Si elle avait besoin de moi, elle pouvait me demander de l'aide. Je rentrai donc, sortis courir, pris une douche. Je comptais lire, mais je n'en avais plus envie. L'idée d'allumer la télé me déprimait. J'envoyai quelques e-mails, et là aussi, je me lassai. J'appelai Didi, mais Esther et elle n'étaient pas là, et elle avait éteint son portable.

En début de soirée, je finis par contacter Sirena : je lui laissai un message, le plus professionnel possible, confirmant la date et l'heure de la visite de ma classe. Restaient les autorisations à faire signer par les parents, lui rappelai-je. Il faudrait s'y prendre à l'avance. Je me préparai des œufs brouillés sur des toasts et allai me coucher à 20 h 30, totalement affamée, mais ce n'était pas de nourriture que j'avais envie. Mon état de satiété avait été de courte durée.

*

Sirena ne me rappela pas. J'ignorais pourquoi, mais je refusais de m'abaisser à le lui demander. Je tins bon presque une semaine, imaginant toutes sortes de scénarios déments pour expliquer son silence. Le jeudi soir, je capitulai. J'attendis la fin de la soirée, bien après 21 heures, pour me rendre à l'atelier. Je me répétais que cela n'avait absolument rien à voir avec elle, mais avec Edie et Alice, et le besoin de me remettre au travail. J'avais laissé les polaroids sur ma table et ne m'étais rappelé leur existence que ce jeudi. Je savais qu'il était trop tard — je connaissais assez Sirena pour me douter que même si les clichés étaient retournés, et surtout s'ils l'étaient, elle les aurait regardés, étudiés, se serait fait une opinion. J'avais honte rien que d'y penser. Peut-être son silence venait-il du mépris que lui inspiraient ces photos — moi, floue, en soutien-gorge ; moi, avec les yeux d'une folle, me photographiant dans une tenue fantaisiste ; moi, grotesque, et manquant grotesquement, inopportunément, d'humilité…

La Nora du Palais des Glaces, la Femme d'En Haut, on l'aime parce qu'elle pense tellement aux autres. Parce qu'elle ne se prend pas pour ce qu'elle n'est pas.

Qui est Nora ? Je ne vois pas trop à quoi elle ressemble…

Vous savez, la gentille institutrice — pas celle avec les cheveux comme de la barbe à papa, l'autre.

Voilà ce que je suis censée être : l'autre. « Non, pas la grande artiste de cet atelier — l'autre. »

« Pas la femme magnifique dans cette robe géniale — l'autre.

— La rigolote ?

— Oh oui, on peut dire ça. La rigolote. »

Peut-être Sirena avait-elle trouvé drôles les polaroids Edie. Peut-être y avait-elle vu une forme de canular. Il n'y aurait pas de problème, s'il s'agissait d'un canular.

*

Ce jeudi soir, j'allai donc à l'atelier jeter un coup d'œil à mes chambres, à mes artistes, aux photos que j'avais prises. J'allais récupérer ces clichés, une opération sauvetage, en quelque sorte. Sans me l'avouer, je voulais également découvrir ce que Sirena avait réalisé pendant la semaine, quels progrès elle avait faits sans moi. J'allais à l'atelier en partie dans l'espoir qu'il serait exactement comme je l'avais laissé, que ce qui avait pu s'y passer — or il s'y était passé quelque chose — aurait suffi à éloigner Sirena.

Dès la cage d'escalier, des sons me parvinrent. Des flots de musique orientale, pas ce qu'elle écoutait d'ordinaire, des voix, des coups de marteau. Le mouvement de la vie, de plusieurs vies. Longeant le couloir, je songeai que Sirena avait pu organiser une fête ; mais ce n'étaient pas les sons d'une fête.

Ils ne m'entendirent pas entrer. Ils étaient trop occupés. Ce n'est pas tout à fait vrai : une jeune femme entre vingt et trente ans, moulée dans une tunique noire, avec des yeux immenses, un visage très pâle, et des cheveux bouclés de cet auburn si rare que l'on croit à tort qu'ils sont teints, se détacha du groupe et vint vers moi.

« Je suis absolument désolée. Le bruit vous dérange ?

— C'est mon atelier », répondis-je. Peu aimablement. Ce fut plus fort que moi. Je portai le regard vers mon extrémité du L, vers ma table et mon travail. Quelqu'un avait jeté sa veste sur le dossier de ma chaise, et déposé au pied plusieurs sacs de courses et un sac à main ; sinon, vues de loin, mes affaires semblaient intactes. J'apercevais la pile irrégulière de polaroids sur ma table d'appoint : impossible de dire si c'était là que je les avais laissés ou si on les avait déplacés. « Qui êtes-vous ? demandai-je, m'efforçant avec un succès mitigé de masquer mon agacement. Et que faites-vous là ?

— Je vais prévenir Sirena que vous venez d'arriver — vous devez être Nora ? » À la façon dont elle me détaillait — des pieds à la tête, de la tête aux pieds, s'attardant sur mes sabots d'un autre âge —, je compris que je ne correspondais pas à l'image qu'elle se faisait de moi. « Moi c'est Becca, dit-elle. Je suis la maquilleuse. »

M'avançant dans la pièce, voici ce que je vis : Sirena, au centre d'un cercle de gens en noir dans une lumière tamisée, agglutinés autour d'une caméra. Sirena était sans doute la réalisatrice. Le cameraman, un type dégingandé, avait le crâne rasé et un piercing argenté dans un sourcil. Une barbe de trois jours lui ombrait le menton, telle de la suie, et de son tee-shirt noir dépassaient deux longs bras dont la blancheur ressortait dans la pénombre. Plus tard, quand il se leva, je découvris qu'il était immense, plus d'un mètre quatre-vingt-quinze. C'était le seul homme.

En plus de Sirena et de Becca, il y avait trois ou quatre femmes. L'une d'elles, l'éclairagiste selon toute vraisemblance, s'élança vers le Pays des Merveilles pour déplacer légèrement quelques spots et deux écrans réfléchissants. Tout le monde paraissait jeune, sauf une sorte de géante à long nez, proche de la cinquantaine, avec une masse de cheveux noirs et des lunettes sophistiquées à monture rouge et rectangulaire. C'était Marlene, l'amie de Sirena, une photographe d'origine hongroise vivant à L.A., venue à Boston dans le cadre d'une bourse Radcliffe.

Tous les regards convergeaient sur une autre femme, en blanc de la tête aux pieds, un blanc virginal, et coiffée d'un drôle de bonnet, pareil à un bonnet de Schtroumpf sans le pli : il se dressait à la verticale. On ne voyait d'elle que son visage, oreilles comprises, un peu décollées, ainsi que ses mains et ses pieds joliment hâlés. Elle portait une robe blanche à manches longues, toute simple, avec une jupe volumineuse et des leggings, blancs eux aussi. Elle semblait avoir jailli du gazon artificiel comme les fleurs sculptées autour d'elle.

Becca alla précipitamment murmurer quelque chose à l'oreille de Sirena, qui pivota sur son tabouret à vis (d'où venait-il, lui aussi ?) et m'envoya des baisers avec les deux mains. Mais elle ne se leva pas : elle me fit signe que c'était impossible dans l'immédiat ; aussi posai-je mes affaires pour me diriger vers la caméra, au moment où quelqu'un mettait une mélodie orientale, sorte de plainte envoûtante, après quoi le tournage reprit.

Aussitôt, la femme en blanc se mit à tournoyer sur elle-même, lentement d'abord, puis de plus en plus vite, et le cercle formé par sa jupe tourbillonnait et virevoltait, magnifique. Le courant d'air ainsi produit agitait les fleurs d'aspirine sur leurs tiges, qui dansaient elles aussi. Je voyais l'inconnue tournoyer tantôt sous mes yeux, au fond de l'atelier, tantôt sur l'écran de contrôle de la caméra, en miniature, deux versions à la fois identiques et différentes. Lorsque je la regardais grandeur nature, elle semblait presque créer un halo autour d'elle, rendre l'air visible ; la caméra, dans sa précision de miniaturiste, enregistrait cette danse avec une rigueur scientifique.

Je restai là plus d'une heure, mais tout le monde travaillait encore quand je partis. En fait, je quittai l'atelier lors d'une pause dans le tournage, juste avant la dernière prise, me dit Sirena plus tard. Elle voulait, et finit par les obtenir, sept minutes parfaites de danse ininterrompue, sa derviche tourneuse — une professionnelle ou une bénévole du temple soufi local — tourbillonnant sans s'arrêter ni trébucher, dans sa transe méditative, sept minutes magiques. Sirena obtint ces minutes — elle n'en avait jamais douté, même s'il fallut près de sept heures pour lui donner satisfaction.

Lorsqu'ils s'interrompirent pour partager un repas thaï, Sirena, enjouée et plus à l'aise que je ne l'avais jamais vue — un masque ! —, me présenta à toute l'équipe. Le cameraman s'appelait Langley. Il était un peu niais, plus âgé que je ne pensais, mais plus jeune que moi. Marlene parut d'abord curieuse, assez pour afficher un sourire engageant ; puis, apprenant que j'étais institutrice, ses paupières s'alourdirent comme celles d'un lézard, et elle se concentra sur son pad thaï. Pendant ce temps-là, un peu à l'écart, Sana, la danseuse soufie — Carolina de son vrai prénom, fille rebelle de parents catholiques et portoricains —, dégustait avec délicatesse des tranches de papaye marinée dans du jus de citron vert, réussissant par miracle à ne pas en faire tomber une seule goutte sur ses vêtements immaculés. Des plis de sa robe, elle sortit un mouchoir de lin et s'essuya avec soin la bouche et les doigts quand elle eut fini. Radieuse, elle parlait à peine : pour elle, il s'agissait d'une expérience spirituelle.

À l'évidence, ce n'était pas le cas pour Sirena : « Où étiez-vous passée, petite folle, ces derniers jours ? demanda-t-elle sans attendre la réponse. Vous avez raté le plus palpitant ! C'est dommage — on a eu tant d'aventures. Et voici la dernière. » Elle frappa dans ses mains. « Voici le clou de la soirée. » Elle se tourna vers la femme béate, tout de blanc vêtue : «Et Sana est notre star!» Sirena mordit dans un minuscule rouleau de printemps. «Mais ils ont tous été fantastiques. La petite fille, la femme d'âge mûr — n'est-ce pas qu'elle était extraordinaire, Marlene? Marlene a été mon bras droit, celle sur qui je me suis appuyée — parce que la photo, les images fixes, jusqu'à maintenant, ce n'était pas tellement mon domaine — la vidéo, oui, mais la photo, pas trop. » Elle mastiqua, et même cela me parut théâtral. «Or ces photos, elles rendent bien, non? Marlene est une photographe tellement géniale, j'ai presque honte de te demander ton avis... — elle posa la main sur le bras de Marlene, avec cette douceur dont je croyais qu'elle m'était réservée — mais tu as eu la gentillesse de me dire... — elle s'adressait à Marlene tout en me faisant son récit — que tu les trouvais bonnes...

— Je te le répète, ma chérie, elles sont fabuleuses. Tu le sais bien. » Et Marlene ajouta, comme si elle se tournait vers moi, mais sans se tourner du tout : «Elle est vraiment trop modeste, cette petite! Elle va se faire un nom, avec cette installation.

— Vous pourrez venir demain après-midi? demanda Sirena, croisant enfin mon regard, pour la première fois de la soirée. Je vous montrerai ces photos — maintenant, avec l'ordinateur, tout est là —, et vous me direz si vous êtes d'accord. Pour la petite fille, Marlene et moi ne sommes pas du même avis.

— Elle veut que toute la tête soit visible, le menton et la bouche, à cause de l'expression, expliqua Marlene, encore tournée vers Sirena plutôt que vers moi. Mais je trouve que c'est mieux sans la bouche, parce que pour la jeune femme, tu as la bouche, et pour la femme d'âge mûr...

— Ne l'appelle pas comme ça, protesta Sirena, hilare. Elle a le même âge que nous !

— Alors, ma chère Sirena... — elle roula le "r" comme j'aurais toujours voulu le faire — nous avons atteint l'âge mûr, nous aussi. Il faut en être fières ! » Pourtant, me dis-je en observant Marlene, dont la chair mince donnait l'impression de pendre de l'os avec lassitude, elle n'a sûrement pas le même âge que Sirena ? Sirena n'était pas si vieille. « Notre contemporaine, en tout cas, on voit sa bouche et son nez, peut-être même le bas de ses yeux, et alors...

— Oui, oui, l'interrompit Sirena, Nora est au courant : et ensuite on voit notre femme âgée en entier. Comme elle se voit elle-même. Finalement. Nora sait déjà tout cela. Nous en avons parlé.

— Plus d'une fois », murmurai-je. Il me semblait que la suggestion venait de moi. Le festin thaï touchait à sa fin, et Sana, la soufie resplendissante, s'était excusée pour aller aux toilettes. Même les mystiques ont besoin de pisser. Je me demandai comment elle allait se débrouiller dans nos toilettes crasseuses d'artistes avec sa volumineuse jupe blanche ; mais à son retour, elle semblait plus virginale que jamais.

*

Il va sans dire qu'il n'était pas question pour moi de travailler à la chambre d'Edie ou à celle d'Alice. Pas question non plus que j'aie pu manquer à Sirena : elle avait été entourée de disciples, d'assistants et de collègues, et surtout de Marlene —, dont le travail, m'avait dit Sirena, cela me revenait à présent, avait été présenté lors d'une exposition collective au MoMA — rappel de ce qu'était le monde de l'art et des raisons pour lesquelles je m'en étais détournée. Durant tous ces mois, nous n'avions fait que tenir la maison avant l'arrivée des véritables invités. Sirena n'avait nullement besoin de moi.

Je réussis à beaucoup sourire. Avant qu'elle ne flotte à nouveau vers le Pays des Merveilles, je dis à la soufie qu'elle était très belle, et elle me dévisagea comme si je lui avais parlé araméen. Je remerciai Becca pour les rouleaux de printemps, même si je n'en avais mangé qu'un. Rassemblant mes affaires, je fis discrètement glisser mes polaroids dans mon cabas. À la seule vue du flou d'où émergeaient mon menton et mon épaule — la bretelle de mon soutien-gorge blanc — sur le cliché en haut de la pile, une telle honte m'inonda que j'en eus la nausée. Quel amateurisme ridicule ! Quelle complaisance ! Qui croyais-je abuser ? Y avaient-elles jeté un coup d'œil ? Becca ? Marlene ? Avant de sortir, je scrutai une dernière fois la pénombre en direction du champ lumineux où Sana se préparait à tournoyer : elle était trop loin pour moi. Je ne vis rien d'autre qu'un miroitement blanc.

Le lendemain après-midi, ils avaient tous disparu, et leur matériel aussi. Sirena avait même dû sortir les ordures ou demander à Becca de le faire, car il ne restait aucune trace de leur présence — sauf, peut-être, le fait que toutes les tasses à café semblaient propres, ce qui n'était normalement pas le cas.

«Nora! s'écria-t-elle à mon arrivée, sans lever les yeux. Venez voir!» Elle était assise devant son ordinateur et, à mon approche, elle lança la vidéo de Sana. «Langley vient de me l'envoyer. On pourra retoucher, bien sûr — mais regardez!»

Les couleurs étaient si vives — le gazon si vert, les fleurs d'un lilas, d'un jaune citron, d'un rose si intenses. Et Sana, hormis les adorables parties hâlées de sa personne — ces mains! Ces oreilles! —, paraissait d'un blanc pur, si pur. La vidéo était entièrement silencieuse, comme un rêve.

«Et la musique?

— Non, voyez-vous — on n'en avait pas discuté? Avec Marlene, peut-être — je suis désolée. Ces derniers temps, je perds la mémoire.

— On n'a jamais parlé de la musique.

— Je veux du silence. Un silence total. Le reclus d'Ibn Tufail sur son île déserte ne tournoyait pas au son d'une autre musique — toute musique lui était inconnue — que celle de la nature, ou celle qu'il pouvait imaginer dans sa tête. Je veux donc du silence. Mais la question que je me pose — et je dois me décider très vite — c'est de savoir si, en plus du silence, on doit offrir la possibilité de choisir une musique.

— Je ne comprends pas.

— Dans mon Pays des Merveilles, en fait, je veux que chacun ait le plus de place possible pour trouver son propre Pays des Merveilles. Vous le savez bien. Et les hommes comme les femmes. Mais si vous n'avez aucune imagination, ou bien si vos rêves ne suffisent pas? Alors, on pourrait peut-être disposer une série de kits audio dans la salle de projection, non?

— Ah bon?

— Quatre ou cinq, sans doute — peut-être même sept.

— Sept?

— Parce que la vie comporte sept étapes, qu'il y aura sept photos, sept voiles, sept dévoilements, sept minutes de danse, parce que sept est le chiffre le plus magique qui existe.» Elle leva les bras comme s'il s'agissait d'une évidence, puis prit une cigarette dans un paquet entamé sur la table. Ce n'était pas la marque de celles de Skandar — elle s'en était acheté, pour une fois.

«Il y aura donc sept kits audio. Ça paraît beaucoup. Un peu envahissant, peut-être.»

Sirena haussa les épaules. Nous regardions toutes deux Sana danser sur l'écran. Une main tournée vers le ciel, l'autre vers la terre. Elle agitait les doigts tels des pétales ondulant au vent.

« Et puis ?

— Et puis chaque kit proposera une musique différente. Peut-être même autre chose que de la musique. Bon, il y aura celle sur laquelle Sana danse, Omar Faruk Tekbilek. Il faut absolument que j'obtienne l'autorisation. Mais il y aura sûrement des chants d'oiseaux — des chants du printemps, sans doute ceux d'un rossignol et d'un merle, ensemble. Et peut-être quelque chose de populaire, de contemporain — je vais devoir consulter quelqu'un de jeune. Maria saura certainement. Mais non, elle doit écouter de la musique horrible, à coup sûr. Et puis il pourrait y avoir les bruits de la ville sur un autre kit — la circulation à New York, par exemple.

— Ça ne semble pas très propice à la contemplation. Pas vraiment des sons propres à favoriser l'inspiration.

— D'accord, pas en tant que tels. Mais regardez la vidéo, regardez — nous regardâmes toutes les deux — et imaginez les klaxons, les coups de frein, les crissements de pneus, tout ce vacarme. Et soudain la danse de Sana, sa prière, si vous préférez, sa *résonance* — soudain le pouvoir de son Pays des Merveilles à elle est encore plus grand, vous voyez ? Encore plus libre. Car elle peut s'y transporter par l'esprit, par la pensée, pas seulement quand la musique, à la manière de Pavlov, lui dit de le faire ; ni seulement quand les oiseaux chantent, comme au paradis ; mais même quand le monde est en plein cha-a-os, en plein désordre. » Elle agita sa cigarette vers l'écran, et la fumée resta quelques instants en suspens. « Ce sera magnifique, et authentique. »

J'attendis qu'elle poursuive. Lorsque rien ne vint, je déclarai : « Ça n'en fait que quatre.

— Quatre quoi ?

— Quatre kits audio. »

Elle me foudroya du regard, puis gloussa. «Je ne savais pas que vous pouviez être ce genre de *rompicazzo,* Nora. Ça me plaît beaucoup. Vraiment beaucoup.»

Quand j'eus préparé du café, elle reprit : «Les photos. Avant de partir, il faut que vous y jetiez un coup d'œil. Parce que je dois commander les tirages en France. Comme toujours, ils auraient voulu la commande hier. Ce seront des tirages sur de la mousseline, immenses, plus de deux mètres de haut — même avec les ordinateurs d'aujourd'hui, ce n'est pas si facile, une taille pareille sur du tissu, et en réaliser sept, ça prend du temps. Or on n'en a plus beaucoup.

— Oui, vous avez sans doute raison. Si peu de temps.» La semaine précédente, celle où elle m'avait annoncé la date du vernissage de son installation à Paris, paraissait déjà très loin. Subitement, tout était fini : les priorités avaient changé. Les trois Shahid ne regardaient plus dans ma direction, désormais. Nous foncions, ou du moins je fonçais, vers la fin. Le patient en phase terminale, précipité vers la mort. La conscience même de la finitude accélérait tout, au moment où vous aviez le plus envie de tout ralentir. Ce n'était pas ce que Sirena avait voulu dire, je le savais. Elle voulait seulement dire qu'il restait peu de temps avant ce vernissage. Si peu de temps avant qu'elle ne soit trop loin pour moi.

«Montrez-moi donc ces photos, lançai-je. Finissons-en.»

*

La petite fille n'était pas si petite que cela. Je fus presque choquée, mais aussi profondément émue, de voir qu'elle était nue. De la part de Sirena, c'était une décision délibérée de n'avoir pas choisi une enfant de cinq ou six ans, car la nudité n'a rien de honteux à cet âge, ces gosses plats comme des planches à pain sur les plages, avec leurs organes génitaux discrets et presque interchangeables. Non, le choc venait de la découverte du corps en train de s'éveiller de cette fillette, qui devait avoir à peu près onze ans — elle avait onze ans, confirma Sirena —, de la boursouflure rosée, poignante, de ses mamelons, de la rondeur naissante de ses hanches, courbes à peine esquissées sous son torse étroit, et de ses longs membres parfaits d'enfant encore bénie des dieux, environnée de nuages, dans toute sa splendeur wordsworthienne. Et là, sur le pubis, un fin duvet sombre, le début de son secret, mais avec une fente bien nette, enfantine, encore affichée innocemment à la face du monde. Sur toutes les photos, elle se tenait droite, avec un léger déhanchement à gauche, le pied droit un peu en canard, l'angle évoluant imperceptiblement de cliché en cliché. L'une de ses mains, la gauche, tendue vers l'objectif, semblait plus grande que l'autre, ses ongles lisses et carrés recelant et saisissant tout à la fois la promesse de l'âge adulte. Aucune photo ne montrait son visage, mais la hauteur à laquelle il avait été coupé différait, et sur certaines, le menton et la bouche étaient visibles. Ses cheveux étaient relevés, si bien que l'on ne pouvait même pas en donner la couleur exacte, aussi se singularisait-elle seulement par son cou bien dégagé, aussi délicat que la tige d'une fleur, un peu long par rapport au reste du corps, un peu fragile. Sur une autre photo — celle qui la dévoilait le plus, et que Sirena voulait utiliser —, elle se mordillait la lèvre, et l'on distinguait la blancheur d'une dent, appuyant sur le rose parfaitement ourlé de sa lèvre. C'était à couper le souffle.

«Vous voyez, là, vous comprenez, non? dit Sirena. C'est le moment d'incertitude : elle tend le bras, mais elle hésite.

Elle voudrait également rester comme elle est. Détendue et gauche à la fois. Une enfant, mais plus tout à fait.

— Raison pour laquelle vous ne pouvez absolument pas vous servir de cette photo-là. Faites confiance à cette photographe. Faites confiance à votre amie. Elle sait de quoi elle parle. »

Sirena eut un geste d'énervement et se racla la gorge pour marquer son irritation.

« Vous n'utiliserez qu'une seule photo de cette fillette, non ? Une seule ? Vous ne voyez donc pas que, si vous choisissez celle-ci, l'histoire qu'elle raconte peut vous paraître évidente, mais précisément à cause de la bouche, de cette dent, elle raconte davantage une histoire que les autres photos. Or dès qu'elle raconte une histoire, les gens peuvent l'interpréter à leur façon, ils peuvent prendre cette photo et y plaquer leur propre récit. Et même si ce qu'elle dit vous semble évident, vous ne pouvez pas contrôler ce qu'ils croient y lire. Je pensais que c'était un enjeu central, pour votre Pays des Merveilles, que l'expérience de chacun soit ouverte, unique.

— Oui, bien sûr, mais cette photo…

— Pour vous, elle dit : "J'hésite au seuil de la connaissance." Et pour cent mille personnes aussi. Mais pour les cent pédophiles du lot, elle dit : "Cette petite fille veut baiser avec moi. Je le savais."

— C'est ridicule…

— Vous avez lu *Lolita* ? Rien à ajouter. »

Sirena se racla de nouveau la gorge, mais ne contesta pas ce que je venais de dire.

« Celle-ci », repris-je, désignant la version sans tête où le cou de la fillette ressemblait le plus à celui d'un cygne, où l'index de la main gauche tendue était légèrement levé et, à cause de l'éclairage, nimbé d'une ombre qui en accentuait la longueur. Cela donnait à la photo une dimension religieuse, comme en écho aux gestes des madones médiévales. « Voici celle qu'il faut utiliser.

— Vous le pensez vraiment ?

— Je le sais. »

Elle soupira. « Peut-être. Vous avez peut-être raison. » Malgré sa réticence, cette réponse me fit jubiler, jusqu'à ce que Sirena poursuive : « Je demanderai à Marlene d'y jeter à nouveau un coup d'œil. Elle n'a pas choisi celle-ci — voilà la sienne. » Elle me montra une troisième photo. « Mais je comprends pourquoi vous préférez celle-ci. À cause de l'index, non ? Vous avez raison, pour l'index. Je ne l'avais pas remarqué, mais c'est vrai. »

Les clichés suivants représentaient une jeune femme de vingt-deux ans, dont les grains de beauté décoraient la peau pâle comme des éclaboussures de peinture érotiques, et dont la bouche, une jolie bouche en forme d'arc, avec un sillon labial bien net, se retroussait comme sous l'effet d'une hilarité mal contenue. Il y aurait deux photos d'elle — et deux de chaque autre femme —, et sur la première, elle aussi se tenait bien droite face à l'objectif, tout en cachant pudiquement de la main son intimité ; sur la seconde, de trois quarts, le bras déployé comme pour enlacer l'air, on voyait de profil son sein rebondi, la pointe sombre et dressée, et sa toison pubienne exubérante, presque juvénile.

Pour l'âge mûr, Sirena disposait de deux séries de photos. Sur la première, une femme assez grande, avec ce léger embonpoint des mères — les seins lourds et dissymétriques, aux mamelons indiquant des directions différentes, tels des phares mal réglés. La peau de son ventre rond faisait des plis, sans doute à cause des grossesses, et cela contredisait la fermeté compacte du reste de sa personne, la plénitude d'un corps habité, avec son lacis de veines violacées sur les cuisses, et ses cicatrices — celles d'une appendicectomie, une autre lui encerclant un genou. Son visage était visible presque jusqu'aux yeux — des rides marquées du nez à la bouche, des joues encore rebondies, mais moins remplies, la menace d'un double menton. Sur l'une des deux photos, pourtant, celle où elle se tenait la hanche d'une main puissante, élégamment veinée, elle riait à gorge déployée, et sans même voir ses yeux, on sentait sa force et on la trouvait belle.

Cette femme sans visage — quarante-quatre ans, me dit Sirena, et mère de trois enfants — m'inspirait à la fois de l'envie et du mépris. De l'envie, parce que mon propre corps, même s'il était plus jeune sur presque tous les plans, même s'il se conformait davantage à quelque idéal de beauté sculpturale — mon corps, donc, était en attente, encore inutilisé. Et tout en ayant d'instinct, à première vue, la réaction de révolte de quelqu'un de jeune devant le laisser-aller de ce corps entre deux âges, je redoutais également, malgré mes efforts pour rester jeune, de subir moi aussi les ravages du temps, et, pareille à une fleur jamais éclose, de sécher sur pied. Alors que cette femme-là, me dis-je, c'est la fleur épanouie sur le point de se faner : la vie à son apogée.

La seconde série de photos illustrant l'âge mûr me stupéfia. Dans un premier temps, je ne compris pas ce qu'elles faisaient là — pourquoi deux modèles différents, dans ce cas —, mais en une fraction de seconde, je reconnus la chaîne en argent autour du cou, la courbe du nez, la clavicule avec son petit grain de beauté, semblable à une perle noire.

« Pourquoi vous êtes-vous photographiée ?

— Voilà tout le problème. C'est Marlene qui les a prises... » Celle-ci, debout avec son appareil, avait donc immortalisé la nudité de Sirena : faire cela, pour Marlene, c'était plus ou moins normal. « Vraiment, elle est meilleure photographe que moi.

— Je ne trouve pas.

— Vous êtes très loyale. Mais le reste du monde partage mon avis, à juste titre. Donc, s'il y a des raisons d'utiliser mon corps — il a l'âge requis, c'est moi l'artiste, alors je ne vais pas demander à n'importe qui de me photographier nue, voyez-vous... » Elle soupira. « Dans une installation de ce type, ça a aussi son importance. Je veux, comme vous dites, que chacun fasse son propre voyage au Pays des Merveilles, le voyage de sa vie. Mais je réalise cette œuvre à cause du stade que j'ai atteint dans ma propre existence ; il est donc légitime que mon corps figure ici, pour montrer où j'en suis de mes pérégrinations.

— Alors pourquoi hésiter ?

— Pas à cause de la cicatrice de ma césarienne, si c'est ce que vous pensez ! Je n'en ai pas honte. Mais ce ne sont pas non plus des photos dont je suis l'auteur. Pour moi c'est bizarre, un changement de perspective, vous comprenez ? Est-ce que je présente le monde tel que je le vois, ou est-ce que je m'expose aux regards du monde ?

— Ça dépend.

— *Si.* Ça dépend. À moi de choisir. Mais vous avez sûrement un avis. »

Mon seul avis était que je trouvais belle sa nudité, que son corps paraissait à la fois plus frêle, plus enfantin, et pourtant plus solide que je ne l'aurais cru. Je ne m'étais pas imaginé que sa peau olivâtre avait partout gardé l'éclat de la jeunesse : ses hanches, de part et d'autre de son ventre plat, étaient polies comme du bronze. Je n'avais pas remarqué, durant tout ce temps, que son épaule gauche était plus haute que la droite. Cela me fit plaisir d'entrevoir ses dents plantées de travers, quand elle souriait. «Je pense que la décision vous appartient, dis-je.

— J'aurai peut-être une révélation.

— On ne peut pas utiliser les deux séries? Une de chaque?

— C'est un problème de symétrie. Sinon, je pourrais prendre sept femmes différentes. Mais cela supposerait plus de photos; et je n'ai pas le temps.

— Vous pourriez organiser une séance supplémentaire…

— Non, répliqua-t-elle, presque avec amertume. C'est ce que suggère Skandar, comme si le temps était extensible à l'infini. La galerie veut tout pour le 1er juin. Déjà, l'entreprise qui réalise les grands tirages sur tissu demande six semaines. Je n'ai pas six semaines. Ils pourront peut-être réduire le délai pour moi, disent-ils; mais en cas d'erreur ou de problème, il n'y a pas de place pour un échec — *pas de place!*» Elle criait presque. «Et il y a tellement à faire. Le cœur, je voulais que le moulage en plastique soit réalisé ici, et maintenant il semblerait que pour installer la pompe, le meilleur endroit soit Paris; mais c'est du travail sur mesure — j'essaie, pour le début de la semaine prochaine, de convaincre l'ami d'un ami de m'aider à tout faire ici — parce que jeudi je vais à New York, pour ces galeries, vous aviez oublié? Je ne reviens pas avant samedi, voire dimanche, et voilà encore une semaine perdue. Perdue, vous comprenez?

— Je comprends. » C'était ce que je devais répondre.

« Pour vous, ce n'est pas la même chose, vous n'avez pas de délais à respecter, pas d'engagements, vous pouvez prendre votre temps, vous avez l'éternité devant vous ! Mais pour moi, c'est toujours la course contre la montre. Il y a toujours quelqu'un qui attend, vous êtes en retard, Sirena, en retard — ici, chez moi, Reza, Skandar, cette foutue baby-sitter, le galeriste parisien qui hurle au téléphone — il y a toujours trop à faire. Et cette installation — elle est capitale, c'est ma dernière chance. Je vieillis, alors oui, il y a les débuts, j'ai eu de bonnes critiques, mais chaque fois l'enjeu devient plus important. Si j'échoue, ce sera la fin. Chaque fois ça se vérifie encore davantage. À moins que je ne réussisse vraiment à m'imposer. Cette fois il le faut. L'enjeu est tellement énorme.

— Je comprends », répétai-je. Inutile de vous dire qu'elle était en train de me faire la peau.

« Donc, plus de photos. Je choisirai l'une ou l'autre série d'ici à ce soir. Peut-être à l'aveuglette, et je verrai le résultat. » Elle éclata d'un rire sardonique, recouvrit ses yeux de ses mains. Elle était vraiment excédée. Non, bien sûr, je ne savais pas du tout ce que c'était qu'avoir une dernière chance, ou même une vie. « En fait, on n'en a pas tout à fait fini avec ces photos. Il reste ma femme âgée, et les siennes sont les meilleures de toutes.

— Je vais devoir y aller dans une minute.

— Non — vous êtes venue pour avancer dans votre travail. Désolée de m'énerver ainsi — je suis si fatiguée. Si débordée. Ma chère Nora, jetez un coup d'œil à ces photos, et reprenez votre œuvre — je sais que vous ne vous êtes pas assise à votre table depuis des jours. Je veux juste que vous voyiez le meilleur, mon trophée. »

En effet, malgré la splendeur des autres photos, c'étaient les meilleures. Sirena m'expliqua que cette femme âgée de quatre-vingt-trois ans suivait le même cours de yoga qu'elle. Elle était elle-même peintre, apparemment, et pédopsychiatre en retraite, mais elle consultait encore. Elle était veuve. Sans enfants. Se prénommait Rose, bien que cela soit sans importance.

Sur ces photos, on voyait Rose en entier. Elle avait des cors aux pieds et les doigts si déformés par l'arthrite que l'on se demandait comment elle pouvait tenir un stylo. Sur son sein droit diminué, la cicatrice blanche de l'ablation d'une tumeur — un cancer du sein à cinquante-huit ans —, mais qui se voyait à peine. Ses mamelles de Tirésias flétries ressemblaient à celles des femmes indigènes de mes cours d'histoire, si éloignées de l'érotisme ou de la maternité que l'on pouvait à peine parler de seins, plutôt de sacs quasiment vides accrochés à sa cage thoracique. Son squelette était partout visible, presque saillant : son sternum luisant sous la peau, telle l'ombre de la mortalité ; ses côtes ; l'étrange relief de ses hanches bancales ; ses rotules… Et cela malgré un incroyable semis de taches de rousseur : sa peau en était si mouchetée qu'on ne les distinguait pas de leur toile de fond. Rien à voir avec la poignée de grains de beauté déposés sur le cou de la jeune femme avec la légèreté d'un baiser — Rose avait un tableau de Jackson Pollock en guise de corps, une enveloppe humaine aussi marquée que le châssis d'un peintre, si densément qu'elle semblait vêtue dans sa nudité. Je m'enchantais de ce qu'au milieu de tout cela ses ongles de mains et de pieds aient été soigneusement vernis, sans vulgarité, mais avec détermination, un rose nacré, une coquetterie de vieille dame.

Ah, et le fait de voir son visage ! Après les corps sans tête des autres femmes, ce cadeau me fit presque venir les larmes aux yeux. Et quel visage ! Aussi semé de taches de rousseur, voire plus, que le reste de sa personne, une pigmentation pareille à un masque, des rides qui lui plissaient la peau, mais là, là brillait l'esprit. Ses yeux bleu pâle étincelaient, limpides et pénétrants, d'une joie criante. Son nez imposant, compact, fendait l'océan de son visage telle la proue d'un navire. Ses dents si blanches, d'une irrégularité rassurante. Et ses cheveux d'un blanc neigeux, lisses et huilés, séparés par une raie impeccable et lui dégageant le visage, irradiaient.

Sur le premier cliché choisi par Sirena, Rose dansait, tournoyant plus ou moins, sorte d'écho à la danse de derviche de Sana. Sur le second, le plus beau de tous ces portraits, elle tendait les bras vers l'objectif, comme vers un enfant, avec un sourire à la fois bienveillant et complice, l'air de dire : «Allez, viens, je vais te montrer toutes les merveilles que je connais.»

Impossible de contempler Rose dans sa nudité avec de l'envie, du mépris, ou même de la tristesse. Je l'admirais, et je songeai : «Laissez-moi venir avec vous.»

Je pensai alors, malgré toute ma colère envers Sirena, que si son installation ne comportait rien d'autre, si son Pays des Merveilles se résumait à cette photo, elle aurait réussi quelque chose de magnifique et d'éclairant. Je pensai que Marlene avait raison, que Sirena allait se faire un nom. Elle n'avait pas besoin de moi pour coudre les robes d'Alice de sa voûte céleste ; pas besoin de ces fleurs d'aspirine ni de ces éclats de miroir — tous superflus, au fond, malgré leur beauté ou leur sophistication. C'était ce cliché, le moment de vérité : c'était lui, le Pays des Merveilles de Sirena.

« Ces photos sont fantastiques. » Je n'en dis pas plus. Elle posa la main sur mon bras, avec cette douceur bien à elle, et me regarda droit dans les yeux : « Merci. »

11

La semaine suivante, Sirena alla à New York, pas avant, toutefois, que nous n'ayons fixé la date de notre aventure Appleton à un lundi après-midi, moins de quinze jours plus tard. Nous emmènerions tous les élèves, mais elle ne filmerait que ceux dont les parents avaient donné leur accord. Aux autres, je proposerais un projet artistique à mon extrémité de l'atelier. J'avais préparé les formulaires d'autorisation, avec un coupon à retourner, et les avais envoyés à tous les parents.

En fin de compte, Sirena choisirait Anna Z comme galeriste, ce qui semblait à l'époque un choix téméraire, voire risqué — cette galerie tiendrait-elle seulement? Comment le savoir? —, mais ces dernières années, même dans les périodes difficiles, Sirena et Anna ont toutes deux prospéré, chacune se nourrissant du succès de l'autre, si bien que l'on attribue désormais à Anna le mérite d'avoir «découvert» Sirena, et, sans doute plus légitimement, à Sirena celui d'avoir «fait» Anna.

Mais cela serait pour plus tard. Sirena était partie. À l'évidence, je savais que cela arriverait. Je n'avais pas touché à mes boîtes depuis plus d'une semaine, même si j'avais l'impression que cela remontait à bien plus longtemps. J'avais été si fermement remise à ma place, ces derniers jours. Je m'étais retenue d'extrême justesse de déchirer mes polaroids — pour qui m'étais-je prise ? Comment supporter l'idée que quiconque les ait vus ? —, mais je ne pouvais toujours pas y poser les yeux. Je les avais fourrés au fond du tiroir où je rangeais mes dessous, comme s'il s'agissait de photos pornos plutôt que tristes et banales. Non seulement j'avais honte, mais j'avais honte d'avoir honte. Ni Alice ni Edie n'auraient eu la moindre patience, la moindre indulgence devant ma pruderie, abrutie que j'étais !

Ce qu'il fallait, c'était avoir du talent — en tant qu'artiste — et ne pas se prendre au sérieux. Difficile de dire lequel des deux points avait le plus d'importance, à moins que le simple fait de se prendre au sérieux ne vous fasse chuter au moment crucial. Bien entendu — la nudité splendide de Rose me venait à l'esprit —, il importait surtout d'avoir du talent. Or Sirena, qu'elle aille se faire foutre, en avait.

Mais ce n'était pas une raison pour abandonner mes artistes et leur habitat, me dis-je. Elles aussi avaient du talent, contrairement à moi — le doute ! Le doute ! L'ennemi de toute vie ! —, et je leur devais de persévérer : aussi, pendant l'absence de Sirena, allai-je à l'atelier le jeudi, puis le vendredi, et je restai tard dans la soirée, pour sélectionner et mettre soigneusement sous verre les photos parfaites d'Edie en réduction, lesquelles, une fois sur les murs, la contempleraient dans sa chambre étanche. Tout en triant, mesurant et collant, je me répétais : Que sont ces portraits, au fond ? Ils n'apportent rien. Ne *renouvellent* rien, contrairement à ce que voulait Ezra Pound. L'œuvre d'une pie voleuse, ils ne doivent rien à mes efforts. Ou, plutôt : compte tenu du caractère laborieux de ces efforts, leur échec représentait quelque chose de plus grand qu'eux, de plus grandiose, curieusement, un échec que je percevais, tel un aveugle, sans pouvoir l'identifier avec précision.

Mais pourquoi, me demandais-je dans le même temps, pourquoi juger ce qui n'était pas encore réalisé, n'existait pas encore à part entière ? Les dioramas ne sont en concurrence avec rien ni avec personne ; ils sont ton mode d'expression. Ils n'appartiennent qu'à toi.

À toi ? Comment peuvent-ils t'appartenir, s'ils ne sont que de simples hommages à de grandes artistes reconnues, chacune dans son domaine ?

En tant que séquence, ils ont leur logique…

Une logique totalement seconde. Une logique de disciple.

Mais ne sommes-nous pas — la plupart d'entre nous — des disciples ?

Voulons-nous vraiment l'être ? Une œuvre d'art ne se borne sûrement pas à reprendre ce qui *existe*. Ouvres-tu seulement la porte à ce qui pourrait être, à ce que nous voulons être ?

Tout en triant, mesurant et collant, je pensais davantage à la danse tournoyante de Sana, au bras tendu de la petite fille, ou à Rose enlaçant l'air qu'à mon propre travail. Je pensais à la présence diffuse de la monstruosité dans le monde de Sirena, aux yeux du Jabberwocky, à la vidéo qu'elle se proposait de tourner avec les enfants, et à quoi celle-ci pourrait bien ressembler.

*

Ce fut vers 22 heures le vendredi soir que je distinguai, comme quelques mois plus tôt, des bruits de pas dans le couloir, un piétinement sur le seuil, avant les inévitables petits coups à la porte. Il faisait très doux et j'avais ouvert toutes les fenêtres, si bien que le bruissement des feuilles au-dehors ressemblait à une voix, à un murmure, tout était si calme et, à ma grande stupeur, je m'aperçus que moi aussi j'étais calme, ou presque. Je ne saisis pas mon cutter, la sueur ne perla pas à mon front. D'ailleurs, je reconnus cette façon de frapper. « Qui est là ? » m'écriai-je en m'approchant de la porte ; pour toute réponse, encore ces coups si particuliers.

Skandar se tenait dans le couloir, une brindille feuillue sur l'épaule de sa veste informe, comme s'il avait traversé des fourrés.

« Salut. » Je souris. Je ne pus m'en empêcher. Quelque chose de si puissant monta en moi que je crus avoir un haut-le-cœur. « Ça alors !

— J'avais un dîner dans le quartier. Des doctorants libanais, très bavards. Près de Davis Square. » Il souriait niaisement, avait sûrement bu quelques verres. Il brandit un sac en papier kraft. « Je me suis dit que vous auriez sans doute envie de faire une pause. J'hésitais entre une bouteille de vin et une promenade. Alors j'ai apporté du vin — du vin rouge, c'est ce que vous préférez, je crois — et j'ai également apporté… » Il baissa les yeux.

« Vos chaussures, ajoutai-je.

— Oui, mes chaussures. Dont j'aurai besoin si nous allons nous promener.

— Et dans l'atelier, en tout cas, répondis-je, sortant la bouteille du sac. Entrez donc. »

Il semblait sur la défensive, presque timide, une attitude très différente de celle qu'il avait à sa première visite, où il s'était comporté en hôte plutôt qu'en invité.

« Asseyez-vous. » Je désignai les coussins de sa femme.

«Je vais chercher deux verres. » Il n'y avait que des tasses en vue, ces jolies tasses ébréchées qui soulignaient tellement l'absence de Sirena. Je servis le vin dans deux d'entre elles, me sentis ce faisant bohème et séduisante, et me demandai quelle part de cette éventuelle apparence bohème et séduisante je devais à Sirena. Dans l'immédiat, peu importait. Même si cette interrogation contenait les prémices des remords à venir. J'espérai que Skandar ne ferait aucun commentaire sur les tasses. Il n'en fit pas.

«Parfait, dit-il, l'air franchement contrit. Parfait. Merci.

— C'est moi qui vous remercie. » Je levai ma tasse comme pour porter un toast et bus une gorgée. J'étais touchée par sa gêne, et par la mienne. Le silence s'installa quelques instants, car je n'avais que deux questions à l'esprit : «Qui s'occupe de Reza?» et «Avez-vous des nouvelles de Sirena?», et je ne voulais pas les poser. Skandar me dévisageait avec l'immobilité d'un chat. Je me demandai soudain combien de verres il avait bus.

«Vos étudiants vous ont bien nourri?

— Des falafels. Des brochettes. Ce genre de choses.

— Il me reste un peu de salade de pâtes, si ça vous tente. De chez Whole Foods. Des rotini au pesto. »

Il acquiesça d'un geste, plus à la manière d'un enfant que d'un homme affamé. Je lui tendis la barquette. Je lavai ostensiblement la fourchette dans l'évier avant de la lui donner. Puis je tentai de nouveau ma chance.

«Quoi de neuf, dans le vaste monde?

— Ah, oui. Encore un attentat au Liban, aujourd'hui. Au nord de Beyrouth. »

Je ne m'attendais pas à cette réponse. Ma question était plus insouciante. Il me fallut une bonne minute pour trouver quelque chose à dire. «Des morts?

— Cinq ou six blessés. Ici, vous ne verrez pas grand-chose sur le sujet. Ça n'intéresse les médias que si quelqu'un meurt.

— On connaît les auteurs?»

La tête baissée, il se débattait avec un rotino rebelle. «Il y a des élections dans trois semaines. Différentes voix veulent se faire entendre. Voilà le problème.

— Vous en avez parlé avec vos étudiants?

— Vous savez comment ils sont…

— Je sais comment sont mes propres élèves, mais ils n'ont que huit ans.»

Il sourit. «Ce n'est pas un peu pareil? Ils ont leur opinion, et pas très envie d'écouter la vôtre, sauf si elle va dans le même sens que la leur. C'est toujours comme ça.

— Eh bien, en ce sens-là au moins, on est sur un pied d'égalité.

— Souvent, reprit-il, je me dis que chacun de nous, ou presque, est un enfant. Que si on nous retirait soudain nos masques, on verrait que nous sommes tous des enfants.

— J'ignorais que j'avais une âme sœur à portée de main.

— Pardon?

— Je tiens presque chaque jour le même genre de propos. Parfois j'essaie, face à un adulte énervant, d'imaginer le gosse qu'il a été. Parce que si énervant soit-il, je peux éprouver de la compassion pour un gosse.

— Toujours?

— Presque toujours.

— Quelle sorte d'enfant étiez-vous?

— Drôle», répondis-je, bien qu'en le disant, j'aie pris conscience que je parlais de ma mère, pas de moi : ma mère décharnée, bronzée, en jupe de golf vert pomme et chemisette blanche sans manches, une cigarette à la main, un verre de gin tonic dans l'autre. Elle flirtait avec Horace Walker qui habitait au bout de la rue, et à l'évidence elle n'était plus une enfant. «J'étais une petite fille très drôle. Et vous?

— Un petit garçon très sérieux.» Il se leva des coussins, non sans effort. «Ça vous ennuie, si je fume?» Il n'attendit pas ma réponse. «J'étais beaucoup trop sérieux, pour un enfant, et pas très intéressant, par conséquent.» Il vida le contenu de sa tasse d'un trait. «Il faut que j'y aille, dit-il.

— Vous venez d'allumer votre cigarette.

— Exact.»

Elle se trouvait dans la pièce avec nous, même si la lumière était éteinte à son extrémité de l'atelier. Nul besoin de prononcer son prénom. «Voulez-vous voir où en est le projet?

— Dans une minute», dit-il. Nous savions tous deux que je parlais de l'installation de Sirena, pas de mes dioramas. «J'aimerais d'abord voir votre travail à vous.»

J'eus du mal à y croire — ne mourions-nous pas tous d'envie de voir l'installation de Sirena? Je lui resservis du vin dans sa tasse. «Entendu. Ça me va. Quelle chambre vouliez-vous voir?

— Toutes, si possible. Il y en a combien?

— Trois. Enfin, deux, en réalité. Une terminée, et deux à moitié.

— Formidable. Montrez-moi.»

Il les examina l'une après l'autre, s'accroupissant et fermant un œil pour regarder par les fenêtres, plutôt que d'en haut. Il se déplaçait très lentement, étudiait tout en détail, et chaque fois qu'il voulait toucher à quelque chose, il me consultait d'abord du regard et attendait mon autorisation. Absorbé dans sa contemplation, il ressemblait beaucoup au petit garçon sérieux qu'il prétendait avoir été, et cela me faisait plaisir — cela me ravissait — qu'il se penche avec gravité sur mes chambres, sur mes artistes, sans excès de compliments ni exclamations, seulement avec une attention silencieuse. Il prenait le temps. Je l'en aimais d'autant plus, et ne pouvais m'empêcher de le comparer avec sa femme, de le trouver tellement plus posé, tellement plus sûr de lui.

Lorsqu'il eut enfin terminé, il se redressa et m'observa de sa manière sérieuse. « Ce sont des œuvres remarquables, finit-il par dire. Tout à fait extraordinaires. » Il remplit sa tasse de vin, alluma une nouvelle cigarette. « Elles sont à la fois réalistes et émouvantes — et si petites.

— Si *petites* ? » Cela n'avait rien d'un compliment.

« Elles font tenir tant de choses dans un si petit espace. Comme une miniature persane, peinte avec un pinceau à un seul poil : minuscule, précise, mais contenant tout un monde. Tout ce qui compte vraiment, toutes les émotions.

— En effet. » Si c'était ce qu'il voulait dire, alors très bien.

« Mais pourquoi ? Là est la question. Pourquoi si petites ? Pour énoncer les plus grandes vérités, mais en douceur ? Ou bien, comme les miniatures persanes, pour pouvoir être transportées, voyager tout en témoignant, par leur beauté et leur sophistication, de l'immense fortune de leur propriétaire ? Ou encore, dans ce cas précis, parce qu'elles ne se sentent pas le droit d'être plus grandes ?

— Comment cela ?

— Pourquoi pas une pièce entière, grandeur nature, pour chacune de ces chambres ? Pourquoi seulement une petite boîte ? »

Je haussai les épaules, consciente que mes yeux me piquaient.

«Autre chose encore : pourquoi, avec toutes les émotions contenues dans ces chambres, chez ces artistes — pourquoi tant de tristesse ?

— J'ai mis la Joie dans chaque chambre. Vous n'avez qu'à la chercher. Elle est là — une amulette dorée.

— Bon, d'accord. Mais pourquoi n'est-elle pas une fois, rien qu'une fois, l'élément central ? Pourquoi la Joie n'occupe-t-elle pas toute une pièce ? »

J'avais les larmes aux yeux. Je les sentais affluer. Je battis plusieurs fois des paupières pour qu'il ne s'aperçoive de rien. Je compris soudain que, tout le reste mis à part, l'œuvre de Sirena était joyeuse : elle était à la fois sincère — bien que Sirena elle-même ne le soit pas nécessairement — et joyeuse. Mes œuvres à moi étaient tristes, parce que mon âme était triste. Était-ce vrai ?

« Vous trouvez que j'ai l'âme triste ?

— Je trouve votre âme adorable », répondit-il, et même s'il était toujours aussi sérieux — pour autant que j'aie pu en juger, il l'était totalement —, les paroles de Didi me revinrent : « Si ça a la forme d'une feuille d'érable, la couleur et la texture d'une feuille d'érable, et que c'est sous un érable… »

« Je pense que vous refusez de le voir, mais votre âme est très belle », poursuivit-il, et il prit ma main gauche dans les siennes, qui étaient carrées, charnues, chaudes et sèches comme une fournaise, mais là, c'était excitant. « Et je pense qu'elle a une grande aptitude à la joie, autant qu'à la tristesse. Vous n'avez pas à vous inquiéter un seul instant pour votre âme. Seulement à sortir toutes vos émotions de leurs petites boîtes et à les laisser envahir la pièce.

— Elles ne se contenteraient pas d'une seule pièce.

— Je sais, votre loup affamé, insatiable. Mais comment

connaîtrez-vous sa fureur, si vous ne le laissez pas sortir de sa cage ? »

J'étais à la fois dans le présent et en dehors, consciente de la mise en scène et de son kitsch — comment aurais-je pu ne pas l'être ? —, et pourtant entièrement partie prenante — mes doigts, ma peau, mon cœur. Le rire de Didi résonnait à mon oreille — « Idiote ! » ; la voix de Sirena, je préférais ne pas l'imaginer, son cri de douleur, et ma mère à l'arrière-plan, chuchotant doucement : « Comment oses-tu, ma Souris ? Comment oses-tu ? Pour qui te prends-tu, ma Souris ? Pour qui te prends-tu ? »

Mais là, l'enjeu pour moi n'était pas de savoir pour qui je me prenais ; c'était de savoir pour qui *lui* me prenait : pas pour Emily, Virginia, Alice ou Edie, ni même pour Sirena. Pas pour la Femme d'En Haut. Absolument pas. Que je ne connaisse pas ma propre identité ne comptait nullement, à ce stade. Pour quelqu'un, j'avais une identité et, contre toute attente, une identité valable. Lorsque ses mains vinrent se poser, chaudes, lisses, comme deux pierres brûlantes sur mon dos, être seulement Nora Eldridge à nu sembla, un bref instant, pouvoir être pardonné ; sans doute même pouvoir suffire.

12

Dans un premier temps, je crus que tout pourrait bien se passer. Skandar et moi eûmes une discussion — oblique, insolite, mais une discussion — d'où il ressortit que cet épisode avait une signification, mais que c'était une erreur, et qu'il ne devait pas se reproduire. J'en restais perplexe, vous comprenez : il ne s'agissait pas d'une histoire que j'avais vécue dans ma tête. La perle n'allait pas avec mon collier. Et puis oui, je croyais qu'il suffirait d'un effort de volonté pour qu'elle disparaisse, parce qu'il le fallait, parce que j'avais trop à perdre, sinon.

Étrange, que le sentiment d'avoir été vue en toute clarté, en toute transparence, avec compassion, par quelqu'un de précieux, risque d'apparaître grossièrement déformé aux yeux de quelqu'un d'autre. On répéte aux enfants qu'il vaut toujours mieux dire la vérité ; mais je savais aussi quand mentir, par honnêteté envers une cause supérieure. Je n'avais pas eu l'impression d'une tromperie, d'une stratégie délibérée, d'une opération séduction ou d'un faux pas. Je n'avais pas perçu d'incompatibilité avec mon amitié pour Sirena ni avec mon amour — mon fol amour — pour elle.

J'éprouvais plus d'un regret, mais aucun ne portait sur ce que nous avions fait, à quoi je ne voyais rien d'immoral dans l'absolu : si seulement il y avait moyen de séparer cette perle de ses voisines, de la mettre hors du temps et en pleine lumière, quel éclat elle aurait! Si l'on devait réaliser la chambre de l'artiste Nora Eldridge et y faire figurer cette expérience, ce serait celle de la joie. Je ne sais trop que dire de ce moment où nous étions allongés sur le gazon artificiel, parmi les fleurs d'aspirine qui oscillaient doucement. Je suis incapable de l'expliquer; ou, du moins, je l'étais.

*

Le lundi matin, j'eus un coup au cœur en apercevant Reza assis à sa table dans son tee-shirt bien repassé, l'une de ses boucles noires dressées vers le ciel. Soudain, je voyais moins les yeux de sa mère que le nez de son père, les lèvres de son père. Le sourire un peu niais de celui-ci. J'avais dû le regarder bizarrement, car il se força à me sourire en retour, de manière caricaturale, comme quelqu'un qui n'a rien fait de mal, mais a peur d'être accusé. Même de la porte, je distinguais la cicatrice au ras de son œil, ma cicatrice; je revis la chirurgienne de l'hôpital tirer minutieusement l'aiguille.

Je repris mon souffle, ne me figeai pas, la journée démarrait, l'instant passa et, à cause de la routine immuable de ma classe, de sa familiarité absolue et de l'agitation des élèves autour de moi, les événements du vendredi soir me firent l'effet d'un rêve; au fil de la journée, je les oubliai. Cet après-midi-là, nous eûmes un conseil d'école — avec Shauna qui s'écoutait parler, discourant sur nos projets de fin d'année : notre exposition de travaux d'élèves, notre loterie pour lever des fonds, notre pique-nique géant — et je n'envisageai même pas d'aller à l'atelier. Je n'éprouvais aucun regret.

Le mardi après-midi, le courage me manqua, mais j'avais conscience que cette rencontre devait avoir lieu — comme avec Reza, je devais surmonter ma gêne face à Sirena et passer au chapitre suivant, à l'achèvement du Pays des Merveilles, à notre enthousiasme partagé pour cette installation splendide, à notre entente tacite sur le fait que c'était l'œuvre de Sirena et sa vie qui comptaient.

*

Le choc, ce fut de prendre conscience, dès mon entrée dans l'atelier, que Sirena ne voyait aucune discontinuité entre avant et maintenant. La jovialité de son accueil, la fébrilité avec laquelle elle entortillait ses cheveux autour de son index et s'enveloppait dans son châle, rien n'avait changé. C'était la même Sirena que celle qui était montée dans le train du matin pour New York cinq jours auparavant, toute à son euphorie égoïste, à sa jubilation de faire ce voyage.

« C'est une décision si difficile : ces galeristes sont vraiment gé-niaux — et ils veulent tous deux me représenter. Je vais avoir besoin de votre aide, Nora — j'ai tellement confiance en vous. Quand j'ai montré mes nus à Anna, elle avait les larmes aux yeux. Elle les a trouvés stupéfiants — et je lui ai dit : "Attention. Il faut les imaginer en contexte, par rapport aux autres éléments de l'installation" — et elle a répondu : "Très bien, Sirena, mais tout ce que vous pourrez mettre autour d'eux ne les rendra pas moins stupéfiants. Plus, peut-être, mais pas moins."

— Et l'autre galeriste ? » Malgré ses fanfaronnades, je ne pouvais m'empêcher de partager son enthousiasme. Pour une raison mystérieuse, j'éprouvais tous mes sentiments séparément — même le nuage du remords, avec son inadmissible pointe de triomphe ; tout cela je l'abritais dans ma tête.

Car je ne pouvais me cacher à moi-même que non seulement je voulais Sirena et Reza, et — de manière si tangible, désormais — Skandar (ne laissez jamais personne affirmer que l'imaginaire et le réel se valent : votre peau, vaste et palpitante, vous dira qu'il n'en est rien), mais je voulais aussi le Pays des Merveilles, je convoitais *l'imagination même* de Sirena et regrettais que ce ne fût pas la mienne.

Je l'écoutai parler des deux galeristes, de leurs espaces d'exposition, des promesses qu'ils lui avaient faites, mais j'étais avec elle sans l'être. Ce n'était pas comme à l'école avec Reza, où la réalité quotidienne avait tout simplement supplanté et remplacé l'autre. Là, Skandar rôdait dans l'atelier, une ombre dans la lumière décolorée qui entrait par les fenêtres ; et qu'elle ne le voie pas entre nous ne le faisait pas disparaître. Par un phénomène troublant, je n'en aimais pas moins Sirena, ne la désirais pas moins, bien que je l'aie enviée davantage. Si elle m'avait alors enlacée... Bon, métaphoriquement, elle m'avait enlacée dès le début ; peut-être même avais-je pensé, tous ces mois durant, qu'elle me *voyait* réellement ; et à un certain niveau je continuais d'y croire, même après que Skandar se fut arrêté, m'eut regardée et vraiment vue — même là, si tard, je croyais qu'elle me voyait, et mon remords transformait Skandar en une ombre dont je m'étonnais qu'elle ne la vît pas. Je me dis : « Ce sera difficile. Plus que je ne l'imaginais. » Mais je ne me dis pas : « Ce sera impossible. »

*

Le jeudi soir, j'allai garder Reza. Je m'attendais à les retrouver pour la première fois tous les trois ensemble, mais Skandar n'était pas là : des réunions à l'université, selon Sirena. Un pot de fin d'année. Elle devait le rejoindre pour le dîner qui suivrait.

Elle était distraite, peu loquace — se dépêchant de se changer, énumérant d'un ton presque péremptoire ce qu'il y avait à manger, qui risquait d'appeler. Je m'efforçai de ne pas voir sa brusquerie comme un signe, un accès de mauvaise humeur dirigé contre moi. Vous savez ce que c'est : le coupable s'attend à être soupçonné. Elle réapparut dans un caftan noir couvert de broderies colorées, un lourd pendentif au cou. Quand elle s'arrêta enfin avant de sortir, je ne résistai pas : « Tout va bien ? Je vous ai contrariée ?

— Vous, me contrarier ? Quelle absurdité ! Impossible. Il faut me pardonner — je suis... un peu ailleurs. Assaillie par les problèmes pratiques. Si seulement j'étais à Paris, je pourrais les régler. Je me demande si je ne vais pas devoir prendre l'avion — mais avec Reza, c'est si compliqué. Depuis la fin du semestre à Harvard, Skandar voyage tellement... Alors j'ai la tête pleine d'idées farfelues — comme aux échecs. Si je déplace cette pièce, puis celle-là — alors il se passera ça. Et si on n'anticipe pas suffisamment, bang, les ennuis arrivent. »

À qui le disait-elle... « Si je peux vous aider...

— Vous êtes là, n'est-ce pas ? Votre présence est la plus grande aide qui soit.

— Oubliez tout, le temps d'une soirée. Amusez-vous.

— Avec un professeur spécialiste d'économie et son

épouse psychanalyste ? Et ce grand type au visage chevalin qu'on voit sans cesse à la télévision ! Je me suis déjà retrouvée coincée avec lui — un vrai raseur, avec une épouvantable haleine de rat crevé. Qui a du temps à perdre avec toutes ces conneries ? Il faudrait que je trouve à Skandar une épouse professionnelle. Non, c'est vous qui avez de la chance — vous et mon petit Reza. »

Et c'était vrai, nous avions de la chance : ce soir-là, après avoir dîné, assis par terre dans le salon, Reza et moi construisîmes un vaisseau spatial en Lego. Avec le contenu d'un seau empli de créations abandonnées, nous passâmes plus d'une heure à concevoir un cockpit parfaitement symétrique en forme de fusée, et à trouver les briques nécessaires pour réaliser son imposante base ovoïde, à laquelle ne manquaient ni les phares ni les hublots, ni les portes coulissantes. Nous inventâmes de petits modules amovibles, certains munis d'ailes, d'autres de chenilles ; nous peuplâmes notre vaisseau de personnages Lego — quelques créatures longilignes à tête massive, inspirées de *La Guerre des étoiles*, deux solides gaillards ressemblant à des fermiers, un ou deux cannibales avec un pagne imitant l'herbe. Chaque fois que nous ajoutions un nouveau personnage, Reza lui inventait une histoire, le lieu d'où il venait, ce qu'il faisait, pourquoi il était là.

« Quand je serai grand, je serai architecte, déclara-t-il tout à trac. Je veux créer des mondes pour les gens. Et peut-être qu'en créant des mondes je créerai une nouvelle sorte de gens, ajouta-t-il avec une lueur dans le regard qui me rappela son père. Vous voyez, en changeant sa casquette, j'ai transformé ce fermier en chirurgien pour le cœur. C'est cool, non ? »

*

Je m'attendais à ce que Skandar me raccompagne. Il m'avait toujours raccompagnée. Mais cette fois, peu après 23 heures, Sirena rentra seule.

«Je suis épuisée, dit-elle, posant son sac et ses clés sur la table de la salle à manger. Impossible de rester là-bas une minute de plus. Skandar et ce type à l'haleine de rat crevé étaient en grande conversation. J'ignore ce que Skandar croit pouvoir le convaincre de faire — d'aller prôner sur CNN la solution des deux États? Qui est assez fou pour cela, dans ce pays, s'il tient à garder son emploi? Alors je lui ai dit : "Tu vas peut-être sauver le monde ce soir, Skandar, mais moi j'ai besoin de sommeil…"

— C'est vrai qu'il se fait tard…

— Oui, et vous avez classe demain matin. Comment ai-je pu oublier? Il pleut un peu — voulez-vous que j'appelle un taxi?

— Ça va aller. J'irai à pied.

— Prenez au moins ce parapluie.»

J'acceptai donc le parapluie de golf bicolore sous lequel Skandar m'avait plus d'une fois abritée avec galanterie, et je rentrai à pied. La distance me parut plus longue que jamais. Était-il délibérément resté là-bas? Sans doute. La conséquence sinistre de notre brève incartade serait-elle la perte d'un ami si proche? Car comme j'en pris alors conscience, après toutes nos promenades et nos conversations, j'aurais pu le compter parmi mes amis.

*

Dès lors, inévitablement, Skandar m'occupa souvent l'esprit. Parfois je semblais l'oublier, et mon imagination obsessionnelle reprenait sa vieille trajectoire familière — vers la ferme fictive du Vermont, ce paisible gynécée d'artistes, où une main posée sur le bras suffisait à faire courir deux fois plus vite le sang dans les veines. Et puis faisant irruption au sein du fantasme, comme dans les rêves, ce rappel : rien n'est plus pareil ; le monde a changé. De même que, deux bonnes années après la mort de ma mère, je me surprenais à penser à elle comme si elle était vivante ; et me souvenais soudain, sentant sur ma poitrine l'index réprobateur du chagrin, qu'elle avait disparu.

*

Ce week-end-là, Sirena décida de prendre l'avion pour Paris afin de superviser le moulage du cœur destiné au Pays des Merveilles. Il était trop compliqué d'essayer de clarifier les choses sur Internet ou au téléphone, m'expliqua-t-elle le lundi matin, quand je l'appelai pour confirmer les détails pratiques de la sortie scolaire de l'après-midi. Si ce cœur était raté — il devait reposer, ouvert par le milieu sur un pupitre en plexiglas, à quelques mètres de la vidéo de Sana en train de danser, et diffuser toutes les deux ou trois minutes un parfum d'eau de rose —, alors, dit-elle, le cœur même de son installation serait raté. Elle partirait le mardi, par le vol Air France du soir pour Paris, et serait de retour le week-end suivant. Je le savais donc, ce lundi-là, et cela eut sans doute un effet sur moi.

*

Les élèves étaient totalement surexcités. La moindre sortie scolaire représente un événement — on pourrait les emmener dans une station d'épuration, et ils adoreraient —, mais celle-ci était insolite et improvisée, et d'autant plus amusante. Les enfants aiment tout ce qui sort de l'ordinaire, prendre le car scolaire en milieu de journée, avoir le sentiment de partir à l'aventure. Nous quittâmes Appleton à 11 h 30, après avoir avancé l'heure du déjeuner. Ils furent inhabituellement turbulents dans le car : Noah escalada trois rangées de sièges avant que je puisse le faire asseoir ; Ebullience se disputa avec Miles au sujet d'un jeu vidéo que, de toute façon, ils n'étaient pas censés avoir avec eux ; Sophia se mit à pleurer, accusant Mia de lui avoir tiré les cheveux. Je dus élever la voix, menacer de faire demi-tour et de retourner à l'école. Voilà pour le début.

Cela dit, je me réjouissais de cette sortie. Presque tous les parents avaient donné leur accord pour qu'on filme leurs enfants — ils devaient trouver sympathique l'idée que leur progéniture figure dans une vidéo —, mais je m'étais également organisée, à mon extrémité de l'atelier, pour que nous réalisions des masques en papier mâché. J'avais fait lire à mes élèves une version abrégée d'*Alice au pays des merveilles* la semaine précédente, et nous avions regardé des illustrations d'époque représentant le Chat du Cheshire, le Jabberwocky, Tweedledum et Tweedledee, le Chapelier Fou : je leur avais annoncé qu'ils pourraient fabriquer un masque de n'importe lequel d'entre eux, ou de tout autre personnage de leur choix. Il était prévu de diviser la classe en deux groupes, le premier commençant à confectionner les masques pendant que le second explorerait le Pays des Merveilles, puis d'inverser les rôles. L'intérêt pédagogique de l'opération m'échappait un peu, mais aucun parent n'avait soulevé d'objection. Pour des enfants, découvrir un atelier d'artiste serait sans doute une expérience mémorable.

Tout commença plutôt bien. À notre arrivée, les élèves semblèrent impressionnés par l'étrangeté du cadre et s'assirent calmement par terre en cercle, au centre du L, tandis que Sirena leur expliquait qui elle était et ce qu'elle faisait. Elle savait s'adresser aux enfants, mieux que je ne l'aurais cru, et leur décrivit la création artistique à la fois comme une forme de magie et une sorte de jeu. Curieusement, Reza n'alla pas l'embrasser; il restait assis entre Noah et Aristide, s'agitant et se comportant comme n'importe quel garçon de son âge. Je me rappelle m'être dit à quel point il avait changé au cours de l'année : en septembre dernier, il se montrait si tendre avec sa mère. Peut-être trouvait-il déconcertant, voire gênant d'être son fils, dans cet immense atelier aux murs blancs, devant tout le monde; peut-être trouvait-il également bizarre de nous voir toutes les deux là, sa mère et moi, et de découvrir notre espace partagé. Je n'en sais trop rien.

Sirena précisa aux enfants qu'ils pouvaient considérer l'ensemble du Pays des Merveilles comme une scène, comme s'ils jouaient dans une pièce de théâtre ou presque. « Je sais que vous avez lu beaucoup de choses sur Alice, et je veux que vous fassiez comme si vous étiez vous aussi descendus dans le terrier du lapin. Vous voilà dans cet étrange endroit, et tout peut arriver. » Elle désigna les deux caméras que nous avions installées plusieurs semaines auparavant, en hauteur, de part et d'autre du gazon artificiel. « Dans le Pays des Merveilles, Alice ne sait jamais si quelqu'un la regarde. Peut-être que la caméra tourne, mais peut-être pas, alors ne vous en occupez pas. Voyez tout cela comme une aventure et un jeu. Vous pouvez jouer par groupes, ou bien seuls. Vous pouvez faire ce que vous voulez de cet espace. »

Nous avions suspendu au plafond les éclats de miroir sur leurs fils de nylon pour créer des cloisons étincelantes entre les différents espaces, et laissé le ciel fait de robes d'Alice sur le sol, en une rivière de tissu tourbillonnante qui serpentait sur toute la longueur de la pièce. Nous avions planté des bouquets entiers de fleurs d'aspirine, quelques tulipes sculptées dans des savonnettes, et caché un peu partout des bonbons que les élèves trouveraient. Nous avions transporté les poufs de Sirena sur le gazon et les avions enveloppés de toile de jute, pour qu'ils ressemblent à des rochers. Dans des recoins isolés, nous avions accroché plusieurs paires de petites lumières rouges, des yeux de Jabberwocky, et dès qu'elles s'allumaient, des rugissements — assez effrayants, en fait — s'échappaient d'un lecteur MP3.

Tous les enfants avaient envie de jouer dans ce Pays des Merveilles. Fatalement, la fabrication de masques leur apparut comme un lot de consolation. Mais nous les séparâmes en deux groupes, leur rappelant qu'ils avaient trois quarts d'heure pour leur première activité. Puis nous ferions une pause pour boire des jus de fruits et manger des cookies, et chaque groupe prendrait la place de l'autre. Le car nous attendrait dehors à 14 heures.

Reza, Noah et Aristide se trouvaient dans mon premier groupe, avec trois autres garçons et plusieurs filles. Malgré leur déception de devoir attendre leur tour pour le Pays des Merveilles, ils étaient impatients de confectionner des masques avec lesquels ils pourraient ensuite jouer. Je fis observer que ceux-ci auraient besoin de sécher, ce qui incita les garçons à travailler vite. J'aidai chaque enfant à créer les contours de son masque à l'aide d'un fil de fer : nous mesurâmes leur tête, puis tordîmes le fil de fer pour lui donner la forme du nez, des joues. Ensuite, à peu près calmement, ils appliquèrent couche après couche du papier journal gluant, façonnant consciencieusement la chair autour des os en métal.

Le Jabberwocky de Noah ressemblait finalement au croisement d'un taureau et d'un cheval, avec son long groin troué de narines béantes. Aristide avait soi-disant réalisé le Chat du Cheshire, quoi qu'il ne lui ait pas fait d'oreilles, seulement une énorme bouche souriante, ce qui suffisait bien. Reza avait choisi le Loir, un personnage secondaire, reproduit avec habileté. Son museau était pointu, et Reza avait gratifié le masque d'oreilles saillantes, mais il était surtout fier des moustaches, six bouts de ficelle collés tant bien que mal à l'extrémité du museau. Les trois garçons eurent fini avant le reste du groupe et demandèrent s'ils pouvaient rejoindre le Pays des Merveilles avant leurs camarades.

Puisqu'ils avaient si bien travaillé et que c'était presque l'heure, j'acceptai. J'aurais d'abord dû consulter Sirena ; je n'avais pas vu à quel point elle était absorbée par les caméras, juchée sur une échelle pour filmer tel ou tel enfant ; à quel point elle surveillait peu ce qui se passait.

Tout alla très vite. J'aidais Sophia à terminer son masque de morse — tâche pour laquelle ni elle ni moi n'étions réellement de taille — lorsque je vis du coin de l'œil les jeux des trois garçons dégénérer. Je ne réagis pas aussitôt, croyant que Sirena s'en occupait ; puis j'avançai vers le centre du L, m'aperçus qu'elle avait le dos tourné, et filmait Ebullience et Chastity en train de s'envelopper dans les robes d'Alice et de tournoyer sur elles-mêmes. Pendant ce temps-là, derrière elle, Reza et Noah en venaient aux mains, et Aristide, inquiet, poussait de bruyants soupirs ; je vis alors distinctement Reza décocher un coup de poing dans la mâchoire de Noah.

« *ARRÊTEZ !* » criai-je — et les rares fois où Miss Eldridge de l'école Appleton crie, cela s'entend. « *ARRÊTEZ TOUT DE SUITE !* » Je gagnai bruyamment l'endroit où ils se trouvaient, essuyant mes mains poisseuses sur le fond de mon pantalon. J'attrapai les deux garçons par le col de leur tee-shirt — geste auquel les enseignants ont beaucoup recouru, mais qu'ils ne sont plus censés faire — et je me déchaînai. Reza me décevait personnellement — je ne sais pas comment le formuler autrement. Il avait trahi ma confiance. « Pour l'amour du ciel que se passe-t-il ? Reza Shahid, tu vas devoir t'expliquer sérieusement. J'ai *vu*, de mes yeux vu, ce qui vient de se passer. Qu'est-ce qui t'a pris ? »

Reza me lança un regard noir et haussa les épaules.

« Noah : raconte, toi. Je refuse de croire que Reza t'ait frappé sans avoir été provoqué. »

Il haussa les épaules à son tour. Je découvris alors dans son poing serré plusieurs fleurs d'aspirine dont la corolle pendait au bout de leur tige en métal.

« Tu as cueilli ces fleurs ?

— Personne ne nous l'a interdit. » C'était vrai : personne ne le leur avait interdit. Il poursuivit : « Et puis Reza a bondi sur moi. Comme un fou.

— C'est vraiment ce qui s'est passé, Reza ? »

Jamais je ne lui avais vu l'air aussi furieux, mais je n'insistai pas. Il piétinait le gazon. J'eus le sentiment qu'il me manquait une partie de l'histoire.

« Noah a dit quelque chose qui t'a contrarié ? »

Il leva les yeux : il chercha sa mère du regard, la trouva, et il y eut entre eux un échange muet dont je me sentis exclue. Reza se taisait toujours.

Alors, seulement, je m'aperçus que tout le monde faisait cercle autour de nous et que Sirena, debout derrière les enfants, observait la scène. Difficile de savoir ce qu'elle pensait. Je ne m'en étais pas souciée dans le feu de l'action, mais à présent, tout semblait horriblement bizarre : j'avais laissé éclater ma colère parce que je m'étais sentie trahie par mon propre enfant, mon petit garçon si précieux qui voulait rendre le monde meilleur ; or, avec la violence d'une gifle, on me rappelait qu'il n'était pas mon fils. Sa mère était là, et l'expression sur son visage n'était pas celle de *mon amie*, mais *du parent*, si vous voyez ce que je veux dire : quoi qu'elle ait pu penser, c'était la réaction d'une mère à la vue de son fils réprimandé par une enseignante. Je n'étais que l'institutrice de Reza, quelqu'un d'extérieur, rien de plus.

Ce fut l'un de ces moments où les masques tombent, où l'on découvre la réalité sans fard, et où l'on ne peut que se dire : « C'est bon à savoir. » Il me restait une seule chose à faire, assumer pleinement mon rôle d'institutrice et le jouer jusqu'au bout. Je m'adressai à mes élèves avec autorité : « Ne restez pas là à ouvrir des yeux ronds, dis-je aux autres. Cela ne concerne pas toute la classe. Retournez à vos jeux, ou à vos masques. Noah et Reza, allez tous deux vous asseoir là-bas, au pied du mur, et je ne veux plus vous entendre, ni l'un ni l'autre. »

Pendant quelques instants, personne ne bougea. Plusieurs enfants, dont Reza, se tournèrent vers Sirena. Elle ferma les yeux et acquiesça légèrement de la tête. Puis Reza s'éloigna et Noah le suivit, tous deux la tête basse, tels des condamnés.

Je pris Aristide à part et lui demandai ce qui s'était

réellement passé. Il me raconta que Noah avait dit des choses méchantes sur le Pays des Merveilles, l'avait trouvé «merdique». Noah avait ajouté : «L'idée de ta mère est vraiment débile. Elle nous prend pour qui, des petits de deux ans?» Puis il avait cité quelque chose qu'il avait entendu à la télévision ou ailleurs; obsédé par les flatulences, il avait déclaré : «Je lui pète au nez.» C'était pour rire, expliqua Aristide, mais Reza ne l'avait pas compris.

Sirena ne vint pas me parler aussitôt. Peut-être ne voulait-elle pas donner l'impression de prendre l'affaire trop au sérieux. Je ne lui répétai pas ce que Noah avait dit à Reza. Je ne crois pas que son fils l'ait fait non plus. Elle alla échanger quelques mots avec Reza recroquevillé au pied du mur, et elle avait l'air sévère, mais elle était surtout pressée de remonter sur son échelle et de s'amuser avec ses caméras, pour tenter de tirer une vidéo décente de ce fiasco. Les enfants jouèrent toutefois avec moins de liberté, ensuite; ils n'avaient plus la même spontanéité. Même après leur collation et le changement de groupe, l'après-midi fut légèrement assombri. Ce n'était plus la même chose.

Tandis que nous les faisions mettre en rang avant de partir, Sirena apparut à côté de moi.

«Pardon pour cet incident, dis-je.

— Ne vous reprochez rien. Vous devez mener votre classe à votre manière. Vous avez des règles à faire respecter.» Elle soupira. «C'est dommage, car après, ce n'était plus pareil. Les gosses sont si sensibles, ils enregistrent tout.» Et puis : «Ne vous sentez pas obligée de revenir nettoyer. Je m'en occuperai.

— Merci, Sirena.» D'habitude, je ne l'appelais pas ainsi par son prénom. Il résonna presque comme un écho dans mon oreille.

«Je crois qu'on va se dire au revoir pour la semaine? Demain, je vais à Paris.

— J'allais oublier.» Je faillis ajouter : «Je veillerai sur vos hommes», puis je me ravisai. «J'espère que tout ira bien.

— Ne vous inquiétez pas. Tout ira bien.» Son visage s'éclaira quelques instants, parut plus normal. «Il le faut.»

*

Avec Reza, les choses n'avaient pas vraiment changé. Il était plein de remords — il me présenta des excuses le lendemain, avant le début de la classe —, et par ailleurs il ne percevait pas toute l'ironie de la situation de la veille. Il ne me dirait jamais ce qui s'était réellement passé, soit pour ne pas se faire traiter de rapporteur, soit pour ne pas répéter une insulte destinée à sa mère; mais il avait le sentiment d'avoir purgé sa peine. Lui, au moins, avait tourné la page — ce qui était un soulagement.

*

Sirena n'avait nettoyé l'atelier qu'à moitié, avant son départ. Elle avait fourré dans un sac-poubelle les ordures laissées par les enfants — les gobelets, les serviettes en papier — et balayé les miettes. Elle avait remis son Pays des Merveilles en état, replanté les fleurs et replié la rivière de tissu; mais elle avait entassé pêle-mêle les masques non peints de mes élèves à mon extrémité de la pièce, et laissé le papier mâché se dessécher dans un seau, que je dus ensuite jeter. Cet atelier concentrait pour moi quantité d'émotions étranges. Il n'était pas si facile de s'y attarder.

J'essayai d'achever le ménage, en prévision du retour de

Sirena. Je rangeai tout avec soin, mais de façon à ce que cela se voie, comme une employée de maison remettant de l'ordre sur votre bureau. Cela fait, l'autre extrémité du L paraissait curieusement délaissée, en plan, telle une femme à demi vêtue, au point que je dus lui tourner le dos. Toute cette semaine-là, je n'allai à l'atelier que le soir, prétendument pour travailler, mais en réalité dans l'espoir d'entendre des pas dans le couloir, ces petits coups reconnaissables à la porte.

Il était occupé, je le savais. Et sans doute se sentait-il incapable de me voir à cause de la force de ses émotions. Il se pouvait, je le savais aussi, qu'il n'ait plus souhaité avoir affaire à moi ; mais je me refusais à y croire. Mieux valait rester dignes tous les deux, souffrir chacun de son côté. Je n'allais certainement pas lui téléphoner. Je n'en revenais toujours pas de la façon dont le contact peau contre peau avait modifié les choses : blottie au creux de son bras, la tête sur sa poitrine, j'avais entendu battre son cœur et m'étais demandé un moment s'il ne s'agissait pas du mien. Je sentais encore au bout de mes doigts la rudesse des poils de son torse, la douceur de ceux de son avant-bras. Mes joues et mon menton me piquaient encore le lendemain matin, à cause de sa barbe du soir. Et son corps, ses mains, sa langue : si je fermais les yeux, ils étaient encore sur moi, en moi, avec moi. Je me souvenais sans cesse de lui, un souvenir physique, pareil à une empreinte dans la terre. Il y a, j'ai fini par le comprendre, ce que veut l'esprit et ce que veut le corps. L'esprit peut exciter le corps, mais ses désirs peuvent se révéler faux ; alors que le corps, l'animal, veut ce qu'il veut.

13

Le week-end suivant, je devais aller avec mon père voir tante Baby. Je ne l'avais pas revue depuis Noël, et j'avais hâtivement promis que nous passerions la nuit du samedi, pour l'accompagner à la messe le dimanche matin. Le vendredi soir, je restai à l'atelier presque jusqu'à minuit — ne travaillant pas le moins du monde à mes chambres, lisant le journal en ligne et buvant du vin dans une tasse à café —, mais toujours aucune nouvelle de Skandar. Le samedi matin, après un jogging autour du lac artificiel, qui n'avait pas réussi à m'éclaircir les idées, j'allai chercher mon père, quelques pivoines (les fleurs préférées de ma mère) et un kouglof (presque toute ma vie, j'avais vu ma mère confectionner des gâteaux pour tante Baby; mais je m'arrêtai à la pâtisserie de Coolidge Corner qu'elle-même avait trouvée après leur installation à Brookline, lorsqu'elle ne pouvait plus faire la cuisine), et nous prîmes la route vers le nord et Cape Ann.

« Tu as appelé Matthew, cette semaine? demanda mon père, regardant l'I-95 de l'autre côté du pare-brise, mais pas dans ma direction.

— Non. J'aurais dû?

— C'est l'anniversaire de Tweety.

— J'ai oublié.» J'oubliais toujours. Je me disais parfois que je le faisais exprès. Elle non plus ne se souvenait jamais de mon anniversaire. «Tout le monde va bien?

— Je crois que oui», répondit-il. Puis rien pendant quelques minutes, le silence et le bruit sourd des voitures qui nous doublaient, et soudain : «Mais je pense qu'il y a un problème.

— Comment ça?

— Un problème. Je ne sais pas quoi au juste. Je n'ai pas osé poser la question.

— Pourquoi y aurait-il un problème?

— Parce que. Quand j'ai demandé à parler à Tweety pour lui souhaiter bon anniversaire, il a dit qu'elle était sortie.

— Tu trouves ça bizarre? Il arrive aux gens de sortir.

— Mais ensuite, j'ai demandé quand elle rentrerait, pour pouvoir la rappeler...» Il est très persévérant, mon père; il a passé sa vie dans les assurances, après tout. «... Et Matt a répondu, sur un drôle de ton, qu'il n'en savait rien. Qu'il serait sans doute plus facile que ce soit elle qui me rappelle.

— Et qu'est-ce que ça a de bizarre?

— Sa voix avait quelque chose d'inhabituel. Elle était... rauque.

— Je ne vois pas ce que ça cache.

— Bourrue. Il avait la voix bourrue, comme s'il était contrarié.» Pour autant que j'aie pu en juger — je conduisais —, mon père n'avait pas tourné une seule fois la tête vers moi, mais là il me regarda, et il avait l'air soupçonneux, les sourcils froncés, et il reprit : «Par ailleurs, est-ce que Tweety t'a déjà appelée?

— Moi? Évidemment que non. Ne sois pas ridicule. Pas depuis plus de vingt ans.

— C'est ce que je veux dire. Moi non plus, elle ne m'a jamais appelé. Même quand ta mère était mourante, jamais elle n'a appelé.

— Non, je m'en souviens.» Je m'en étais même plainte, demandant : Qu'est-ce que c'est que cette famille?

«Alors soit il est trop contrarié pour savoir ce qu'il dit; soit il ment délibérément; à moins qu'elle n'ait radicalement changé... Je ne vois aucune hypothèse selon laquelle il n'y aurait pas un problème entre eux.»

Cela ne ressemblait pas à mon père. Plutôt à moi. «Et quelles sont tes hypothèses?

— Elle l'a quitté.

— Bien sûr!» Je faillis ajouter : Si seulement!

«Ou bien elle est malade.

— Malade?

— N'importe quelle maladie est possible, tu sais — physique, mentale.

— D'accord.

— ... À moins que la petite ne soit malade.

— Elle n'est pas malade, papa. Et ce n'est plus une petite.

— Ou alors ils se sont violemment disputés et elle s'est enfuie.

— Waouh. C'est un véritable mélo que tu nous sers. Du délire.

— À moins qu'ils n'aient des soucis d'argent...»

J'éclatai de rire. «C'est n'importe quoi, papa. Là, tu dérailles complètement.

— Ah bon?

— Tu as trop de temps à perdre. Si tu as peur qu'il y ait un problème, appelle Matt et pose-lui la question. Il se moquera sûrement de toi, mais c'est ton fils, malgré tout, et il le fera gentiment. Tu te sentiras beaucoup mieux.

— Tu as sans doute raison. » Il se racla la gorge, joignit de nouveau ses mains aux veines de plus en plus saillantes, et recommença à regarder droit devant lui à travers le pare-brise. Je compris à son silence que cette histoire l'avait beaucoup préoccupé, et qu'à présent il était soulagé ; et bien sûr, lorsqu'il appellerait Matt plus tard et apprendrait que Tweety s'était précipitée chez le dentiste après s'être cassé une dent sur un noyau d'olive, il pourrait en rire de bon cœur.

*

Durant tout l'après-midi à Rockport — un déjeuner étrangement prolongé avec du homard au menu, ce mets ô combien surévalué ; suivi d'une promenade à une vitesse d'escargot sur la jetée mal pavée pour observer les pêcheurs, les descentes en piqué des mouettes furieuses, et deux surfeurs intrépides en combinaison luisante d'un noir satanique, qui défiaient les vagues sur lesquelles moussait une écume d'un gris troublant, toxique ; pendant que tante Baby, avec ses relents de poudre de riz, boitait et s'appuyait sur mon bras ; et que mon père, dans sa solitude d'assureur et son pull-over en coton bleu marine à torsades marchait derrière nous, l'air morose —, je pensai plus d'une fois à cette conversation improbable dans la voiture et au conseil que je lui avais donné. C'était évident ; si l'on voulait de la transparence, il fallait trouver le courage d'être honnête. En soi, cela ne garantissait pas que les autres seraient honnêtes avec vous, mais avait-on le choix ?

J'aurais dû confier mes sentiments à Sirena des mois auparavant, mais j'avais eu peur des implications, et de leurs limites. J'avais trouvé plus facile de vivre dans mon rêve, et à présent il m'était impossible de lui parler. Je pris la résolution de me raccrocher de mon mieux à ce qui avait une réalité ; cela supposait d'appeler Skandar et de lui demander franchement ce qui se passait.

Une fois cette décision prise, l'impatience me gagna. Je me surpris à rudoyer tante Baby : j'aurais souhaité qu'elle accélère le pas, qu'elle parle plus vite, qu'elle soit plus intéressante, que cette journée même, qui semblait — comparée à ma vie quotidienne, pourtant peu captivante — enlisée dans une incapacité à suivre son cours, se termine *enfin*. Mais ce ne fut pas avant 21 heures ce soir-là que, la vaisselle faite, l'antique machine bordée de rouille en train de tourner, mon vieux père et ma vieille tante de nouveau plongés dans le souvenir de leurs regrettés défunts, je pus longer l'impasse assez loin en direction de la route pour trouver du réseau et appeler chez les Shahid depuis mon portable.

Un samedi soir. J'imaginai la sonnerie du téléphone dans leur salon, la lumière douce du plafonnier, le variateur réglé au minimum. J'imaginai Maria tripotant ses piercings et engloutissant du pop-corn devant la télévision, tandis que dans la chambre au fond du couloir, la poitrine de Reza endormi se soulevait et s'abaissait, éclairée par le défilé coloré des musiciens de jazz. Je connaissais si bien leurs vies. Mais non : à la troisième sonnerie, il décrocha.

Je le voyais d'ici se lever du fauteuil grinçant, ses lunettes de lecture à la main, clignant des yeux — sa chemise blanche froissée, les manches retroussées découvrant ses avant-bras à la peau mate et sombre.

« Skandar ?

— Oui ? » À l'évidence il ne m'avait pas reconnue.

« C'est Nora. Nora Eldridge.

— Bien sûr ! » Silence. Intonation indéchiffrable. « Comment allez-vous, ma chère Nora ?

— La semaine a été assez éprouvante, vous savez, dis-je, avec une jovialité et une légèreté feintes.

— Oui. » Réponse qui n'engageait à rien.

« J'ai pensé plusieurs fois que nos chemins allaient se croiser. Le soir de ce dîner — c'était quand ? —, j'ai cru que je vous verrais…

— Désolé. J'ai été retardé — otage de mon ambition, pourrait-on dire. Il est toujours ridicule d'y succomber. Sirena se paie ma tête à cause de ça.

— Vous allez bien ?

— En quel sens ? » Cette prudence m'agaça. Ne voyait-il pas que nous étions tous deux dans le même bateau ?

« Eh bien — ça fait beaucoup, non ? Sirena est partie, vous vous retrouvez seul avec Reza…

— Ah oui. Merci de vous en soucier. Maria n'a plus de cours, maintenant, alors elle est entièrement disponible. Tout va bien.

— Parfait. » Ce n'était pas le genre d'échange que j'avais espéré. Mais je me rappelai à moi-même qu'il me fallait être sans peur, honnête, afin de ne pas me réfugier dans des scénarios fictifs. Je voulais connaître la vérité. « Ça n'a pas été trop difficile — l'autre soir ?

— L'autre soir ?

— Cette nuit-là, à l'atelier. Vous assumez ?

— Ah… Comment assumer ? Quels mots trouver ? Comme nous l'avons déjà dit, ma chère Nora, il y a des moments où — quelle était votre formule ?

— Où l'on passe de l'autre côté du miroir, voilà ce que j'ai dû dire. Comme chez Lewis Carroll.

— Oui. Et ainsi que nous l'avons également dit, c'est un cadeau si rare, mais aussi…

— Totalement distinct du reste de l'existence ?

— Oui. Oui, c'est la bonne formule. Distinct du reste de l'existence.

— Nous savons tous deux que l'essentiel, c'est de protéger Sirena et Reza…

— Les protéger ?» Il parut sincèrement surpris. Voire inquiet.

«Je veux dire qu'ils n'ont pas à savoir, en fait ? On est d'accord là-dessus, non ?

— Oui. Parfaitement d'accord.

— Elle soupçonne quelque chose, selon vous ?

— Des soupçons ? Ça m'étonnerait, ma chère. C'est un épisode distinct où le cœur a parlé, un moment de vérité. Mais qui sera sans lendemain, hélas, parce qu'il ne peut en être autrement.

— Simplement…

— Nous avons partagé quelque chose de précieux, et rien ne pourra l'effacer. Puisque nous sommes d'accord sur sa signification, cela ne concerne pas Sirena le moins du monde. D'ailleurs, je crois que dans l'immédiat, elle n'a d'autre souci que de savoir si elle pourra terminer son installation à temps, et d'une manière dont elle puisse être fière. Je crois qu'actuellement elle ne pense à rien d'autre. »

Plus tard, je me demandai s'il n'était pas alors en train de me dire que, depuis quelque temps, elle ne s'occupait pas plus de lui que de moi ; qu'il avait été contrarié, ou pis, par sa désinvolture, et avait cherché auprès de moi une diversion, ou une consolation temporaire. Peut-être n'avait-il pas même conscience de faire cet aveu.

Je pris une profonde inspiration. «Je peux vous poser une question? Au sujet de son installation?

— Allez-y.

— À votre avis, Skandar, elle *dit* quoi?

— Ce qu'elle dit?» Il semblait avoir une cigarette aux lèvres.

«À votre avis, Sirena pense qu'elle *signifie* quoi?»

Skandar fumait bel et bien. Il attendit quelques instants pour répondre. Je grelottais sur le bitume près de la route : nous étions peut-être en mai, mais la brise nocturne apportée par la mer était froide. «Pourquoi poser une telle question? Vous ne la poseriez pas au sujet de votre propre travail… Elle est absurde. Chacun peut donner — et donnera — sa propre réponse; c'est ce que veut Sirena, et vous aussi, certainement?

— Mais réfléchissez : il s'agit d'un assemblage de signes, non? Et ils peuvent se combiner de différentes façons pour créer plusieurs interprétations différentes? Mais celles-ci ne peuvent pas être infinies, d'accord? Car enfin, il y a une limite à ce qui peut être plausible, une interprétation pertinente, vous ne croyez pas?

— Nora, je ne sais trop que…

— Permettez-moi de le formuler autrement. Existe-t-il des interprétations totalement erronées?

— Que Sirena trouverait erronées?

— Pas nécessairement. Non. Qui soient juste objectivement erronées, inexactes, incorrectes, fausses.

— Je n'y ai pas vraiment réfléchi, mais si vous voulez une réponse tout de suite, je dirais que oui. Pour un ensemble de faits, des événements historiques, par exemple, il existe à l'évidence des interprétations incorrectes. Alors pour une œuvre d'art — un assemblage de signes d'un autre genre, et certes les signes ne sont pas des faits, même s'ils peuvent se référer à ces derniers —, il y a davantage de marge, mais il arrive sûrement un moment où une lecture, ou bien une interprétation, n'est pas simplement inepte ou excessive, mais tout bonnement erronée. Oui. Je vais dire que oui. Pourquoi me poser cette question ? »

À son intonation, je sentis qu'il m'aimait davantage après qu'avant. Il ne cherchait pas à me faire plaisir ; ma question lui rappelait les conversations pendant nos longues promenades nocturnes, lui faisait oublier l'éventualité que je me sois attachée à lui, que je puisse me révéler plus dangereuse pour sa vie de couple stable et chaleureuse qu'il ne l'avait prévu.

« Pas de raison particulière. Simple interrogation. Désolée, Skandar, il faut que j'y aille. Mon père a besoin de moi. » Ce qui aurait pu être vrai. En réalité, après avoir raccroché — et avoir éteint mon portable —, je m'attardai dix minutes de plus dans l'allée de la résidence, atteinte par la tristesse de ce qui venait de m'être révélé.

Il ne faut pas poser une question dont on n'a pas envie de connaître la réponse. Voilà ce que signifie avoir le courage d'être honnête. Je ne lui avais pas demandé franchement si je comptais pour lui, et à quel point, mais il me l'avait fait comprendre. Me voir telle que j'étais avait pu représenter un plaisir passager, ou même, comme il l'avait dit, un moment précieux, où le cœur avait parlé — mais cela n'avait rien changé dans sa vie.

Je restai là, croisant les bras pour me protéger du vent de Rockport, essayant de faire le deuil de mon fantasme le plus récent et le plus nécessaire. J'avais pris conscience trop tard que Skandar était mon moine noir, mon compagnon tchékhovien. Encore plus que Sirena, il était celui qui aurait pu me convaincre de ma substance, de mon génie, de la signification de mes réflexions et de mes efforts. Si l'on m'enlevait mon moine noir, qui étais-je ? Si absolument personne ne pouvait ni ne voulait lire en moi les preuves de mon mérite — de ma valeur artistique —, alors comment pouvait-on dire que je les possédais ? Comment pouvais-je me convaincre moi-même, face à la détermination du monde ? À aucun moment je n'avais attendu de lui qu'il me *préfère* à Sirena — on ne demande pas à quelqu'un d'abandonner sa famille —, mais j'avais cru — j'avais espéré — que le choix serait plus douloureux pour lui. J'avais espéré avoir l'impression qu'au moins il s'était interrogé.

Lorsque vous êtes la Femme d'En Haut, personne ne pense à vous *en premier*. Personne ne vous appelle avant tout le monde, ne vous envoie de carte postale sans que vous en ayez d'abord envoyé une. Après la disparition de votre mère, vous n'êtes plus la préférée de personne. C'est sans importance, pourriez-vous penser ; et cela dépend sans doute de votre tempérament ; sans doute est-ce sans importance pour certains. Mais pour moi, dans cette impasse devant chez tante Baby — tandis qu'elle et mon père, après avoir fini de disséquer les morts et être partis se coucher d'un pas lourd derrière la porte rustique de couleur pourpre, se préparaient pour la messe du lendemain, innocents comme l'agneau qui vient de naître et sans plus de vie que les victimes sacrificielles —, pour moi tout espoir avait disparu. J'avais la sensation d'avoir été vue, vue en toute clarté, et mise au rebut, remise dans le tas indifférencié tel un coquillage sur la plage. Il ne s'agissait pas de sexualité, de désir, en tout cas pas seulement, il faut le comprendre — jamais je ne l'ai laissé entrer en moi de cette façon, contrairement à ce que tout le monde pourrait croire ; mais ce que nous avions fait ensemble et notre union, si je peux employer ce terme, étaient néanmoins un absolu; d'autant plus, peut-être, que les limites étaient réelles, créées par un amour réel pour d'autres personnes, et que nous avions également respecté cela; le contact de sa peau sur la mienne — tant de peau dénudée, cette fine membrane palpitante entre nos âmes —, ce contact était saturé de sens. Du moins l'avais-je cru. Pour moi, il avait *signifié* quelque chose. Il y a d'autres lectures possibles, l'une d'elles étant : « Nous n'avons même pas couché ensemble. »

Lorsque je rentrai, ils avaient éteint la lumière en bas. Ils avaient dû penser que je dormais déjà. À tâtons, je retrouvai mon chemin jusqu'à la seconde chambre d'amis — presque un placard, avec son lit une place d'une simplicité monastique, sa lampe de chevet dont l'ampoule ne devait pas dépasser vingt-cinq watts, ce qui éliminait toute possibilité de lire. Allongée sur le couvre-lit, encore habillée, j'écoutai ronfler mon père, puis tante Baby — leurs respirations sifflantes, discordantes, inconsolables, aussi sonores à travers les cloisons en toc de la résidence que si nous dormions tous dans la même pièce —, l'un et l'autre progressant laborieusement, à chaque inspiration lugubre, vers leur fin toujours plus proche, tandis que moi, parfaitement immobile, les yeux ouverts, j'attendais l'aube, saisie par une panique incontrôlable devant la perte de ma vie bien-aimée, mais apparemment irréelle.

TROISIÈME PARTIE

1

Sirena ne revint jamais à Cambridge.

Non, ce n'est pas vrai : elle revint y passer soixante-douze heures une semaine plus tard, pour déménager son extrémité de l'atelier. Le plus insolite, c'est que j'ai du mal à me souvenir de cette période, et quand je me *force* à penser à Sirena, j'ai toujours l'impression qu'elle n'est jamais revenue. Sans doute parce qu'elle était si distraite, presque comme une folle. Elle avait eu la révélation que son installation n'existerait vraiment qu'au bon endroit — «C'est comme si on avait seulement fait semblant, Nora, m'avait-elle dit. Comme si j'avais joué à réaliser cette œuvre. Et maintenant il ne reste presque plus de temps, le vernissage approche, ce qui revient à dire que la mort aussi, et que je dois trouver le moyen d'être prête. Ne pas être prête n'est pas une option. Alors, bang, fini de jouer à Cambridge, la vraie vie à Paris doit recommencer. Bang, comme ça, *maintenant.* »

Elle emmenait Reza avec elle, et il ne servait à rien de laisser entendre que ce n'était pas une bonne idée. Si vous l'aviez vue, petit corps presque incandescent, empli d'une énergie furieuse, de la passion que lui inspirait son projet : le cœur serait fabriqué à temps, mais uniquement parce qu'elle s'était déchaînée contre le type de l'usine et avait promis de payer deux fois le prix — ou rien du tout si la date de livraison n'était pas respectée. Les photos géantes sur tissu seraient prêtes avec six jours d'avance, mais elle continuait d'appeler le labo quotidiennement pour s'assurer qu'ils ne l'oubliaient pas, n'oubliaient pas ces femmes jeunes et vieilles dans leur énorme et glorieuse nudité.

Elle fit venir des hommes équipés de diables, de couvertures et de caisses en bois pour ses fleurs d'aspirine, son gazon artificiel, ses éclats de miroir, et la voûte céleste bleu Alice que j'avais cousue pour elle. Rien de tout cela ne semblait mériter ces déménageurs spécialistes des œuvres d'art, dont les services devaient coûter une fortune, pas même le matériel vidéo — les caméras installées en hauteur pour filmer mes élèves — qui fut emballé sous son autorité, et alors qu'ils clouaient les caisses, l'ensemble m'apparut soudain comme un assemblage beaucoup plus significatif — peut-être devrais-je plutôt parler de désassemblage — que je ne l'aurais imaginé.

Oui, je vis Sirena et je tentai de l'aider — je traînai deux sacs-poubelle, remplis à craquer de vêtements devenus trop petits pour Reza, jusqu'à la boutique de l'association caritative Goodwill à Davis Square, me demandant si quelque petit Américain de huit ans serait métamorphosé par ces sandalettes et ces bermudas français de l'automne précédent —, mais notre proximité, notre amitié longue d'un an passèrent au second plan à cause de problèmes pratiques plus urgents. La profondeur de cette amitié se traduisait, je suppose, davantage par des actes que par des paroles, et peut-être aurais-je dû me sentir flattée de me retrouver à balayer et à nettoyer son extrémité de l'atelier, flattée qu'elle me demande d'aller au pressing ou de déposer quelques cartons d'affaires personnelles à envoyer par UPS... J'aurais également dû me sentir flattée d'hériter de ses bouteilles de vinaigre balsamique et de ses pots de moutarde française à moitié vides, d'un sachet de disques de coton à démaquiller et d'un fond de flacon d'après-shampoing ; qu'elle ait choisi de me les léguer à moi témoignait autant de notre proximité, d'une certaine façon, que sa décision de confier son fils à mes soins de baby-sitter experte, et me donnait tout autant un vague sentiment d'humiliation, sans que je puisse expliquer pourquoi.

Alors oui, je la vis bel et bien, et même assez longuement, et je dois reconnaître que, malgré son empressement à quitter la ville — emmenant avec elle mon petit garçon adoré, qui semblait joyeusement indifférent au fait que j'allais rester là et ne pensait plus qu'à retrouver sa vie d'avant, ses anciens copains, sa chambre, et même son skateboard —, elle réussit à se montrer attentionnée, voire à s'excuser de ce départ. Plus d'une fois elle répéta que j'allais lui manquer, que j'avais été une amie «indispensable». Elle m'offrit même son écharpe nid-d'abeilles bleu marine, ma préférée, mais aussi l'une de celles auxquelles elle tenait le plus. C'était un vrai cadeau, car elle lui ferait défaut.

J'ai tendance à oublier ce retour parce que rien n'était plus comme avant ; expérience d'autant plus douloureuse que je ne m'attendais pas à ce que les choses se délitent si vite. J'aurais dû savoir que la vie est ainsi, car la mort de ma mère avait été ainsi, et que j'étais déjà passée par là. Nous savions depuis si longtemps que ma mère finirait par mourir de sa maladie, mais nous nous refusions à y croire, souvent avec succès, un succès croissant, curieusement, à mesure que la fin approchait, parce que nous étions un peu plus déterminés à survivre à chaque nouvelle crise, et un peu mieux armés. Jusqu'aux deux dernières semaines, nous avions toujours cru à un nouveau sursis ; même durant les dernières quarante-huit heures, à vrai dire, nous pensions encore que tout continuerait, peut-être une semaine encore, aussi fûmes-nous pris de court — littéralement — lorsque soudain elle rendit l'âme.

Il en allait de même pour le départ de Sirena ; je savais depuis le début que ce jour viendrait ; et il n'y avait pas si longtemps, je m'étais brutalement rendu compte qu'il viendrait plus tôt que prévu. Mais qui pouvait s'attendre à ce déménagement sans préavis ?

Et puis, quand nous démantelâmes ce qui restait du Pays des Merveilles dans l'atelier, je pris subitement conscience que c'était une installation en cours de réalisation — plus tout à fait imaginaire, mais pas encore complètement de ce monde. J'avais vécu si près d'elle en pensée, je la voyais si aboutie dans mon esprit que je l'avais longtemps crue plus proche de son achèvement, dans l'atelier, qu'elle ne l'était réellement.

Ridicule, non ? Toutes ces heures passées avec chacun d'eux, séparément, et chaque fois toutes ces énormes réserves de passion, que pouvait-il y avoir de plus réel ? Et ce n'était pas comme si, à l'image de ma mère, ils allaient mourir, comme si un incinérateur devait les réduire à un tas de cendres sans plus de réalité qu'un souvenir ou une pensée. Ils continueraient à respirer, à bouger, à rire, à parler, à réfléchir et à créer — mais ailleurs sur la planète ; pas si loin d'ici. Or pour moi c'était loin, et parce que je savais qu'ils seraient tous les trois ensemble, que leur vie aurait une solidité et une continuité bien plus grandes que la mienne — même si je restais au même endroit et que mon existence semblait, superficiellement, la moins perturbée —, j'avais un peu l'impression de mourir, moi plutôt qu'eux. C'était moi qui devais renoncer à eux, et, ce faisant, au monde.

Je n'accompagnai pas Sirena et Reza à l'aéroport, ce mercredi soir de la seconde quinzaine de mai où ils quittèrent Boston, alors qu'il restait un mois de classe à Appleton. Je savais qu'ils partaient, et je m'arrangeai pour m'occuper l'esprit : à 18 heures, j'allai au cinéma voir *L'inter-prète*, me laissai captiver par les démêlés de Nicole Kidman et de Sean Penn à l'ONU pendant que l'avion de Sirena et de Reza décollait de Logan. Je fus excessivement émue de trouver un texto de Sirena sur mon portable en sortant du film dans le crépuscule printanier : «Vous nous manquez déjà. R vous embrasse. Venez à Paris!» Elle l'avait envoyé de l'aéroport. Je n'avais pas osé imaginer qu'elle le ferait, et à la vue du message, voilà qu'il renaissait : l'Espoir.

2

Je vis également Skandar avant que lui aussi ne regagne Paris quinze jours plus tard. Il m'appela un soir à un drôle de moment, vers 21 heures, et me demanda si j'aimerais prendre un café avec lui. Nous nous retrouvâmes au Algiers Café de Harvard Square, clients les plus âgés du lieu, entourés d'étudiants de premier cycle à l'exubérance immature. Il avait l'air fatigué, le regard vague et les yeux cernés derrière ses lunettes. Une envie toute simple de lui caresser la joue me vint lorsqu'il s'assit en face de moi. Je ne l'aurais pas exactement appelée désir ni appétit ; rien de sexuel, en tout cas, ni même de *possessif.*

Ils sont si imprécis, si inadéquats, ces mots : lorsque j'évoque l'amour, le désir, voire le manque, le poids de ces termes est si particulier pour chacun de nous. Si seulement je pouvais expliquer une fois pour toutes mes trois sortes d'amour pour les Shahid : la composante sexuelle était indéniablement présente, s'agissant de Sirena comme de Skandar. Mais là n'était pas la question. Ce n'était pas le noyau central de mon expérience. Ce noyau était le manque — « manque » est un meilleur mot que « désir » : il exprime cette envie d'atteindre quelque chose sans y parvenir, cette aspiration, cette attirance physique à la fois intense et mélancolique, très vite un peu triste et lucide, mi-passionnée, mi-résignée. Le désir parle d'une brûlure fiévreuse, immédiate, qui veut d'abord être apaisée. Et ce que vous devez comprendre au sujet de mes trois Shahid, c'est que toujours, à tout moment — même quand je m'autorisais brièvement à croire le contraire ; même lors de cette unique et précieuse occasion où je serrai l'un d'eux dans mes bras —, j'ai toujours su que mon désir ne *pourrait pas* être satisfait, qu'il ne le serait jamais ; mais que j'étais encore assez près pour me cramponner, par intermittence, au fantasme de sa satisfaction, et que *cela même* suffisait à le maintenir, si longtemps, en vie.

Le fait est que j'avais envie de caresser le visage de Skandar — envie de ce contact, de sentir sa peau sous mes doigts —, mais je comprenais parfaitement que ce n'était pas à l'ordre du jour et m'y résignai. (Encore que, comment ne pas souhaiter être différente ? Qu'auraient vu ces étudiants, si j'avais osé cette caresse ? Auraient-ils prêté attention à ces deux vieux clients sans intérêt attablés dans un coin ? Et que se serait-il passé, en quoi le cours des choses aurait-il été changé, si j'avais tout simplement eu la témérité de tendre le bras vers lui et d'appliquer avec douceur la main sur sa joue tendre, un peu flasque ?)

Il avait apporté un sac plastique qu'il posa d'un geste gauche sur la table, entre son café turc et mon thé à la menthe couleur d'urine.

« J'ai le déménagement à finir tout seul, déclara-t-il de son air le plus contrit. Je ne suis pas très doué pour ça. Dans un premier temps, je décrète qu'il faut tout garder, mais quand je me rends compte de la difficulté à faire des cartons et à les expédier, je décide de tout jeter. C'est plutôt la tâche de

Sirena, ce genre de choses.» Je devinai que jamais encore il n'avait été abandonné ainsi.

«Alors, poursuivit-il, j'ai pensé à vous qui avez été une amie si précieuse pour nous tous. Je me suis dit que vous aimeriez peut-être avoir un ou deux objets qu'il serait absurde de remporter.» Il poussa le sac vers moi, renversant presque mon thé. Je le rapprochai. «Ne vous inquiétez pas, ajouta-t-il. Pas besoin de regarder ici. Tout ce dont vous ne voulez pas, vous n'aurez qu'à vous en débarrasser.»

J'éclatai de rire.

«Non, non — je ne suis pas en train de vous dire que c'est un sac d'ordures; bien au contraire. Mais ce sont des choses que, quoi qu'il arrive, je n'emporterai pas.»

Nous ne restâmes pas longtemps à l'Algiers Café — Skandar prenait l'avion tôt le lendemain, à cause d'un colloque à Washington, DC, et il avait encore beaucoup à faire. Durant le court moment que nous passâmes ensemble, la seule allusion qu'il fit à ce que nous avions partagé fut la suivante : «Vivez, ma chère Nora. Essayez de satisfaire votre faim. Il y a de la nourriture partout, figurez-vous.

— Quelle sorte de nourriture? J'aimerais bien le savoir.

— Ah...» Il sourit. «Il faut goûter à tout, pour savoir ce que vous aimez vraiment.»

À quoi bon, eus-je envie de demander, si le fruit le plus délicieux est interdit?

Lorsque nous nous séparâmes sur le trottoir, il me prit dans ses bras, me serra très fort — une véritable étreinte — et me garda contre lui quelques moments de plus que les convenances ne l'exigeaient. Ces adieux n'auraient attiré l'attention d'aucun passant, mais je savais pourtant — ou prétendais savoir — qu'ils étaient plus riches de sens qu'il n'y paraissait. Je m'en nourrirais longtemps. Par timidité,

Skandar détourna ensuite les yeux et repartit à pas lourds sur le trottoir vers sa maison. Vu de dos, il avait l'air plus petit, sa démarche ressemblait à celle d'un vieillard trapu, et un bref instant, je fus une fois encore, mais de manière différente, émue par lui.

*

Quant au sac, qui exciterait tellement mon imagination au cours des mois — que dis-je? au cours des *années* — à venir, qu'y avait-il à l'intérieur? J'aimerais pouvoir vous le dire plus précisément. Je l'ouvris et jetai un coup d'œil à son contenu à la lumière d'une vitrine, à l'angle de Brattle Street et de Church Street. Je reconnus un exemplaire du dernier ouvrage en anglais de Skandar — cadeau qu'il m'avait sûrement dédicacé, mais malgré mon impatience de lire ce qu'il avait écrit, je ne me voyais pas le sortir en pleine rue. À côté, une peinture faite par Reza était enroulée sur elle-même — je me doutai qu'il s'agissait de son paysage enneigé : nous les avions réalisés en cours de dessin au mois de janvier, et le sien s'était révélé particulièrement inventif. Pour une raison mystérieuse, il y avait trois paires de ciseaux de cuisine au fond du sac, de ceux gainés de plastique que l'on achète au supermarché; et puis un petit objet enveloppé dans un mouchoir en papier. Là, mon impatience fut la plus forte : je déchirai le papier, maladroitement entouré de plusieurs épaisseurs de scotch, jusqu'à ce que je découvre, sur une chaîne en argent, une croix sophistiquée en argent elle aussi, incrustée de turquoises et de ce qui ressemblait, dans la pénombre, à une pierre rouge sang. Elle était lourde sur ma paume et plutôt élégante, malgré son éclat un peu terni. Que signifiait-elle? À qui appartenait-elle?

Je la laissai glisser au fond du sac. Je voulais croire qu'il l'avait choisie en pensant à moi. Plus vraisemblablement, il s'agissait d'un cadeau de fin d'année de la part de Reza, sélectionné par Sirena parmi quantité d'autres objets possibles et oublié dans la précipitation du départ. L'explication la plus simple et la moins flatteuse était toujours la bonne, je l'avais appris au fil des ans.

En fait, je ne le saurais jamais avec certitude. Toujours efficace et prévoyante, j'avais emporté, après le coup de fil de Skandar, les fiches de géographie consacrées au voyage en voiture de deux enfants, Jordan et Samantha, dans les capitales des États américains, et dont il me fallait vingt-deux exemplaires — non, seulement vingt et un, désormais — pour le lendemain matin. En rentrant chez moi, je m'arrêtai donc dans le magasin Kinko's ouvert toute la nuit, près du bureau de poste de Mt. Auburn. Il y eut un bourrage à la troisième photocopie, et je dus aller chercher l'employé obèse qui, clignant des yeux sous les tubes au néon, plongea dans la machine ses doigts pâles et boudinés. Tant d'histoires pour quelques photocopies — moi qui croyais me simplifier la tâche, car la photocopieuse de l'école était toujours utilisée par quelqu'un d'autre ou en panne —, et en arrivant dans mon appartement, je m'aperçus que j'avais oublié le sac plastique de Skandar sur la table près de la photocopieuse n° sept. Je tentai d'appeler Kinko's, où personne ne répondit. J'envisageai de retourner là-bas, mais il était plus de 23 heures, et le courage me manqua.

Le lendemain matin, j'y passai en vitesse avant l'ouverture de l'école, mais la jeune femme aux yeux larmoyants qui remplaçait l'employé de la nuit précédente n'avait pas entendu parler d'un sac plastique. Elle me montra le bac réservé aux objets trouvés, qui contenait plusieurs trousseaux de clés, un parapluie, deux gants d'hiver dépareillés, et un Blackberry avec un sticker en forme de dragon vert au dos : c'était l'unique endroit où l'on pouvait récupérer ce qu'on avait perdu. Eric serait de retour à 22 heures, si jamais je voulais revenir à ce moment-là et le questionner ; malheureusement, elle-même ne pouvait rien faire de plus pour moi.

Le sac disparut donc aussi vite qu'il était apparu ; jamais je ne connaîtrai la provenance ni la raison de la présence du collier, pas plus que je ne saurai ce qui était écrit dans le livre de Skandar, si toutefois il comportait bien une dédicace. Ainsi étais-je libre d'imaginer toutes les hypothèses possibles.

Je ne leur avouai jamais avoir perdu le sac, et s'ils s'étonnèrent que je ne les aie pas remerciés de leurs cadeaux, ils ne me le dirent pas. Mais le caractère imaginaire pris par ces quelques objets jouerait un rôle non négligeable, je crois, dans ma capacité singulière à maintenir si longtemps vivante l'intensité du lien qui m'avait unie à eux trois.

3

Lorsque je revis Sirena, ce fut à New York, près de deux ans plus tard, lorsque son Pays des Merveilles fit partie de l'exposition inaugurale dans la nouvelle aile féministe du musée de Brooklyn. Durant presque tout ce temps, Anna Z l'avait représentée aux États-Unis et les deux femmes étaient devenues des amies très proches — Anna Z était plus jeune, et Sirena l'étoile montante. Quand je les vis ensemble à l'entrée de la galerie d'Anna dans West 13th Street, leur proximité physique me rappela celle que Sirena et moi avions connue et une vague de jalousie me submergea.

Sirena, quoique la plus petite des deux, semblait irradier, presque nimbée de lumière, et Anna se tournait vers elle, telle une plante vers le soleil. Il n'y eut aucune gêne à mon approche — une accolade familière de la part de Sirena, qui me tint ensuite à bout de bras et me dit : « Nora, ma chérie, laissez-moi vous regarder ! » Personne n'aurait su, peut-être elle moins que quiconque, ce qu'elle avait représenté pour moi, ce que j'avais perdu et contemplais de nouveau à présent, de loin et solitaire.

Sirena et moi devions prendre un verre, mais pas dîner ensemble : c'était une artiste parisienne venue à New York pour un vernissage important, et elle réservait ses soirées à des gens plus célèbres que moi. Cet après-midi-là, pourtant, elle avait eu l'élégance de me présenter à sa galeriste comme une amie artiste de Boston, très chère à son cœur. Ce qui signifie qu'Anna Z, un peu à la manière d'une mante religieuse, me dévisagea comme si j'étais quelqu'un de potentiellement connu. Mais elle voulut ensuite savoir où j'« exposais » — verbe digne du Palais des Glaces s'il en était — et je me sentis rougir en marmonnant une vague ineptie sur des problèmes familiaux qui m'avaient obligée à me mettre entre parenthèses quelque temps. Après cela, elle se tourna de nouveau vers son soleil, et hormis deux ou trois regards mi-curieux mi-apitoyés, ne s'intéressa plus à moi.

Et avec Sirena ? Deux ans s'étaient écoulés. Deux ans au cours desquels nous avions peut-être échangé une dizaine d'e-mails, mais où j'avais pensé à elle — ainsi qu'à Skandar et à Reza — tous les jours. Autrefois, quand les gens disaient : « Il ne se passe pas une journée sans que je ne pense à Y ou à Z », j'y voyais une hyperbole désuète et gênante ; grâce aux Shahid, je comprenais désormais. J'avais même réservé à ces derniers certains moments de la journée et certains lieux où je m'autorisais ces retours dans le passé. Par exemple, les fantasmes habituels — anciens pour certains, plus récents pour d'autres — étaient permis au lit une fois les lumières éteintes. Je rêvais encore, de loin en loin, à une vie d'artiste dans le Vermont ou en Toscane ; mais le plus souvent, avec une certaine bassesse, je me voyais à Paris — dans un grand restaurant avec Skandar, nos genoux se touchant sous la nappe tandis que nous discutions des différences entre les intellectuels français et américains, ou du monde d'après la guerre en Irak. Ou bien je m'imaginais montrant avec emphase mes œuvres à Sirena, dans les salles spartiates d'une galerie en vue qui m'avait courtisée, pendant que des jeunes femmes en noir nous admiraient un peu à l'écart, intimidées. Alors même que je m'y adonnais, je savais que ces rêveries étaient impures — après tout, les Shahid m'avaient d'abord permis d'échapper au monde des faux-semblants, d'être vue pour ce que j'étais réellement —, mais je n'y pouvais rien : leur nature, dirait-on, m'avait corrompue. Le besoin que j'avais de leur approbation, et ma compréhension de ce que cette approbation repré-sentait pour eux — cela avait même modifié la forme de mon moi, sans parler de celle de mes rêves.

À cette époque, deux ans après leur départ, j'avais honte d'être encore à Appleton ; honte, parce que je croyais qu'ils m'écriraient plus souvent, qu'ils me prêteraient plus d'attention, qu'ils m'aimeraient plus intensément, si j'impressionnais davantage le reste du monde ; ce qui m'amenait — nous sommes pathétiques ! — à regretter qu'il n'en soit pas ainsi.

En plus de mes fantasmes du coucher, voyez-vous, je m'autorisais à céder à mon obsession muette lorsque je recevais des nouvelles d'eux par e-mail. J'avais configuré une alerte Google pour Sirena et une pour Skandar ; vous seriez surpris — je l'étais — de la fréquence à laquelle Internet me tapotait l'épaule pour m'informer des derniers développements dans la vie de l'un ou de l'autre. Ainsi, quand je m'assis avec Sirena dans la pénombre d'un bar près de la galerie d'Anna, étais-je déjà au courant de la promotion de Skandar à l'université, et de l'importante série de conférences qu'il avait donnée durant l'automne 2006 à Oxford. Je savais que ces conférences seraient réunies dans un livre et publiées fin 2007, et même à quoi la couverture du livre ressemblerait; de même, je savais que Skandar venait de remplacer sa photo de lui en tant qu'auteur par une autre plus récente, et apparaissait désormais moins flou aux yeux du monde, plus fidèle à lui-même. Je l'avais entendu en ligne sur la BBC parler des bombardements israéliens au Liban, ce qui m'avait ensuite valu de penser à lui avec une grande tendresse pendant des jours; je l'avais également vu sur YouTube discuter, dans un français incompréhensible pour moi, de la politique actuelle de l'Algérie, l'air particulièrement élégant dans une chemise blanche bien repassée. J'étais au courant des critiques enthousiastes que le Pays des Merveilles avait suscitées à Paris, puis à Berlin, où l'installation avait été présentée au Hamburger Bahnhof dans le cadre d'une exposition sur le spirituel dans l'art. Je savais que les collectionneurs se bousculaient pour acquérir les vidéos de Sirena sur les visiteurs de son installation, et que quelqu'un de chez Saatchi en avait acheté une, donnant du même coup de la valeur à toute son œuvre. Elle avait filmé un homme nu pénétrant dans le Pays des Merveilles; un groupe d'écoliers français, comme notre classe d'Appleton lors de cet après-midi depuis longtemps révolu; et, inévitablement, une jeune fille déguisée en Alice. Ces vidéos, ou plutôt des sélections et des compilations, étaient désormais diffusées parallèlement à l'installation, si bien que chaque visiteur se savait filmé; quelqu'un avait écrit un long article dans *Artforum* sur : « Le spectateur et le voyeur dans l'œuvre de Sirena Shahid ». Retournant ces gags à son avantage, elle avait involontairement incité les gens à se conduire parfois de manière extraordinaire, lorsqu'ils visitaient le Pays des Merveilles : il y avait eu ce couple simulant un rapport sexuel en public, cet étudiant qui avait traversé l'installation vêtu d'un costume de lapin blanc avec d'énormes oreilles... Bien sûr, Sirena ne montrait pas les vidéos de ces interventions spontanées, mais des critiques perplexes leur consacraient des articles et posaient des questions pertinentes sur la frontière entre art et exploitation, sur le fait de savoir s'il s'agissait d'un art collaboratif ou d'une pure comédie, et s'il fallait voir une dégradation délibérée ou fortuite, dans ce rapprochement de l'art et de la télé-réalité.

Cela dit, personne ne niait que Sirena produise des œuvres à la fois profondes, belles et émouvantes — tout le monde le reconnaissait. En l'espace de deux courtes années, elle avait réussi à créer la controverse par différents moyens, et cette controverse l'avait rendue célèbre, en Europe à coup sûr, mais aussi dans le monde de l'art nord-américain, si bien que sa participation à cette exposition inaugurale et féministe du musée de Brooklyn au printemps 2007 n'apparaissait nullement, a posteriori, comme une faveur, ou un risque pris par les commissaires, mais plutôt comme un choix artistique incontournable. La célèbre historienne de l'art à l'origine de l'exposition pouvait à présent affirmer qu'elle n'aurait pas davantage pu oublier Sirena que se couper une main ou inclure l'œuvre d'un homme.

Je savais tout cela grâce à mes alertes Google, mais je feignis de l'ignorer. Et je trouvai intéressant — Sirena était toujours intéressante, même quand elle me faisait souffrir — d'entendre de quelle façon elle parlait d'elle-même, de ses hommes, de notre lointain passé commun.

« C'est drôle, non, dit-elle, effleurant d'un doigt taché d'encre la condensation sur son verre de vin blanc, à quel point cette année-là n'a pas été heureuse pour moi. Vous vous souvenez de ce pauvre Reza ? Et de Skandar toujours parti — et du temps qu'il faisait. Vous vous en souvenez,

Nora ? Jamais je n'ai connu de moments plus difficiles. (Elle avait toujours son accent italien.)

— Je ne me suis sans doute pas rendu compte que c'était si épouvantable. » Que dire d'autre ?

« Pas rendu compte ? Mais voilà le plus extraordinaire. Ça n'a pas pu être si épouvantable, ou alors c'était fait exprès — parce que ce Pays des Merveilles que j'ai réalisé… » Elle s'interrompit avant d'ajouter, en inclinant doucement la tête : « Que j'ai réalisé avec votre aide incroyable, et que je n'aurais pas pu mener à bien seule — ce Pays des Merveilles a apporté un changement énorme dans mon existence. Parfois je l'oublie, parce que ça n'a pas toujours été facile — je ne suis pas censée le dire, c'est une façon de cracher dans la soupe, mais à vous, ma Nora — sa main sur mon bras —, je peux l'avouer. En fait, ces deux dernières années ont été éprouvantes. Tous ces voyages, Reza n'aime pas ça ; ni Skandar. Il n'est pas du genre à se mettre en avant, mais c'est parce que tout le monde s'intéresse à lui ; et quand ce n'est plus le cas, il n'a pas très bon caractère. Il peut être maussade, désagréable, mal se conduire. Et puis sa mère est tombée gravement malade, l'an passé — elle va mieux, maintenant, mais le cancer, est-ce que l'inquiétude disparaît, ensuite ? —, alors oui, tout a été beaucoup trop bousculé, et pas si facile. » Depuis le début, je l'observais attentivement, attendant qu'elle me reconnaisse, attendant de retrouver son regard ; mais soit elle baissait la tête, soit elle lançait des coups d'œil à droite et à gauche, sans se concentrer sur mon visage. « Mais cette année à Cambridge, oui, une période si difficile pour nous tous — c'est comme si elle était dans une boîte à part, bien rangée, elle n'a plus de place dans ma vie quotidienne. Bien que ce soit là que les choses aient commencé à changer, parce que c'est là que je vous ai rencontrée, ma chère Nora, et que j'ai commencé mon Pays des Merveilles.

— Mais vous vous en souvenez quand même?» En posant la question, je revoyais si nettement la lumière hivernale entrer par les fenêtres de l'atelier, le robinet de l'évier, couvert de taches de peinture, les tasses ébréchées, les poufs et le tapis crasseux, du même bleu qu'une ecchymose, sous la table basse. Je revoyais leur petite maison, je sentais encore la fragilité de la porte d'entrée en contreplaqué, la poignée tournant dans la serrure, je distinguais les taches sur la moquette beige de l'escalier de l'entrée, je retrouvais la vague odeur de cantine que gardait l'endroit, même après toutes les cigarettes qu'ils y avaient illégalement fumées. En fait, je me souvenais de tout : des sacs en papier sulfurisé de la pâtisserie ; du reflet des bougies sur les cheveux de Sirena dans le coin banquette du bar sépulcral d'Amodeo, ce fameux après-midi ; du crissement des chaussures de cuir de Skandar derrière moi sur la neige tassée, lorsqu'il me raccompagnait chez moi en hiver entre les congères, et du froid glacial dans ma gorge à chaque goulée d'air. De la rondeur musclée des petits bras de Reza quand il se déshabillait pour se coucher, de la tache de vin en forme de fraise sur son biceps gauche, de sa cage thoracique nue et aussi fragile que celle d'un oiseau, ainsi que de la fine cicatrice argentée qui s'était formée au fil du temps sur la chair rougie près de son œil — je revoyais cette chirurgienne avec ses hauts talons inattendus, ses mains carrées et l'agilité digne d'un tailleur de conte de fées avec laquelle elle tirait l'aiguille… chaque moment de cette année-là, et l'année tout entière, j'aurais pu les restituer, translucides, une perle nacrée après l'autre, si seulement Sirena avait bien voulu les recueillir — ce que, semblait-il, elle ne souhaitait pas spécialement, quand elle me répondit : « Oh, je peux m'en souvenir si je fais un effort — je ne suis pas encore si vieille ! Mais tout est flou, dans ma mémoire, et sombre. Même si je sais que ça ne peut pas l'être à ce point. Il ne fait certainement pas toujours sombre, à Boston ?

— Non. Votre imagination vous joue des tours. C'est une ville assez lumineuse, en fait. »

Beaucoup de choses étaient le produit de ma propre imagination, je le savais ; mais il restait aussi ce qui avait été, sans l'ombre d'un doute, entièrement *réel*, tous ces instants et ces détails si précis, encore bien vivants pour moi — et pour Sirena, autant de détritus depuis longtemps jetés par-dessus bord dans l'immense océan de son passé. Tandis que cet avion d'Air France s'élevait dans le crépuscule, deux ans plus tôt, Boston en contrebas avait disparu pour elle.

« Je me souviens à peine d'avoir réalisé cette installation, dit-elle. Mais je vous revois assembler toutes ces robes bleues.

— Il y en avait beaucoup.

— Vous savez ce qui est le plus drôle ? Vous vous rappelez cette carte postale que vous nous avez envoyée, l'illustration d'une édition ancienne d'*Alice au pays des merveilles*, où Alice est si grande, avec un si long cou ?

— Bien sûr. » Je l'avais expédiée presque aussitôt après leur départ, ma première carte, restée sans réponse, envoyée à l'adresse mythique de leur domicile parisien, à temps pour que Sirena l'ait au moment du vernissage.

« Eh bien, elle est encore sur notre réfrigérateur, reprit-elle, l'air perplexe. Au même endroit, depuis une éternité. Je ne sais pas qui l'a gardée — ça m'étonnerait que ce soit moi. Reza, peut-être ? »

Je souris. Reza.

« Oui, en fait vous êtes tout le temps avec nous. Parfois je sors le jus d'orange ou un yaourt, et je vois Alice, si stupéfaite, avec son long cou, et je pense à vous. » Sirena me regardait finalement, dans ce bar déplaisant, tout en cherchant à tâtons une carte de crédit dans son portefeuille plein à craquer, et son sourire était sincère — le sourire d'avant, le visage d'avant, que j'avais tant aimés.

*

Ce fut en proie à cet attendrissement que je visitai le musée de Brooklyn le lendemain matin, peu après l'ouverture, toute seule. J'étais l'unique visiteuse à traverser le Pays des Merveilles silencieux, et je fus surprise par l'atmosphère accueillante que créait la voûte céleste composée de robes d'Alice, trois larges bandes bleues tendues en hauteur, ondulant doucement sous l'effet de la climatisation. Les spots éclairaient les fleurs d'aspirine, si bien que leurs couleurs s'intensifiaient dès qu'elles oscillaient légèrement au-dessus du gazon d'un vert fluorescent ; les éclats de miroir étincelaient, impossibles à ignorer, troublants, sans être envahissants. Je n'avais pas oublié les nus, mais ma mémoire avait modifié leurs traits, à moins que je ne les aie vus différemment à présent — le pied en canard de la petite fille, le mamelon sombre d'un sein un peu lourd, le frémissement d'une narine semée de taches de rousseur, l'angle improbable d'une côte saillante, témoin de presque un siècle de vie —, et ils étaient énormes, plus grands que moi, alors que je les avais découverts tout petits sur un écran d'ordinateur. À l'image du reste, ils ondulaient doucement, comme s'ils respiraient, comme si la pièce respirait autour de nous.

Puis le fameux cœur de plastique sur son piédestal, rougeoyant, ouvert par le milieu, avec ses ventricules dressés tels les tubes servant à gonfler les gilets de sauvetage, ses entrailles sombres, l'air mouillées alors qu'elles étaient sèches ; et sa pompe automatique qui se mettait en route par intermittence, dans un discret sifflement, la précieuse brume d'eau de rose de Sirena s'élevant dans les airs — censée représenter l'âme, je crois —, noyant la pièce dans un parfum de fleurs suivi, un instant plus tard, de l'odeur de la mort, comme toujours avec l'eau de rose. Et enfin Sana tournoyant, gigantesque, dominant tout. Il y avait deux petits bancs noirs dans cet espace central, et je m'assis sur celui de gauche pour admirer — oubliant que j'étais filmée comme tout le monde.

J'y restai sans doute une demi-heure au moins, dans les senteurs d'eau de rose, parmi les fleurs scintillantes. Mange-moi, Pays des Merveilles, bois-moi ; oui, oui, oui. J'étais encore amoureuse de tout cela, d'elle, d'eux, et comment pouvais-je m'en empêcher, quand le fait d'être dans sa tête me semblait tellement familier, comme s'il s'agissait de l'intérieur de mon propre esprit, comme si j'avais construit moi-même ce Pays des Merveilles, comme si cette vie, tout cela, m'étaient également destinés ? Pendant cette demi-heure, je me sentis aussi *remplie* qu'un vase prêt à déborder, bombant sa surface tremblante vers le ciel. J'avais l'impression — des mois durant, je l'avais eue à chaque seconde, avant d'en être privée ces deux dernières années —, j'avais l'impression qu'à tout moment il pouvait arriver n'importe quoi, tout était merveilleux et possible, l'antithèse de l'expérience de Lucy Jordan. Je me sentais formidablement vivante. Et je me dis encore, curieusement, que c'était à elle — à eux — que je le devais. Difficile d'être en colère, totalement, envers quelqu'un ou quelque chose capable de m'emplir d'une telle joie de vivre. On est condamné à aimer pareil cadeau, et son auteur.

*

Je vous l'accorde, ce n'était pas grand-chose, mais cela devait me soutenir, si vous pouvez le croire, pendant deux nouvelles années de jachère, années au cours desquelles je me cramponnai encore à l'idée que j'avais d'elle, d'eux, à l'espoir qu'ils m'avaient offert.

Réfléchissez : deux années supplémentaires. Plus de quatre en tout, mille cinq cents jours environ, et durant chacun de ces jours, d'une façon ou d'une autre, ils furent avec moi. Mue par le sentiment que je n'avais pas le choix, qu'il me fallait aller de l'avant, je sortis le soir avec plusieurs hommes — un divorcé angoissé, père de trois enfants, broyé par l'amertume et les soucis; un quinquagénaire si visiblement gay qu'il était sans doute le seul à ne pas le savoir; un bouddhiste aux longs doigts maigres qui parlait d'une voix terriblement douce, et me donnait envie de hurler et de marteler de coups de poing sa poitrine discrète et consentante — et pourtant, chaque fois que je m'asseyais au restaurant avec l'un d'eux, j'entendais le rire de Skandar, ou bien je voyais son sourire contrit, et je me rappelais — mon livre sur les Merveilles du Monde — tout ce qu'il restait à découvrir, au-delà des limites de Cambridge, Massachusetts, et j'avais envie de tourner les talons pour fuir ma médiocrité.

Ayant libéré l'atelier de Somerville bien avant la fin du bail, incapable de supporter ses fantômes, je tentais par intermittence de travailler à mes dioramas, sans succès et, en fin de compte, sans espoir. Abandonnés, à l'abri de la poussière sous un drap, ils attendaient dans ma chambre d'amis, mon ancien et prétendu atelier, aussi immobiles que des cadavres dont, si je devais entrer dans la pièce, je détournais les yeux. Pendant mille cinq cents jours, une proportion sûrement inquiétante du temps qu'il me restait à passer sur cette planète, je dédiai mon cœur aux Shahid. Vous pourriez dire que ce n'était pas leur faute; vous pourriez dire que tout venait de ma propre folie, mais ce ne serait pas tout à fait vrai.

J'envoyais des e-mails de temps à autre, surtout à Sirena, ou même à Reza — je lui demandais s'il avait déjà étudié les cycles de l'existence, puisque nos cours moyen, sous la houlette d'un nouveau professeur de sciences, dissé-quaient des œufs à divers stades de leur développement et criaient dans les couloirs leur admiration de la vie. Un jour, je trouvai même un prétexte pour écrire à Skandar, avec un lien relatif à un colloque de la Kennedy School sur lequel j'avais lu un article, et il me répondit poliment, deux lignes disant qu'ils allaient tous bien et demandant si je viendrais à Paris... mais pour l'essentiel, je n'avais aucune nouvelle d'eux.

Je découvris, au début de l'automne 2008, que Skandar était venu à Cambridge sans me contacter : quand je mis la chaîne locale de télévision tard un samedi soir, il était là dans sa veste froissée, participant à une table ronde sur les relations entre les races aux États-Unis — c'est-à-dire, dans ce cas précis, les relations avec les Arabes —, et il démontra avec éloquence que l'élection probable d'Obama pourrait changer la marche de la société. L'émission avait été tournée cinq jours avant sa diffusion; j'étais sûre qu'il était déjà reparti. Si je fus blessée? Oui, mais pas offensée.

Rappelez-vous ce qu'il y avait entre nous, et ce qui nous séparait. Mieux valait être proches seulement dans nos cœurs. Par ailleurs, ces voyages éclair que font les gens importants — ils n'ont pas le temps de rendre visite à leurs vieux amis, même s'ils en ont envie. Je le savais.

La Femme d'En Haut est ainsi. Vous gardez tout pour vous. Vous ne faites pas de vagues ni d'erreurs, et vous n'appelez pas les gens en pleurant à 4 heures du matin. Vous ne révélez pas de secrets qui seraient inconvenants dans votre bouche. Vous fêtez vos quarante ans et vous en riez, vous blaguez sur votre besoin de boire des martinis, sur le fait que la quarantaine, c'est comme la trentaine autrefois, et vous ne dites pas tout haut, personne d'autre ne dit tout haut ce que tout le monde pense tout bas, à savoir : «Bon, elle n'aura sans doute jamais d'enfants, maintenant!» et puis, encore moins avouable : «C'est parce qu'elle croyait ne pas en vouloir, parce qu'elle n'y est pas arrivée (l'idiote, mauvaise gestion du temps), ou bien, pauvre chou, à cause d'une impossibilité physique (auquel cas elle est à plaindre)? Pourquoi est-elle célibataire, de toute façon? Ce n'est pas comme si elle avait fait une brillante carrière — ce n'est jamais qu'une institutrice, et même pas une Shauna McPhee.»

Toutes ces choses, la Femme d'En Haut sait qu'elles se disent, elle déteste le savoir, elle est furieuse de le savoir, et elle cache courageusement aussi bien son savoir que sa fureur, et tout le monde se souvient de son quarantième anniversaire, au bar du Charles Hotel où elle n'avait pas regardé à la dépense, comme la fête la plus réussie à laquelle chacun soit allé depuis longtemps, rappelant celles de l'époque où personne n'était marié ni père ou mère de famille, et il faut lui reconnaître ce mérite, Nora

Eldridge donne vraiment l'impression que la quarantaine, c'est comme la trentaine autrefois — oui, enfin bon. Tout cela, vous le savez, et vous avez beau l'enfouir le plus profondément possible, tel un cadavre, les squelettes sont quand même là, et ils ne vous quittent pas.

Jamais vous n'iriez raconter l'histoire de votre amitié avec les Shahid, pour toutes sortes de raisons — vous avez votre dignité, après tout —, dont le fait que vous ne voudriez pas passer pour le genre de personne mal élevée qui fait comprendre à son interlocuteur, simplement en les évoquant, que des gens comme les Shahid sont plus attirants, en quelque sorte mieux placés sur sa propre échelle de valeurs que lui. Jamais la Femme d'En Haut, qui offre au monde un visage éternellement compatissant, n'aurait sa propre échelle de valeurs. Elle ne doit pas donner l'impression d'être calculatrice. Qui pourrait aimer quelqu'un de solitaire et de calculateur ?

*

Skandar, Sirena, Reza — chacun d'eux était, à sa façon, mon moine noir. J'abritais en moi un vrai monastère ! Chacun d'eux, dans mes conversations intérieures passionnées, satisfaisait l'un de mes désirs les plus férocement dissimulés, mais aussi les plus chers à mon cœur : la vie, l'art, la maternité, l'amour, et la promesse si séduisante que je *n'étais pas rien*, que je pouvais être vue sans apprêt, et que ce moi caché, cette précieuse femme sans fard, invisible durant des décennies, pouvait — devait, même — laisser une trace en ce monde. Si tel était le cas, alors je pourrais devenir une artiste, ce serait permis. Qui me donnerait la permission ? Eux. Comment ? J'attendais un signe.

Des traces, des signes. J'espérais obtenir une preuve de ce que je pouvais représenter — du fait que je représentais quoi que ce soit. Finalement, il y a quelques petits mois de cela, je l'obtins. Finalement, tous les éclaircissements à la fois, la confirmation de ce que je représentais pour eux. Oui, vous aviez erré si longtemps dans le Doute, vous l'aviez étreint, il vous avait tourmentée ; et soudain, enfin, vous saviez.

4

Voilà ce que la vie a de plus étonnant, au fond : les choses les plus considérables — des choses parfois fatales — se produisent en un clin d'œil, le temps d'une secousse de la main de ma mère. Parfois, vous ne saisissez même pas l'importance d'un événement avant longtemps, car vous n'arrivez pas à croire qu'un fait aussi capital ait pu présenter une apparence aussi anodine.

Tante Baby mourut, d'une mort soudaine et charitable, entre Thanksgiving et Noël de l'année suivante. Jamais affligée par la maladie, ce qui avait été sa grande angoisse de vieille fille, elle vécut assez longtemps pour suivre l'entrée en fonctions du nouveau président et un peu plus, et pour espérer, dans sa piété, que Dieu comprenait quelque chose à l'économie. Grâce à sa prévoyance et à sa frugalité, elle ne mourut pas dans la misère, et même si ses biens furent partagés en six — entre Matthew, moi, et ces lointains cousins des photos —, il restait, une fois son appartement de Rockport vendu à perte et les impôts payés, une jolie somme de plus de cent mille dollars pour chacun. Matthew et Tweety déclarèrent que cet héritage serait placé pour financer les études de leur gamine — un couple raisonnable, prenant une décision raisonnable. Mon père ne reçut pas d'argent, mais hérita de deux tableaux victoriens au cadre ouvragé, aussi ingrats qu'imposants et représentant des vaches dans les prés, ainsi que d'un service à thé en argent.

L'appartement fut vendu en avril, et dès que je reçus l'héritage de ma tante, je pris une initiative radicale : je décidai de demander un congé d'un an et de quitter Appleton. Des économies, l'âge mûr en vue — j'avais déjà quarante-deux ans, presque quarante-trois, de l'arthrite au genou gauche me gênait pour courir, et je commençais à me teindre les cheveux pour avoir l'air normal. Je ne pouvais plus lire sans lunettes les petits caractères sur les flacons d'aspirine. Tout cela en l'espace de deux ans. La mort frappait à la porte. Le sniper sur le toit. J'avais presque renoncé à avoir un enfant à moi, mais cela ne signifiait pas que je ne *voulais pas* d'enfant. Et j'avais renoncé une fois pour toutes, croyais-je, au fantasme de devenir une artiste de renom, même si je continuais à dire que j'espérais poursuivre mon œuvre ; sans doute croyais-je que l'obstacle était le temps, ou plutôt le manque de temps.

J'enseignais en outre à Appleton depuis dix ans, une décennie entière, et même Shauna McPhee passait à autre chose (contre son gré, dans son cas : la fronde des parents contre elle, qui s'était intensifiée, était finalement remontée aux oreilles des fonctionnaires de la municipalité, qui l'avaient mutée). Ma raison officielle était donc qu'après de bons et loyaux services j'avais besoin de faire une pause, de recharger mes batteries, de redécouvrir le monde ; la raison vue de l'extérieur était sûrement que j'affrontais une forme bénigne de crise de la quarantaine — oh, Nora, elle a travaillé dur, cette femme adorable, si patiente avec les enfants, et puis elle a subi beaucoup d'épreuves, vous savez. La véritable raison officielle était que j'avais besoin de temps et d'espace pour tenter de pratiquer mon art, faute d'y être arrivée ces quelques dernières années, à cause des exigences de l'école et de mon père vieillissant ; la véritable raison secrète était que je me sentais malheureuse, car même tant d'années plus tard, chaque soir au moment de me coucher, je me raccrochais encore à mes bribes de nouvelles des Shahid — tellement peu pour m'aider à tenir, quelques e-mails de pure forme et cette unique émission, chaque souvenir usé jusqu'à la corde pour avoir trop servi — et en me raccrochant ainsi, j'espérais encore connaître l'existence plus riche, plus gratifiante, plus merveilleusement ouverte et consciente, qui m'avait si brièvement paru possible. Ayant désormais dépassé quarante ans, je voulais me donner une chance réelle de vivre cette vie, sans toutefois savoir vraiment ce qu'elle pouvait entraîner.

Je m'inscrivis à un cours de sculpture du Mass Art qui débutait en septembre, à un cours de poterie dans un atelier près du Monsignor O'Brien Highway, car je croyais avoir besoin d'apprendre de nouvelles techniques. Je commandai un coûteux appareil photo numérique sur Internet, pour pouvoir explorer par moi-même la photographie. J'étais l'enseignante établissant un programme pour un seul élève : moi-même. Je commandai des livres à la bibliothèque — Emmet Gowin, Sally Man, des clichés choquants, merveilleux, intimes —, prenant alors conscience que je ne possédais aucune photo de famille, sauf celles de mon père, de Matthew, Tweety et leur fille, ce qui ne comptait pas.

Ma décision la plus spectaculaire fut de réserver un voyage en Europe pour l'été. Pourquoi pas ? Je ne demandai pas à mon père s'il aimerait m'accompagner. Pour plaisanter, je suggérai à Didi de venir avec moi — sans Esther et Lili, cela allait de soi — ce qui la fit rire. « Comment vas-tu rencontrer des hommes, si tu m'as sur le dos ? Je suis le contraire d'une couverture : une fausse amante lesbienne, pour décourager les compagnons potentiels !

— Je ne cherche pas à faire des rencontres. Quelle idée !

— Tu devrais pourtant. Il est grand temps.

— Grand temps pour quoi ?

— Tu es dans la fleur de l'âge ! Comme la Miss Jean Brodie de Muriel Spark. Tu te souviens ? Ça ne dure pas, alors ne gâche pas tes chances.

— Mes chances ?

— Nora Adora, est-ce que je dois le dire brutalement ? À quand remonte ta dernière aventure ? »

Je haussai les épaules.

« Je n'essaie pas de te convaincre à tout prix des bienfaits de la vie de couple. Je ne dis pas que ce que j'ai convient à tout le monde. Ça ne te fait pas envie — aucun problème. Mais tu dois bien avoir envie de quelque chose ?

— Et si je n'ai envie de rien ?

— Si tu *dis* que tu n'as envie de rien, alors soit tu te mens à toi-même, soit tu me mens à moi. Car je sais que tu es du genre à avoir des envies.

— Et une conversion au bouddhisme ? Depuis des années que tu me le souhaites ?

— Au bouddhisme ? Foutaises. Un chiot labrador est plus bouddhiste que toi… Nora, promets-moi que ce n'est pas le retour de tes vieux démons.

— De quoi parles-tu ?

— Bouddhiste, non, obsessionnelle, oui. Je te connais trop bien pour ne pas savoir que tu gardes des choses pour toi et que tu rumines quand tu es seule. Alors je te le demande, et ne me raconte pas de conneries, s'agit-il de tes vieux démons ? »

Je lui étais reconnaissante de me poser la question. Elle se comportait en véritable amie, et dans l'existence on n'en a pas beaucoup. Mais je m'esclaffai avec une insouciance que je ne me savais pas capable de feindre et répondis : « Tu es complètement folle. Je n'ai pas la moindre idée de ce que tu veux dire. »

*

Tout ce voyage d'été en Europe — long de presque trois semaines — était en fait centré sur Paris. Pour que j'y sois quand eux-mêmes s'y trouveraient. De toute évidence, je ne comptais pas passer trois semaines à Paris — seulement cinq jours. Mais ils allaient d'abord en Italie, dans la famille de Sirena, et puis, après un bref séjour chez eux, ils se rendaient quelque temps à Beyrouth. Reza serait en vacances à la fin du mois de juin, et ils partiraient aussitôt ; je m'étais donc arrangée pour faire coïncider ma visite dans la Ville Lumière avec leur présence.

Je n'étais pas retournée à Paris depuis l'époque où j'occupais un poste de cadre commercial, période prodigue, aussi lointaine qu'un rêve, où j'étais descendue au Royal Monceau et avais demandé à ce que l'on me serve dans ma chambre un petit déjeuner dont je me souvenais encore, à cause du lourd service à thé étincelant et de la blancheur de la nappe amidonnée, de la table que l'on faisait rouler en silence sur la moquette pour qu'elle soit face à la fenêtre, comme s'il s'agissait de mon restaurant privé. Cette fois, l'expérience serait plus modeste : j'avais réservé une chambre simple à l'hôtel Plaisant (nom que l'on espérait en accord avec l'endroit), un trois étoiles près de Saint-Michel, autrefois fréquenté par Jean Rhys, avais-je appris sur le site web, avec des couloirs étroits, des parquets qui grin-çaient, une tuyauterie bruyante, et une peinture vert sauge sur des murs naguère couverts d'une tapisserie damassée de couleur pourpre, imprégnée d'une odeur de tabac froid.

*

Mon voyage fut-il extraordinaire et mémorable ? Vous tenez vraiment à le savoir ? Je peux m'extasier sur l'immen-sité des paysages de part et d'autre de la route conduisant à Oban, sur les nappes de brume gorgées de soleil tôt le matin à Grasmere. Je peux décrire mon adorable hôtel à Bloomsbury, avec, dans ma chambre, la plus petite des salles de bains — et sûrement le plus minuscule des lavabos — que l'on ait connues de mémoire d'homme. Je peux vous ennuyer en vous montrant des photos de Big Ben ou de la baie de Naples, vous donner des détails croustillants sur les amours de Nelson et d'Emma Hamilton, ou sur Anne Boleyn dans la Tour de Londres. Sans réfléchir, j'achetai des souvenirs pour les montrer à mes élèves, avant de me rappeler que cette année-là, je n'aurais pas d'élèves. Je bavardai avec une famille de Milwaukee à la table voisine de celle où je mangeais un *Welsh rarebit* chez Fortnum & Mason, et j'achetai quatre flûtes à champagne à liséré doré, désespérément peu pratiques, que je dus ensuite trimballer à travers l'Europe dans une boîte à poignée spécialement emballée, avec autant de ménagements que s'il s'agissait de coquilles d'œufs ou d'une bombe.

Au début, dans le bed and breakfast de Grasmere, observant de mon lit, un œil fermé, le motif végétal du papier peint et le lavabo bleu pâle à l'angle de la pièce, je me disais que je pouvais passer la journée là et que nul ne s'en inquiéterait. Je pourrais mentir et raconter avoir vu la maison de Wordsworth sans l'avoir visitée, me bornant à acheter une carte postale dans la boutique de souvenirs — mais je n'aurais sans doute pas besoin de mentir, car qui me poserait la question ? Ce qui me fit lever finalement, plutôt qu'un quelconque désir — je n'en avais aucun, sauf d'aller à Paris —, ce fut la crainte de rater mon petit déjeuner anglais, préparé par Mrs. Crocker avec son tablier bordé de dentelle et son regard inquisiteur ; et si je ne quittais pas la maison assez promptement, la même Mrs. Crocker apparaîtrait à ma porte avec un tablier différent, celui du ménage, une pelle, une balayette et un seau plein de produits nettoyants, pour me chasser d'un air revêche. Mes motivations, même la peur d'avoir honte, venaient toujours d'autrui. Vous pouvez faire descendre la Femme d'En Haut, mais elle reste la Femme d'En Haut.

Naples fut une étape un peu plus réussie, parce que j'éprouvais une envie réelle de visiter les différents sites, que cette ville délabrée et jonchée d'ordures m'effrayait, et que l'effroi est à la fois une émotion forte et depuis longtemps familière. Lorsque je sortais d'un musée désert au sommet d'une colline et devais traverser seule le parc tout aussi désert qui l'entourait, force était de me demander si mes palpitations et mon souffle court provenaient d'un risque réel pour ma vie, ou si je ne cédais pas tout bonnement au poids de l'habitude, dans l'espoir que ma peur me protégerait et que je serais en sécurité. En sécurité ! À plus de quarante ans, on n'est en sécurité nulle part. Un avion devient soudain l'endroit le plus sûr au monde. La mort et ses laquais zélés — l'appréhension, le désespoir, la maladie

— peuvent vous trouver n'importe où, et l'armure de la jeunesse ne vous protégera plus. Sirena avait Skandar, et Skandar, Sirena ; de même que ma mère, je le comprenais à présent, avait mon père, si humble protecteur qu'il ait pu être ; et lui l'avait, elle. Matthew avait Tweety ; Didi avait Esther ; tante Baby, bien sûr, avait dû avoir le Seigneur — car bien qu'elle n'ait pas été au sens strict une fiancée du Christ, elle avait vécu avec Lui presque toute sa vie. Et moi, traversant au pas de charge ce parc désert en fin d'après-midi, les poings serrés, je n'avais que moi-même.

Qui donc marche toujours à ton côté ? Personne, putain, merci beaucoup. Je marche seule.

*

Mon hôtel Plaisant se révéla bel et bien merveilleusement plaisant, niché au fond d'une impasse du côté le moins à la mode du boulevard Saint-Michel, face à un jardin intérieur. Sa façade en stuc, agrémentée d'une débauche de fleurs violettes, bleues et rouges dans des jardinières, avait un air presque anglais. Ma chambre donnait sur la rue, avec ces vieilles fenêtres merveilleuses (la poignée ovoïde fait jouer une longue barre de métal dans la serrure, mécanisme à la fois antique et d'une simplicité futuriste) qui ouvrent presque sur le vide, vide dont on est en réalité protégé par le plus raffiné des balcons en fer forgé. Lorsque j'entrai dans cette chambre, que je posai mes bagages et ouvris ces fenêtres, je rayonnais de la joie d'être à Paris. Mon hôtel ne proposait pas de service dans les chambres, je voyais des voitures en stationnement et des jardins en friche plutôt que la tour Eiffel ou l'Arc de triomphe, mais peu importait : la stridence singulière des sirènes de la police me semblait exotique ; tout comme l'odeur de caoutchouc brûlé dans le métro et la pierre mordorée des monuments au soleil. Tous les clichés relatifs à une ville sont neufs pour un nouveau visiteur, et perdent leur banalité ; de même que l'amour, malgré les moyens dérisoires dont nous disposons pour l'exprimer, se renouvelle complètement à chaque nouvelle expérience : il peut prendre une intensité pyrotechnique, avancer avec la lenteur et la douceur écrasantes d'un glacier, ou avoir la gloire évanescente des nuages de lucioles à Martha's Vineyard dans ma jeunesse — quoi qu'il en soit, c'est à la fois nouveau et familier, et renversant.

Quant à Paris, bon : le jeune homme d'origine nord-africaine à la réception de l'hôtel me sourit d'un air complice ; le serveur du café pour touristes de Saint-Michel où je m'arrêtai prendre un verre ce premier après-midi — bière trop chère, mais superbe vue de Notre-Dame — me demanda pourquoi une jolie femme comme moi voyageait seule. Baratin ridicule, mais irrésistible — des règles du jeu différentes, un autre type de Palais des Glaces, peut-être plus acceptable parce qu'il m'était inconnu. Mais cela m'amena à me demander de nouveau dans quelle mesure mon amour pour les Shahid tenait à leurs racines étrangères et à leur impermanence — si, depuis le début, je ne les désirais pas simplement parce que je les savais inaccessibles. Après tout ce temps, ils étaient à présent des produits de mon imagination.

Seule différence, ils vivent et respirent. Ma mère, et même tante Baby, non ; on ne peut les trouver nulle part sur terre, elles. Alors qu'au soir de ma deuxième journée à Paris, comme convenu par e-mail, et confirmé au téléphone (avais-je ressenti un tremblement, un frisson au son de la voix de Sirena ? À moins qu'au fond je n'aie préféré la voix différente que j'entendais dans ma tête, désormais ?), je pris un taxi jusqu'à leur quartier décrépit et branché derrière la Bastille.

J'avais passé beaucoup de temps à imaginer leur appartement, et forcément, la réalité ne correspondait pas. L'immeuble se trouvait du mauvais côté de la rue. Le hall d'entrée me parut plus petit que je ne m'y attendais. En revanche, l'ascenseur vieillot avec sa grille en accordéon était exactement conforme à l'idée que je m'en faisais, et donc trop exigu pour que je l'affronte. Je montai quatre étages à pied, et ils étaient là — non, Sirena était là, dans l'embrasure de la porte, ses pattes d'oie plus prononcées, ses épaules plus carrées, et, bien qu'il m'ait fallu quelques minutes pour l'identifier, le changement venait d'abord de ses cheveux, complètement noirs à présent — assez fait l'expérience du vieillissement, avait-elle pensé ; ironie du sort, elle semblait plus âgée. Peut-être tout simplement à cause de son apparence simple et sans apprêt. *C'est l'âge*, répète-t-on, et moi la première, désormais. De plusieurs années mon aînée, elle approchait dangereusement de la cinquantaine. Comme moi, elle dit tout ce qu'il fallait, nous nous embrassâmes, et j'attendis que mon cœur s'ouvre. Mais tandis qu'elle me précédait dans leur appartement, la pensée qui s'imposa à moi fut la suivante : Voici quelqu'un que j'ai aimé. Ou même : Voici quelqu'un qui ressemble, dans une large mesure, mais imparfaitement, à quelqu'un que j'ai aimé. Je ne voulais surtout pas céder à la nostalgie et à la mélancolie : j'avais un compte à régler avec ces gens, qui avaient emporté mon âme en même temps que leurs couvertures et leurs livres, et l'avaient gardée toutes ces années sans veiller sur elle. Un compte à régler avec ces trois moines noirs qui m'avaient annoncé — pratiquement promis —

un avenir dont je n'avais toujours pas vu la couleur ; et qui, leurs promesses à la main, m'avaient abandonnée comme s'il s'agissait d'une blague — oui, j'avais un compte à régler.

Mais comment régler un compte avec le rire de Sirena ? Ou avec ce sourire longtemps oublié de Skandar, celui d'un homme que l'on aurait lâché en parachute dans son propre salon et qui se demanderait où il est... Lui aussi semblait sincèrement heureux de me revoir — depuis combien de temps, déjà ? —, et après m'avoir serrée dans ses bras, il me tint par le poignet quelques instants, presque sans réfléchir — comme si, me dis-je, Sirena n'était pas dans la pièce, et comme si, curieusement, j'étais une enfant. Puis Reza sortit de sa chambre, quelque part au fond de l'appartement : chez ce jeune homme aux grands pieds et à l'air emprunté, aux traits bizarrement proportionnés des garçons presque pubères — avec un bouton sur le menton, oui, peut-être même deux —, j'eus du mal à retrouver mon enfant parfait. Ses sourcils avaient franchement épaissi, sa voix muait ; mais ses cils, et ses yeux : oui, là il était parfaitement reconnaissable. Pas dans son attitude, toutefois : on aurait dit qu'il ne m'avait jamais rencontrée ou, au contraire, que c'était lui qui avait embrassé mes seins nus parmi les fleurs d'aspirine — tant il paraissait timide, gauche, levant furtivement les yeux à la manière d'une jeune fille pudique, déplaçant bruyamment ses mains et ses pieds énormes, ceux d'une marionnette adulte sur un corps de jeune garçon. Ses cheveux bouclés avaient la longueur à la mode : je le remarquai. Je savais qu'il deviendrait le genre de garçon dont rêvaient les filles. Je l'avais su dès le premier regard que j'avais posé sur lui. À cause de son soulagement palpable, lorsque sa mère lui dit de retourner faire ses devoirs, que nous rattraperions le temps perdu au dîner, je sentis que je devais le laisser partir de bonne grâce. Tandis que sa porte se refermait, Sirena leva les yeux au ciel — plus typiquement maternelle, en cet instant, que je ne l'avais jamais vue. «Ses devoirs? dit-elle. Une absurdité, vous ne trouvez pas? À cet âge, il n'y en a que pour Facebook, tout le temps. Des jeux vidéo à Facebook — pour les garçons, c'est le processus de socialisation.» Elle ricana. «Je réfléchis à la réalisation d'une œuvre qui traiterait vraiment de ce problème. Mais c'est difficile... Un cocktail, ma chère Nora? Un verre de vin? Qu'est-ce qui vous ferait plaisir?»

Elle était lancée — nous étions lancées —, et c'était familier, mais différent, également. De même que Reza l'avait habituée à être mère, jour après jour, au fil des ans, elle s'était aussi habituée, depuis la dernière fois que nous avions passé du temps ensemble, à se considérer comme une artiste de renommée internationale; c'était évident, et un peu lassant, même quand elle feignait de parler de son travail avec légèreté.

*

Un ami chercheur m'avait un jour expliqué que pour obtenir la fusion nucléaire — qui résoudrait apparemment la crise mondiale de l'énergie —, il faut reproduire à l'identique les conditions de la naissance d'une étoile. Un phénomène à l'évidence complexe, rare et fugitif. Et je pris conscience, dans le salon des Shahid, d'être tombée amoureuse d'un ensemble précis d'individus, mais pris à un moment précis de leur existence et de la mienne. Cela aurait été sans importance si j'avais été moi-même Peter Pan, éternellement inchangé : à l'instant où Wendy, elle, se met à changer, c'en est fini de leur idylle. Chacun des trois Shahid était différent, même s'ils avaient peu changé. L'ensemble qu'ils formaient était différent. Impossible de reproduire ce qui avait été.

Cela n'enlevait pas toute valeur à nos retrouvailles. Nous étions amis. Je continuais à leur envier leur vie de famille ; et je sentais mon cœur se gonfler de tendresse à la vue de certains gestes, de certaines expressions, de tics qui me ramenaient dans le passé. Mais je les quittai — avec la promesse que Sirena et moi déjeunerions ensemble, ou prendrions au moins un petit déjeuner le jeudi suivant (je regagnais Boston le vendredi) — en me disant que j'avais eu tort d'imaginer que la confiance était rompue, les joues rosies par la chaleur de leur accueil et d'au moins une bouteille de vin, touchée par le dîner que Sirena avait préparé...

(«Oh, m'étais-je exclamée, vous vous en êtes souvenue ! Comme c'est gentil !

— Souvenue ?

— De la première fois que vous m'avez invitée à Cambridge. C'est le ragoût que vous aviez préparé.

— Ça alors ! J'avais complètement oublié. J'ai peur que ce ne soit juste la preuve des limites de mon...

— ... répertoire», compléta Skandar, avec un clin d'œil à mon adresse ; impossible de dire si ce clin d'œil signifiait qu'il se souvenait de cette soirée lui aussi ; ou bien seulement que nous étions d'accord pour taquiner son épouse.)

... touchée par les détails de la salle de classe de Cambridge que Reza gardait en mémoire : le cours de dessin, les jumeaux, les tables de multiplication. J'avais cherché du regard, pendant le dîner, une trace de la cicatrice près de son œil : quand il se penchait vers la lumière, j'avais cru entrevoir une très fine ligne blanche, sans pouvoir l'affirmer. Je les aimais encore, mais différemment. Je me sentais pleine de compassion, de lucidité. Mais d'espoir, non. Lorsque je m'affalai sur le lit bas, si plaisant, de ma chambre si plaisante de cet hôtel si plaisant, je fus consciente, dans ma semi-conscience, de ressentir le contraire de l'espoir — donc le désespoir. Il m'apparut clairement, avant que le sommeil ne m'emporte, que c'était la raison pour laquelle j'avais choisi un hôtel blanc, lumineux, post-Jean Rhys, anti-Emily Dickinson, et surtout anti-Virginia Woolf; parce que tout, dans ce décor plaisant, vous le répétait sans discussion possible : Interdit de se suicider.

J'avais tant de colère en moi. Des années, des décennies de colère, mon corps même en était empli, presque ensanglanté. Et j'avais pris la peine de traverser l'Atlantique pour la déposer en totalité sur le pas d'une porte. Quasiment du chantage : aimez-moi totalement, ou récoltez cette merde. J'avais hérité du gisement de colère de ma mère. Oui, c'est le terme qui convient. Je devais l'épuiser ou m'en débarrasser. Et pourtant, alors que je quittais l'appartement des Shahid avec le sentiment d'avoir été bien accueillie, aimée, même, il s'agissait d'une forme d'amour différente, plus modeste que celle dont j'aurais eu envie — moins un glacier ou un feu d'artifice qu'un châle léger pour me protéger de la brise du soir. De l'amour, à n'en pas douter, mais inutile dans la tempête.

5

Il y a tellement de choses à voir et à faire à Paris. Tellement qu'il est stupéfiant que j'aie vu celle-là. Stupéfiant que j'aie pensé à la possibilité de la voir. Mais j'étais habituée depuis si longtemps à lire et à trouver les allusions à Sirena et à Skandar que cela aurait représenté un choc d'un autre genre, si je l'avais ratée. J'eus vraiment beaucoup de temps, à Paris : cinq journées complètes. Nous avions dîné ensemble le mardi. Je devais appeler Sirena le mercredi soir ou le jeudi matin. Le mercredi, je me levai et descendis dans la salle du petit déjeuner — une sorte de jardin d'hiver accueillant, avec des pots de fleurs dans chaque angle et une fontaine décorative contre le mur, un chérubin nu versant goutte à goutte l'eau d'une aiguière dans une vasque en forme de coquillage, — spectaculairement, mais joyeusement kitsch.

Indifférente aux miettes de baguette dont j'avais méthodiquement recouvert la nappe, mes vêtements et mon *Pariscope*, je feuilletai celui-ci, dépassai la rubrique des musées pour atteindre celle des galeries. Voilà une ville où, comme à New York, mais contrairement à Boston, un galeriste pouvait organiser une exposition de lithographies de Picasso. Où l'on pouvait voir les photos géantes que Robert Polidori avait faites de Tchernobyl, en vente à vingt mille euros pièce. Ce fut plus ou moins pour m'amuser que je cherchai le nom de Sirena — aucune de ses installations n'était exposée actuellement, m'avait-elle dit pendant le dîner ; la prochaine était une commande pour une exposition collective à la Serpentine Gallery de Londres au printemps suivant, sur le thème de la renaissance et du renouveau. Mais son nom était pourtant là, sous celui d'une galerie du 7e, pour une exposition qui se terminait dans quelques jours. Intitulée *Après la chute : vidéos du Pays des Merveilles*. Là, sans l'installation proprement dite, se trouveraient les vidéos réalisées lors de sa présentation, pour inciter les gens à réagir aux réactions des autres visiteurs.

J'eus l'impression de lui faire une faveur en allant les voir — à mes yeux, ces vidéos représentaient la partie la moins intéressante de son travail, même si je savais que des critiques importants n'étaient pas d'accord avec moi —, et j'avais conscience que si je ne les aimais pas, je pourrais mentir et prétendre en avoir ignoré l'existence. Une preuve de la modestie de Sirena, qu'elle ne m'ait pas parlé de cette exposition, me dis-je ; ou, au contraire, une preuve de son arrogance : peut-être trouvait-elle ces vidéos trop insignifiantes pour s'en soucier ? Quoi qu'il en soit, j'irais par curiosité, pure ou impure, et je verrais ce que j'en pensais. Si j'avais l'impression de l'espionner, c'était infime, comparé à toutes les alertes Google que j'avais dûment épluchées, à tous les détails que j'avais accumulés et précieusement gardés comme si elle me les avait signalés elle-même, comme si nous étions régulièrement en contact à la manière d'amies proches.

Je décidai d'aller au Louvre ce matin-là, puis au musée d'Orsay, et ensuite de rentrer à mon hôtel à pied en traversant le Quartier latin. Passer devant la galerie Werther n'avait rien de délibéré ni d'anormal — je pouvais quasiment tomber dessus par hasard, avec cet itinéraire en tête. Sirena ne pourrait certes pas m'accuser d'avoir fait le détour.

Il faisait très chaud, les musées étaient pris d'assaut, les visites éprouvantes. Le seul répit vint de l'aile du Louvre qui abrite les appartements de Napoléon, emplis de brocarts et de mobilier doré à la feuille, des salles entières consacrées à la porcelaine et à l'argenterie, sans intérêt pour quiconque (moi comprise) et, par conséquent, presque vides. J'avais commis l'erreur de déjeuner tard, près du musée d'Orsay, une rue déserte et un restaurant pratiquant des prix astronomiques, où, sous le choc, je ne commandai qu'une entrée, un minuscule friand fourré d'une cuillerée de poulet à la crème et accompagné de quelques feuilles de cresson; ce qui était peut-être un repas insuffisant avant d'affronter l'affluence digne de Grand Central que je trouverais dans ce second musée. J'avais le sentiment que je devais voir le plus de choses possible — qui savait quand je reviendrais à Paris? —, aussi me forçai-je à longer les étroits couloirs bondés, me tordant le cou pour jeter un coup d'œil aux tableaux, gênée par les utilisateurs d'audioguides, qui traversaient les salles avec la lenteur et l'impassibilité d'un troupeau de bœufs.

Tout cela faisait beaucoup. À la sortie, j'aurais dû m'arrêter dans une pâtisserie pour manger un éclair, ou prendre au moins un café qui m'aurait revigorée. Mais, intimidée par l'étrangeté de cet univers, je me sentis incapable de baragouiner devant la serveuse ma commande dans mon français atroce, ou de me rabattre, sous son regard à la fois triomphant et condescendant, sur mon anglais américain. Je longeai les rues, tenant à peine sur mes jambes, trouvant les distances plus longues que je ne l'avais imaginé. J'explique tout cela — pourquoi? Pour excuser, ou pour atténuer, ce que j'éprouvai ensuite, qui aurait été tragique quoi qu'il en soit, mais fut sûrement intensifié par ma vulnérabilité du moment.

La galerie Werther se trouvait dans une rue snob, parallèle à la Seine, à quelques centaines de mètres du fleuve et en contrebas du boulevard Saint-Germain. Les gens se pressaient sur les trottoirs en cette fin d'après-midi, mais rien de commun avec la foule des musées; la galerie, elle, était très calme, avec pour toute présence celle d'un jeune homme à l'air anémique, en jean et chemise noirs, qui se contenta de saluer de la tête à mon entrée. La salle me parut plus basse de plafond que je ne m'y attendais, et plus petite. Mais ses murs nus et blancs, son sol de béton bleu étaient ceux d'une galerie digne d'exposer une star.

Six moniteurs — encadrés et éclairés à l'arrière-plan, à écran plat, très chic — étaient accrochés aux murs. Je cherchais en partie mes élèves chéris d'Appleton, en partie mon année paradisiaque désormais perdue. Les vidéos ne semblaient pas suivre une quelconque chronologie narrative, ni avoir une durée ou un format particuliers. L'une d'elles semblait être un montage d'images fixes; une autre, dans laquelle quatre visiteurs de l'installation pleine de monde se mettaient à tournoyer devant la vidéo de Sana, était visiblement scénarisée et me rappela un spot pour des téléphones portables, tourné à Heathrow, que j'avais vu sur YouTube. Près de chaque écran, des haut-parleurs étaient montés sur un pied, et l'on pouvait écouter trois enregistrements au choix — chacun incongru, parfois drôle. Je songeais, presque à regret : «Elle a du talent. Elle a vraiment du talent pour ce genre de choses — quoi que ça puisse être. »

*

Je vis ma vidéo en dernier. Le moniteur se trouvait au dos d'une colonne au milieu de la galerie, si bien que dans un premier temps, on ne soupçonnait même pas sa présence. De loin, elle paraissait plus floue, moins professionnelle que les autres, ressemblait plus à celles des années quatre-vingt, avec leur spontanéité vaguement provocatrice, leur sens de la trouvaille. M'approchant, je vis que c'était l'une des deux seules à être marquées d'un point rouge, ce qui signifiait — je le savais grâce au dépliant pris à l'entrée — que tous les exemplaires avaient été vendus. Cinq copies de chaque vidéo étaient en vente ; et plus aucune de celle-ci.

Me rapprochant encore, j'eus conscience qu'il ne s'agissait pas du même Pays des Merveilles que sur les autres moniteurs. En plus de la mauvaise définition de l'image, le décor était incomplet, inachevé, éclairé différemment. Je reconnaissais d'ailleurs ce Pays des Merveilles : celui de notre atelier de Somerville. J'eus un coup au cœur. Je croyais que j'allais voir Reza, tel qu'il était à l'époque, courant bruyamment parmi les fleurs d'aspirine. Peut-être cette vidéo n'avait-elle pas été totalement gâchée par mon intervention et mes cris ? Je verrais sans doute également Chastity et Ebullience s'enrouler dans des bandes de tissu bleu Alice, trébuchant et tombant l'une sur l'autre, ou même Noah cueillant les fleurs, cherchant la bagarre avec Reza —, mais soudain je fus assez près pour découvrir vraiment l'image sur l'écran. Et là, vous comprenez, ce fut plus fort que moi :

j'eus le souffle coupé. Impossible de respirer. Ma vision s'obscurcit comme dans un tunnel, et je ne vis plus rien du tout.

*

Le jeune assistant fut obligé de me porter, ce qui représenta pour l'un et l'autre une grave humiliation. Il ne chercha même pas à parler français — visiblement, c'était comme si les lettres «USA» s'étalaient sur mes vêtements, ma silhouette, mon sérieux typique de la Nouvelle-Angleterre — et il répétait : «Ça va, madame? Ça va?» Il tira sa propre chaise de derrière le bureau et me fit asseoir. Me donna un verre d'eau. Me suggéra de placer ma tête entre mes genoux. Sur tous les plans, il fit preuve de plus de sens pratique que son aspect n'aurait pu le laisser croire, mais je voyais aussi que je l'agaçais, que je ressemblais pour lui à un animal venu souiller son temple immaculé, consacré aux œuvres de Sirena. Dieu fasse que ce temple ne soit pas profané !

Et pourtant c'était bien cela que montrait la vidéo, aux yeux du monde entier : la profanation du Pays des Merveilles, par nulle autre que moi. Le fait que sur ces images, je sois le plus souvent allongée sur le dos, à moitié dévêtue et singeant Edie Sedgwick (ce que le spectateur ignorait sans doute), le fait que jamais ce jeune homme à l'air anémique n'aurait deviné que la masturbatrice acharnée de la vidéo du Pays des Merveilles n'était autre que la Femme d'En Haut raisonnable et bien chaussée qui lui avait volé sa chaise et son calme, ne changeait rien à l'affaire.

Pour une raison mystérieuse, j'avais été filmée dans ce moment d'intimité. J'avais été vue; et je pouvais ensuite être exhibée, tel un objet, telle une artiste de mes dioramas. Je pouvais être sacrifiée. Dans les classes de lycée, on enseigne l'éthique aux élèves : on leur demande si, en échange d'un million de dollars, ils appuieraient sur un bouton qui tuerait un anonyme en Chine. Appuieraient-ils dessus s'il les rendait célèbres ? Ou bien si personne ne devait jamais savoir qu'ils avaient appuyé. Si cela signifiait que le monde entier reconnaîtrait en vous un grand artiste. Si cela montrait au reste du monde une vérité authentique sur la tristesse d'en être réduit à se livrer au plaisir solitaire. Appuieriez-vous ?

Certes, si j'y réfléchissais, les caméras étaient déjà en place à l'époque, en prévision de la visite des enfants — nous les avions installées plusieurs semaines à l'avance. J'avais aidé Sirena à le faire. Mais comment m'avait-elle filmée ? Elle n'avait pas mis les pieds à l'atelier de la journée — ou bien si ? Je ne m'en souvenais plus trop. Il devait y avoir un détecteur de mouvement. Elle avait dû le régler de manière à ce que les caméras se mettent à filmer dès que quelqu'un posait un pied dans son Pays des Merveilles. Peut-être se filmait-elle ? Peut-être n'avait-elle pas pour projet de me piéger, tel un poisson dans une nasse ; ou peut-être que si. Peut-être avait-elle espéré me surprendre là-bas d'une façon ou d'une autre — mais elle n'avait pu prévoir des images de cette valeur, une humiliation aussi parfaite. Quand avait-elle vu le film ? Et *lui*, l'avait-il vu ? Si oui, alors sa propre visite à l'atelier et sa prétendue entreprise de séduction devenaient soudain quelque chose de complètement différent. Cela devenait quelque chose *entre eux*, qui n'avait rien à voir avec moi. Et à cause de quoi je servais de bouc émissaire malgré moi. Elle n'avait pas eu de scrupules à utiliser cette vidéo — à la *vendre* —, à moins qu'elle n'ait été trop en colère.

Mais pas assez pour me demander des comptes ; ni assez (si elle était au courant, pour Skandar et moi) pour considérer que cela méritait une discussion. C'était si méprisable d'avoir pu me faire ça, tout en prétendant être restée mon amie. Quelle année, en effet : j'avais été utile à tant d'égards.

Il y a ce qui est imaginaire et ce qui est réel. Ce qui est imaginaire — comment elle m'a filmée, pourquoi elle l'a fait, si elle nous a ou non filmés, Skandar et moi, à quel moment elle a décidé d'utiliser la vidéo —, ce sont des choses hors de notre portée. Même si je lui posais la question, je ne connaîtrais jamais la vérité. Ce qui est imaginaire — nos amitiés, mes amours, ces gens, mes inventions — est inaccessible, si ce n'est inviolé. Et puis il y a la réalité : il y a ce qui arrive, ce que l'on sait, ou que l'on croit savoir, avec certitude. Mais peut-être ces deux éléments n'en font-ils finalement qu'un ; peut-être ne peut-on pas protéger l'un de l'autre. Il y a cette pièce, dans votre esprit, où vous êtes le plus librement vous-même, avec le plus d'insouciance, et puis il y a les nombreuses épaisseurs de mascarade à l'aide desquelles vous préservez ce noyau à nu ; or elle était là, cette Nora la plus confiante (un moi fantasmé !), enfin célèbre, visible mais invisible, accrochée sur un mur à Paris et vendue cinq fois.

Et cela, inutile de le dire, par la femme — sans oublier son mari — que j'avais choisie entre les mortels, dont je m'étais rapprochée, que j'avais aimée, oui, aimée de tout mon cœur, et à qui j'avais pardonné une myriade de défauts. Mais pas celui-là. Jamais celui-là. Je savais déjà en cet instant précis, assise sur la chaise de la galerie, buvant à petites gorgées une eau tiède et javellisée dans un verre mal lavé, et répétant à ce jeune homme que je n'avais pas besoin d'un taxi ni d'un médecin, que dans quelques minutes je serais sur pied et je partirais — je savais au milieu de tout cela que jamais, au grand jamais, je ne lui pardonnerais. D'avoir — là encore, non : d'avoir tous les deux, parce qu'il avait dû savoir, à un moment ou à un autre il avait *su*, et n'avait rien fait ; ou, pis, n'était venu vers moi que parce qu'il avait appris, mais cela n'était sûrement pas pensable, non, pas pensable — d'avoir, à deux, cruellement tout détruit, tout trahi.

Pas besoin de suicides quand il y a eu meurtre.

*

Je ne les appelai pas. Je ne me voyais pas les appeler. Je n'appelai pas non plus Didi, même si j'aurais pu le faire, parce que je n'avais pas envie d'entrer dans les détails. Comment pouvais-je tenter d'expliquer ce que cela représentait, de me voir nue sur le mur de la galerie de Sirena, l'immense onde de choc — l'impact sur chacun de nous, sur moi peut-être avant tout, sur les mensonges que je m'étais dits et répétés à moi-même tant d'années durant ? Toutes ces certitudes désormais follement incertaines. Et qu'en était-il de l'art, du fait d'être artiste : s'agissait-il alors du prix à payer pour être quelque chose, pour devenir quelqu'un ? Était-ce le sens de l'expression « tout sacrifier » à son art ? Ou du moins, tout le monde ?

*

Voici le bon côté des choses : j'ai eu en moi toute cette colère, j'en étais pleine à ras bord, et maintenant elle est permise. Maintenant elle est justifiée. J'ai appris de mes erreurs. J'ai été libérée de mes défauts : je me suis conduite comme une idiote, mais je suis une idiote lucide, désormais. J'ai été broyée par l'univers ; j'ai gaspillé l'or de ma tendresse pour des babioles sans valeur : j'ai été traitée comme un chien. Mieux vaut ne pas savoir jusqu'où va ma colère. Personne n'a envie de le savoir. Je suis furieuse contre eux deux — contre leur amitié mensongère, leurs fausses promesses concernant le monde, l'art, l'amour —, mais je suis tout aussi furieuse contre moi, contre mes rêves stupides, ma confiance mal placée, mes désirs inutiles.

Être furieuse, pourtant, furieuse à en avoir des envies de meurtre, c'est être *vivante*. Plus jeune ni jolie, ni aimée ni adorable ni aimable, démasquée, me tortillant par terre aux yeux du monde dans toute mon ignominie, impossible de dire de quoi je suis capable. Je pourrais filmer ma colère et la vendre, faire tomber d'autres masques que le mien, battre ces connards sur leur propre terrain, et devenir au passage, putain, la plus célèbre artiste américaine, par pur dépit. On ne sait jamais. Je suis assez en colère pour mettre le feu à une maison d'un seul regard. Ma colère ne peut être contenue, enfermée dans un bac de tri sélectif. Fini pour moi de rester en haut sans faire de bruit. Ma colère n'est pas celle de quelqu'un de discret, d'une bonne copine, d'une fille dévouée. Ma colère est prodigieuse. Ma colère est un colosse. Au point que je peux comprendre pourquoi Emily Dickinson s'est totalement coupée du monde, pourquoi Alice Neel a trahi ses enfants, alors qu'elle les aimait si fort. Pourquoi on peut aller se noyer avec des pierres plein les poches, même si ce n'est pas mon genre de colère. Virginia Woolf, dans sa fureur, avait cessé d'avoir peur de la mort ; mais moi je suis assez en colère pour cesser, enfin, d'avoir peur de la vie, assez en colère — avec en plus, par la grâce de Dieu, la colère de ma mère sur les épaules, énorme bouillonnement de rage comme le feu du soleil en moi —, assez en colère, putain, pour, avant de mourir, pouvoir *vivre*.

Vous allez voir ce que vous allez voir.

REMERCIEMENTS

L'écriture de ce livre n'aurait pas été possible sans le généreux soutien du Humanities Center de Harvard, où elle a commencé, ni sans celui du Wissenschaftskolleg zu Berlin, où elle a été achevée. Je suis particulièrement reconnaissante au professeur Homi Bhabha, ainsi qu'aux professeurs Joachim Nettelbeck et Luca Giuliani. Merci également à Stephen Greenblatt et à Ramie Targoff de m'avoir orientée vers Berlin; à Diala Ezzedine et à Hashim Sarkis d'avoir partagé avec moi leur savoir, et Beyrouth; à Beatrice Gruendler, pour nos discussions sur l'histoire de la littérature arabe; et à tous mes collègues du Wissenschaftskolleg, pour leurs conversations éclairantes.

Merci encore, comme toujours, à mes agents littéraires, Georges et Anne Borchardt; à mon agent britannique, Felicity Rubinstein; à mon éditrice britannique et amie proche, Ursula Doyle, chez Virago; et à mon éditeur américain, Robin Desser, chez Knopf.

Au cours de ces années qui ont été éprouvantes, la foi et l'amitié de certains se sont révélées inestimables. Mes remerciements vont en particulier à Elizabeth Messud, Susanna Kaysen et John Daniels, Melissa Franklin, Sheila Gallagher, Shefali Malhoutra, Mark Gevisser, Ira Sachs, Mary Bing et Doug Ellis, Fiona Sinclair, Julie Livingston et, cela va sans dire, à mon infatigable optimiste, James Wood, et à nos deux enfants, Livia et Lucian.

Je réserve une indicible gratitude à mon père, François Michel Messud (1931-2010), qui m'a enseigné l'importance du rire, mais aussi de la colère, et qui détestait les Palais des Glaces ; et à ma mère, Margaret Riches Messud (1933-2012), qui a vécu avec légèreté ici-bas, dont les lettres m'ont appris à écrire et dont les yeux m'ont appris à voir.

CRÉDITS MUSICAUX

Composition Entrelignes (64)
Impression CPI Firmin Didot
à Mesnil-sur-l'Estrée, en juin 2014
Dépôt légal : juin 2014
Numéro d'imprimeur : 123143

ISBN 978-2-07-013976-7/Imprimé en France.

248691